RETOUR SUR L'ÎLE

Après une brillante carrière juridique, Viveca Sten s'est lancée dans l'écriture. Véritable phénomène en Suède, sa série mettant en scène l'inspecteur Andreasson et Nora Linde a été publiée dans une quinzaine de pays, vendue à plus d'un million d'exemplaires et adaptée à la télévision. Diffusée en France sur Arte sous le titre *Meurtres à Sandhamn*, la série a réuni plus d'un million et demi de téléspectateurs.

Paru au Livre de Poche :

AU CŒUR DE L'ÉTÉ
DU SANG SUR LA BALTIQUE
LES NUITS DE LA SAINT-JEAN
LA REINE DE LA BALTIQUE
LES SECRETS DE L'ÎLE

VIVECA STEN

Retour sur l'île

ROMAN TRADUIT DU SUÉDOIS PAR RÉMI CASSAIGNE

ALBIN MICHEL

Titre original :

I FARANS RIKTNING
Paru chez Forum Bokförlag, Suède.

© Viveca Sten, 2013.
Publié avec l'accord de Nordin Agency, Suède.
© Éditions Albin Michel, 2018,
pour la traduction française.
ISBN : 978-2-253-25994-7 – 1re publication LGF

À la mémoire de Sascha Birkhahn (1911-2012)

1

Mercredi 24 décembre 2008

Pourvu qu'elle arrive à Sandhamn, tout irait bien. Nulle part elle ne se sentait plus en sécurité.

Jeanette se le répétait comme un mantra tandis qu'elle roulait dans la neige fondue sur l'autoroute. Plusieurs fois, elle dut chasser ses larmes en clignant des yeux pour voir la route. Sur le pont de Skurubron, elle faillit déraper.

Elle dépassa le golf au niveau du pont de Fågelbro sur le canal Strömma. Le ferry partait dans quelques minutes, à trois heures moins le quart. Il fallait qu'elle arrive à temps, c'était le dernier de la journée.

Au bout d'une éternité, le port de Stavsnäs s'ouvrit devant elle. Elle s'engagea sur le parking à moitié plein. Elle dut s'y reprendre à plusieurs fois, mais finit par réussir à fermer la porte de sa Ford.

Le vent lui mordit les joues, la température avait fortement chuté, il devait bien faire moins dix, voire plus froid. Un peu plus loin claquaient les filins d'un mât sans drapeau et, dans la baie, des crêtes d'écume couronnaient les vagues.

Une légère aigreur lui montait dans la gorge, mais elle n'avait pas le temps de s'en inquiéter.

Tête baissée, elle se précipita vers le quai où le gros bateau attendait dans la pénombre grise. Elle était la dernière à embarquer : on remonta la passerelle après elle et, quelques secondes plus tard seulement, le ferry appareilla. Elle ne put s'empêcher de se retourner pour voir s'il y avait quelqu'un derrière elle.

Jeanette se blottit dans un coin à l'arrière du ferry, et rabattit sa capuche, cachant presque totalement son visage. Elle aurait dû manger quelque chose, mais était trop fatiguée pour monter à la cafétéria, au pont supérieur : elle s'abandonna à une sorte de somnolence dans le grondement du moteur. Ce son régulier l'apaisait.

Son portable vibra dans sa poche. Elle y plongea machinalement la main, mais l'ôta aussitôt : elle ne voulait pas savoir qui cherchait à la joindre.

« Prochain arrêt Sandhamn, entendit-on grésiller dans un haut-parleur, le capitaine et l'équipage en profitent pour vous souhaiter un joyeux Noël. »

Jeanette imagina Alice, en essayant de retenir ses larmes. Michael et elle en étaient sûrement aux derniers préparatifs. Les cadeaux attendaient sous le sapin, et la cuisine embaumait le jambon et les boulettes de viande. Les parents de Michael allaient bientôt arriver, chargés de paquets.

Alice l'avait suppliée de venir fêter Noël avec eux. C'étaient les dernières paroles qu'elle avait entendues avant de s'en aller :

« S'il te plaît, maman, rien qu'un petit moment, quelques heures, au moins ? »

Jeanette avait secoué la tête et tenté de poser un baiser sur le front d'Alice. Mais elle s'était détournée, et la bouche de Jeanette avait à peine effleuré ses cheveux.

Sa mauvaise conscience se raviva. Pourquoi fallait-il toujours que tout rate ?

Ils allaient arriver à destination dans quelques minutes, et elle se leva pour chercher les toilettes.

En ouvrant la porte, elle sursauta à la vue de la femme livide dans le miroir. Il lui fallut quelques secondes avant de se reconnaître. Elle avait de grands cernes sombres autour des yeux, le teint gris. De profondes rides entre le nez et la bouche.

J'ai l'air d'une vieille femme, pensa-t-elle. Où est passé le temps ?

Elle se lava les mains en évitant de se regarder dans la glace.

Le bruit du moteur diminua : le capitaine avait ralenti pour franchir la passe de Sandhamn.

Elle ramassa son sac sur le sol détrempé et le mit en bandoulière. Il n'y avait pas grand monde à bord, mais elle s'attarda pour être la dernière dans la queue.

« Joyeux Noël », dit le marin en prenant son billet.

Jeanette s'efforça de lui sourire.

Les autres passagers avaient déjà quitté le ponton, il faisait trop froid pour traîner inutilement. Jeanette posa pourtant son sac et regarda autour d'elle le paysage familier.

Des congères bordaient la promenade dégagée en bord de mer, entre l'embarcadère des ferries et l'hôtel des Navigateurs. Sur la large plage, des douzaines de bateaux étaient abrités pour l'hiver sous des bâches couvertes de neige.

À l'ouest du port, on apercevait le bâtiment jaune de l'auberge, avec des guirlandes lumineuses sur la façade. Leurs lumières clignotantes faillirent la faire encore pleurer. Elle ramassa son sac et se mit en marche.

Une forte odeur de jacinthe flottait dans l'hôtel des Navigateurs. Derrière son haut comptoir, une réceptionniste blonde portait un bonnet de Père Noël. Jeanette se présenta.

« J'ai appelé ce matin pour réserver une chambre. »

La fille lui fit un grand sourire. Jeanette ne put s'empêcher de remarquer combien son rouge à lèvres rose jurait avec le rouge de son bonnet.

« Tout à fait, dit la réceptionniste. Soyez la bienvenue. Vous serez dans un des appartements derrière la piscine. Vous n'avez pas peur du noir, j'espère ? »

Elle sourit de nouveau, comme si elle avait dit quelque chose de drôle.

« Le bâtiment principal est malheureusement complet ce week-end, il ne reste que les appartements de l'annexe. »

Avant que Jeanette ait le temps de dire quelque chose, elle continua :

« Le dîner est servi à partir de dix-neuf heures, vous devez réserver une table. À vingt heures, cela vous irait ? »

Jeanette hocha la tête.

« C'est un excellent buffet de Noël, dit la réceptionniste. Tout ce que vous pouvez souhaiter, quinze sortes de harengs marinés. Et le Père Noël viendra bien sûr dans la soirée voir tous les enfants sages. »

Elle fit un clin d'œil à Jeanette. Elle ne semblait pas douter que la visite du Père Noël puisse vraiment intéresser une femme d'âge mûr.

« Avez-vous besoin d'aide pour vos bagages ? demanda-t-elle alors. Ce n'est pas très loin, à peine cent cinquante mètres. Descendez l'escalier extérieur, puis partez sur la droite. Suivez le chemin déneigé devant le minigolf, puis vous trouverez à droite l'enclos de la piscine. Vous avez le deuxième chalet après l'entrée.

— Ça devrait aller », marmonna Jeanette.

Ses oreilles se mirent à bourdonner quand elle tendit la main vers son sac.

« J'espère que vous allez passer un bon Noël chez nous. Les matines sont célébrées à la chapelle à sept heures demain matin, si vous souhaitez y aller. Il y a d'habitude une très belle ambiance. »

Elle lui tendit enfin sa clé, et Jeanette souleva son sac pour partir. Mais elle se ravisa.

« Il n'y a que moi, là-bas ? demanda-t-elle tout bas.

— Attendez, je regarde ça. »

La réceptionniste se tourna si vivement vers son écran que son bonnet bascula. Elle fronça les sourcils avant de relever les yeux.

« Oui, vous êtes toute seule. »

2

L'inspecteur de police criminelle Thomas Andreasson sourit en voyant sa fille tripoter avec curiosité les paquets sous le sapin d'à peine un mètre de haut.

Presque tous les cadeaux étaient pour Elin, bien qu'elle soit toute petite. Elle n'aurait un an qu'en mars. Pernilla et lui avaient convenu d'économiser sur les cadeaux de Noël, vu ce qu'avait coûté l'agrandissement de leur maison de vacances à l'automne, mais, à en juger par le tas de paquets, ni l'un ni l'autre n'avaient réussi à s'y tenir. S'y ajoutait un grand sac laissé par grand-père et grand-mère, partis fêter Noël avec le frère de Thomas et sa famille. Comme la mère de Pernilla était chez sa sœur aux États-Unis, ils étaient seuls dans leur maison de Harö.

Thomas n'avait rien contre. Une affaire de coups et blessures vers la Sainte-Lucie avait occupé tout son temps jusqu'à son congé, et il aspirait à présent à se détendre en famille. Cela lui ferait du bien de mettre un peu entre parenthèses une réalité parfois plus éprouvante qu'il ne voulait se l'avouer.

Thomas regarda par la fenêtre : près du ponton scintillaient les deux lumignons qu'il avait placés dans l'après-midi. Ces derniers jours, une forte chute de neige avait enseveli rochers et îlots sous une moelleuse couverture blanche. À leur arrivée sur l'île, le froid avait transformé les arbres nus en troncs luisants aux cimes scintillantes de givre.

La glace avait pris jusqu'au fond de la baie – encore un peu et ce serait comme jadis, lorsqu'une glace épaisse permettait des mois durant de circuler dans l'archipel en poussant sa luge d'une île à l'autre.

D'ailleurs, où était passée la vieille luge ? Avec un peu de chance, elle était encore chez ses parents. Leur remise à bois était pleine à craquer d'un bric-à-brac conservé à tout hasard depuis des décennies.

Elin interrompit ses pensées. Assise, elle se balançait en tendant les bras vers lui. Il la souleva et elle se blottit avec satisfaction, front calé contre sa poitrine.

Pernilla finissait de ranger le petit buffet de Noël. Le jambon, les saucisses et le hareng étaient déjà dans le réfrigérateur. Elle préparait à présent du vin chaud et du café avant la distribution des cadeaux.

C'était sans doute la dernière année sans Père Noël, songea Thomas : l'an prochain, grand-père aurait un rôle important à jouer.

« Tu as besoin d'aide ? dit-il en quittant Elin des yeux.

— Ça va, dit Pernilla qui se penchait pour attraper un plateau dans le placard du bas. Tu as cuisiné, je peux bien ranger. »

Ils avaient abattu un petit sapin sur l'île et l'avaient décoré la veille au soir. Au matin, Elin avait trébuché dessus et il s'était renversé, avec ses boules, ses guirlandes et tout. Les larmes avaient coulé à flots. Mais ce n'était pas bien grave, on avait pu arranger le sapin. Elin avait eu sa propre guirlande et avait joué avec jusqu'à ce qu'elle casse.

Thomas posa Elin par terre et s'agenouilla à côté d'elle. Il effleura des lèvres sa joue douce.

Le parfum d'un petit enfant.

Ses cheveux blonds avaient été frisés pour l'occasion et attachés sur son front en une touffe qui tressautait à chaque geste d'impatience.

« Qu'est-ce que tu en dis ? fit-il. On ouvre un petit paquet juste toi et moi, pendant que maman finit à la cuisine ? »

3

Quand elle ouvrit les yeux, Jeanette mit quelques secondes à comprendre qu'elle était dans sa chambre d'hôtel. Son malaise n'était pas passé, ça l'élançait dans la région du nombril, de courtes crampes épisodiques. Le lit dans lequel elle s'était effondrée était large et douillet, mais elle n'arrivait pas à y trouver de position confortable. Elle se sentait patraque et frissonnait malgré son gros pull.

Combien de temps avait-elle dormi ?

Jeanette regarda l'heure, bientôt huit heures moins cinq. Si elle voulait avaler quelque chose ce soir, il fallait qu'elle aille maintenant au restaurant.

Ses membres fourbus étaient courbaturés : comment pourrait-elle seulement se lever ?

En bruit de fond, la télévision était allumée. C'était un vieil automatisme de journaliste : à peine entrée dans une chambre d'hôtel, mettre les infos. Mais inutile d'écouter, ce n'était qu'un bavardage sur les fêtes de Noël à travers le pays. Comme si rien d'important ne s'était passé à la surface du globe ce jour-là.

Une autre fois, elle s'en serait indignée, mais aujourd'hui peu importait.

Elle regarda autour d'elle, remarqua qu'on avait cherché à créer une ambiance d'archipel en accrochant au mur des photos en noir et blanc de Sandhamn vers 1900. De jolis voiliers, des femmes avec des chapeaux à large bord et des messieurs en paletots sombres sur la promenade de la plage.

Jeanette ferma les yeux et se leva. Une crampe lui serra de nouveau le ventre, elle tenta de l'ignorer en se réfugiant dans une sensation ancienne : Sandhamn était l'endroit le plus sûr de la terre.

Grand-mère, songea-t-elle, la gorge nouée au souvenir des étés de son enfance dans la maison de l'autre côté de l'île. Elle y était allée bien trop rarement ces dernières années mais, désormais, cela allait changer. Ce printemps, elle prendrait Alice avec elle et y resterait tout l'été.

Demain, elle irait voir la maison. Là-bas, elle pourrait réfléchir, prendre une décision. Comme autrefois. C'était toujours vers grand-mère qu'elle se tournait, grand-mère qui lui donnait du chocolat chaud et des bons conseils quand elle en avait le plus besoin.

Jeanette alla à la salle de bains se laver le visage. Mais son malaise ne passait pas, ses mains tremblaient quand elle les sécha.

L'année précédente, à la même période, elle était en reportage au Moyen-Orient. Voilée de la tête aux pieds sous une burka sombre, elle avait en secret interviewé des Iraniennes en colère et apeurées. Elle en avait tiré plusieurs longs articles sur la situation des femmes en Iran. L'un d'eux avait été retenu par un journal télévisé du soir, dont le rédacteur en chef s'était montré aussi satisfait que s'il s'était lui-même faufilé dans les ruelles étroites sous un voile chaud et poussiéreux.

Elle avait fait avancer les choses, songeait-elle, en rentrant à son hôtel. Il était alors trop tard pour téléphoner à Alice et lui souhaiter un joyeux Noël.

C'était la première fois depuis des années qu'elle était en Suède pour les fêtes.

Elle était bien obligée.

Les souvenirs affluèrent, son cœur s'emballa. Jeanette alla dans le séjour récupérer son MacBook. Il fallait penser à autre chose, chasser tout ce qui tourbillonnait dans sa tête.

Mais en cherchant dans son sac, ses doigts ne trouvèrent pas l'ordinateur. Paniquée, elle ouvrit en grand le sac et le fouilla encore et encore. Elle finit par en vider le contenu sur le fauteuil, où s'entassèrent culottes, jean et boîtes de médicaments.

Nouée, elle scruta ses affaires pêle-mêle : elle était certaine d'y avoir mis son Mac avant de partir. Elle l'avait forcément fait, et pourtant il n'était pas là.

Par acquit de conscience, elle regarda encore une fois dans le sac, mais n'y trouva qu'une vieille boîte d'allumettes de Francfort, coincée depuis longtemps dans un coin.

Avait-elle oublié l'ordinateur dans son appartement ? Impossible, elle le prenait toujours avec elle. Jeanette dégagea les cheveux de son front à présent tout moite. Où était-il donc passé ?

Pas sur le bateau, elle n'avait pas ouvert son sac à bord. Et elle aurait remarqué s'il était tombé du sac dans la voiture.

Vraiment ?

Elle était partie si troublée, choquée et confuse, qu'elle s'était contentée de jeter le strict nécessaire dans son sac avant de se précipiter dehors. À peine si elle avait eu le temps de verrouiller sa porte.

Elle sanglota. Comment avait-elle pu oublier son ordinateur, après tout ce qui s'était passé ?

Soudain, elle eut envie d'une cigarette, malgré sa décision de vraiment arrêter. Il devait en rester une ou deux dans le paquet, au fond de son sac. Elle pourrait toujours tenir sa promesse un autre jour.

Une pancarte signalait que l'appartement était non fumeur. Alors il faudrait de toute façon sortir. En avait-elle la force ?

Un bruit de l'autre côté du mur la fit sursauter, ça ressemblait presque à une porte refermée. Ou n'était-ce que de la neige qui tombait du toit ? La réceptionniste n'avait-elle pas dit qu'elle serait seule par ici ?

Jeanette se retourna. C'était parfaitement silencieux. Elle avait dû rêver.

Le malaise revint, avec un goût de métal dans sa bouche.

Les rideaux étaient tirés. Alors qu'elle en écartait un, elle vit qu'il faisait nuit noire dehors : même l'épaisse couche de neige n'atténuait pas l'obscurité.

Lentement, elle débloqua le loquet de la fenêtre, presque comme sur commande. Quelques mètres en contrebas commençait le toit de l'étage suivant, couvert d'une couche blanche aussi épaisse que sur le sol.

Jeanette entrouvrit et frissonna dans le courant d'air glacial. Elle l'ignora et tendit l'oreille pour entendre le ressac. La mer n'était qu'à une trentaine de mètres, comme devant la maison de grand-mère. Elle se rappelait le bruit des vagues, leur chuintement quand elles déferlaient sur la plage.

Elle avait toujours aimé cette impression d'être en bordure de l'archipel extérieur, de contempler une mer jamais vraiment calme. Parfois, elle rêvait qu'elle coulait lentement jusqu'au fond de ces masses d'eau, où elle s'endormait dans l'ondulation des algues et le va-et-vient des poissons.

Mais elle n'avait pas peur, pas chez grand-mère.

Le froid se rappela à elle et Jeanette trembla. Elle tourna la tête, regarda par l'autre fenêtre, qui donnait sur l'entrée. L'appartement voisin était plongé dans l'obscurité, et la lampe au-dessus de la porte n'éclairait pas bien loin. Au-delà de son halo, ce n'était que ténèbres et ombres.

4

Nora Linde s'installa sur la véranda vitrée de la villa Brand, une tasse de café à la main. Comme d'habitude, elle avait trop mangé. Une fois l'assiette remplie, trop tard pour les remords. Et puis tout était si bon.

La radio jouait *Douce nuit*, et de la cuisine lui parvenait un bruit de vaisselle. Les garçons se chamaillaient pour savoir qui allait finir de ranger. Nora ne s'en mêla pas : qu'ils s'arrangent entre eux. Elle tourna le regard vers la grande fenêtre. Le vent qui s'était levé durant l'après-midi hurlait à présent aux quatre coins de la maison.

Ils avaient allumé les vieux poêles de faïence, qui fonctionnaient parfaitement même s'ils dataient du dix-neuvième siècle. Au bout de quelques heures seulement, la chaleur était arrivée, stable et fiable, pourvu qu'on alimente régulièrement le feu.

Nora trempa les lèvres dans son café. Jusqu'à présent, tout avait dépassé ses attentes. Elle avait réussi à refouler de ses pensées tout ce qui concernait son travail, tout comme l'inquiétude qui s'était emparée d'elle. La tension s'était lentement relâchée au cours de la journée. Elle posa sa tasse en soupirant : elle ne voulait pas penser à la banque pour le moment.

Demain, ils partiraient dès l'aube dans la neige pour assister aux matines, elle s'en faisait une joie, même si Adam et Simon râleraient. Surtout Adam, qui n'était vraiment pas du matin, comme tous les ados. Mais une fois là-bas, ils apprécieraient, elle le savait, la petite chapelle scintillante de cierges où tous les voisins et connaissances se souhaitaient un joyeux Noël.

« Ah, te voilà. »

Nora leva les yeux.

Dans l'embrasure de la porte, Henrik, deux coupes à cognac à moitié pleines à la main. Un liquide couleur noix se balançait dans les verres en cristal gravé que Nora avait toujours vus dans la vitrine de la salle à manger, d'aussi loin qu'elle se souvienne.

« De l'armagnac, comme tu aimes », dit en souriant Henrik.

Il lui tendit une coupe et s'assit dans le fauteuil en rotin en face d'elle. Il croisa les jambes et se cala confortablement.

Il en émanait un nez puissant et sucré. Nora but une gorgée, sentit l'attaque au palais, puis dans la gorge.

« Comme c'est bon, dit-elle. Merci. »

Son regard se porta vers la mer, s'attardant dans le noir devant la fenêtre.

« Maman ? »

Simon déboula dans la véranda en agitant frénétiquement le doigt vers le sapin à l'autre bout de la salle à manger. Il y avait là d'habitude une petite desserte en acajou qu'ils avaient poussée pour faire de la place.

« Allez, on ouvre les cadeaux ! »

Nora l'attira à elle et lui ébouriffa les cheveux.

« Et si on attendait encore un petit peu ? »

Une seconde, il sembla hésiter, puis comprit qu'elle le faisait marcher.

« Comment est la cuisine ? demanda Nora. Est-ce qu'on peut s'y risquer sans tomber sur un champ de bataille ? »

Il opina si énergiquement que ses cheveux blonds lui tombèrent dans les yeux. Il allait être temps de les couper.

« C'est très bien, promis. Papa aussi a rangé. Beaucoup.
— D'accord. »

Nora le lâcha. Il se précipita aussitôt pour embrasser Henrik.

« Va chercher Adam, et on y va », dit Henrik.

Il tendit la main comme pour caresser la joue de Nora, mais s'interrompit quand les garçons revinrent, une seconde plus tard.

« Bon, dit-il. Qui va avoir le premier cadeau, cette année ? »

5

Jeanette se força à respirer plus calmement. Elle enfila blouson et bonnet, mais hésita, la main sur la poignée de la porte, et tendit de nouveau l'oreille aux bruits extérieurs. Rien. Pourtant elle frissonna.

C'était certainement son imagination. Elle était seule dans l'annexe, la réceptionniste l'avait dit. À l'heure qu'il était, les autres clients se délectaient de l'abondant buffet dont elle lui avait chanté les louanges.

À tout hasard, elle jeta un dernier coup d'œil au sac d'où son ordinateur avait disparu. Puis elle tenta de se rappeler la dernière fois qu'elle l'avait utilisé. Ce matin, sur la table de la cuisine, en lisant à l'écran le *Financial Times*.

Avant qu'on sonne à la porte.

Puis tout était allé si vite. Elle n'avait pas eu le temps de penser. Il fallait partir, ne pas rester là. Filer, tout de suite. Comme si l'appartement avait été souillé par cette visite.

Elle était encore sous le choc de ces mots, tantôt durs, tantôt suppliants, qui résonnaient toujours à ses oreilles.

Je ne permettrai pas ça.

Jeanette ne savait pas trop à quoi elle s'attendait. Mais certainement pas aux paroles haineuses qui s'étaient déversées telle de la lave qui brûlait et déformait la vérité.

Tu vas le regretter, si tu ne renonces pas, compris ? Je t'écraserai.

Mais elle était parvenue à ne pas céder à la menace. Elle avait rétorqué avec rage, même si elle pleurait intérieurement :

Il y a une copie dans mon bureau, et Alice en a une elle aussi. Tu peux faire ce que tu veux, j'envoie ça lundi.

La voix avait fini par supplier, mendier. Mais ce n'était pas pour ça qu'elle avait décidé de tout révéler, il ne s'agissait pas de chantage ni d'argent.

La vérité, elle voulait juste faire éclater la vérité au grand jour.

Et une fois dans l'entrée, il n'y avait plus rien eu à dire.

C'est en ouvrant la porte que Jeanette avait vu son regard, si plein de haine que ses genoux avaient flanché. C'était ce qui l'effrayait le plus. Elle avait tout juste réussi à refermer et verrouiller la porte avant de s'effondrer à terre, dos au mur, les mains tremblantes.

Quelle terrible erreur de le lui avoir dit. Mais elle s'était sentie obligée de le faire, à plusieurs titres. Toutes ces années passées ensemble.

Jeanette se passa la main sur le front. Mais pourquoi avoir mentionné qu'Alice avait une copie ? Ça lui avait échappé, dans le feu de la discussion. Il lui faudrait récupérer cette clé USB dès son retour à Stockholm.

Aussitôt, elle se sentit enfermée dans la chambre. Comme si les murs se rapprochaient, avec elle au milieu.

Calme-toi, se dit-elle. Ce n'est pas si grave, on dit tellement de choses dans le feu de l'action.

Ça allait s'arranger. Il le fallait.

Un vertige inattendu la força à tâtonner pour s'appuyer au mur. Son ventre se crispa et elle eut un renvoi aigre, un goût de bile dans la bouche.

Voilà longtemps qu'elle n'avait rien mangé, il aurait fallu aller au restaurant, mais elle était toujours cassée par la nausée. Une cigarette pour redémarrer, puis manger un peu. Elle savait qu'allumer une cigarette, sentir la nicotine se répandre dans son corps, calmerait ses nerfs à vif. Ça l'avait souvent revigorée quand elle se trouvait au bord de l'épuisement, aidée dans des situations dangereuses, dans des pays dont elle ne parlait pas la langue, une bouffée partagée en cachette permettant de communiquer.

Les doigts tremblants, elle fourra le paquet dans sa poche. Elle laissa son sac à main dans la chambre, elle n'en avait pas besoin.

Sans plus attendre, Jeanette éteignit le plafonnier et sortit dans la nuit noire.

6

« Maman, ce cadeau est pour toi ! » cria Simon.

Il était agenouillé sur le tapis ancien dont on ne distinguait presque plus les couleurs. Un héritage de tante Signe, précédente propriétaire de la maison et défunte voisine de Nora. Signe avait l'habitude de s'asseoir sur la véranda, exactement comme Nora, sa chienne Kajsa à ses pieds. Nora entendait encore le bruit de sa queue qui battait sur le plancher usé.

Content de lui, Simon sortit un petit paquet qui avait été poussé tout au fond, sous le sapin, comme si quelqu'un avait tenté de le cacher.

« C'est de la part de papa », s'illumina-t-il, le visage rouge autant de chaleur que d'excitation.

Nora posa le casse-noix et la coquille qu'elle venait juste d'ouvrir.

Simon attendait vraiment avec impatience ce soir de Noël, et ne parlait quasiment que de ça depuis plusieurs jours. Il n'avait pas été d'aussi bonne humeur depuis longtemps. Il arborait un grand sourire, ce matin, quand ils s'étaient attablés devant le traditionnel riz au lait saupoudré de cannelle.

Il tendit le cadeau à Nora. Il montra l'étiquette élégamment calligraphiée :

POUR NORA. JOYEUX NOËL. HENRIK.

Puis il sauta pour se blottir contre elle dans le canapé en rotin, si près d'elle que sa jambe la frôlait.

Nora examina le paquet. Il était plat et rectangulaire, soigneusement emballé dans un papier argenté. Elle reconnut le logo sur la petite étiquette : celui d'un célèbre joaillier dont la boutique était située dans une élégante rue commerçante de Stockholm. Elle était souvent passée devant, sans jamais y entrer.

« Tu n'ouvres pas ? fit Simon, survolté. Ça a l'air super joli. »

Le poêle crépita, le feu rougeoyait derrière les volets en laiton. Adam, assis dans l'autre fauteuil en rotin, se pencha en avant avec intérêt.

De profil, c'était une copie d'Henrik plus jeune. Il s'était aussi mis à parler comme lui, la même façon d'accentuer les mots, une légère nonchalance dans la voix.

Nora interrogea du regard son ex-mari. Elle lui avait juste acheté un livre, un roman sur une femme exploitée en Afghanistan. Le choix de ce livre était malicieux, si l'on songeait combien était inégalitaire la répartition des tâches dans leur couple. Elle gardait toujours une petite dent contre lui.

« Allez, ouvre », dit Simon en touchant le paquet.

Henrik suivait ses gestes. Il commençait à grisonner aux tempes, vit-elle en posant sa coupe d'armagnac.

Nora soupesa le paquet, perdue dans ses pensées. Ils avaient convenu de fêter Noël ensemble pour les enfants, rien de plus. Mais il était évident qu'il faisait des efforts : depuis leur arrivée à Sandhamn, Nora avait à peine eu à lever le petit doigt. Henrik avait même fait le plus gros des courses.

Une tout autre personne, en tout cas, comparé à leurs dernières années communes. Peut-être cela venait-il de sa récente séparation d'avec Marie, cette femme qu'il avait rencontrée alors qu'ils étaient encore mariés, et qui s'était installée avec lui aussitôt après leur divorce ?

Son ressentiment envers lui se rappelait à son souvenir.

Les premières notes de « I'll be home for Christmas » montèrent de la chaîne. La flamme de la lampe à pétrole suspendue au plafond vacilla.

Délicatement, Nora défit le beau ruban tissé de fils d'or. Elle le mit de côté et déplia l'élégant emballage. Elle finit par trouver un écrin en cuir rouge sombre.

Simon était à présent pendu à son épaule.

« Qu'est-ce que c'est ? demanda-t-il. Mais ouvre ! »

Nora souleva le couvercle.

Sur un fond de velours vert reposait un pendentif en or avec un petit diamant en son centre. Une fine et légère chaîne brillait à côté.

« Oh », chuchota Nora sans vraiment oser regarder Henrik. C'était beaucoup trop, et tellement cher.

« C'est super joli », souffla Simon à son oreille.

Henrik sourit avec chaleur.

« *To new beginnings* », dit-il en levant sa coupe à un nouveau départ.

7

Tout était étrangement désert quand Jeanette sortit dans le froid, comme un paysage lunaire inhabité. Elle extirpa la capuche de son blouson et enfouit le menton dans son écharpe, tout en essayant de voir où elle mettait les pieds. L'annexe était bâtie sur une pente, avec des escaliers par paliers, et elle ne voulait pas glisser en descendant. Mais on voyait mal dans la pénombre : pourquoi n'était-ce pas mieux éclairé ?

Au coin du bâtiment, le vent la frappa de plein fouet. Il était presque impossible de rester debout dans les bourrasques. La neige lui fouettait le visage, le vent sifflait à ses oreilles. Jeanette n'avait pas réalisé à quel point le vent avait forci pendant qu'elle se reposait : elle avait presque le souffle coupé par la violente tempête.

Le passage déneigé qu'elle avait emprunté un peu plus tôt avait disparu dans le blanc.

Une main devant la bouche pour se protéger, elle entreprit de se frayer un passage parmi les congères. La neige piquait ses joues nues comme autant de fléchettes, et elle avait beau respirer par le nez, l'air froid lui brûlait les poumons. Elle s'enfonçait profondément dans la neige à chaque pas. En un clin d'œil, elle eut les chaussures trempées.

Tout semblait différent dans une tempête. Les ombres et les distances étaient déformées, on ne reconnaissait plus rien.

Elle était si fatiguée, son corps était lourd et gauche : elle fut essoufflée après seulement quelques pas.

À travers les tourbillons de flocons, elle voyait les pontons de la station-service tirailler leurs amarres, elle entendait presque les chaînes gémir sous les secousses. Des vagues violentes déferlaient en écume furieuse.

Plus loin, à cinquante mètres à peine, elle aperçut un réverbère isolé qui éclairait un buisson couvert de neige.

Je commence par aller jusque là-bas, se dit-elle. Je m'y arrêterai pour me reposer.

C'est à grand-peine qu'elle parvint au réverbère, malgré la courte distance. Épuisée, elle appuya la tête contre le métal froid en tentant de reprendre haleine.

Quelques minutes seulement.

Jeanette fourra sa main dans la poche où elle avait mis le paquet de cigarettes, mais avec ses gants, difficile de le sortir. Dos au vent, elle parvint à en ôter un et attrapa le paquet et son briquet.

Ses doigts tremblaient tandis qu'elle essayait d'allumer une cigarette. Elle avait beau protéger la flamme au creux de sa main, le vent l'éteignait chaque fois. Au bout de quelques instants seulement, elle était gelée : ça ne servait à rien. Elle renfila son gant et regarda autour d'elle.

La végétation était si touffue qu'elle cachait le restaurant des Navigateurs. Elle dut se décaler un peu vers la mer pour apercevoir ses fenêtres éclairées.

Elle se sentait de plus en plus mal, son diaphragme la brûlait et l'élançait. Jeanette pressa les mains contre son ventre pour essayer de contenir la nausée qui s'emparait d'elle. Déglutit violemment plusieurs fois.

J'aurais dû rester dans ma chambre, se dit-elle. Qu'est-ce qui m'a pris de sortir par ce temps ?

Ses larmes coulèrent, mais gelèrent aussitôt. Les gouttes se figeaient sur sa peau glacée, un de ses yeux se colla. Elle essaya de se frotter avec son gant gelé, mais ne fit qu'aggraver la situation.

Puis le vertige revint, comme la nausée. Jeanette chercha le réverbère pour s'y tenir, mais ses mains ne voulaient plus lui obéir.

Qu'est-ce que j'ai ? Pourquoi n'ai-je plus aucune force ?

C'était comme si son corps était devenu ingouvernable, elle avait des fourmillements dans les jambes, des picotements dans les bras, sa peau la démangeait.

Tout était dans le brouillard autour d'elle, impossible de s'orienter. La réception était à deux pas, c'était invraisemblable de se perdre ici. La distance lui semblait pourtant infinie, presque infranchissable. Elle avait parcouru le même trajet quelques heures plus tôt seulement, comment pouvait-elle se perdre maintenant ?

La neige tourbillonnait autant dans sa tête qu'au-dehors. Jeanette tenta de fixer son regard sur le grand bâtiment rouge qu'elle savait devant elle. Mais elle avait beau cligner des yeux, son champ visuel demeurait flou. Tout ressemblait à une bouillie indistincte.

Elle n'avait presque plus de sensations dans les pieds, ses doigts pendaient dans ses gants comme des grappes figées. Il fallait qu'elle rentre se mettre au chaud, rien d'autre ne comptait.

Mais était-ce plus court de rebrousser chemin vers sa chambre, ou de continuer devant elle ?

La nausée revint alors.

Qu'est-ce qui m'arrive ? eut-elle le temps de penser avant que de violents vomissements ne secouent tout son corps. Des sucs gastriques acides, noirs et fumants sur la neige blanche. Quelque chose de chaud coula dans sa culotte.

« Au secours ! » tenta-t-elle de crier, ne produisant qu'un croassement rauque au fond de sa gorge.

N'y avait-il pas une ombre, plus loin, dans le noir ? Quelqu'un riait d'elle, caché dans toute cette neige.

Jeanette tomba à genoux, incapable de tenir debout.

« Je vous en prie… » murmura-t-elle à la silhouette floue.

Le vent charria un nouveau rire moqueur.

Sans force, elle commença à ramper dans la neige.

Puis tout devint noir.

8

D'un tour de clé, Nora verrouilla la porte d'entrée pour la nuit. On entendait dans toute la maison le sifflement de la tempête. De temps à autre, les vieilles planches de la charpente craquaient.

Nora était bien contente d'être à l'abri : hommes ou bêtes, ce n'était pas un temps à rester dehors. S'il continuait à neiger ainsi, gagner la chapelle demain matin serait problématique.

Un dernier coup d'œil dans la cuisine lui fit découvrir une brique de lait oubliée à côté de l'évier. Sans doute Adam en avait-il bu une lampée avant d'aller au lit. Elle espérait qu'il n'avait pas bu directement au goulot.

Nora arrivait en haut de l'escalier quand la porte de la salle de bains s'ouvrit. Un nuage de vapeur s'en échappa.

Henrik apparut sur le seuil. En apercevant Nora, il s'arrêta. Il devait sortir de la douche, il avait un drap de bain blanc autour des hanches et les épaules encore humides. Ses cheveux bouclaient un peu.

« Oups », lâcha Nora.

La vue d'Henrik la prit de court, même si elle l'avait souvent vu nu.

Ils étaient à un mètre à peine l'un de l'autre.

Il a fait de la musculation. Cette pensée surgit de nulle part. Comme la suivante :

Il est vraiment bien fichu.

Le regard d'Henrik s'éclaira.

« Je croyais que tu étais allée te coucher », dit-il.

Son sourire était ouvert, son ton sincère. Du moins lui sembla-t-il. Il s'approcha d'un pas.

« Dis, merci pour ce soir, reprit-il. C'était sans doute notre meilleure fête de Noël depuis des années.

— Tu veux dire comparé à toutes les fois où nous sommes allés chez tes parents à Ingarö ? »

Elle n'avait pas l'intention d'être cassante, mais Henrik savait bien qu'elle n'avait jamais apprécié les dîners de Noël empesés que son ex-belle-mère adorait organiser. Ils s'étaient souvent disputés sur le lieu et la façon de fêter Noël. Mais tout ça, c'était du passé.

« Si tu veux. » Il secoua la tête et sourit : « Je sais que ma chère maman n'est pas commode, pas besoin de me le rappeler. Heureusement que papa est là, il sait, lui, comment la prendre. »

Nora se rappela toutes les fois où Henrik avait défendu Monika Linde envers et contre tout. C'était nouveau.

Une goutte d'eau coula de son épaule nue sur le tapis de lisses à rayures. Nora la suivit du regard. Ils étaient si proches, à présent.

« Merci pour ton joli cadeau, dit-elle après un silence un peu trop long. Tu n'aurais pas dû acheter quelque chose d'aussi cher. C'est beaucoup trop.

— Il te plaît ? »

Il avait de la timidité dans la voix, comme Simon quand il n'osait pas poser une question et cherchait malgré tout un moyen de s'exprimer.

« Bien sûr, s'empressa-t-elle de répondre. Je n'ai sans doute jamais reçu un aussi beau cadeau de Noël.

— Alors il était temps. »

Henrik se tut, tripota un peu sa serviette.

« Tu aurais dû l'avoir beaucoup plus tôt. »

Nora ne savait pas trop quoi dire. L'atmosphère était tellement chargée. Le vin rouge et l'armagnac après le café lui faisaient tourner la tête.

« Est-ce qu'on peut au moins avoir un câlin du soir avant qu'il soit l'heure d'aller au lit ? dit-il. Je ne mords pas, promis. »

Nora sourit bêtement.

« Bien sûr, dit-elle en entendant sa voix devenir pâteuse.

— Bon, viens. »

Quand Henrik l'attira à elle, Nora sentit qu'ell se raidissait. C'était si familier, et pourtant non. El connaissait d'avance son odeur, le gel douche q aimait et l'after-shave qu'il avait l'habitude d'achet

L'épaule d'Henrik était fraîche contre sa joue.

Nora se rappela comment elle passait le bout des doigts dans les poils sombres de son ventre, son nombril qui ressortait, au lieu d'être en creux comme chez la plupart des gens. Leur façon de s'endormir, leurs bras entrelacés.

Nora se détendit contre son torse.

Ils étaient parfaitement immobiles.

Au bout d'un moment, doucement, il commença à lui caresser la nuque. Deux doigts se glissèrent sous ses cheveux et s'arrêtèrent là où commençait la colonne vertébrale, juste au-dessus du col de son pull. Il y avait un point toujours douloureux, un vieux nœud qui traînait là depuis des années.

Il le massa par mouvements concentriques, d'un geste simple, allant de soi. Ses doigts glissèrent le long de son omoplate, s'arrêtèrent sur son épaule, s'y attardèrent quelques secondes.

Nora ne bougeait pas.

À présent, il lui caressait doucement la clavicule, avant de remonter par le creux du cou jusque sous le menton.

Elle sentait ses doigts légers sur sa peau.

« Nora », murmura Henrik d'une voix rauque.

Un bip de son téléphone dans la chambre fit sursauter Nora.

Qu'étaient-ils en train de faire ?

Confuse, elle recula d'un pas, tenta de se ressaisir.

« Il faut dormir, murmura-t-elle en regardant le plancher. Si on veut avoir le courage de monter à la chapelle demain. Il est tard. »

Sans regarder Henrik, Nora se dépêcha de gagner sa chambre, en refermant la porte derrière elle. Elle s'y adossa, ignorant la partie d'elle-même qui aurait voulu retourner sur le palier.

Son portable était sur la table de nuit. Un nouveau message s'affichait à l'écran. Il luisait dans la pénombre.

Joyeux Noël. Tu me manques. Câlin. Jonas.

9

Jeudi

Nora regarda par la porte de la cuisine. Henrik était en train de dégager la neige devant le portail, où elle formait de hautes congères le long de la clôture. Il faisait toujours froid, mais le vent avait cessé. La mer n'était plus démontée, même si les vagues qui se brisaient contre les pontons restaient crêtées d'écume.

Ce devrait être une belle journée, pensa-t-elle, le ciel est clair.

Henrik pelletait énergiquement. Nora se toucha la nuque en se rappelant l'effet que lui avait fait la caresse du bout de ses doigts à cet endroit.

Henrik l'aperçut à la fenêtre, et Nora retira aussitôt la main.

« Vous êtes prêts ? lança-t-il, l'écharpe relevée sur le menton. Il faut y aller.

— Allez, les garçons, appela Nora dans l'escalier, on est déjà en retard. »

La chapelle n'était qu'à cinq minutes de la villa Brand mais, par ce froid, il fallait des vêtements chauds, et ils s'étaient bien emmitouflés.

Simon tenait Henrik par la main.

Père et fils à la promenade, songea Nora, marchant quelques mètres derrière Adam. Elle avait eu beau le lui répéter plusieurs fois, il avait oublié son écharpe, comme d'habitude.

Après quelques minutes, ils arrivèrent à la Mission et à la pente qui montait à la chapelle. Elle était située sur un des points culminants de Sandhamn.

« Regardez ! » s'exclama Adam.

Le long de l'étroit sentier, que quelqu'un avait déjà déneigé malgré l'heure matinale, des lumignons flambaient sur de hauts supports métalliques. Un serpent de flammes se lovait en montrant le chemin à flanc de rocher.

« Oui, c'est joli », dit Nora.

Elle glissa son bras sous le sien, même si elle savait qu'il serait gêné. Mais pour une fois, il ne se déroba pas.

Une famille de l'île marchait devant eux, Nora reconnaissait la femme, sans pouvoir retrouver son nom. Aucune importance.

Le pasteur, une femme rayonnante d'une soixantaine d'années, les accueillit sur le seuil, tandis qu'ils brossaient au mieux la neige de leurs vêtements. Elle tenait une liasse de papiers indiquant les chants de

Noël prévus pour la cérémonie. Elle en donna un à Nora et un à Henrik.

Il y avait déjà beaucoup de monde, mais Henrik indiqua une rangée, vers le milieu, où ils devaient pouvoir tenir tous ensemble. Nora s'installa sur le banc entre ses deux fils. Henrik s'assit près de l'allée. Adam appuya la tête contre l'épaule de son père.

Bientôt sept heures, la salle était presque pleine. Au plafond, dans les lustres en laiton chantourné, des bougies répandaient leur douce lueur. Près de l'autel se dressait un sapin joliment décoré.

Nora s'appuya au dossier en réprimant un bâillement. Son sommeil avait été agité de rêves étranges. Elle s'était levée déprimée, sans savoir pourquoi.

Henrik posa le bras sur l'épaule d'Adam, sa main effleura le blouson de Nora qui, une fois encore, se remémora leur rencontre devant la salle de bains. L'instant où elle s'était laissée aller, la tête contre son torse. La sensation rassurante qui s'était éveillée en elle.

Comment pouvait-elle ressentir ça, après tout ce qui s'était passé entre eux ?

La mauvaise conscience la taraudait. Que serait-il arrivé, si son téléphone n'avait pas bipé ?

Henrik devait rentrer dans l'après-midi, tandis que Nora resterait avec les enfants. Jonas devait venir pour le Nouvel An.

Durant l'automne, ils ne s'étaient pas beaucoup vus. Jonas avait eu un planning infernal : la compagnie SAS cherchait à faire des économies en augmentant le temps de vol des pilotes, et elle avait l'impression qu'il avait à peine posé les pieds à Stockholm.

Les rares fois où il n'était pas parti, il avait dû en priorité s'occuper de Wilma, qui faisait encore des cauchemars après les événements de l'été. Elle avait pris du retard à l'école et s'était traînée tout l'automne.

Jonas avait fini par raconter à Nora ce qui s'était passé au cours du week-end de la Saint-Jean, quand Wilma avait disparu. Nora se rappelait l'inquiétude glaçante, la peur du pire. La transformation brutale de l'idylle en cauchemar.

Cette Saint-Jean avait été affreuse, chaotique. Nora comprenait très bien que Jonas ait besoin d'être avec Wilma, les rares jours où il était là.

Mais il lui manquait.

L'orgue entonna *Brille sur la mer et la grève* – le psaume préféré de Nora.

Simon tendit le menton et l'embrassa sur la joue.

« Joyeux Noël, maman », chuchota-t-il.

Nora cessa de penser à la veille, à Jonas, et lui sourit :

« Joyeux Noël, mon chéri. »

10

« Alors, Alice, tu viens, à la fin ? »

La voix de papa retentit au rez-de-chaussée. Il avait l'air impatient. Pourquoi ne pigeait-il pas qu'elle voulait juste qu'on lui fiche la paix ?

Alice Thiels enfonça davantage ses écouteurs, mais entendit pourtant des pas dans l'escalier.

Son journal intime était ouvert sur la couette rose. Elle le referma et le glissa sous l'oreiller. Puis elle monta le volume de son iPod et ferma les yeux : si elle faisait semblant de s'être endormie avec de la musique dans les oreilles et de ne rien avoir entendu, il partirait peut-être tout seul.

La porte de la chambre s'ouvrit.

« Pourquoi tu ne réponds pas quand je t'appelle ? »

Alice savait exactement l'air qu'il avait avec cette voix : sourcils froncés, yeux rétrécis sous ses lourdes paupières, son crâne rasé secoué de colère.

Il devait avoir mis une jolie chemise et un pantalon noir, c'était la tenue standard de papa quand ils étaient invités quelque part. Pas de cravate ni de veste, il n'en portait qu'en cas d'extrême nécessité.

Mais c'était lui qui voulait y aller, pas elle.

Elle avait la chair de poule en songeant à ce qui l'attendait. Les minauderies de Petra sautant sur la moindre occasion de copiner avec elle, au lieu de se fourrer une fois pour toutes dans le crâne que ça n'arriverait jamais. La table débordant de plats de Noël, l'odeur de graillon qui s'imprégnait dans tous ses pores et ne la lâchait plus.

Alice garda les yeux fermés. Je dors, pensa-t-elle, tu ne vois pas ?

« On doit être chez Petra à quatre heures, dit papa d'une voix dure. Pourquoi tu n'es pas prête ? »

Il la secoua légèrement.

Alice ouvrit les yeux, en espérant sembler mal réveillée. Puis elle s'assit dans le lit, sans hâte particulière, et ôta une des oreillettes blanches.

« Qu'est-ce qu'il y a ? »

Comme si elle n'avait pas la moindre idée de ce qu'il voulait. Ni qu'il était tard.

Papa soupira en lançant à Alice un regard las qu'elle fit semblant d'ignorer.

« Je t'ai déjà dit hier qu'il fallait être prête à cette heure-ci. Tu sais parfaitement qu'il faut un moment pour rouler jusqu'à Sundbyberg, surtout aujourd'hui, avec toute cette neige. »

Alice remarqua qu'il lorgnait son bas de survêtement et son sweat noir taché de dentifrice.

« Allez, Alice, bouge-toi. Il faudrait partir tout de suite et tu n'es même pas habillée.

— Je suis vraiment obligée de venir ? » demanda-t-elle en s'appliquant à être grincheuse.

Il va se mettre en rogne, se dit-elle. Il va s'en aller, et je serai dispensée d'y aller.

« Les parents de Petra seront là, dit papa sans réagir du tout comme elle l'avait espéré. Et sa sœur aussi. Elle vient d'ailleurs d'appeler pour dire qu'elle avait préparé ton dessert préféré, un fondant au chocolat. »

Une petite pause.

« Écoute… Petra fait des efforts, tu sais », dit-il d'une voix soudain plus faible, triste.

Et pas en colère comme elle l'avait espéré.

Alice se tut.

Comme s'il avait senti qu'elle jouait la comédie, il changea de tactique. Il s'assit à côté d'Alice sur le lit, passa son bras autour d'elle et la tira à lui.

« Tu sais quoi, dit-il d'une voix plus douce. Si tu ne veux pas venir, on va rester tous les deux à la maison. Je n'ai pas l'intention de te laisser toute seule le jour de Noël. »

Il lui pressa légèrement l'épaule.

« Je vais appeler Petra pour lui dire que tu n'es pas bien. Pas de problème. »

Ne fais pas ça, pensa Alice. Une boule se forma au fond de sa gorge, elle déglutit. C'était plus facile quand il se fâchait ou s'énervait.

« Je sais que tu es triste à cause de cette histoire avec maman, dit-il. Mais c'était quand même bien, hier, non ? Avec grand-mère et grand-père ? Ce n'était quand même pas trop nul ? »

À son propre étonnement, elle dit alors :

« Bon, d'accord. Je viens. »

Elle n'avait pas du tout réfléchi, mais il avait l'air si déprimé.

« Merci, ma grande. »

Alice eut honte en entendant son soulagement. Papa se leva, mais s'arrêta sur le seuil. Il avait retrouvé son ton habituel :

« Au fait, sois mignonne, mets autre chose que ce survêtement, tu veux bien ? Pas besoin d'une robe, ou quoi, mais autre chose. Sans dentifrice. »

Il accompagna la dernière phrase d'un clin d'œil, Alice ne put s'empêcher de lui sourire.

« Je sors la voiture, en attendant, lança-t-il, déjà dans l'escalier. Dépêche-toi, maintenant. »

Alice alla chercher dans la commode quelque chose à se mettre. Elle attendit qu'il referme la porte d'entrée avant d'ôter son sweat.

Elle entendit par la fenêtre le bruit de l'Audi qui sortait du garage. Il faisait déjà nuit noire, alors qu'il était à peine trois heures de l'après-midi.

Elle se dépêcha d'attraper un pull bouffant dans le tiroir du bas, l'enfila et attacha ses cheveux avec un élastique. Puis elle enleva son bas de survêtement et le remplaça par un jean noir.

Il était trop lâche à la taille, elle dut prendre une ceinture en cuir dans le placard et la tirer jusqu'au dernier trou. Tant mieux. Bientôt, elle pourrait passer la main entre son ventre et la ceinture du pantalon.

Elle essaya de se souvenir comment étaient les toilettes dans l'appartement de Petra. Elle avait du mal, elle n'y était allée qu'une seule fois, à la fin de l'été. Étaient-elles en face de l'entrée, ou bien débouchait-on directement dans le séjour ? Il y avait bien un couloir, avant ?

Elle ferma les yeux pour visualiser les lieux, sans y parvenir. On entrait dans un grand vestibule, mais après ?

Le mieux, c'étaient des toilettes un peu à l'écart, hors de vue de la cuisine et du séjour, comme ça on n'entendait rien quand elle vomissait.

Sinon, il fallait laisser le robinet couler.

Ou tirer et retirer la chasse, ça marchait aussi.

11

La musique de son portable réveilla Nora. Adam lui avait téléchargé *Mamma Mia* d'ABBA pour remplacer la sonnerie standard, et il lui fallut quelques secondes pour comprendre que c'était son téléphone qui sonnait.

Mal réveillée, elle regarda autour d'elle, depuis le canapé de la salle télé. Elle ramassa le téléphone sur la table.

« Allô ? marmonna-t-elle, encore endormie.

— Salut, c'est moi. »

La voix de Jonas dans l'écouteur. Il avait l'air content, plein d'énergie.

« Je t'ai réveillée ?

— Mmm… un peu. » Elle se redressa. « J'ai dû m'endormir devant la télé. On s'est levés si tôt, ce matin… »

Elle regarda l'heure : six heures cinq, il était grand temps de préparer le dîner.

« Tout s'est bien passé, hier ? s'enquit Jonas. Tu as eu mon SMS ? Je n'ai pas appelé pour ne pas déranger en pleine fête de Noël. »

Nora inspira rapidement.

« C'était agréable. Les garçons étaient contents qu'Henrik soit là, surtout Simon. Tu sais comment il est. »

Elle trébucha un peu sur le nom d'Henrik. Mais Jonas ne parut rien remarquer.

« Et vous, comment ça s'est passé ? » demanda-t-elle pour changer de sujet.

Jonas avait lui aussi passé Noël avec son ex, Margot, qui était depuis longtemps remariée, et avait eu un garçon de cette union.

À la différence d'Henrik.

« Très bien. Figure-toi que Wilma était de bonne humeur. Je crois qu'elle commence à reprendre du poil de la bête. Ça fait tellement de bien, tu n'imagines pas. »

Sa voix se fit plus grave, plus chaude.

« Tu me manques. J'ai pensé à toi, hier, tout le temps. Surtout au moment d'aller me coucher.

— Moi aussi », s'empressa-t-elle de dire.

Un petit silence se fit. Sans lui laisser le temps de parler, elle reprit :

« Où es-tu, au fait ? Toujours à Stockholm ? »

Elle avait parfois du mal à suivre. Il était en congé le soir de Noël, mais elle savait qu'il reprenait le travail aujourd'hui.

« À Copenhague. En route pour New York. Mais je serai rentré mardi. Comme ça, je pourrai venir mercredi matin, comme prévu. Et là, tu auras ton cadeau de Noël. Mieux vaut tard que jamais... »

La mauvaise conscience de Nora se raviva.

« Pernilla et Thomas viennent aussi pour le soir du Nouvel An, dit Nora. On pourra regarder le feu d'artifice du restaurant des Navigateurs, c'est très chouette, d'habitude.

— Super. Tu veux que je te rapporte quelque chose de la grosse pomme ? »

The Big Apple.

Nora imagina des gratte-ciel et la statue de la Liberté. Elle aurait pu l'accompagner, passer avec lui quelques jours en amoureux à New York. Jonas le lui avait proposé, mais c'était le tour de Nora d'avoir les enfants entre Noël et le Nouvel An.

Si elle avait malgré tout décidé d'y aller, aurait-elle été moins réceptive aux avances d'Henrik ?

Mais en fait il ne s'est rien passé, se dit-elle. Arrête de penser comme ça.

« Tu es toujours là ? »

Jonas la tira de ses réflexions.

« Oui, oui. Pardon, il y a eu un bruit dehors. »

Voilà qu'elle lui mentait, à lui aussi.

« Tu n'as qu'à me dire, si tu as besoin de quelque chose, j'ai plein de temps libre avant le vol du retour. Je peux t'acheter un parfum, si tu veux. »

Jonas, toujours aussi prévenant.

« C'est très gentil, mais je n'ai besoin de rien. Je t'assure. »

Elle était à présent tout à fait sincère, peut-être pour la première fois depuis le début de la conversation.

« Tu me manques, dit-elle doucement. Reviens vite. »

12

« Bon, je m'en vais, Bertil », dit Lisa. Ou Lena ? « Si tu as faim, plus tard, il y a à manger au frigo, tu peux réchauffer au micro-ondes. Des crêpes au safran, miam ! »

Ses cheveux teints en bandes noires et blanches lui descendaient aux épaules, un dragon multicolore tatoué sur son bras droit ondulait de son coude à son poignet.

Elle venait de l'aider à enfiler son pyjama. Juste avant, elle avait préparé son dîner : une barquette de boulettes de viande, pommes de terre et confiture d'airelles. C'était censé faire office de réveillon de Noël.

« Passe un bon Noël, insista-t-elle à en faire trembler son piercing au nez. On se revoit après le Nouvel An, d'ici là je suis en vacances. »

Elle enfila son blouson, mais se ravisa :

« Tu veux que je sorte des biscuits avant de partir ? Ou un peu de chocolat ? »

Bertil Ahlgren déclina d'un geste de la main.

« Ça va. Au revoir. »

Il était étendu sur le couvre-lit, un plaid sur les jambes. La télévision était allumée dans un coin. Une femme guillerette racontait ses souvenirs d'enfance, un Noël en Laponie. Il aurait aimé qu'elle ferme son clapet. Ce qu'elle jacassait !

Il avait beau changer de chaîne, c'était partout la même chose. Soit des films en noir et blanc antédiluviens qu'il avait déjà vus des douzaines de fois, soit des animateurs à l'enthousiasme ridicule qui s'efforçaient de créer la belle atmosphère de Noël.

Enfin, la porte se referma derrière Lisa, ou Lena, et Bertil put souffler.

Cette fille était bien intentionnée, mais il détestait ça, tous ces gens qui se baladaient sous son toit et le traitaient comme un enfant.

Quatre fois par jour, quelqu'un se pointait, parfois d'une jeunesse risible, joues lisses et yeux vifs, en le saluant d'un guilleret :

« Salut, Bertil, comment ça va, aujourd'hui ? »

C'était seulement tard le soir qu'il avait la paix. La nuit, il pouvait toujours faire comme si rien n'avait changé, qu'il était maître chez lui. Et non abandonné à ces jeunes filles qui préparaient ses repas et l'aidaient à s'habiller et se déshabiller.

Il aimait le calme de l'immeuble à cette heure de la journée. Personne ne courait dans les escaliers ou n'utilisait l'ascenseur bringuebalant. Ce soir, on n'entendait rien dans l'appartement voisin. Jeanette était partie la veille. Par le judas, il l'avait vue monter dans l'ascenseur : il avait à peine eu le temps d'ouvrir pour lui souhaiter joyeux Noël qu'elle avait déjà tiré la porte grillagée en lui criant qu'elle partait en voyage pour quelques jours.

Bertil habitait l'immeuble depuis cinquante-six ans, depuis qu'il y avait emménagé, jeune marié. Il connaissait tout le monde. Sa chambre à coucher se trouvait tout contre la cage d'escalier, il connaissait exactement les allées et venues des voisins.

De nos jours, il y avait tellement de gens bizarres dans la nature, il était d'autant plus important de savoir qui était dans les parages. Il avait lu dans le journal que des étrangers essayaient de s'introduire chez des petits vieux sous prétexte de demander un verre d'eau. Une fois dans l'appartement, ils volaient à cœur joie.

Souvent, il regardait par son judas quand il entendait du bruit dans l'escalier. Comme ça, il voyait ce qui se passait dehors.

Cela lui donnait l'impression de participer, et pas seulement d'être un petit vieux sans la moindre idée de ce qui se passait derrière sa porte.

13

Thomas s'approcha de Pernilla, à demi étendue sur le canapé, Elin blottie sur sa poitrine. Quelques papiers de bonbons étaient chiffonnés sur la table voisine. Le journal télévisé avait déjà commencé.

Elin dormait tranquillement tandis que Pernilla appuyait la joue contre le montant du canapé. Ce devait être inconfortable, mais Pernilla ne bougeait pas.

Thomas se pencha, faisant vaciller la flamme de la bougie sur la table. Il lui passa doucement la main dans les cheveux.

« Je la couche ? »

Pernilla lui sourit.

« Je veux bien. Je voulais juste finir de regarder les infos. Le monde entier pourrait s'écrouler sans qu'on soit au courant, je n'ai pas lu un seul journal depuis plusieurs jours. »

Elle se tourna un peu pour voir sa montre.

« Plus que cinq minutes. Après, c'est le film que tu voulais voir. »

Précautionneusement, Thomas souleva sa fille, sentit la chaleur de son corps. La tête d'Elin tenait dans une seule de ses mains, ça l'étonnait chaque fois.

Il coucha Elin dans le lit à barreaux et remonta la couette sur son petit dos. Ses paupières papillotèrent quand il posa un baiser sur son front, mais elle continua à dormir.

Il entendit le journal passer à un sujet sur Suède Nouvelle et Pernilla grommeler, comme chaque fois que le parti xénophobe avait l'attention des médias. Comme il aimait son engagement...

Quand il revint dans le séjour, c'était déjà la météo pour le lendemain de Noël : couvert, avec des éclaircies, mais pas plus de neige avant un moment. Le froid devait se maintenir.

Thomas s'assit à côté de Pernilla, passa le bras autour de ses épaules et l'attira contre lui.

Je suis bien loti, songea-t-il. A-t-on le droit d'être aussi bien ?

14

Vendredi

Bertil Ahlgren, encore endormi, regarda le réveil : presque trois heures et demie du matin. Il devait s'être assoupi un bon moment devant la télévision.

Il essaya de s'orienter. Quelque chose l'avait réveillé, un grand bruit. D'où venait-il ?

Il l'entendit de nouveau, de l'autre côté de la cloison, dans l'appartement de Jeanette.

Un autre film en noir et blanc passait à la télévision, il reconnaissait l'acteur. Mort depuis longtemps, bien sûr. Ce devait être la même chose pour sa partenaire blonde.

Tous morts.

Un autre choc sourd traversa le mur. À présent il était tout à fait réveillé.

Bertil attrapa sa robe de chambre au pied du lit. Il tâtonna un peu avec le cordon, il avait désormais du mal à faire les nœuds. Puis il plaqua l'oreille contre le papier peint. N'y avait-il pas quelqu'un qui se déplaçait, de l'autre côté ?

L'inquiétude s'empara de lui. Il passa la main dans les rares cheveux qui lui restaient. Tendit l'oreille. Son ouïe était impeccable, c'était juste son corps qui était rouillé.

Mais maintenant c'était silencieux, non ?

Stop, un nouveau choc. Quelqu'un renversait des objets chez Jeanette, il en était certain, à présent.

Bertil saisit son déambulateur près de la table de nuit, posa un pied après l'autre et, du bout des orteils, chercha ses charentaises.

Il s'appuya alors sur la table de nuit pour se lever et sortit dans le couloir obscur. Il n'alluma pas : après tant d'années, il savait où poser les pieds.

Il avança aussi vite qu'il put, l'effort le fit suer et il dut s'essuyer le front une fois arrivé à la porte d'entrée. Il s'en approcha au plus près pour coller son œil au judas.

La porte de Jeanette faisait un angle par rapport à la sienne, on la voyait sans mal, en dépit de la faible lueur du plafonnier. Il s'était plaint à plusieurs reprises de l'éclairage insuffisant auprès du syndic, mais rien n'avait été fait. Personne n'écoutait ce que disait un vieux croulant.

La porte en chêne sombre, identique à la sienne, semblait un peu entrebâillée.

Bertil Ahlgren s'efforça de mieux voir. La porte n'était pas complètement close, elle n'avait pas l'air tout à fait rentrée dans le cadre.

Sa poitrine se mit à tambouriner. Un cambriolage ? Ou bien Jeanette était tombée malade et rentrée ?

La cage d'escalier était parfaitement silencieuse, mais on entendit soudain un raclement.

Bertil Ahlgren saisit un parapluie, hésita une seconde, puis déverrouilla sa porte et la poussa un peu.

Il laissa son déambulateur et fit quelques pas. Par prudence, il s'appuyait au mur tout en brandissant le parapluie de la main gauche.

Les deux portes n'étaient distantes que de quelques mètres.

« Hé ho ? tenta-t-il d'appeler. Il y a quelqu'un ? »

Il n'entendait que sa respiration haletante. Sa vue se brouillait, mais il ne pouvait plus renoncer, à présent. Une goutte de sueur coula le long de sa tempe, et il sentit sa main moite sur la poignée du parapluie.

Ne ferait-il pas mieux de rentrer chez lui ?

Mais si Jeanette avait besoin d'aide ?

« Jeanette, appela-t-il prudemment. Tu es là ? C'est moi, Bertil. »

Un mince rai de lumière apparut dans l'entrebâillement de la porte. Une lampe de poche, eut-il le temps de penser, avant que la porte ne s'ouvre et qu'une violente douleur lui fasse exploser la tête.

15

Le soleil se leva à huit heures quarante-trois, le 26 décembre. Deux minutes plus tard, Elza Santos sortit par la porte arrière de l'hôtel des Navigateurs.

Elle portait un épais blouson sur son uniforme de femme de ménage et avait enfoncé un bonnet de laine sur ses cheveux noirs en bataille. Une écharpe lui couvrait le nez et la bouche. Pourtant, le froid lui fit l'effet d'un poing dans la figure : surprise, elle s'arrêta net.

Un groupe important devait arriver vers midi. Ils avaient réservé les appartements autour de la piscine, tout devait donc être impeccable, les salles de bains reluisantes, les mini-flacons de shampoing et de gel douche en place. Dans leurs dévidoirs, les rouleaux de papier toilette ornés d'un joli pli.

Avec un grognement, elle tourna plusieurs fois la tête pour activer la circulation du sang. Lourdement chargée par ses affaires de ménage, elle avait mal aux épaules et ressentait les cinquante ans qui n'allaient pas tarder. Au Brésil, elle avait été enseignante, c'était usant aussi, mais d'une autre façon. Puis elle avait rencontré Anders et était tombée amoureuse.

Elza soupira. Il était si tôt que personne n'avait eu le temps de déneiger le chemin du minigolf, aussi dut-elle longer les pontons, c'était le plus facile pour gagner les appartements.

Dès qu'elle aurait fini sa journée, elle prendrait le ferry pour rentrer en ville, elle espérait avoir celui d'une heure et demie. Ce soir, ce serait un vrai réveillon de Noël brésilien, avec la famille, les amis et plein de nourriture.

Elle sourit à cette idée. Les enfants seraient là, tous les trois.

Il fallait qu'elle s'y mette. Elle traversa la route, se dirigea vers les pontons, devant le minigolf et, là, s'arrêta. L'eau était gris-bleu, mais étale, à l'abri du vent du sud-est. Elle avait gelé le long du rivage, des surfaces glacées sombres, par endroits couvertes de neige.

Elza vivait en Suède depuis douze ans, travaillait à l'hôtel des Navigateurs depuis trois ans, mais avait rarement vu un aussi beau matin d'hiver.

Il faisait trop froid pour s'attarder à contempler la vue : elle se remit en marche mais, au niveau du grand bosquet broussailleux de pins, elle dut s'arrêter pour poser son seau. Elle se reposa le dos quelques secondes en laissant son regard glisser sur la promenade de la plage.

Les congères s'étaient accumulées devant l'hôtel. Sur le ponton, les bancs où, l'été, les plaisanciers s'asseyaient avec leurs bocks de bière fraîche avaient été démontés. Au débarcadère, un ferry Waxholm accostait en crachant de la fumée.

Quelque chose attira son attention. Elza fronça les sourcils, essayant de distinguer ce qui avait capté son regard. Tout semblait comme d'habitude. Elle était seule sur le port, à part un type qui se dirigeait vers la station-service.

Songeuse, elle regarda de nouveau autour d'elle.

La bande côtière, à droite de la station-service, était recouverte d'une épaisse couche de neige intacte. Mais au milieu, une bosse, comme si un long sac de voyage ou un petit canot avait été oublié sur la plage.

Elza était presque certaine qu'il n'y avait rien là avant Noël. Un client aurait-il oublié quelque chose ?

Par curiosité, elle s'approcha. Vit que la forme était trop grande pour un sac.

Elza hésita, mais se pencha pour mieux voir. Elle tendit la main pour brosser un peu de neige.

Une chaussure noire dépassait.

Elza se figea, main tendue et yeux exorbités. Puis elle cria.

16

Le ciel de l'après-midi s'était couvert quand Thomas sortit attendre le bateau-taxi à l'approche. Les vagues qu'il provoquait dans la crique abritée se brisaient sur les fines plaques de glace le long du rivage. Leur surface fragile craquait tandis que les vagues déferlaient avant de refluer.

Si le froid persistait, la baie tout entière gèlerait, reliant Harö et Hagede. Enfant, Thomas adorait les hivers froids où la glace prenait et où il pouvait jouer autour du ponton. L'impression irréelle de se trouver au milieu de l'eau. La sensation de marcher sur la surface sombre de la glace, moitié translucide, moitié opaque.

Avant l'accident, il avait aimé marcher sur la glace. Désormais, il évitait.

Thomas souffla sur ses doigts pour se réchauffer, et jeta un regard vers la maison où Pernilla et Elin étaient restées au chaud. Il avait laissé Elin en train de gazouiller dans le grand lit à côté de Pernilla somnolente. Elin était concentrée sur un de ses nouveaux jouets, un ours qui faisait du bruit quand on appuyait dessus.

Il n'y avait plus que quelques mètres entre le bateau et le ponton : la trappe d'accès s'ouvrit sans bruit à l'avant pour embarquer Thomas. Au moment même où il montait à bord d'une grande enjambée, le bateau repartit. La trappe se referma derrière lui, laissant entrer un courant d'air glacé.

Le pilote, Hasse, lui jeta un regard curieux tandis qu'il descendait l'étroite échelle. Ils se connaissaient vaguement : Hasse habitait lui aussi Harö.

« Salut, Andreasson, dit-il en débrayant la marche arrière. Bienvenue à bord. »

Le ponton disparut derrière eux tandis qu'il accélérait.

« Je croyais que la police avait ses propres bateaux pour circuler dans l'archipel. »

Thomas fit non de la tête.

« Ils ne sont pas toujours disponibles quand on doit se rendre à Sandhamn. »

Il espérait que cette explication lui suffirait.

Que les rumeurs iraient bon train, dès lors qu'il demanderait à Hasse de le conduire à Sandhamn, Thomas s'en était douté. Mais son Buster était remonté à terre et les deux bateaux de la police étaient occupés ailleurs. L'option la plus rapide avait été de demander à Hasse de le conduire.

La traversée jusqu'à Sandhamn leur prendrait au plus un quart d'heure, et encore.

« Il s'est passé quelque chose de spécial ? » continua Hasse en dépit du mutisme de Thomas.

Il sortit de la baie en mettant le cap vers le détroit de Käringspinan, pour passer à l'ouest de Lisslö, vers Sandhamn.

Thomas essaya d'éluder en se focalisant sur l'intérieur de l'habitacle. Le salon était élégamment aménagé, avec une table et des lambris en acajou sombre et des banquettes bleues. Les pièces en laiton brillaient, une carte marine encadrée pendait au mur.

« Jolie déco, dit-il en montrant de la tête la banquette légèrement arrondie. Vous avez rénové ? »

Hasse lâcha le volant d'une main et tourna la tête.

« Oui, c'est mieux, maintenant. On conduit beaucoup de groupes d'entreprises à l'hôtel des Navigateurs. Pour y faire du *teambuilding*, tu sais, ce genre de conneries. Se baigner en plein air dans des tonneaux en se sautant au cou les uns des autres. »

Il ricana, dévoilant une chique coincée sous sa lèvre supérieure.

« Allez, raconte, qu'est-ce qui s'est passé ? Personne ne me fera croire que tu as besoin de te rendre à Sandhamn dans les dix minutes rien que pour contempler le paysage. Surtout le lendemain de Noël. »

Thomas haussa les épaules.

Les informations qu'on lui avait transmises au téléphone étaient chiches, pour ne pas dire insuffisantes. Mais l'officier de garde savait que Thomas avait une maison sur Harö, personne d'autre n'était plus proche de Sandhamn.

« C'est une affaire de police, finit par répondre Thomas. Je ne peux pas dire grand-chose de plus pour le moment. »

Il s'assit quand le bateau se mit à tanguer.

« Mais j'apprécie que tu aies eu le temps de me conduire. »

Hasse déposa Thomas sur le grand ponton, devant le restaurant des Navigateurs. Le bateau-taxi recula dans un bouillonnement d'hélices et repartit vers le détroit.

Une femme aux cheveux bruns mi-longs attendait Thomas dans une épaisse doudoune.

Elle avait l'air aux abois, le regard fuyant, la bouche crispée.

« Maria Syrén, dit-elle en tendant la main. Je suis directrice adjointe de l'hôtel. Sachez qu'on commence déjà à jaser. L'hôtel est presque complet, ça tombe vraiment mal. Nous avons eu une si belle ambiance de Noël tout le week-end. Ce qui s'est passé paraît incroyable. »

Elle hésita, puis poursuivit :

« Nous apprécierions vraiment que vous, euh... si vous pouviez être un peu... »

Elle eut du mal à finir sa phrase, comme si elle était gênée, mais sentit pourtant qu'il lui fallait lâcher ce qu'elle avait sur le bout de la langue.

« Eh bien, un peu discret. »

Maria Syrén regarda par-dessus son épaule en direction de l'hôtel des Navigateurs, avec ses bougies de l'Avent allumées aux fenêtres.

Au milieu du grand ponton, le drapeau suédois était hissé comme s'il ne s'était rien passé. Des guirlandes en branches de sapin ornaient les rampes du large escalier qui montait à la réception, un sapin de Noël décoré trônait au milieu de la terrasse en bois, devant le pub Almagrundet.

« Vis-à-vis des autres clients, si vous comprenez ce que je veux dire », précisa-t-elle.

Thomas suivit son regard.

Un peu plus loin, il vit un attroupement de personnes emmitouflées qui lorgnaient de temps en temps dans sa direction. Quelque chose dans leur posture disait à Thomas qu'ils étaient au courant.

« C'est là-bas, dit Maria Syrén en pointant vers l'est. Au niveau de la station-service, derrière les buissons. C'est une de nos femmes de ménage, Elza, qui a trouvé... »

La directrice adjointe de l'hôtel croisa les bras.

« Elle devait faire les appartements autour de la piscine, continua-t-elle d'une voix ténue. Puis un type est arrivé, William, qui travaille à la station-service. Il venait juste contrôler un truc, en fait, ils sont fermés en cette saison. Mais il a entendu Elza crier et s'est précipité.

— Quelle heure était-il ?

— Il devait être neuf heures. Nous avons immédiatement appelé le 112.

— Où sont-ils, à présent, Elza et William ? » demanda Thomas.

Elle fit un geste vers le restaurant, à l'étage. Perçant les nuages, un rayon de soleil illuminait les vastes fenêtres chantournées.

« Ils attendent là-haut, dans la salle à manger. Car vous voudrez leur parler, n'est-ce pas ?

— Pouvez-vous d'abord me montrer où est le corps ? »

Maria Syrén hocha la tête et tourna les talons pour le guider. Ils empruntèrent un étroit passage déneigé sur les larges caillebottis qui couvraient toute la zone portuaire et où venaient s'attacher tous les pontons.

La neige crissait légèrement sous les chaussures de Thomas, qui sentait le froid remonter par les semelles.

L'été, les bateaux s'entassaient bord à bord dans le port, mais à présent il n'y en avait pas un seul en vue.

Maria Syrén s'arrêta devant un petit café rouge situé juste avant la passerelle de la station-service.

« Derrière ce bâtiment, dit-elle à voix basse. Sur la plage. »

Ils contournèrent le coin, où un imposant vigile leur tournait le dos. Il parlait fort dans son portable.

Deux cônes orange avaient été placés comme barrière improvisée. La neige autour d'eux était piétinée.

Maria Syrén fit un pas de côté pour laisser passer Thomas. Elle montra l'étroite bande côtière, à peine quatre mètres de large, qui les séparait de l'eau.

« Là. »

Par terre devant eux, ce qui ressemblait à une personne accroupie.

De derrière, elle avait l'air d'être tombée la tête la première, le front était enfoncé dans le sol, le visage enfoui dans la neige. La main droite était levée au-dessus de la tête, le gant pointant en avant, en direction de Lökholmen.

Thomas essaya de comprendre ce qu'il voyait.

La victime était-elle tombée ? Ou cette main était-elle tendue pour se défendre ?

Quelqu'un avait commencé à brosser la neige du cadavre, mais s'était ravisé : le haut du corps était presque dégagé, mais les jambes encore recouvertes d'une épaisse couche blanche. Il distinguait la forme d'un talon bas.

Sans doute la femme de ménage ou le type de la station-service qui avait tenté d'enlever la neige avant de comprendre qu'il était trop tard. Et qu'il ne fallait rien toucher avant l'arrivée de la police.

Depuis combien de temps le corps était-il là ? Il avait cessé de neiger au cours de la nuit de Noël. À en juger par la couche blanche qui enrobait les jambes, le corps devait être sur la plage depuis plus de vingt-quatre heures.

Le bonnet clair sur la tête était presque indétectable si on ne savait pas quoi chercher. Avec son blouson gris, le mort se fondait parfaitement dans l'environnement. C'était un vrai miracle qu'on ait trouvé le corps. Il aurait très bien pu rester là jusqu'au dégel.

Thomas descendit du caillebotis et s'agenouilla pour mieux voir. Comme toujours, c'était bizarre d'observer une personne gelée. Une étrange impression que le cadavre pouvait se briser à tout moment s'il y touchait, comme s'il était en verre.

Il hésita, même si sa raison lui disait que ça n'avait pas d'importance.

Précautionneusement, il gratta un peu de neige du bout de son gant, pour mieux voir le visage.

Les yeux de la femme étaient clos, ses sourcils bruns couverts de givre. Les cheveux dépassaient du bonnet, bruns mêlés d'un peu de gris.

Dans la lumière d'hiver froide et blafarde, il distinguait quelques poils noirs sur la lèvre supérieure, où de fines rides trahissaient une fumeuse de longue date. De profonds plis séparaient la bouche des deux ailes du nez.

Thomas essaya de déterminer l'âge de la femme. La cinquantaine, peut-être davantage. La peau était un peu tannée, comme si elle avait souvent pris le soleil.

Le visage de la morte lui disait quelque chose, sans qu'il puisse savoir quoi.

Les yeux étaient fermés, le visage n'était pas maquillé, pas de rouge à lèvres, rien, à part un peu de mascara étalé sous l'œil. N'aurait-elle pas dû se faire belle si elle était cliente de l'hôtel et devait dîner au buffet de Noël ? Pas si elle était de l'île, se dit-il. Pouvait-elle être une insulaire ?

Son teint était gris pâle, mais quelque chose de sombre avait coulé le long du menton, ça faisait une traînée sale de la commissure des lèvres vers le cou.

Thomas renifla. Du vomi ? Impossible à dire par ce froid, mais il se demanda si elle était ivre au moment de sa mort. C'était peut-être une cliente de l'hôtel qui avait trop bu et qui, pour une raison X, était sortie, malgré la tempête.

Trop tôt pour le dire.

Il se releva.

« Nous avons barré la zone dès que possible, s'empressa de dire Maria Syrén.

— Savez-vous si c'est une de vos clientes ? » demanda-t-il.

Thomas remarqua seulement alors que la directrice adjointe n'était pas si âgée, elle avait probablement autour de trente, trente-deux ans. Elle semblait perdue, au bord des larmes. Rien, dans sa formation, n'avait dû la préparer à une telle situation.

« Je ne sais pas bien.

— Pourriez-vous essayer de vous renseigner ? »

Elle paraissait toujours désorientée.

« Vous pouvez peut-être vérifier avec la réception ou l'équipe du ménage s'ils ont remarqué quelque chose ? dit Thomas. Quelqu'un manque peut-être à l'appel ? Je ne sais pas… »

Maria Syrén hocha mécaniquement la tête et sortit son téléphone. Elle composa un numéro, s'écarta de quelques mètres et parla à voix basse.

Thomas s'efforça de lister ce qu'il fallait faire. Les techniciens de la police scientifique étaient en route, ainsi que des policiers en uniforme. Il faudrait quelques heures pour s'occuper du corps.

Il était trop tôt pour dire s'il s'agissait d'un meurtre, il pouvait tout aussi bien s'agir d'une promenade nocturne malheureuse qui avait mal fini. Mais le lieu de la découverte du corps devait de toute façon être documenté, puis la femme transportée à l'institut médico-légal de Solna pour autopsie.

« J'ai parlé à la réception et au ménage, dit Maria Syrén en revenant vers Thomas. Il y a une cliente qui n'a pas dormi dans son lit.

— Comment le sait-on ?

— La chambre n'a pas été faite depuis deux jours, il a dû y avoir un malentendu entre les deux équipes, personne n'y est allé hier. »

Maria Syrén fit une grimace, comme pour excuser son personnel.

« Aujourd'hui, une autre femme de ménage a découvert que le lit n'était pas défait, mais comme toutes les affaires étaient là, elle l'a signalé à sa responsable, par acquit de conscience. » Lourd soupir. « Sinon, personne n'a contacté la réception ni rien.

— Comment s'appelle cette cliente ? demanda Thomas. Vous avez obtenu un nom ?

— Jeanette Thiels. D'après la réception, elle est arrivée avant-hier, le soir de Noël, donc. » Jeanette Thiels. Thomas tourna le nom dans sa bouche. Ça lui disait quelque chose.

« Où est-elle logée ?

— Dans un des petits appartements, derrière la zone de la piscine. Au numéro 12.

— Pouvons-nous aller y jeter un coup d'œil ?

— Bien sûr. Je dois juste aller à la réception chercher les clés.

— Alors je vous attends ici. »

Thomas se tourna vers le vigile, à quelques mètres de lui. L'homme semblait indifférent au froid, alors qu'il devait être dehors depuis un bon moment.

« Pouvez-vous rester ici jusqu'à l'arrivée de mes collègues ? Ça ne devrait pas durer très longtemps. »

Le vigile haussa les épaules.

« Pas de problème. »

C'était un homme fort, mais Thomas devina que c'étaient des muscles, et non de la graisse, qui remplissaient ses vêtements. Un cou musculeux s'enfonçait dans un blouson noir.

Thomas regarda l'heure : onze heures et quart. Le soleil commençait à percer les nuages de plus en plus fins. Il se plaça près du corps et observa le paysage, dos tourné à la mer.

Un léger creux apparaissait dans la neige, les traces menaient de l'épais fourré de pins jusqu'à l'endroit où il se trouvait. Une empreinte plus large que celle d'une seule chaussure.

Tu as dû ramper jusqu'ici, songea-t-il. Tu te trouvais là-bas, puis tu as rampé jusqu'ici. Tu es probablement tombée dans le sable, et tu as essayé d'avancer, mais tu es restée à terre. Voulais-tu te cacher ?

17

« Combien d'appartements avez-vous ? demanda Thomas quand Maria Syrén revint de la réception, un trousseau de clés à la main.

— Une vingtaine. Construits à la fin des années 90 et très appréciés de nos clients. Il y a différentes surfaces, de deux lits à la villa du Port qui en a dix. »

Sa voix avait retrouvé de l'assurance : il était peut-être plus facile de parler de banalités ?

Ils se dirigèrent vers la piscine, dépassèrent le mini-golf, où les parcours se distinguaient à peine sous les masses de neige. Au bout d'une minute, ils parvinrent à un ensemble de maisons rouges de plain-pied groupées à l'intérieur d'une palissade.

Thomas s'arrêta pour se repérer. En ligne droite, il ne devait pas y avoir plus de soixante-dix, quatre-vingts mètres jusqu'au lieu de découverte du corps.

« Y a-t-il un autre éclairage, par ici ? » demanda-t-il.

La directrice s'excusa en secouant la tête.

« Non, il y fait très sombre en hiver. On a parlé d'installer plus de réverbères, mais ça ne s'est pas fait. »

Elle tourna les talons et s'engagea dans un passage étroit, à l'intérieur de la palissade. Des chalets peints au rouge de Falun s'alignaient sur la pente, à gauche, et descendaient à l'oblique un peu plus loin.

Au-dessus de chaque porte, un numéro de chambre. Devant le numéro 12, Maria Syrén s'arrêta.

« C'est là, dit-elle. Je vais juste frapper, à tout hasard. »

Elle cogna plusieurs fois à la porte.

« Il y a quelqu'un ? »

Au bout de quelques secondes, elle introduisit la clé dans la serrure et tourna.

« Voulez-vous entrer le premier ? » demanda-t-elle à Thomas en lui cédant le passage avant qu'il puisse répondre.

Thomas regarda le petit vestibule peint en blanc. En face, une salle de bains, à droite, une petite chambre presque entièrement occupée par un haut lit double. Le séjour était sur la gauche. C'était à la fois joli et fonctionnel.

Il s'avança de quelques pas dans la chambre. Il y avait un creux au milieu du lit fait : quelqu'un semblait s'être couché là.

À terre, contre le mur, un sac à main noir avec une longue bandoulière. Il avait l'air d'avoir beaucoup servi, le cuir était usé aux angles, la glissière semblait fatiguée.

Il se pencha et souleva le sac sans prendre de gants. Puis il l'ouvrit très précautionneusement.

Il vit un portefeuille, dont dépassait le coin d'un permis de conduire rose. Thomas le sortit pour lire le nom : Jeanette Thiels.

La photo du permis montrait une femme aux cheveux courts qui le fixait d'un œil morne. Tout en bas, le numéro de Sécurité sociale indiquait l'âge, elle était née en 1955. Malgré cette photo peu flatteuse, il n'y avait aucun doute, c'était la femme morte dans la neige. Il comprit alors pourquoi elle lui disait quelque chose. Jeanette Thiels était une reporter connue, une correspondante de guerre qu'on voyait parfois à la télévision.

Thomas remit le permis dans le portefeuille et reposa le sac où il l'avait trouvé. Puis il alla ouvrir la porte de la salle de bains.

Carrelage blanc, en face une douche à rideau blanc et, sur la gauche, un lavabo en porcelaine. Tout était propre et net, ça sentait le citron et le détergent.

Il sortit de la salle de bains et gagna le séjour, où Maria Syrén l'attendait.

La pièce n'était pas grande, mais on ne s'y sentait pas non plus à l'étroit. Sous la fenêtre, dans la longueur, un canapé deux places gris-beige, à côté d'un fauteuil en cuir sombre. Une table basse rectangulaire en faisait un petit salon.

« Vous trouvez quelque chose ? » demanda-t-elle d'une voix tendue.

Elle restait sur le seuil, comme si elle avait peur de toucher quoi que ce soit. Un peu de neige était tombée de ses bottes et fondait à ses talons, sur la moquette sombre.

Thomas vit qu'elle regardait un sac grand ouvert sur le fauteuil. Il était au milieu de vêtements épars. Un pull pendait à l'accoudoir et des sous-vêtements s'entassaient en vrac par terre. Quelques boîtes de médicaments avaient roulé sur l'assise.

Quelqu'un semblait avoir cherché quelque chose. Cherché avec rage.

Thomas s'approcha du sac et regarda dedans : tout était sens dessus dessous.

La décision à prendre allait de soi.

« Venez, dit-il à Maria Syrén. Nous sortons de là. »

Il lui prit le bras et l'entraîna.

« L'appartement doit être mis sous scellés, dit-il. Il faut qu'il soit inspecté par la police scientifique. Personne ne doit y entrer avant qu'ils aient fini. »

18

Henrik se retourna avant de s'engager sur l'embarcadère du ferry de la compagnie Waxholm. Nora leva la main pour le saluer.

« Au revoir, papa », lui lança Simon.

Adam resta silencieux à côté.

Nora ne savait pas si elle était triste ou soulagée du départ d'Henrik. La veille, elle s'était couchée tôt, juste après le dîner, prétextant que la cérémonie du matin l'avait fatiguée. La vérité – qu'elle avait essayé d'éviter de se retrouver en tête à tête avec Henrik –, elle voulait à peine se l'avouer.

Nora serra Simon contre elle.

« Et si on rentrait se faire un petit chocolat chaud ? J'ai froid, pas toi ? »

Simon hocha la tête. Adam avait déjà tourné les talons et se dirigeait vers la villa Brand. La tête rentrée dans les épaules. Était-il fâché qu'Henrik soit reparti, ou était-ce autre chose ? Pas facile de savoir, avec lui, désormais.

Leur ancienne complicité manquait à Nora, les conversations à la table de la cuisine avec son aîné. Maintenant, elle n'obtenait plus que des réponses monosyllabiques ou des remarques chafouines quand il trouvait que Simon s'en tirait à trop bon compte. D'après Adam, les deux garçons devaient se partager exactement autant de tâches ménagères, même si quatre ans les séparaient. Nora avait beau expliquer, l'un des deux finissait toujours par se sentir injustement traité.

Nora soupira en silence. Dieu soit loué, Simon était encore en CE2. Mais lui aussi commençait à être grand, dans un an il allait commencer le cours moyen.

Parfois, elle regrettait qu'ils n'aient pas eu un autre enfant, une petite fille peut-être, qui veuille encore monter sur les genoux et faire des câlins. Sa main chercha son ventre, passa instinctivement sur son blouson. Elle avait eu quarante et un ans, s'était séparée : il n'y aurait pas d'autres enfants.

« On regarde un film ? » dit gaiement Simon, sans remarquer ses idées sombres.

Le bout de son nez était rougi par le froid.

« Qu'est-ce que tu voudrais voir ? dit Nora.

— *Donald*, non, plutôt *Le Roi lion.* »

Ils rattrapèrent Adam au niveau de l'épicerie. Nora glissa son bras sous le sien.

« Tu as faim ? dit-elle en s'efforçant de chasser sa mélancolie. Qu'est-ce que tu dirais d'un chocolat chaud avec quelques brioches, en rentrant ?

— Mmh. »

Il avait à peine entendu, les écouteurs de son nouvel iPod enfoncés dans les oreilles. Le cadeau d'Henrik. Adam n'avait rien demandé d'autre pour Noël.

Un mouvement au ponton des douanes attira son attention. Deux policiers arrivaient en portant quelque chose qui ressemblait à une civière. Mais pas d'hélicoptère posé sur la plate-forme.

Que s'était-il donc passé ?

Nora essaya de voir ce qu'ils portaient, sans distinguer autre chose que des couvertures.

Les policiers semblaient se diriger vers une vedette de la police à quai devant le bâtiment des douanes.

« Qu'est-ce que c'est, maman ? » demanda Simon en tirant sur son blouson.

Nora montra du doigt.

« Il y a d'autres policiers là-bas. Je me demande ce qu'ils font. »

Simon tourna la tête pour voir, lui aussi.

« Là, c'est Thomas », dit-il soudain.

Nora se retourna. Derrière eux, près de l'épicerie, elle vit s'approcher la silhouette familière. Thomas marchait d'un pas rapide, en parlant au téléphone, concentré. Chacun de ses mots faisait fumer sa bouche.

« Thomas ! » s'écria Simon en s'élançant vers son parrain.

Nora vit l'étonnement de Thomas quand Simon se précipita sur lui. Mais il s'arrêta, posa la main sur l'épaule du garçon en continuant à parler.

Nora attendit qu'il ait fini.

« Salut », dit-elle à l'approche de Thomas. Adam avait déjà disparu au coin de la rue, sans les attendre. « Qu'est-ce que tu fais ici ? »

Thomas fit une grimace.

« Il s'est passé un truc à l'hôtel des Navigateurs. Une affaire de police.

— Mais c'est Noël ! » lâcha Nora.

Thomas fit un petit sourire.

« Il se passe des choses désagréables même pendant les fêtes, figure-toi.

— Désolée. Ça m'a échappé.

— On rentre boire du chocolat chaud avec des brioches, dit Simon. Tu en veux aussi ? »

Thomas secoua la tête.

« Désolé, mon gars. Je suis un peu occupé. »

Il jeta un œil du côté de la vedette de police. On voyait qu'il était stressé et qu'il s'efforçait de se maîtriser.

« Tu peux toujours passer si tu as le temps un peu plus tard, dit Nora. Il n'y a que nous, maintenant, Henrik vient de repartir. »

Nora savait que Thomas évitait autant que possible son ex-mari, il avait été presque plus en colère qu'elle contre Henrik au moment du divorce.

« Je ne pense pas que j'aurai le temps. Mais merci, en tout cas.

— Mais vous venez toujours pour le Nouvel An, comme on avait décidé ? »

Avant qu'il ait le temps de répondre, le portable de Thomas sonna et il le porta à son oreille. Il avait beau s'être détourné, Nora entendit tout.

« Je rentre au commissariat. Il faut informer la famille au plus vite. »

Il écouta, concentré, puis reprit la parole.

« La vedette prend en charge le corps. »

19

Assis à côté du pilote, Thomas essayait de voir quelque chose par le pare-brise, tandis que la vedette de la police s'engageait dans la passe de Djurö, son port d'attache. Dans l'habitacle, on n'entendait que le travail méthodique des essuie-glaces.

La mer était encore agitée, ils avaient dû réduire la vitesse pour traverser la baie de Kanholmsfjärden, face aux longues vagues aspirantes laissées par la tempête de la veille.

Il aperçut alors sa collègue, Margit Grankvist. Elle l'attendait sous un réverbère du quai. À côté de sa silhouette silencieuse, il vit le corbillard noir qui allait transporter Jeanette Thiels à l'institut médico-légal de Solna. Le chauffeur était sans doute resté au chaud, car on ne voyait personne d'autre sur le port désert. Il n'y avait même pas de lumière dans le grand bâtiment qui abritait d'habitude la police et les gardes-côtes.

La vedette contourna la tête du ponton et accosta avec un grondement sourd. Dès qu'elle fut à l'arrêt, Thomas salua de la tête ses collègues en uniforme et ouvrit la trappe pour débarquer. Il se dépêcha de rejoindre Margit, qui serrait les bras autour de son corps pour se réchauffer. La fermeture de son épaisse doudoune était remontée jusqu'au menton, une grosse écharpe dépassant au col.

« Enfin, dit-elle. Je pensais que tu serais là beaucoup plus tôt. Le Vieux nous veut rassemblés dans une demi-heure, il faut filer tout de suite. Jusqu'à preuve du contraire, nous enquêtons sur un meurtre. Thiels est tellement connue que ça n'a pas fait un pli. Le Vieux a déjà vu ça avec le procureur. »

Sans attendre de réponse, elle se dirigea vers la voiture.

« À la seconde même où nous rendrons public que nous soupçonnons un crime, ça va être un souk d'enfer », dit Margit par-dessus son épaule. Elle déverrouilla à distance sa Volvo et ouvrit la portière conducteur. « Jeanette Thiels était une des correspondantes à l'étranger les plus connues du pays. Elle a couvert plus de conflits armés que toute autre journaliste suédoise. Les journaux vont grimper aux rideaux. »

Margit boucla sa ceinture de sécurité.

« Si elle a été assassinée, c'est forcément lié à son métier. Qu'est-ce que tu en dis ? »

Thomas avait déjà réfléchi dans ce sens. Il se rappelait la série de reportages sur les viols au Kosovo. Elle avait retenu l'attention de Pernilla, qui lui avait montré les articles. Ils étaient bien écrits, c'était inhabituel, et donnaient une voix à de nombreuses femmes désespérées. Pernilla avait acheté le journal du soir tous les jours jusqu'à la fin de la publication.

Ça devait être en 1999, se dit-il. C'était loin. Il n'avait alors que trente-deux ans. Jeanette avait alors quarante-quatre ans, juste quelques années de plus que lui aujourd'hui.

Du coin de l'œil, Thomas vit la civière qu'on débarquait.

Margit poussa un soupir sinistre en passant la première.

« Encore un Noël de foutu », grommela-t-elle avant de s'arrêter à la clôture pour entrer le code d'ouverture du portail. Il pivota lentement et les laissa sortir.

La route était couverte d'une épaisse bouillie de neige. Le chasse-neige avait dégagé un étroit couloir où deux voitures ne pouvaient pas se croiser.

« Comment ça s'est passé, là-bas ? demanda-t-elle. Tu as trouvé quelque chose d'intéressant ?

— J'ai parlé à la femme de ménage qui l'a découverte. Elza Santos, originaire du Brésil. Elle travaille à l'hôtel des Navigateurs depuis trois ans.

— Et qu'avait-elle à déclarer ?

— Elle allait faire le ménage des appartements autour de la piscine. C'est un pur hasard qu'elle ait découvert le corps. Elle s'était arrêtée un instant pour souffler quand elle a vu quelque chose dans la neige. Elle n'a pas tout de suite compris qu'il s'agissait d'une personne, elle a pensé à un balluchon, peut-être un sac. Heureusement, elle a à peine touché Jeanette, elle a juste brossé un peu de neige sur le haut du corps. Puis elle a couru à la réception, et ils ont prévenu la police. »

Thomas fouilla dans sa poche à la recherche de son carnet, feuilleta quelques pages.

« Santos dit qu'elle ne l'avait encore jamais vue. Mais nous pourrons lui parler plus tard, si besoin. J'ai ses coordonnées. »

Ils traversèrent l'arche très marquée du pont de Djurö. En contrebas, l'eau et la glace se mêlaient en une masse grise indéfinissable. Les flocons s'écrasaient sans discontinuer sur le pare-brise mais, au moins, il n'y avait pas de vent. Le thermomètre du tableau de bord indiquait moins treize.

« Les techniciens ont passé l'appartement au peigne fin, dit-il. On verra si les empreintes digitales donnent quelque chose. Mais tu sais comment c'est, dans un hôtel, les gens vont et viennent, des douzaines de clients peuvent avoir dormi là ces derniers mois.

— Au fait, qui tu as eu avec toi ? demanda Margit sans quitter la route des yeux. Staffan Nilsson ? »

Ils roulaient sur la portion de route tortueuse vers Fågelbro, il n'y avait pas d'éclairage, les premiers réverbères arrivaient après le golf de Wermdö.

« Non. C'était une nouvelle. Sandra Ahlin. Je ne l'avais encore jamais vue. Elle a dû être collée d'astreinte en cadeau de bienvenue. »

Avec un sourire en coin, Thomas regarda sa montre. Trois heures moins le quart. Il n'avait rien mangé depuis qu'il avait quitté Harö.

« Assassiner une journaliste, dit tout bas Margit. C'est assez inhabituel, pour la Suède. »

20

Thomas finit d'engloutir deux hot dogs achetés au vol, tout en entrant dans la grande salle de réunion du commissariat de Nacka. Les fenêtres étaient décorées d'étoiles de l'Avent blanches, mais il flottait dans les couloirs désolés comme une injonction à rester chez soi un jour pareil.

Le Vieux était déjà installé en bout de table, en compagnie du plus jeune inspecteur, Kalle Lidwall, et de l'assistante, Karin Ek. Rien chez elle ne laissait deviner qu'elle avait dû brusquement interrompre son congé de Noël, laissant en plan un mari et trois ados. Un grand plat de brioches maison au safran et raisins secs indiquait qu'elle ne comptait pas renoncer à l'ambiance de Noël.

Aram Goris était assis à côté de Karin. Thomas salua de la tête son collègue, qui avait rejoint l'unité après l'été. Aram avait trente-cinq ans, les cheveux très bruns et une ombre de barbe. Il portait un pull décontracté couleur rouille.

« Ça gaze ? demanda Thomas en s'installant en face de lui.

— Tranquille », répondit Aram avec son léger accent, mélange de dialecte de Norrköping et de syriaque. Il remonta ses lunettes sans monture. « Au fait, merci pour l'autre jour.

— Merci à toi. »

Une semaine avant Noël, Aram et sa femme Sonja étaient venus dîner chez Thomas et Pernilla. À l'instar de Thomas, Aram avait beaucoup joué au handball, et ils étaient allés ensemble voir quelques matchs pendant l'automne.

« Tu veux du café ? » proposa Karin en poussant une tasse vers Thomas.

Normalement, il n'aimait pas le café de la machine, mais Karin l'avait servi d'une thermos qui sentait le café frais. L'avait-elle également apportée ?

Erik Blom franchit le seuil. Ses yeux ressemblaient à deux petites fentes. Il paraissait vaseux, comme s'il sortait du lit, alors qu'il était bientôt quatre heures de l'après-midi.

Margit le dévisagea.

« Comment ça va ? »

Erik haussa les épaules et s'assit.

Le Vieux tendit la main vers les brioches mais se ravisa, en se faisant visiblement violence.

Thomas savait que la visite médicale de l'automne avait donné lieu à un sérieux avertissement. Si le commissaire ne veillait pas sur son poids et sa tension, il avait peu de chances de survivre à la soixantaine qui approchait. Son visage cramoisi, sa corpulence et le ventre qui débordait par-dessus la ceinture de son pantalon se passaient de commentaires.

Le chef du département investigation laissa traîner un œil maussade sur les brioches. Puis regarda l'assistance.

« Merci d'être venus si vite. Comme vous l'avez sans doute compris, nous allons nous occuper de cette affaire en priorité. »

Il lâcha un bruit guttural, entre soupir et raclement de gorge résigné.

« Le standard du service de presse commence à être assailli. Une journaliste célèbre qui décède dans des circonstances mystérieuses, dans un lieu aussi improbable que Sandhamn et, en plus, au moment de Noël, en pleine pénurie d'infos... Je n'ai pas besoin d'en dire plus. »

Thomas opina en silence. Ce serait un sacré cirque médiatique.

« Margit, dit le Vieux. Commence par quelques infos générales, puis Thomas, qui s'est rendu sur place, prendra le relais. »

Margit posa sa tasse de café déjà vide.

« Kalle et moi avons fait quelques recherches Internet sur Jeanette Thiels. Autant qu'on a pu. Jeanette avait cinquante-trois ans et résidait à Stockholm, dans un appartement de Söder, dans Fredmansgatan. C'est près de la place Mariatorget.

Elle travaillait depuis des années comme journaliste indépendante, principalement pour *Expressen*, mais aussi pour les journaux du matin.

— Elle n'a pas également écrit des livres ? demanda Karin. Il me semble l'avoir vue en parler, un matin, à la télévision. Elle avait l'air d'avoir du caractère, assez autoritaire.

— Ah oui ? »

Margit croisa les bras et se cala au fond de sa chaise. Ses cheveux courts teints en rouge étaient encore ébouriffés, mais elle ne s'était pas souciée de les lisser.

Karin perdit contenance.

« Bon, rien, murmura-t-elle en rebouchant mieux la thermos.

— Il est exact qu'elle était également écrivain, reprit sèchement Margit. Elle a effectivement publié plusieurs livres et même reçu un prix pour l'un d'eux, décrivant la condition des prisonniers de guerre dans les Balkans.

— Et sa situation familiale ? demanda le Vieux. Mariée ?

— Non. Divorcée, depuis un bon moment, mais il y a une fille, Alice, née en 1995. »

La même année qu'Adam, le fils de Nora, remarqua Thomas. À la porte de l'adolescence.

« Savons-nous où se trouve sa fille ? demanda Karin.

— Probablement chez son père, elle est domiciliée chez lui à Vaxholm, il en a la garde. »

Un pli au front de Karin.

« Ils n'avaient pas la garde partagée ? »

Margit consulta une pile de documents imprimés posés devant elle. Certains marqués de Post-it jaunes et roses.

« Son ex-mari s'appelle Michael Thiels, c'est lui seul qui a la garde, il a cinquante-deux ans, employé chez Ericsson. S'occupe de développement produit, travaille à Kista.

— Il faut l'informer au plus vite de son décès », dit le Vieux.

Thomas hocha la tête.

« On y va dès qu'on a fini ici. »

Il échangea un regard avec Margit.

Annoncer un décès deux jours après Noël, c'était dur. Désormais, cette fête serait pour la fille à jamais associée à la mort de sa mère.

Un instant, il imagina Elin. Sa joie en touchant avec curiosité ses paquets, plus excitée par leur papier brillant que par leur contenu.

Margit poursuivit.

« J'ai parlé de l'autopsie avec l'institut médico-légal. Apparemment, Sachsen devrait pouvoir s'en charger au plus vite. En tout cas, il n'est pas parti pendant les fêtes.

— Et à ton avis ? demanda le Vieux.

— Ça mettra sûrement plusieurs jours. »

Thomas jeta un œil aux photos déjà affichées au mur. Il y avait un portrait de Jeanette, nettement meilleur que la photo figée de sa carte d'identité.

Celle-ci ressemblait davantage à une photo de presse, elle regardait droit l'objectif, les bras croisés, l'air grave, une journaliste sérieuse et engagée. Ses épais cheveux saupoudrés de gris s'arrêtaient à la nuque. Autour de son cou, une petite chaîne. Il devait y avoir du vent au moment de la photo, car sa frange voletait un peu.

À côté, des photos de l'endroit où on l'avait trouvée, sous différents angles. Le photographe avait fait du bon travail, rendant bien les contrastes et les ombres, malgré le contre-jour quand le soleil avait percé la couverture nuageuse.

Peau blême sur neige blanche.

Cette fois-ci, Jeanette avait les yeux clos, son visage était si pâle qu'il semblait un masque de cire.

Le Vieux se leva et gagna le tableau. Il prit un feutre et écrivit MEURTRE ? en grosses lettres.

« Si j'ai bien compris, il n'a pas été possible d'établir sur place si elle a réellement été assassinée ? dit-il en se tournant vers Thomas.

— Non, mais son appartement ressemblait vraiment à une scène de crime, répondit-il. Quelqu'un avait fouillé toutes ses affaires, la chambre était sens dessus dessous. »

Thomas montra un gros plan du visage de la morte. Une ombre était visible sous le menton, quelque chose de noir avait collé sous la lèvre inférieure.

« Ahlin a dit qu'elle avait vomi avant de mourir. Et abondamment, selon elle.

— Est-ce lié à son décès ? demanda le Vieux. Qu'est-ce qu'elle en pense ?

— Elle ne savait pas, l'autopsie le dira. Pour le moment, nous ignorons si elle est morte de froid ou bien autrement, et dans ce cas elle aurait été laissée dans la neige. Nous ne savons même pas si elle est morte là où on l'a trouvée, ou ailleurs. Mais il n'y avait pas de lésions apparentes sur le corps.

— À quelle heure est-elle morte ? demanda Aram.

— Difficile à dire, à cause du froid. Mais elle était à peu près complètement recouverte de neige, et il a cessé de neiger dans la nuit de Noël.

— Elle a donc pu rester là pendant vingt-quatre heures », constata Aram en se servant d'une des brioches de Karin.

Le Vieux soupira de jalousie.

« Oui, dit Thomas. D'après l'hôtel, elle s'est enregistrée aux Navigateurs vers seize heures le 24 décembre. Elle avait réservé une table au restaurant, mais personne n'a plus vu Jeanette après cette heure-là. Cela veut dire un vide de près de quarante heures. On n'a pas grand-chose sous le coude. »

Le Vieux sortit une pomme verte de sa poche et regarda le fruit avec dégoût avant d'y mordre.

« Ah oui, dit Thomas. Nous n'avons pas retrouvé d'ordinateur dans sa chambre. Ce n'est pas un peu bizarre ? J'imagine une journaliste toujours avec son ordinateur, même si c'est Noël.

— Nous ne pouvons pas exclure qu'elle l'ait laissé chez elle, remarqua Margit. Pas encore, en tout cas.

— Il faudra vérifier ça, dit le Vieux. Et son portable ?

— On l'a trouvé », dit Thomas.

Son téléphone était dans une des poches de son blouson.

« C'est toujours quelque chose. Il va falloir vérifier tous ses appels reçus ou passés, au plus vite. »

Le Vieux regarda Aram.

« Tu t'en occupes ? »

Aram hocha la tête, nota dans son carnet. Sous ses yeux sombres, sa peau était bleuâtre. Thomas reconnut le symptôme du manque de sommeil, Aram avait un enfant en bas âge, tout comme lui.

« Est-elle partie là-bas toute seule ? demanda le Vieux. Ou accompagnée ? »

Thomas secoua la tête.

« Elle logeait dans un des appartements, mais il était réservé comme chambre individuelle. Apparemment, elle avait appelé le jour même pour savoir s'il y avait de la place.

— Ça n'a pas l'air prévu longtemps à l'avance, dit Margit. Pour quelle raison se rend-on ventre à terre à Sandhamn un soir de Noël ?

— Elle n'avait peut-être nulle part où aller », dit Erik.

Sa voix était éteinte. L'énergie qu'il dégageait d'habitude avait disparu.

« Il faut chercher si elle a un lien avec Sandhamn, ou si c'est par hasard qu'elle s'y est rendue pour mourir », dit le Vieux, sa pomme à la main.

101

Quelques gouttes de jus brillaient à la commissure de ses lèvres.

« On va avoir la liste de tous les clients présents à l'hôtel des Navigateurs à Noël, glissa Kalle. Ils ont promis de se dépêcher, on aura ça au plus tard demain.

— La plupart repartaient aujourd'hui, dit Thomas. J'ai vérifié avant de partir, le gros des réservations concernait le week-end de Noël. Les prochains jours, c'est presque vide, puis ça se remplit pour le Nouvel An.

— Ça va prendre un moment, de passer en revue tous les clients, il doit s'agir de centaines de personnes, dit Margit. Sans parler du personnel. »

Tous connaissaient la chanson. Dès que les listes seraient là, quelques analystes compareraient les noms avec toutes les bases de données disponibles. On éliminerait les personnes jugées inintéressantes, et d'autres feraient l'objet de plus amples investigations. Tous les clients seraient contactés et interrogés selon un questionnaire standard. Ces réponses seraient à leur tour saisies dans la base de données et analysées.

Mais il faudrait au moins une semaine, peut-être davantage pour en venir à bout.

« Je peux m'en occuper, dit Erik en se redressant. Et aussi les vérifications dans le passé familial, si Karin m'aide à tout organiser. »

Karin lui sourit chaleureusement. Il était son préféré, elle ne s'en cachait pas.

« Bien sûr.

— Alors je m'occupe du personnel de l'hôtel », dit Kalle, tout bas, comme d'habitude.

Le téléphone du Vieux vibra. Il jeta un coup d'œil à l'écran, fronça les sourcils.

« Essayez d'accélérer Sachsen, dit le Vieux à Thomas et Margit. Plus tôt on saura de quoi est morte cette personne, mieux ça vaudra. »

Il entreprit de ramasser ses papiers.

« Il faut que j'appelle le service de presse », dit-il en saisissant son téléphone.

21

« On dirait vraiment une maison en pain d'épice », dit Margit tandis qu'ils remontaient la rue étroite qui menait au domicile de Michael et Alice Thiels, à Vaxholm.

La façade de l'ancienne maison en bois était peinte dans un doux bleu-gris, avec des entournures blanches et des fenêtres à petits carreaux. Une tourelle s'élevait d'une aile du bâtiment, avec une vue dégagée sur la mer. Le premier propriétaire avait peut-être voulu s'aménager un observatoire pour surveiller les environs, se dit Thomas.

Derrière une palissade, des lilas touffus formaient une haie basse tout autour du jardin. Devant la véranda se dressait un sapin illuminé que quelqu'un avait coiffé d'un bonnet de Père Noël.

« Joli », opina-t-il en jetant un regard à la forteresse de Vaxholm, en face de la maison des Thiels.

Elle rappelait un antique château fort, avec ses épais murs gris et son imposante tour de pierre. Plus

Disneyland que fortification militaire. Peut-être ce donjon avait-il inspiré la tourelle des Thiels ? De là-haut, on devait pouvoir suivre la vie de la forteresse, de l'autre côté de l'eau.

Margit se gara, ils descendirent. Plusieurs fenêtres étaient éclairées, il y avait du monde.

Thomas connaissait bien la zone, il avait souvent accosté à Vaxholm durant ses années dans la police maritime. C'était le principal carrefour de l'archipel nord et central, avec un va-et-vient permanent de ferries.

L'homme qui vint leur ouvrir en chaussettes portait un jean et un T-shirt noir. Il était au téléphone et, tout en ouvrant, demanda à son interlocuteur d'attendre.

Il regarda les deux policiers, interloqué. Avant qu'il ait le temps de rien dire, Thomas tendit la main.

« Thomas Andreasson, de la police de Nacka. Voici ma collègue Margit Grankvist. Vous êtes bien Michael Thiels ? »

Un bref hochement de tête.

« Pourrions-nous entrer pour vous parler un moment ? » demanda Thomas.

L'œil de Michael Thiels brilla. Il se dépêcha de dire quelques mots au téléphone, avant de le ranger dans sa poche arrière.

« Entrez. »

Ils entrèrent dans la véranda vitrée et accrochèrent leurs blousons à un grand portemanteau dans un coin. Par terre, une sacoche d'ordinateur et, à côté, des chaussures de fille de petite pointure, tout au plus du trente-quatre ou du trente-cinq.

Leur hôte les invita à continuer vers l'intérieur de la maison.

« Nous pouvons nous installer là, dans le séjour. Vous pouvez garder vos chaussures. »

Il tourna les talons et les précéda dans une grande pièce avec des fauteuils de cuir clair disposés de façon à profiter de la vue. Un sapin de Noël avec des boules multicolores trônait dans un coin et, dans l'autre, une étoile de Noël se dressait sur sa tige.

« Voulez-vous vous asseoir ? leur proposa Michael Thiels en leur indiquant le canapé.

— Il s'agit de votre ex-femme, dit Margit.

— Jeanette ? »

Michael Thiels s'assit dans un des fauteuils, le regard fixé sur Margit.

« Nous devons malheureusement vous informer qu'elle a été retrouvée morte à Sandhamn », dit-elle. Puis continua sans laisser à Michael le temps de l'interrompre : « Du côté du port, devant l'hôtel des Navigateurs. C'est une passante qui l'a retrouvée ce matin. Nous pensons qu'elle est décédée hier, mais nous le saurons plus précisément après l'autopsie.

— Vous voulez dire qu'elle est morte de froid ? »

Michael Thiels fronça les yeux, comme s'il luttait pour ne pas perdre pied.

Thomas savait d'expérience qu'il fallait être clair, répéter le message. Parfois, il fallait s'y reprendre à plusieurs fois pour qu'il passe.

« Jeanette est morte, dit-il de nouveau. Cependant nous ne savons pas encore de quoi. C'est-à-dire si elle est morte de froid ou non. Mais certaines circonstances nous font soupçonner un crime.

— Un crime ? » lâcha Michael Thiels.

On aurait dit que ce mot était comme une horrible boulette sur sa langue, quelque chose d'inconnu qui avait mauvais goût et qu'il fallait cracher.

« Effectivement, il n'est pas certain qu'elle soit décédée de causes naturelles, dit Margit. Pour cette raison, nous devons vous poser quelques questions. J'en suis désolée, mais comme vous le comprenez certainement, cela ne peut pas attendre. »

On entendait de la musique en bruit de fond. Thomas était si concentré sur l'ex-mari de Jeanette Thiels qu'il ne l'avait pas remarqué jusque-là. À présent il reconnut la voix. Etta James, la chanteuse soul américaine.

Un livre était ouvert sur la table basse. À côté, un verre à pied presque vide, avec un fond de vin rouge.

« Puis-je vous apporter un peu d'eau ? » demanda Margit.

Après quelques secondes, Michael Thiels se leva.

« Je peux aller en chercher moi-même. »

Il disparut à la cuisine, un robinet coula. Au bout d'une minute, il revint avec trois verres et un pichet de porcelaine à demi plein.

Une fois réinstallé, il prit le temps de soigneusement remplir les verres.

« Avez-vous le courage de nous parler un peu de Jeanette ? » demanda Margit.

Elle avançait prudemment, nota Thomas. Pas facile de poser des questions dans une telle situation, mais plus ils en sauraient à ce stade précoce de l'enquête, mieux cela vaudrait.

« Jeanette », dit lentement Michael Thiels.

Il prit son verre, but quelques gorgées, examina l'eau qui restait.

« Nous sommes divorcés depuis assez longtemps, la fin des années 90.

— Combien de temps avez-vous été mariés ?

— Nous nous sommes rencontrés en 88, mariés assez vite, nous n'étions ni l'un ni l'autre de première jeunesse.

— Vous avez bien une fille ? dit Thomas.

— Oui. Alice. Elle n'avait que quatre ans quand nous nous sommes séparés. »

Il se tut, passa la main sur son crâne chauve.

« Jeanette est restée à la maison les premières années. Mais ensuite, elle a voulu repartir. Bien sûr, elle avait essayé de changer sa façon de travailler, mais rester à la maison, ça la minait. »

Il haussa les épaules.

« Ça a fini par ne plus aller. Elle était de plus en plus absente pour des missions diverses.

— Nous avons cru comprendre qu'Alice vivait avec vous ? dit Margit.

— Exact. Au début, nous avons essayé une semaine sur deux, mais c'était trop mouvementé pour Alice.

Jeanette habitait en ville et moi je voulais rester ici. Au moment de choisir une école, ça a été ici, à Vaxholm, puisqu'il arrivait à Jeanette de partir en mission plusieurs semaines de suite. »

Il fit un geste de la main, un peu sur la défensive.

« C'est la maison de mes parents, je ne voulais pas déménager. En plus, c'est un environnement magnifique pour les enfants, sûr et tranquille. »

Il posa son verre et ajouta :

« De toute façon, Jeanette était toujours partie en voyage.

— À quelle fréquence Alice voyait-elle sa mère ? demanda Margit.

— Pas assez souvent. Jeanette était… très dévouée à son travail. Elle était prête à tout pour un bon scoop ou un bon article. Elle prenait d'énormes risques, se rendait dans des zones de conflit auxquelles même la Croix-Rouge n'avait pas accès. »

Il se lécha les lèvres.

« Elle avait l'indignation facile dès qu'il s'agissait des injustices dans les pays en guerre. Hélas, il ne lui restait pas autant de temps pour ceux qui avaient besoin d'elle à la maison.

— Êtes-vous en train de dire qu'elle négligeait sa fille ? » demanda Margit.

Michael Thiels tripota un gros anneau argenté qu'il portait à l'annulaire droit.

« Alice souffrait de ce que sa mère soit si souvent absente. Ces dernières années, Jeanette a à peine été là, si vous voulez tout savoir. Ce n'est pas toujours facile pour une ado de voir sa mère à la télé alors qu'elle lui manque.

— Où partait Jeanette ? demanda Thomas.

— Voyons, où est-elle allée ? Les Balkans, bien sûr, lors de l'effondrement de l'ex-Yougoslavie. Beaucoup au Moyen-Orient, mais aussi en Afrique : Éthiopie, Soudan, Congo. Là-bas, elle a failli y rester, d'ailleurs.

— Que s'est-il passé ?

— Un accident de voiture. Elle roulait dans une jeep qui est tombée dans un ravin. Ça a pris des heures pour la secourir, puis elle est restée une semaine à l'hôpital à Nairobi avant de pouvoir enfin être rapatriée.

— Ça a dû être dur pour Alice, dit Margit.

— Alice était désespérée, elle a presque mis plus longtemps à se remettre que Jeanette. Ça a été un grand choc pour ma fille.

— Quand était-ce ? demanda Thomas.

— Attendez, ça doit faire quatre ans, en 2004, je crois. »

Michael Thiels se pencha brusquement en avant, comme s'il voulait leur faire comprendre quelque chose.

« Je ne sais pas combien de fois je lui ai demandé de se calmer et de songer à Alice. Elle avait besoin de sa mère, pas seulement de moi. Mais Jeanette faisait toujours la sourde oreille. Notre couple disparaissait quand elle recevait une nouvelle mission, plus rien d'autre n'avait d'importance. C'était comme parler à un mur. »

Pas difficile de comprendre la raison de leur rupture, pensa Thomas.

Le bruit d'une porte qu'on ouvrait. Un courant d'air froid, puis, lancé du vestibule :

« Papa, je suis rentrée ! »

22

Michael Thiels se figea en entendant la voix de sa fille.

Il regarda Thomas, comme s'il venait seulement de réaliser la portée de ce qui venait de se passer.

« Qu'est-ce que je vais lui dire ? » murmura-t-il.

Ses yeux supplièrent les deux policiers mais, déjà, plus le temps de réfléchir : Alice Thiels apparut dans l'embrasure de la porte, avec ses cheveux châtains, raides et maladroitement attachés en chignon sur la nuque. Elle laissa glisser à terre un vieux sac de sport, dont dépassait une basket. Elle avait une paire d'écouteurs dans les oreilles, dont le fil blanc se balançait sur sa poitrine.

« Salut, papa », fit-elle.

Elle aperçut alors les deux policiers sur le canapé et s'arrêta sur le seuil.

« Alice, dit Michael Thiels d'une voix étouffée. Viens t'asseoir près de moi. »

La fillette était fluette, avait le teint pâle et l'air fragile. Elle n'était pas grande, à peine plus d'un mètre cinquante. Son visage était menu, avec des yeux étroits.

« Qu'est-ce qu'il se passe ? »

Son filet de voix était à peine audible. Elle saisit le chambranle de la porte, ou plutôt s'y agrippa. Son vernis à ongles noir était si écaillé qu'on n'en voyait que des traces.

Michael Thiels se leva et alla chercher sa fille pour la faire asseoir dans le fauteuil. Il s'agenouilla à côté d'elle et lui prit la main. Alice se mit à pleurer, bien que son père n'ait encore pas dit un mot.

« Ma petite, dit tout bas Michael Thiels, la gorge serrée. Ces policiers, là, sont venus annoncer une triste nouvelle. Un horrible accident a eu lieu, tu comprends, à Sandhamn. »

Il supplia Thomas et Margit en silence. Ne lui dites pas toute la vérité.

Il continua d'une voix brisée.

« Maman n'est hélas plus avec nous, ma chérie. Elle est partie. »

Alice le dévisagea. Elle porta sa main à sa bouche pour étouffer un cri.

« Tu comprends ce que je dis ? demanda Michael Thiels. Maman n'est plus en vie. Elle est morte. »

Alice bondit du fauteuil.

« C'est ta faute ! » cria-t-elle, avant de quitter la pièce en trombe et de disparaître dans l'escalier.

Michael Thiels resta à genoux. Un instant, Thomas crut qu'il allait éclater en sanglots, mais il se leva alors, sans faire mine de suivre sa fille.

On entendit une porte claquer à l'étage.

Lentement, Michael Thiels se rassit dans le fauteuil. Margit posa une main sur son bras.

« Buvez un peu d'eau », dit-elle en levant le pichet pour remplir son verre.

L'air encore chamboulé, il le prit et en but une gorgée.

« Savez-vous pourquoi votre fille a dit ça ? demanda Thomas. Désolé, mais il faut que je vous pose la question. »

Cette exclamation l'avait surpris, ainsi que l'expression dans les yeux d'Alice.

Michael Thiels secoua la tête.

« Je ne sais pas. » Il regarda ses mains, serra les poings avant de continuer : « Mais je crois qu'elle considère que le divorce est de ma faute. Que je n'aurais pas dû poser un ultimatum à Jeanette quand Alice était petite.

— C'est ce que vous avez fait ? » demanda Margit.

Il hocha la tête.

« C'est moi qui ai poussé au divorce. Alice le sait. En plus, sa mère s'est très tôt chargée de gentiment le lui raconter. »

Devant la fenêtre passa un gros ferry avec de petites fenêtres carrées d'où bavait de la lumière. La neige sur le pont avant scintillait dans leur lueur, tandis que, derrière l'énorme bateau, Thomas devinait les murailles de la forteresse de Vaxholm.

« Je ne pouvais plus vivre comme ça, continua sèchement Michael Thiels. L'inquiétude quand elle était partie, les disputes quand elle était à la maison. Je n'y arrivais pas, je voulais juste une vie normale pour Alice et moi. »

Avec un soupir épuisé, il se laissa retomber contre le dossier, en se passant la main sur le menton.

« Je sais qu'Alice m'en a voulu, elle pense que j'ai chassé sa mère. Et ça ne s'est pas arrangé quand j'ai rencontré Petra, voilà quatre ans.

— Qui est Petra ? demanda Margit.

— Petra Lundvall, elle travaille aux services financiers de la commune de Solna. Nous nous sommes rencontrés par hasard à un dîner chez de bons amis.

— Alice n'aime pas votre nouvelle amie ? »

Geste indéfinissable.

« Ce n'est pas facile, dit-il tout bas. Petra voudrait qu'on s'installe ensemble, peut-être qu'on fonde une famille, elle n'a pas d'enfants et va bientôt avoir quarante ans. Mais Alice serait folle si ça arrivait, je le sais. »

L'homme en face d'eux semblait sincère, mais Thomas s'interrogeait sur les mots lâchés par sa fille. Cette accusation était-elle seulement l'expression d'une colère longtemps contenue, la réaction choquée d'une ado à une terrible nouvelle ? Ou quelque chose d'autre se cachait-il derrière ces dures paroles ?

Il faudrait qu'ils reparlent à Alice, sans son père.

Margit se concentra sur Michael Thiels.

« Pourriez-vous nous dire où vous vous trouviez pendant les fêtes de Noël ? »

Il fallait poser cette question. Thomas savait que sa collègue s'efforçait d'être neutre, mais Michael Thiels réagit vivement.

« Ici, bien sûr, avec Alice, dit-il en levant le menton.

— Peut-elle le confirmer ? Êtes-vous restés tout le temps ensemble ?

— Nous avons fêté Noël avec mes parents, ils sont arrivés vers deux heures le 24, et sont restés jusqu'à minuit. Ils habitent un appartement pour seniors tout près d'ici. Je peux vous donner leur numéro de téléphone. »

Margit le nota dans son carnet.

« Et le 25 ? reprit-elle. Êtes-vous aussi restés à Vaxholm ?

— Non. Nous étions invités chez Petra. Elle habite Sundbyberg.

— Combien de temps y êtes-vous restés ?

— Quelques heures, nous y sommes arrivés à quatre heures et étions rentrés vers huit heures. Nous ne sommes pas restés très longtemps, à cause d'Alice.

— Jeanette et vous ne vous êtes jamais assez bien entendus pour passer Noël ensemble ? » demanda Thomas.

Il pensait à Nora et Henrik, qui avaient fait un effort cette année.

« En fait, non. Mais Alice voulait que Jeanette vienne ici, pour qu'elle ne reste pas seule le soir de Noël. »

Il fut interrompu par la sonnerie de son portable. Michael Thiels essaya de l'ignorer mais, après plusieurs signaux, il le sortit malgré tout, regarda l'écran mais rejeta l'appel.

Thomas crut voir *Petra* s'afficher.

Michael rangea son téléphone.

« Le 23, Alice a vu Jeanette, qui lui a dit ne pas avoir de plan particulier. Alice lui a proposé de venir chez nous, mais elle a décliné l'invitation.

— Quand dites-vous qu'elles se sont vues ? demanda Thomas.

— La veille de Noël.

— C'était la dernière fois ?

— Autant que je sache. »

Margit se pencha en avant.

« Savez-vous où elles se sont vues ?

— Alice est passée goûter chez Jeanette. Elle m'avait auparavant demandé si j'étais d'accord pour que Jeanette se joigne à nous. J'avais dit oui, bien sûr, puisque ça faisait tellement plaisir à Alice. Mais en revenant, Alice m'a juste dit que Jeanette ne pouvait pas.

— Comment l'a-t-elle pris ?

— Alice ? Ça l'a déçue. Mais elle l'a souvent été. Cet automne, Jeanette a été très souvent partie. Pour l'anniversaire d'Alice, en octobre, elle était à l'étranger. »

Michael Thiels serra un poing.

« Ce n'était pas la première fois, ajouta-t-il.

— Savez-vous si elles ont eu un autre contact, après le 23 ? demanda Thomas. Alice a-t-elle parlé à sa mère le soir de Noël ?

— Je ne crois pas que Jeanette ait donné de nouvelles. Alice me l'aurait dit. Mais c'était typique de Jeanette. »

Son regard glissa vers la fenêtre, un petit muscle tressaillit près d'un œil. Dehors, on voyait la lumière d'un ferry qui passait.

« Tout autre chose, dit Thomas. Jeanette avait-elle un lien particulier avec Sandhamn ? Savez-vous pourquoi elle y est allée toute seule, avant-hier ?

— Je crois que sa mère a toujours une maison là-bas. Jeanette a grandi à Tierp, mais la famille avait une maison de vacances à Sandhamn, sa mère en était originaire.

— Sa mère est toujours en vie ? demanda Margit.

— Oui, mais elle est complètement sénile. Elle est en institution. Il est possible que la maison soit toujours là, elle venait de sa mère. Nous y sommes parfois allés en visite, quand Alice était petite. C'est sur le côté sud de l'île. »

Margit rangea son carnet dans sa poche et fit mine de se lever.

« Nous aimerions parler de nouveau avec Alice, si vous n'avez pas d'objection ? »

Michael Thiels parut interloqué.

« Pas aujourd'hui, quand même ? »

Margit jeta un rapide coup d'œil à Thomas.

« Nous pouvons revenir un autre jour », dit Thomas en se levant.

Margit l'imita.

Ils se dirigèrent vers la porte, Michael Thiels enfonça la poignée et leur ouvrit. Son crâne chauve brillait de sueur.

23

L'appartement de Jeanette Thiels était situé dans un immeuble 1900 de Södermalm, entre Mariatorget et Slussen.

Quand Thomas et Margit arrivèrent dans l'entrée, ils entendirent des voix au-dessus d'eux : aucun doute, leurs collègues s'activaient déjà, quelques étages plus haut. Avec un peu de chance, ils auraient déjà assez avancé pour pouvoir les laisser entrer.

Thomas crut reconnaître la voix de Staffan Nilsson. Nilsson était un technicien de la police scientifique doué, que Thomas appréciait beaucoup.

Il se tourna vers Margit.

« Elle habitait au troisième, n'est-ce pas ? »

Le vieil escalier en pierre était usé : à chaque marche, sous la rampe, un léger creux témoignait de décennies de piétinement. Monter ne leur prit qu'une minute.

« Salut, Andreasson », dit Nilsson quand Thomas gravit la dernière marche.

Il salua Margit.

« Joyeux Noël à toi aussi, ou bien il vaut mieux s'abstenir dans ces circonstances ? »

Margit se contenta de le saluer de la tête.

« Comment ça se présente ? » demanda Thomas.

Nilsson portait une combinaison de protection bleue et des gants blancs. Il sortit d'un sac deux autres paires de gants, qu'il tendit à Thomas et Margit.

« Là, il y a des pantoufles, dit-il en montrant un tas de surchaussures bleues. Entrez, vous verrez vous-mêmes. »

Ils firent quelques pas dans l'appartement, où deux autres techniciens s'affairaient à passer en revue les affaires de Jeanette Thiels.

C'était haut sous plafond, presque trois mètres. Des murs blancs et un parquet en sapin clair.

Thomas regarda autour de lui en essayant de s'imprégner du domicile de Jeanette Thiels, de comprendre la personne qui avait vécu là. La chambre était juste en face, sur la gauche le séjour et un bureau. La cuisine tout au fond.

Le mobilier était spartiate, pour ne pas dire pauvre. Peu de tapis, pas de rideaux aux fenêtres. En revanche quelques tableaux à motifs africains au-dessus d'un groupe de fauteuils en cuir brun. Du rouge, du vert, un soleil jaune épanoui. Des couleurs gaies.

Aucune décoration de Noël.

« Il y a une lampe renversée dans la chambre, dit Nilsson dans son dos. Et plusieurs tiroirs de la commode semblent avoir été fouillés, leur contenu est pêle-mêle, et celui du bas était mal refermé. Dans le bureau, il y a des papiers dispersés partout.

— Quelqu'un est venu chercher quelque chose, constata Margit. Où est la chambre ? »

Nilsson lui montra.

« Là-bas. »

Thomas aperçut une lampe cassée à côté du lit de Jeanette, au pied de la table de nuit. Un coup de coude à la mauvaise hauteur pouvait avoir suffi à la faire dégringoler.

« Y a-t-il des traces de lutte ? demanda Margit.

— Pas du tout, plutôt le contraire, dit Nilsson. Va voir dans la cuisine. »

La cuisine n'était pas grande, avec une table rectangulaire, trois chaises et un tabouret. Deux tasses à café y avaient été abandonnées. Une brioche au safran à demi mangée traînait, desséchée, à côté d'une assiette qui contenait des morceaux de chocolat.

« On a trouvé ça comme ça en arrivant.

— Elle semble être partie dans la précipitation, dit Margit. Sinon elle aurait rangé.

— Elle avait réservé pour deux nuits à l'hôtel des Navigateurs, dit Thomas. Elle savait donc qu'elle ne rentrerait pas avant quelques jours. »

Il s'approcha pour inspecter le contenu des deux tasses. Dans le fond, le lait avait tourné et formait des dépôts grisâtres à la surface.

« Le tout est de savoir qui était avec elle, dit-il.

— On pourra probablement relever empreintes digitales et ADN sur les tasses, dit Nilsson derrière lui.

— La visite a dû avoir lieu au plus tard le matin du 24, puisque Jeanette a pris le ferry de trois heures moins le quart pour Sandhamn. D'après son ex-mari, sa fille l'a vue le 23 dans l'après-midi.

— Ranger la table ne prend pas si longtemps, dit Margit en se tournant vers Nilsson. Est-il possible de déterminer combien de temps c'est resté là ? »

Il haussa les épaules.

« Pas exactement.

— Il faudra demander aux voisins, dit Thomas. Peut-être quelqu'un aura remarqué si elle a eu de la visite le 24 au matin.

— Pourquoi donc était-elle si pressée ? se demanda Margit. Elle aurait rencontré une source qui lui aurait communiqué quelque chose d'urgent, qu'est-ce que tu en dis ? N'oublions pas qu'elle était journaliste.

— Une source avec qui elle a pris le café, chez elle, le jour de Noël ? » demanda Nilsson.

Une pointe de sarcasme, que Margit ignora.

« On l'a peut-être menacée, d'une façon ou d'une autre, poursuivit-elle. Et ça l'a poussée à filer à Sandhamn. Pour se cacher. »

Thomas ouvrit le réfrigérateur. Une brique de lait entamée, des fromages affinés et une belle grappe de raisin dans le compartiment du milieu. À côté, un paquet de boulettes de viande et des tranches de saumon fumé. Une boîte de sauce maître d'hôtel, de la bière et du vin blanc au frais.

Indéniablement, Jeanette semblait s'être acheté de quoi réveillonner. Encore un signe qu'elle n'avait pas prévu de fêter Noël à Sandhamn.

« Là, vous avez le bureau », dit Nilsson en indiquant une porte grande ouverte.

Thomas resta sur le seuil.

Partout, des piles de documents pêle-mêle. Des rayonnages montaient jusqu'au plafond, mais les livres en avaient été jetés à terre. Dans un coin, on avait renversé un carton de livres de poche avec le nom de Jeanette Thiels sur la couverture. Le vaste bureau noir était lui aussi sens dessus dessous : dans le désordre, on apercevait, dans un cadre renversé, une photo d'Alice, les joues grassouillettes, une dent tout juste tombée.

Le long d'une cloison, un canapé-lit gris, lui aussi jonché de livres et de papiers.

Était-ce là que dormait Alice quand elle venait voir sa mère ? se demanda Thomas. Il n'y avait qu'une chambre dans l'appartement, devait-elle se contenter du bureau ?

Margit prit un livre sur une pile.

« Jeanette lisait visiblement dans plusieurs langues, dit-elle en montrant la couverture, un titre en allemand avec *Sarajevo* au milieu. Et aussi en français », ajouta-t-elle en montrant un livre de poche à côté.

Thomas se tourna vers Staffan Nilsson.

« Avez-vous trouvé un ordinateur dans l'appartement ?

— Non. Rien ici. »

Nilsson indiqua une imposante imprimante dans le coin, à côté du bureau.

« Mais elle pouvait imprimer ce qu'elle voulait. C'est un truc perfectionné, pas spécialement donné. J'ai bien pensé à acheter ce modèle, mais je l'ai trouvé trop cher pour une utilisation à la maison.

— Tu sais qu'elle était journaliste, n'est-ce pas ? »

Le technicien hocha la tête. Sa charlotte blanche bougeait quand il parlait.

« D'habitude, il y a un ordinateur au bout de ça », dit-il en montrant à terre un câble d'alimentation qui serpentait depuis une prise.

Thomas s'approcha du bureau, essaya d'imaginer Jeanette en train de travailler à son ordinateur. Il aurait dû y avoir des notes, des mémos. Quelque chose qui montre sur quoi elle travaillait.

Il ouvrit un tiroir, où s'entassaient pêle-mêle gommes, stylos, scotch et quelques timbres. Dans l'autre, il trouva papiers et enveloppes, quelques Post-it de différentes couleurs et de vieilles cartes postales de Stockholm. Aucun carnet.

« Et la salle de bains, ça donne quoi ? demanda-t-il. Vous l'avez déjà inspectée ? »

Nilsson fit un petit geste du coude.

« C'est là-bas, dans l'entrée. À droite de la porte. »

La salle de bains était noir et blanc : austères dalles noires au sol, carrelage blanc et lisse aux murs. Une grande baignoire, avec une tablette en verre où s'alignaient de luxueuses bouteilles de shampoing et de bain moussant.

Jeanette Thiels n'avait pas lésiné lors de la rénovation de la salle de bains, tout était neuf et chic. Cela collait mal avec l'appartement impersonnel, les vêtements éparpillés dans la chambre.

Mais c'était peut-être là sa façon de se détendre ? Se plonger dans un bain brûlant et se rincer les idées après une longue journée.

Au hasard, Thomas ouvrit le placard, au-dessus du lavabo : des produits de maquillage, mais nettement moins que ce qu'avait Pernilla. Une crème de nuit, une petite bouteille de parfum français et, tout au fond, un tube de mascara non ouvert.

Les deux étagères du haut étaient remplies de boîtes de médicaments, certaines portant des triangles rouges d'avertissement. Avec ça, plusieurs paquets d'Alvedon et de Magnecyl, ainsi que des petits flacons de gouttes pour le nez.

« Regarde ça », dit-il à Margit en s'écartant pour qu'elle voie mieux.

Margit prit une à une les boîtes de médicaments.

« Zofran, lut-elle à haute voix. Qu'est-ce que c'est ? Et ça : acide folique ?

— Aucune idée. »

Thomas se tourna vers Staffan Nilsson qui attendait hors de la salle de bains.

« Ça te dit quelque chose ? »

Le technicien secoua la tête.

« Pas la moindre idée. Mais on va tout emporter, je transmettrai la liste à Sachsen, il pourra peut-être nous dire de quoi il s'agit.

— Envoie-nous aussi une copie », dit Margit.

Ils furent interrompus par de timides coups frappés à la porte d'entrée entrouverte.

Une femme d'une cinquantaine d'années, avec une doudoune noire et d'épaisses bottes au cuir strié de marques blanches de sel. Ses longs cheveux noirs étaient attachés dans la nuque.

« Pardon, dit-elle. Qui êtes-vous, que faites-vous chez Jeanette ?

— Nous sommes de la police, répondit Margit. Et vous, vous êtes ? »

La femme sembla effrayée.

« Anne-Marie, j'habite au-dessus. »

Elle tendit précipitamment la main à Thomas, qui était proche d'elle. Sa paume était froide et moite.

« Il s'est passé quelque chose ? demanda-t-elle. Jeanette et moi sommes de bonnes amies, nous sommes voisines depuis presque dix ans. Je m'occupe de son courrier quand elle part en voyage. Nous devions nous voir aujourd'hui, mais elle n'est pas venue. En fait, je suis un peu inquiète. »

Ses mots se déversaient en cascade.

« Pourrions-nous vous parler un moment ? dit Thomas. Chez vous peut-être, nous serons plus au calme ? »

Il fit un geste vers l'intérieur de l'appartement, où les collègues de Nilsson étaient en train de terminer leur travail.

Une ombre passa sur le visage d'Anne-Marie quand elle découvrit les techniciens de la police scientifique dans leurs combinaisons.

« Il s'est passé quelque chose de grave, hein ? Je le savais, j'en étais sûre. »

24

« Voilà, j'habite ici », dit Anne-Marie en leur indiquant une porte au milieu du palier. Au-dessus de la fente de la boîte aux lettres, une plaque avec le nom HANSEN.

Quand elle leur ouvrit, Thomas constata que son appartement était quasi identique à celui de Jeanette. Mais celui d'Anne-Marie était habité et décoré pour Noël, avec des chandeliers de l'Avent aux fenêtres et un arrangement floral de saison sur la table basse.

« Entrez », dit-elle en pendant son épaisse doudoune. Elle portait en dessous un cardigan gris sur un T-shirt noir. « Voulez-vous du café ? »

Thomas était sur le point de décliner, mais Margit le devança :

« Volontiers, si ça ne vous dérange pas.
— Pas du tout. »

Ses paroles étaient laconiques, forcées. Peut-être que leur proposer du café était une manière de faire comme si tout était normal. Offrir quelque chose à boire était de bon ton, même à deux policiers porteurs d'une nouvelle qu'elle ne voulait pas entendre.

« Il faut juste appuyer sur un bouton, assura Anne-Marie Hansen. Ça ne me dérange absolument pas, j'ai une machine qui s'occupe de tout. »

Ils la suivirent dans une cuisine qui ressemblait à celle de Jeanette, mais Anne-Marie avait supprimé l'ancien placard, et la surface gagnée donnait l'impression d'une pièce beaucoup plus vaste.

Elle s'approcha d'une machine à café, sur le plan de travail, et sortit d'un placard trois tasses en porcelaine.

« Noir ? demanda-t-elle sans se retourner.

— Oui, merci, dit Margit.

— Je veux bien du lait si vous en avez », dit Thomas.

Une pression sur un bouton déclencha un bruit de moulin dans la machine, puis un parfum de café se répandit dans l'air.

« Vous ne voulez pas vous asseoir ? »

Anne-Marie s'exécuta, inspira plusieurs fois à fond, comme si elle prenait son élan pour oser demander :

« Pourquoi êtes-vous là ? »

Margit lui adressa un regard compatissant.

« Jeanette est morte, désolée. Elle a été retrouvée dans la matinée. »

Anne-Marie se cacha le visage dans les mains.

« Quand ? lâcha-t-elle.

— Nous ne savons pas exactement, dit Thomas. Elle a été retrouvée à l'extérieur, il n'est pas possible de dire précisément quand ça s'est passé, pas encore. Malheureusement, nous soupçonnons un crime. »

Thomas laissa une minute à Anne-Marie. Puis il posa sa tasse et scruta son visage blême.

« Pourquoi avez-vous dit que vous le saviez ? »

Anne-Marie se frotta le front du revers de la main.

« Elle prenait toujours tellement de risques. Je ne pouvais que m'attendre à ce qu'il lui arrive malheur. Mais j'avais toujours pensé que ça se passerait à l'étranger, quand elle travaillait. Pas ici, en Suède. »

Ses yeux chavirèrent.

« Pardon, murmura-t-elle en attrapant un mouchoir en papier pour sécher ses yeux.

— Nous comprenons que ce soit un choc, dit Margit.

— Quand l'avez-vous vue pour la dernière fois ? demanda Thomas.

— Il y a trois jours. Le soir du 23. Nous avons pris un verre de vin ensemble – nous sommes toutes les deux célibataires. »

Elle but une gorgée de café.

« Noël, ce n'est pas génial, quand on n'a ni mari ni enfants.

— Et vous, où avez-vous passé Noël ? demanda-t-il.

— Chez mon frère, à Uppsala. J'y suis allée le lendemain, le 24, donc, et je suis rentrée voilà quelques heures à peine.

— Vous avez dit tout à l'heure que vous deviez vous voir aujourd'hui ? » dit Margit.

Anne-Marie hocha la tête.

« Nous avions décidé de dîner ensemble. Vers six heures et demie. Ne la voyant pas arriver, je me suis inquiétée. Jeanette était si ponctuelle, d'habitude. J'ai sonné plusieurs fois, mais personne n'a répondu. Je l'ai appelée sur son portable, mais il était éteint. Maintenant je comprends pourquoi elle ne répondait pas.

— Savez-vous ce qu'elle faisait, en ce moment ? demanda Thomas. Professionnellement, je veux dire. On nous a dit qu'elle était beaucoup partie, ces derniers temps.

— Jeanette a passé presque tout l'automne à l'étranger.

— Savez-vous où ? demanda Margit.

— Je crois qu'elle a pas mal circulé. Elle est allée au Maroc, j'ai reçu une carte postale de là-bas. Mais aussi en Europe de l'Est. Elle était en Bosnie début décembre.

— En Bosnie ? répéta Margit. Et qu'y faisait-elle ?

— Je ne sais pas. Elle disait que c'était un projet secret, personne ne devait rien savoir avant la fin. Mais c'était presque prêt, je crois. Elle devait terminer d'ici le Nouvel An.

— Elle écrivait une série d'articles ? Pour un journal ?

— Elle ne m'a pas dit. »

Anne-Marie se tut et se passa la main dans les cheveux.

« Mais elle a dit quelque chose, comme quoi elle avait passé toute la journée à rédiger, pendant des heures.

— Ça aurait été bien de savoir de quoi il s'agissait », dit Margit.

Anne-Marie s'excusa d'un geste.

« Je ne peux malheureusement pas vous aider.

— Autre chose, dit Thomas. Nous n'arrivons pas à retrouver son ordinateur. Sauriez-vous s'il est en panne, si elle l'aurait laissé en réparation quelque part ?

— Non, pas que je sache. » Anne-Marie fronça les sourcils. « Mais elle l'avait le 23. Quand nous avons bu un verre. S'il est tombé en panne, c'est après.

— Savez-vous si elle faisait une sauvegarde de ses textes ? demanda Margit. Par exemple sur une clé USB, ou en ligne ? Avait-elle un disque dur externe ?

— Je crois qu'elle utilisait des clés USB, dit Anne-Marie en froissant son mouchoir. Elle ne se fiait pas à la sauvegarde en ligne, car elle se trouvait souvent dans des pays sans bonne connexion. Elle était soigneuse avec ses textes, n'aurait pas pris le risque de les perdre.

— Je peux vous poser une question ? dit Thomas. Comment vous a-t-elle semblé, quand vous l'avez vue ? Avait-elle l'air effrayée, ou inquiète, peut-être ? »

Anne-Marie essuya quelques larmes.

« Pas effrayée, dit-elle. Plutôt stressée, ne tenant pas en place. Elle n'arrivait pas à rester assise, n'arrêtait pas de se lever. Elle toussait beaucoup, mais m'a demandé si j'avais des cigarettes, car son paquet était vide. Elle n'avait pas l'air dans son assiette. »

Anne-Marie but une gorgée de café.

« Je ne sais pas bien, c'est peut-être juste une impression, je ne peux pas mieux expliquer. »

Thomas se racla la gorge.

« Une hypothèse est qu'elle a trop bu, puis qu'elle est sortie et, pour une raison X, est restée dehors.

— Mais pourquoi aurait-elle fait ça ?

— Il est même possible que Jeanette soit volontairement restée dehors », ajouta Margit.

L'empressement d'Anne-Marie leur donna la réponse avant même qu'elle ne parle.

« Vous voulez dire qu'elle se serait suicidée ?

— Non, ce n'est pas ça, s'empressa de dire Thomas. Mais il est important pour nous de savoir comment allait Jeanette avant sa mort. Parfois, les gens font des choses étranges que leur entourage ne peut pas prévoir. »

Anne-Marie croisa les bras. Lentement, elle dit :

« Jeanette n'aurait jamais, jamais fait une chose pareille.

— La connaissiez-vous donc si bien ? demanda prudemment Margit.

— Oui. C'était le cas. Nous sommes amies de longue date, nous étions très proches, même si elle n'était pas souvent là. Croyez-moi, elle n'aurait pas fait ça à Alice.

— Pourtant elle ne voyait pas très souvent sa fille, en tout cas c'est ce que nous a dit son ex-mari, objecta Margit.

— Vous avez rencontré Michael ? » Anne-Marie posa sa tasse de café. « Alors je n'ai pas besoin de vous en dire plus.

— Je croyais qu'ils étaient restés en assez bons termes après leur divorce ? dit Margit.

— Cela dépend à qui vous posez la question, dit Anne-Marie, un timbre nouveau dans la voix. Jeanette aurait préféré ne pas lui laisser Alice, quand ils se sont séparés. Mais Michael l'a menacée d'un long procès si elle ne lui laissait pas la garde complète.

— Il aurait vraiment fait ça ? s'étonna Margit.

— Vous ne connaissez pas Michael. »

La réponse fusa si vite que Margit fut prise au dépourvu.

Anne-Marie regardait fixement devant elle.

« Parlez-nous de lui, dit Thomas.

— C'est un homme qui a un énorme besoin de tout contrôler. » La voix d'Anne-Marie flancha. « Michael a prétendu que Jeanette avait délaissé Alice quand elle était petite. Qu'elle avait perdu ses droits sur sa fille et qu'il était de son devoir de le laisser s'occuper d'Alice. Il a fait pression sur Jeanette. Et, comme elle ne voulait pas faire subir à Alice une dispute usante sur la garde, elle a fini par céder. »

Anne-Marie serra les lèvres.

« Je ne comprends pas qu'elle ait accepté ça. »

Michael Thiels pouvait apparemment être plus qu'impitoyable, à l'occasion. Thomas s'efforça de soupeser ses impressions contrastées.

« Mais elle voyait bien Alice régulièrement, n'est-ce pas ?

— Ce n'était pas toujours facile. » La mine d'Anne-Marie parlait d'elle-même. « Jeanette devait beaucoup voyager pour son travail. Quand elle était là, il y avait toujours une excuse, Alice était occupée, avait du mal à se libérer. C'était un entraînement de foot, une sortie scolaire, tout et n'importe quoi. Jeanette faisait des efforts, mais Michael refusait de coopérer et elle ne pouvait pas le forcer, pas après avoir accepté de lui laisser la garde. »

Anne-Marie semblait à présent plus triste qu'en colère.

« Je lui disais qu'elle aurait dû aller au tribunal demander une révision du jugement, demander la garde partagée. Mais elle ne voulait pas. Elle avait beau être très courageuse en reportage, elle ne voulait pas se battre pour sa fille. Je ne la comprenais pas.

— Qu'en pensait Alice ? demanda Thomas.

— Je ne sais pas. Michael lui avait sans doute inculqué sa version du divorce, elle vit avec lui. Les enfants sont si influençables… »

Anne-Marie se tut, l'air absorbé.

« Elle n'a jamais pu pardonner ça à Michael, dit-elle au bout d'un moment.

— Avez-vous encore autre chose à nous dire ? demanda Margit. N'importe quoi. Même des détails peuvent être importants. »

Anne-Marie tripota sa tasse vide, puis dit tout bas :

« Je ne sais pas si ça compte, mais Jeanette n'avait pas l'air d'aller tellement bien quand nous nous sommes vues, elle semblait vieillie. Elle avait maigri, aussi, comme si elle flottait dans ses vêtements. »

Dehors, il s'était remis à neiger. De gros flocons qui tombaient lentement au sol. Une fenêtre s'alluma sur la façade d'en face, révélant combien ces vieux immeubles étaient proches les uns des autres.

« Jeanette n'était pas du genre à se soucier beaucoup de son apparence, dit Anne-Marie, mais je me suis effectivement dit qu'elle n'avait pas l'air en très bonne santé, je veux dire qu'elle semblait très fatiguée, l'autre soir. »

Ou morte de peur, songea Thomas.

25

« Et maintenant, que va-t-il se passer ? » murmura Anne-Marie Hansen.

Ils étaient sur le seuil de son appartement, on entendait des airs de Noël, un étage au-dessus.

« L'enquête continue, répondit Thomas. Nous devrons peut-être revenir vous poser des questions. Si vous pensez à autre chose, n'hésitez pas à nous contacter. »

Il lui tendit sa carte de visite.

« Il y a mon numéro de portable, vous pouvez m'appeler jour et nuit. »

Anne-Marie prit la carte, elle avait pâli au cours de l'entretien.

« Quel Noël horrible, dit-elle. Jeanette a disparu. Et Bertil a fini à l'hôpital. Quel immeuble ! »

Margit fronça les sourcils.

« Qui est Bertil ? »

Anne-Marie croisa les bras contre sa poitrine, comme si elle avait froid, malgré son cardigan en laine grise.

« Bertil habite l'appartement du coin, qui jouxte celui de Jeanette. Il a été retrouvé sans connaissance devant sa porte hier. J'ai appris ça à mon retour d'Uppsala.

— Que s'est-il passé ? demanda Thomas.

— On ne sait pas bien, juste qu'il s'est cogné la tête. C'est la femme de ménage qui l'a retrouvé ce matin. Il était étendu en pyjama devant sa porte, avec une grande plaie au front. Il est assez âgé, plus de quatre-vingt-cinq ans. Ils pensent qu'il était un peu désorienté et qu'il est sorti en pleine nuit. Il est maintenant à l'hôpital Sankt Göran. Le pauvre, ça aurait pu vraiment mal finir.

— Est-on certain qu'il s'agit d'un accident ? demanda Thomas.

— Mon Dieu, vous pensez qu'il puisse y avoir un rapport avec la mort de Jeanette ?

— Probablement pas. Mais je voudrais vérifier, par acquit de conscience. Savez-vous à qui nous pourrions nous adresser pour en savoir plus ?

— Je vais vous donner le numéro du syndic, Henry Davidsson. Il sait certainement ce qu'il en est de Bertil. »

Sur le pas de la porte, Anne-Marie Hansen regarda les policiers repartir.

Elle se souvenait du dernier soir avec Jeanette. Assises dans le séjour, elles avaient bu du vin, comme tant d'autres fois. Comme d'habitude, Jeanette avait parlé avec de grands gestes. Elle avait toujours beaucoup à raconter sur ses voyages, faisait volontiers les frais de la conversation.

Mais elle était plus pâle qu'à l'ordinaire, s'était plainte d'avoir froid, d'être en train de tomber malade.

Anne-Marie frissonna.

Un autre souvenir lui revint, un soir chez Jeanette. C'était en octobre, son amie devait partir en voyage le lendemain, Anne-Marie était descendue lui dire au revoir. Cette fois, c'était le Maroc, Marrakech. Secrètement, Anne-Marie l'enviait, quelle chance d'échapper à l'obscure et froide Suède.

Elles s'étaient installées sur le canapé, Jeanette était allée chercher une bouteille de vin en lui montrant une orchidée blanche en pot, sur le rebord de la fenêtre.

« Autant que tu la montes chez toi, dit-elle. Sinon, elle ne va pas survivre. »

Soudain son portable avait sonné. Elle avait fait la grimace en voyant l'écran.

« C'est Michael », avait-elle mimé en prenant l'appel.

Il devait s'être mis à crier dès que Jeanette avait décroché, Anne-Marie ne pouvait pas ne pas entendre sa voix en colère :

« Qu'est-ce que tu mijotes, bordel ? »

Jeanette s'était levée et avait disparu dans la cuisine. Elle avait beau avoir fermé la porte, Anne-Marie avait saisi des bribes de cette violente conversation.

L'indignation croissante d'Anne-Marie, des moments de silence quand Michael parlait. Impossible d'entendre ce qu'il disait, mais Jeanette semblait tenter de le raisonner, de le calmer.

Sa position était inconfortable, Anne-Marie avait l'impression d'écouter aux portes. Fallait-il qu'elle rentre chez elle, le temps qu'ils aient fini ?

Soudain, à la cuisine, Jeanette avait hurlé :

« N'essaie pas de m'en empêcher ! »

Puis silence et, peu après, un robinet qui coulait dans l'évier.

Au bout de quelques minutes Jeanette était revenue, les joues en feu.

« Il est complètement taré », avait-elle marmonné.

Sans regarder Anne-Marie, elle avait saisi son verre de vin, l'avait vidé d'une traite et rempli aussitôt.

« Qu'est-ce qu'il voulait ? » avait demandé Anne-Marie.

Jeanette n'avait pas répondu. Tenant son verre à deux mains, elle avait bu encore une grande gorgée. Par la fenêtre, la sirène d'une ambulance qui s'approchait et disparaissait au loin.

Le bruit de la grande ville.

« Il s'est passé quelque chose ? » avait à nouveau tenté Anne-Marie.

Jeanette était sortie de sa torpeur.

« Non, rien d'important, avait-elle fini par dire, sans regarder Anne-Marie. Il y a quelque chose qui cloche chez lui. »

Le choc de la porte qui se refermait au rez-de-chaussée ramena Anne-Marie au présent.

Elle avait encore la carte de Thomas Andreasson à la main, et la serra si fort qu'elle se froissa dans sa paume.

26

Nora lut le SMS qui venait de faire biper son téléphone.

Envoyé mail important sur projet Phénix,
Besoin de tes commentaires,
Urgent
Jukka.

Simon et Adam étaient allés se coucher, il était onze heures passées. Nora s'était servi un verre de vin rouge et s'était blottie dans le canapé avec un bon livre. Elle avait profité du silence de la maison, c'était bon d'avoir un moment pour soi.

Mais le SMS accéléra son pouls, et elle sentit son stress se réveiller d'un coup.

L'automne avait été pénible à la banque, elle attendait vraiment avec impatience ces dix jours de vacances, pour pouvoir complètement décompresser.

Elle n'avait pas envie de retourner au bureau après le Nouvel An, mais essayait de ne pas y penser.

Toute la tension était de nouveau là, instantanément provoquée par les quelques mots du message.

Nora posa son téléphone sur la table, leva son verre, y trempa les lèvres et laissa lentement glisser le vin au fond de sa gorge.

Tout avait commencé avec la fusion. La banque où elle travaillait depuis bientôt dix ans cherchait depuis longtemps un partenaire nordique. Il fallait des reins plus solides pour conserver sa position sur le marché, elle n'y arriverait pas seule.

Il y avait eu de nombreuses tentatives mais, enfin, au cours de l'été, une fusion avait été opérée avec une des plus grandes banques finlandaises. Le nouveau groupe bancaire avait été coté en bourse en Finlande et en Suède. Pour commencer, les deux sièges d'Helsinki et de Stockholm seraient conservés, la consigne étant cependant la réduction générale des dépenses. Mais aucune réduction drastique des effectifs ne semblait envisagée dans le département juridique où travaillait Nora.

Elle avait mis de côté ses angoisses et retroussé ses manches, les préparatifs de la fusion avaient augmenté sa charge de travail, plutôt que l'inverse.

Une bonne nouvelle avait été la nomination d'un nouveau chef du service juridique, Einar Lindgren.

Nora se représenta Einar : dix ans de plus qu'elle, avec son accent légèrement chantant du Norrland. Né à Kalix, mais marié à une Finlandaise et installé depuis un bout de temps à Helsinki, où il avait travaillé dans la banque avec laquelle ils s'étaient alliés.

Nora espérait depuis longtemps ce changement de direction, et s'était réjouie de cette nomination. Elle savait qu'elle n'était pas la seule : au sein du service, peu avaient regretté le chef égocentrique et capricieux qui avait dû partir au moment de la fusion.

Puis à l'automne, avec le crash de Lehman Brothers, la situation des marchés financiers s'était fortement dégradée. La pression avait augmenté en interne.

Nora se rappela ce jour d'octobre où Einar l'avait convoquée dans son bureau. Elle ne voyait pas bien pourquoi il voulait la voir.

« La direction a décidé d'un projet interne pour baisser les coûts administratifs, lui avait-il dit. Il sera piloté par Jukka Heinonen en personne. Il aura la priorité absolue, comme tu le comprends certainement. »

Nora avait hoché la tête, assise dans son fauteuil en face d'Einar. Elle ne connaissait pas le nouveau vice-président de la banque, mais savait que Jukka Heinonen s'était profondément impliqué dans la fusion, et donnait désormais le ton au sein de la nouvelle direction. Un homme gras, avec des sourcils broussailleux et des yeux bleu clair, presque aqueux.

« J'aimerais que tu fasses partie du projet, comme experte juridique, avait dit Einar. Tu as une bonne réputation, on m'a dit que tu étais une des meilleures parmi les juristes de la banque. Je crois que tu es faite pour cette mission. »

Ces paroles l'avaient enthousiasmée, ce projet était une vraie carotte : si elle s'en sortait bien, on la remarquerait, et elle serait peut-être augmentée.

« Tu rendras des comptes directement à Jukka Heinonen, avait continué Einar. Cela exigera beaucoup de travail et une grande discrétion, mais tu vas assurer, sans problème. »

Einar était vraiment différent de son ancien chef, avait songé Nora après l'entretien. Avant qu'ils se quittent, il avait posé son bras sur ses épaules en la félicitant pour son sens des affaires. Nora avait assuré Einar qu'elle allait s'impliquer avec joie dans ce nouveau projet.

Mais son enthousiasme s'était fané. Nora fit tourner le vin dans son verre en se rappelant sa frustration, juste avant Noël.

Jukka était quelqu'un qui n'arrêtait jamais de travailler. Il envoyait souvent des mails tard le soir ou tôt le matin, s'attendant à une réponse immédiate, même s'agissant de questions d'une difficulté inextricable.

Nora faisait de son mieux, mais le temps lui manquait, surtout les semaines où elle avait les garçons. C'était dur de passer la soirée devant son ordinateur quand Adam et Simon étaient avec elle.

À mesure que le projet avançait, elle trouvait de plus en plus difficile de travailler avec le vice-président du groupe. Il se mêlait du moindre détail, même quand il ne savait pas de quoi il parlait et ne semblait pas très intéressé par les avis différents du sien. Souvent, il la coupait avant qu'elle ait fini, ou faisait semblant de ne pas avoir entendu.

Nora tentait de lui trouver des excuses : il n'était peut-être pas habitué à travailler avec des femmes. Elle savait que Jukka n'avait jamais nommé de femmes à des postes de direction dans son ancien organigramme en Finlande.

En plus, il avait la soixantaine, une autre génération. Cela se remarquait aussi par d'autres biais. Il pouvait porter la même veste une semaine entière. Une odeur de vieil homme, s'était dit Nora un jour qu'elle partageait avec lui la banquette arrière d'un taxi.

Mais le pire était qu'elle commençait à croire que les décisions étaient prises ailleurs, au-dessus de sa tête, alors que la responsabilité juridique du projet reposait sur ses épaules. Jukka ne communiquait qu'au compte-gouttes, en tout cas avec elle. Elle avait vent de réunions, derrière des portes closes, auxquelles elle n'était pas conviée, mais qui étaient suivies de mails contenant diverses instructions.

En novembre, Jukka Heinonen avait envoyé un mail concernant la fermeture d'un important département de la banque, avec effet immédiat. Il voulait que Nora lui fournisse au plus vite une analyse des questions relatives au droit du travail soulevées par cette décision.

Quand, lors d'une réunion, elle avait fait remarquer qu'il était impossible de procéder de la façon qu'il envisageait, en tout cas pas au regard du droit suédois, il l'avait dévisagée, perplexe :

« En Finlande, on peut parfaitement faire comme ça, l'avait-il coupée. C'est l'avis des juristes finlandais. »

Puis il avait passé la parole à quelqu'un d'autre autour de la table.

Nora avait été troublée : pourquoi avait-il parlé droit suédois avec ses collègues finlandais sans la consulter ?

Elle était restée là, le rouge aux joues, avec l'impression d'être une débutante. Tout le reste de la réunion, Jukka l'avait ignorée, comme si elle était invisible. Aucun des autres participants ne l'avait soutenue, malgré ses bons arguments.

Une ambiance étrange s'était installée au travail. De plus en plus de décisions semblaient prises à Helsinki, alors qu'il s'agissait pour les deux partenaires d'une fusion sur un pied d'égalité, la branche suédoise était même la plus importante des deux.

Nora se demandait s'il fallait aborder le problème avec Einar, l'informer du tour que prenaient les choses. Mais, en même temps, colporter des commérages lui semblait voué à l'échec.

Puis ça avait empiré.

En décembre, Jukka Heinonen avait pris un rythme assez incroyable, forçant Nora à passer de nombreuses soirées à travailler, à l'approche de Noël.

Un des sujets les plus importants du projet principal était de vendre le réseau d'agences du nouveau groupe bancaire dans les pays Baltes, le projet Phénix.

Pendant l'expansion, au début des années 2000, de nombreuses agences avaient ouvert en Lettonie,

Estonie et Lituanie. L'activité battait désormais de l'aile, il fallait vite trouver un acheteur, pour éviter d'avoir à y injecter davantage d'argent, voire, pire, de devoir tout démanteler à perte.

Différents impétrants avaient été contactés et, après plusieurs sélections, Jukka avait identifié un acheteur, avec lequel il avait entamé des négociations confidentielles.

L'affaire devait se conclure au plus tard en février, avait-on annoncé, et d'emblée il avait été clair que ce serait compliqué. Nora savait qu'elle devrait travailler dur, dès la fin des fêtes.

Mais, en vacances, elle s'était juré de ne pas penser au boulot, il lui fallait prendre du recul, se laver le cerveau.

À présent, sa tranquillité d'esprit était comme balayée.

Malgré l'heure tardive, elle allait devoir se connecter. Elle n'allait sans doute pas se coucher de sitôt.

Nora alla chercher son ordinateur, sentant le malaise l'envahir.

27

Samedi

Margit avait promis de passer prendre Thomas le matin. En sortant sur le pas de sa porte, il vit sa voiture s'engager dans la rue, les vitres des portières encore couvertes de givre. Il était sept heures cinq, il faisait moins dix-huit.

Ils descendirent Folkungagatan, la circulation était négligeable, mais des rangées de voitures enneigées bordaient la rue. Certaines devaient être garées là depuis plusieurs jours : le chasse-neige avait laissé un épais mur devant les véhicules. Leurs propriétaires auraient du mal à sortir de là.

« Tu crois qu'il pourrait malgré tout s'agir d'un accident ? demanda Margit en s'arrêtant au feu rouge avant de s'engager sur Stadsgårdsleden.

— Qui serait survenu au moment même où l'appartement de Jeanette était cambriolé ? »

Margit secoua la tête devant cette question rhétorique.

Devant eux, un vieil homme muni d'une canne et de crampons s'efforçait de traverser le passage piéton enneigé. Il avançait si lentement qu'ils restèrent à l'arrêt quand le feu passa au vert.

Le voir rappela à Thomas le vieillard mentionné par Anne-Marie Hansen. Le voisin trouvé sans connaissance en pyjama devant sa porte, le même matin que le corps de Jeanette à Sandhamn.

« Il faudra vérifier cette histoire de petit vieux ramassé sur son palier, dit Margit au même instant. Voir s'il s'agit vraiment d'une coïncidence.

— Tu lis dans mes pensées, maintenant ? »

Le pépé avait enfin traversé. Margit embraya.

« Et qu'est-ce qu'on fait de Michael Thiels ? dit-elle. À quoi s'en tenir, avec lui ?

— Anne-Marie Hansen n'en avait pas une très haute opinion.

— Ça me tracasse. Il faut qu'on retourne lui parler.

— Et à Alice, aussi, dit Thomas. Et j'aimerais échanger deux mots avec la petite amie de Thiels dès que possible.

— Ça fait beaucoup de choses, pour un jour de congé. »

Margit semblait partagée. Thomas connaissait ça : lui aussi aurait voulu rentrer retrouver Pernilla et Elin sur Harö.

Certes, il était important de rassembler des informations au plus vite. Mais, en tout état de cause, il leur fallait attendre le résultat de l'autopsie pour pouvoir avancer. Ça donnerait en outre à Alice le temps de se remettre un peu.

Pourtant, Thomas se sentait presque coupable à l'idée de rentrer auprès de sa famille et de serrer sa fille dans ses bras.

« À mon avis, on attend de voir comment se passe la réunion du matin, dit Margit. Après, on verra ce qu'on aura le temps de faire dans la journée. »

Quand il arriva dans la kitchenette du département investigation, il trouva Aram déjà planté devant la machine à café. Il flairait en fronçant le nez le gobelet plastique qu'il venait de remplir.

« C'est pas terrible, mais qu'est-ce qu'on ne ferait pas pour un peu de caféine ? » dit-il à l'adresse de Thomas.

Ce n'était pas un scoop pour Thomas que la machine à café laissait beaucoup à désirer. Il opta pour un sachet de thé, remplit son mug d'eau bouillante, sucra, et suivit Aram dans la salle de réunion où leurs collègues étaient déjà installés.

La lumière froide des néons soulignait la pâleur hivernale des visages, et même le teint d'ordinaire rougeaud du Vieux avait quelque chose de terne.

Le seul qui ait un peu bonne mine était Staffan Nilsson, sans doute parce qu'il était revenu de vacances en Égypte avant Noël avec un net bronzage.

Le Vieux fit signe à Thomas et Margit de commencer.

« Jeanette était journaliste, et n'hésitait pas à aborder les sujets sensibles, commença Margit. C'est peut-être la clé. Sa voisine, Anne-Marie Hansen, dit qu'elle travaillait sur quelque chose. Il faut que nous trouvions quoi. Apparemment, elle a beaucoup voyagé cet automne. Bosnie, Maroc. Quel rapport ?

— Son employeur devrait pouvoir nous éclairer, dit le Vieux. Ce journal du soir pour lequel elle travaillait, ils ne pourraient pas répondre à ça ?

— Je prends, dit Margit. Je les appelle dès qu'on a fini. »

Quel lien entre des pays si différents ? se demanda Thomas. Trafic d'armes, contrebande ? Peut-être s'agit-il de drogue ?

« L'appartement de Jeanette a été sérieusement fouillé, dit-il. Il est clair que son visiteur cherchait quelque chose.

— Cela renforce la théorie selon laquelle elle travaillait à un reportage dangereux, dit Margit. Pour le savoir, il nous faudrait vraiment retrouver son ordinateur. »

Karin la regarda.

« Elle a certainement fait des sauvegardes de ses fichiers, comme tout le monde ?

— Anne-Marie Hansen nous a dit qu'elle n'avait pas l'habitude de stocker des trucs en ligne, dit Margit, l'air soucieux.

— Il n'y avait pas de clé USB dans l'appartement », rappela Nilsson.

Mais en même temps, Anne-Marie a dit que Jeanette était très soigneuse avec ses textes, pensa Thomas.

« Son ex-mari nous a bien dit que Jeanette avait vu sa fille la veille de Noël ? Pourrait-elle lui avoir donné quelque chose, une clé USB, un tirage papier, que sais-je ? »

Le Vieux tambourina légèrement du bout des doigts.

« Vérifiez ça, dit-il, avant de se tourner vers Margit. Demande aussi à son employeur de récupérer ses mails, pendant que tu y es.

— Il y avait une sacrée quantité de documents dans son bureau, dit Staffan Nilsson. On ne devrait pas y jeter un œil ? »

Le Vieux se tourna vers Aram.

« Tu t'en occupes ?

— Il y en a des sacs ! avertit Nilsson.

— Pas de problème, dit Aram.

— Je pensais aller voir la petite amie de Michael Thiels, Petra Lundvall, dit Thomas. L'interroger sur l'état des relations entre les ex-époux. »

Le Vieux referma son carnet.

« Ce serait nettement plus simple si on connaissait la cause du décès, constata-t-il. Thomas, débrouille-toi pour mettre la pression sur Sachsen, tu sais comment le prendre, d'habitude. »

Il n'était que huit heures vingt quand la réunion s'acheva. Thomas regagna son bureau. Il était trop tôt pour téléphoner un samedi matin, mais il composa malgré tout le numéro de Sachsen.

« Tu as vu l'heure ? »

Sachsen avait l'air irrité, mais Thomas ne semblait pas l'avoir tiré du lit.

« Désolé, dit Thomas. J'espérais que tu sois debout. Comment ça va ? Tu as eu le temps de regarder Jeanette Thiels ?

— On est samedi. Hier, c'était le 26 décembre. Les vacances de Noël, ça te dit quelque chose ? » Sachsen toussa, puis continua, renfrogné : « Il devrait quand même y avoir des limites, même dans la police, merde ! »

Les aboiements de Sachsen irritèrent Thomas. Le légiste était connu pour être grincheux, et en temps normal ça ne gênait pas Thomas mais, aujourd'hui, il ne supportait pas ses jérémiades. Il n'était pas le seul à être dérangé pendant ses vacances de Noël.

« Et toi, ça te dit quelque chose, une fillette de treize ans qui ne sait toujours pas si sa mère a été ou non assassinée ? » mordit-il.

Et il fit mouche. Sachsen se racla la gorge. Pour une fois, il parut gêné.

« Je pensais y aller d'ici quelques heures, pour jeter un coup d'œil. Je te tiens au courant. »

28

La petite amie de Michael Thiels habitait un trois-pièces dans un des anciens immeubles du centre de Sundbyberg, près de la gare.

Chouette quartier, songea Thomas en se garant. Quand il jouait au handball, il avait souvent eu des matchs dans le coin. Mais cela faisait bien longtemps qu'il n'avait plus eu l'occasion de venir à Sundbyberg. Nacka et Södermalm étaient de l'autre côté de la ville, il se rendait rarement par ici.

Thomas gravit l'escalier et sonna. Il allait être dix heures.

« Qui est-ce ? demanda une voix à l'intérieur.

— Inspecteur Thomas Andreasson, de la police de Nacka. Je cherche Petra Lundvall. »

La porte s'ouvrit. Une femme en jean et pull en V apparut dans l'embrasure de la porte.

« C'est moi. »

Ses cheveux blonds lui arrivaient aux épaules, son pull se tendait sur une poitrine ronde. Elle n'était pas vraiment en surpoids, mais pas mince non plus. Quelques miettes de pain lui collaient à la commissure des lèvres.

« Je peux entrer cinq minutes ? demanda Thomas. J'ai un certain nombre de questions à vous poser au sujet de votre petit ami et de son ex-femme. »

Se référer à un quinquagénaire comme Thiels avec le terme « petit ami » semblait maladroit, mais Petra Lundvall ne tiqua pas.

« Ouh là là, commença Petra Lundvall, avant de se reprendre : Entrez. »

Thomas s'arrêta dans le vestibule pour ôter ses chaussures.

« Vous voulez quelque chose à boire ? proposa Petra. Je viens de petit-déjeuner, il y a de l'eau chaude si vous voulez du café ou du thé.

— Ça ira, merci. »

Il la suivit dans le séjour, qui s'ouvrait sur la gare. L'usine de chocolat désaffectée n'était pas loin. Thomas se souvenait du logo, et pouvait presque sentir sur sa langue le goût du chocolat au lait.

« Micke a appelé hier soir, dit Petra. Il m'a dit ce qui s'était passé, je veux dire pour Jeanette. »

Elle s'assit dans un canapé d'angle beige qui séparait le séjour de la cuisine.

« Je ne sais pas bien en quoi je pourrais vous aider, dit-elle d'une voix traînante. Je n'ai rencontré Jeanette que quelques fois. Elle était rarement là, tout le temps partie quelque part en mission. »

Ses narines tremblèrent en prononçant *mission*, comme de désapprobation. Était-elle jalouse de Jeanette ?

D'après Michael Thiels, Petra travaillait comme comptable dans la commune voisine de Solna. Ce n'était pas un mauvais poste, mais rien à voir avec le fait d'être une correspondante de guerre connue qu'on voyait à la télévison et dans les journaux.

« Donc, vous ne vous connaissiez pas trop bien ? demanda Thomas en la dévisageant.

— Je ne comprenais sans doute pas sa façon de penser, dit Petra en tirant sur un fil qui dépassait du bouton, à la ceinture de son pantalon. Je veux dire, cette façon d'être toujours en voyage... Quel fardeau pour Micke.

— Vous pensez à Alice ?

— Oui, bien sûr. Il a dû en assumer toute la responsabilité. Et il s'est démené pour y arriver, pendant que Jeanette était occupée ailleurs à sauver la planète. Il a toujours fait passer Alice en premier, avant tout le reste. »

Thomas devina ce qu'elle ne disait pas tout haut :

« Y compris moi. »

Petra tortilla le fil bleu autour du bouton jusqu'à ce qu'il ne dépasse plus.

« Ça aurait été ma fille, dit-elle tout bas, j'aurais eu d'autres priorités dans la vie. Je serais restée à la maison avec elle.

— Vous n'avez pas d'enfants, à ce que je comprends ? »

Elle secoua la tête, détourna le visage.

« Hélas non, pas encore, en tout cas. »

Le désir d'avoir un enfant pouvait ronger l'âme. Il le savait, Pernilla aussi.

« Mais Micke et moi envisageons de nous installer ensemble, maintenant », dit Petra Lundvall, d'une voix chargée d'espoir.

Thomas ne put s'empêcher de remarquer le dernier mot de la phrase. *Maintenant*. Il sonnait étrangement, vu les circonstances.

Il scruta son visage, à la recherche d'une explication.

« C'est récent ? » demanda-t-il.

Petra se leva sans répondre.

« Ça ne vous dérange pas si je vais chercher ma tasse de thé ? Je ne l'avais pas finie quand vous avez sonné.

— Je vous en prie. »

Pendant qu'elle était à la cuisine, Thomas regarda autour de lui. Coussins et rideaux dans des tons ocre, accordés au canapé. Un épais tapis de laine couvrait le sol.

La plupart des hommes avaient un type de femme. Le plus souvent, ils s'y tenaient, même en passant de l'une à l'autre.

Mais les deux femmes dans la vie de Michael Thiels n'avaient pas grand-chose en commun, tout semblait les séparer : apparence, personnalité, énergie. Comme si l'amère séparation des époux Thiels avait entraîné chez Michael le choix d'un autre genre de partenaire.

Cela devait avoir provoqué une réaction chez Jeanette. Comme chez Alice.

Thomas avait du mal à imaginer Alice acceptant de voir son père s'installer avec sa nouvelle amie.

Alice avait peut-être tenté de faire s'interposer sa mère, de plaider sa cause contre son père. Cela pouvait expliquer l'amertume du ton de Petra quand elle parlait de Jeanette. Le divorce avait beau dater, l'ombre de son ex-femme planait sur la relation de Michael Thiels avec Petra.

Petra revint avec un grand mug en porcelaine bleu clair rempli de thé. De l'autre main, elle tenait une assiette de biscuits aux épices et de truffes en chocolat, qu'elle posa sur la table.

« Servez-vous », dit-elle.

Thomas tendit le bras pour prendre un biscuit.

« Vous semblez avoir un certain nombre d'idées sur la façon dont Jeanette menait sa vie, dit-il. Comment Jeanette voyait-elle votre relation avec Michael ? »

Un soupir las, qui semblait venir du cœur.

« Par où commencer ? dit Petra. Jeanette avait un avis sur à peu près tout. Sur Micke et sa façon d'élever Alice, sur le fait qu'il passait trop de temps avec moi. Elle s'en mêlait sans arrêt, même quand elle n'était pas là. Mais elle était douée pour envoyer des mails pleins de reproches. »

Elle se refréna. La mauvaise conscience ?

« On ne doit pas dire du mal des morts, mais Jeanette n'était pas facile à vivre, ni pour moi ni pour Micke.

— Les rapports entre Michael et son ex-femme n'avaient pas l'air fameux », tenta Thomas.

Petra ouvrit la bouche, comme pour dire quelque chose, mais la referma. Au bout d'un petit moment, elle dit :

« Ils n'étaient pas d'accord, mais ce n'était vraiment pas de sa faute à lui. Jeanette était quelqu'un de difficile, sans compromis, à tous les niveaux. Tout devait se plier à sa volonté. Cela concernait à peu près tout le monde, y compris moi. »

Petra sourit de ses dents blanches et irrégulières. Elle se pencha en avant, comme pour créer une complicité. Thomas avait déjà vu ça, ce désir d'obtenir l'approbation du représentant de la loi. Soit le policier était considéré comme un ennemi, et on se refermait en prenant ses distances, soit on s'efforçait de se montrer sous son meilleur jour.

Petra optait visiblement pour la deuxième attitude.

« Vous n'imaginez pas le nombre de fois où nous avons dû changer nos plans parce que Jeanette revenait à l'improviste en Suède ou devait s'en aller du jour au lendemain », dit-elle.

Une grimace passa sur son visage. Elle lui donnait un air dur, creusant le pli entre le nez et la bouche. Ils avaient le même âge, se souvint-il, elle allait sur ses quarante ans, et lui en avait quarante et un.

« Jeanette tenait rarement compte de ce que nous avions déjà décidé. La seule chose qui comptait, c'était elle, elle, et encore elle. »

Thomas écoutait tout en notant dans son carnet. Michael avait désigné sa petite amie comme alibi pour le jour de Noël. Il voulait en savoir plus.

« Votre petit ami dit qu'il était ici le jour de Noël, dit-il en changeant de sujet. Pouvez-vous le confirmer ?

— Oui, absolument.

— Ce serait bien si vous pouviez nous donner les heures exactes de son arrivée et de son départ, dit Thomas, afin que nous puissions le préciser dans notre enquête. »

Petra se recula jusqu'au milieu du canapé.

« Pourquoi est-ce si important d'avoir les heures exactes ? Vous ne soupçonnez quand même pas Micke ?

— Pourquoi cette question ? dit Thomas.

— Micke ne ferait jamais une chose pareille, ce n'est pas son genre. Je le sais.

— Que voulez-vous dire par *une chose pareille* ?

— Eh bien... »

Petra perdit contenance, ouvrit la bouche sans trouver les mots justes.

Thomas attendit, se forçant à ne pas combler le vide.

« Faire du mal à quelqu'un, finit par dire Petra. C'est que Micke m'a dit que Jeanette n'était pas morte... de mort naturelle. »

Un regard effrayé, presque suppliant. Pourquoi était-elle si inquiète ?

« Craignez-vous qu'il ait pu lui faire du mal, tenta Thomas, puisque vous abordez justement le sujet ? »

Un nouvel éclair de peur dans les yeux de Petra.

« Non, vous me comprenez mal. Ce n'est pas ce que je voulais dire. »

Petra hésita, puis éclata :

« N'allez pas croire que Micke a fait quoi que ce soit à Jeanette. »

29

Quand Thomas entra dans la salle de réunion, il était presque midi. Aram était courbé sur la table. Les documents trouvés chez Jeanette s'empilaient et son carnet était noirci de notes.

En voyant Thomas, Aram posa son stylo. Il avait retroussé les manches de sa chemise à carreaux.

« Ah, tu es rentré. Comment ça s'est passé avec la copine de Thiels ? »

Thomas tira un siège à côté de son collègue.

« Bof, dit-il. Elle ne portait pas Jeanette dans son cœur. Trouvait qu'elle était impossible à vivre et rendait tout le monde fou.

— Impossible, mais à quel point ? Mortellement impossible ? »

Le sourire en coin d'Aram désamorça son expression étrange.

« Mais ça a donné quelque chose ? demanda-t-il, reprenant son sérieux.

— Trop tôt pour le dire. Petra Lundvall jure que Thiels n'a rien à voir avec la mort de Jeanette. Mais elle avait l'air un peu trop angoissée. »

Thomas attrapa le document au sommet de la pile la plus proche de lui, et constata qu'il concernait une organisation secrète de femmes en Iran.

« Et toi, comment ça va ? »

Aram fit craquer ses phalanges.

« Je continue à bosser. Il faut du temps pour trouver un semblant d'ordre à tout ça. Jeanette n'avait pas l'air de vraiment avoir un système de classement.

— Passe-moi une pile, que je te donne un coup de main », dit Thomas.

Deux heures plus tard, ils n'étaient pas beaucoup plus avancés. Il fallait parcourir et classer papier après papier. Beaucoup des documents étaient en anglais, tirages d'articles, lettres, textes que Thomas supposa être des sources ou de la documentation pour divers reportages.

Une pile plus haute contenait des informations sur des victimes de torture, des descriptions détaillées des différentes façons de tourmenter un corps humain. Gégène, fouet sur la plante des pieds, simulacres d'exécution, rien dont Thomas n'ait déjà entendu parler.

Ça n'en était pas moins une lecture horrible.

« Putain, non ! » s'exclama-t-il en tombant sur la description particulièrement repoussante du traitement subi par un jeune garçon, pas plus de quinze ans, dans un camp de prisonniers en Afghanistan.

Aram leva les yeux de son carnet.

Thomas lui montra l'article, en anglais. Tout en bas, quelqu'un avait noté AMNESTY ? à l'encre bleue, probablement Jeanette.

« C'est trop horrible, dit-il.

— Ça se produit partout, crois-moi. »

Thomas remarqua qu'Aram s'attardait sur la photo du jeune garçon, sur ses profondes cicatrices aux bras et au thorax. Son regard pensif rappela à Thomas un soir fin novembre où ils étaient allés voir un match de handball. Après, ils avaient pris quelques bières dans un pub anglais. Dehors, la pluie crépitait aux fenêtres, et ils étaient restés au chaud jusqu'après minuit.

Ils avaient un peu trop bu, et Aram s'était confié comme il ne l'avait encore jamais fait. Peu à peu, la conversation avait versé sur son passé, les circonstances de l'arrivée de sa famille en Suède.

« Mon grand-père était actif politiquement en Irak, lui avait raconté Aram. Un jour, il a disparu, c'est tout. Sans laisser de traces. Un mois plus tard, il a été retrouvé battu à mort. Son corps était ensanglanté et brutalisé, sa peau tellement déchirée qu'ils n'ont même pas voulu le montrer à ma grand-mère. C'était en 1985, je venais d'avoir dix ans. Mon frère aîné était déjà tombé dans la guerre contre l'Iran, et mes parents redoutaient que mon autre grand frère soit lui aussi appelé. Ils ont décidé de fuir avec nous deux et notre petite sœur. »

L'instinct de survie est le plus fort de tous, avait songé Thomas. Il était difficile, et même impossible, de se représenter le désespoir des parents d'Aram à ce moment-là.

« Et vous êtes alors venus ici ? » avait-il demandé.

Un peu plus loin crépitait un feu de cheminée, dont la lueur se reflétait sur les murs où pendaient les fanions d'équipes de foot anglaises.

« Non, ça a d'abord été la Turquie, mais impossible d'y rester. Il n'y avait rien à manger, nulle part où se loger. »

Les yeux d'Aram s'étaient assombris.

« Nous dormions dans des containers vides pour nous protéger de la pluie, avait-il continué. On mâchait des cailloux quand il n'y avait rien d'autre à se mettre dans la bouche. »

Aram s'était tu, secouant la tête pour chasser ce souvenir. Puis avait repris avec ce qui ressemblait à de l'ironie :

« Ça, il vaut mieux éviter. Ça fait des plaies buccales qui ne veulent pas guérir. Quand papa et maman finissaient par trouver de quoi manger, on avait du mal à mâcher et à avaler. »

Il avait bu une grande gorgée de bière, comme perdu dans ses pensées.

« Comment avez-vous atterri en Suède ? avait demandé Thomas.

— Ma sœur est morte en Turquie. »

Cette courte réponse contenait beaucoup plus. Thomas n'avait pas relevé.

« Elle a fait une jaunisse, avait repris Aram au bout d'un moment. Un jour, on l'a trouvée couchée morte, à côté de nous, c'est tout. Maman est devenue presque folle de chagrin. Papa a décidé qu'il fallait partir, à tout prix. Nous avions un parent, un cousin, qui habitait en Suède, près de Stockholm. À Södertälje.

— Ton père n'est pas le premier Syriaque à être venu ici, avait remarqué Thomas.

— Assyrien », l'avait corrigé Aram, sans animosité.

Thomas avait levé son verre, frôlé celui d'Aram.

« Au temps pour moi.

— Je me souviens encore combien ce nom me paraissait bizarre, avait continué Aram. Södertälje. Presque imprononçable. Le cousin de papa nous a aidés, papa y est allé le premier, puis nous avons pu le suivre.

— Combien de temps vous a-t-il fallu pour venir ici ?

— Presque huit mois. » Aram avait porté la main à son ventre. « J'avais toujours faim pendant cette période. Chaque jour. »

La raison disait à Thomas qu'on ne pouvait pas lui reprocher d'être né dans un pays qui n'avait pas été en guerre depuis deux cents ans. Mais c'était autre chose d'entendre Aram raconter.

« Comment c'était, d'arriver en Suède ? avait-il risqué.

— Troublant. Bizarre. On a d'abord échoué à Gävle, mais mes parents ne s'y plaisaient pas, trop de neige, peut-être. Après quelques années, nous avons déménagé à Norrköping. Maman et papa y vivent toujours, comme la famille de Sonja, chez elle aussi, ils sont tous dans l'Östergötland.

— Ce n'était pas difficile d'apprendre la langue ?

— Bah, le suédois n'a pas beaucoup de ressemblances avec l'araméen. Mais vaille que vaille. Tu sais comment sont les enfants, on apprend vite, contraint et forcé. »

Thomas devinait ce que cachait cette réponse, mais ne voulait pas creuser sous la surface.

« Pourquoi as-tu décidé de devenir policier ? » avait-il plutôt demandé.

Aram avait baissé les yeux, l'air gêné.

« Je crois que c'était par gratitude, avait-il fini par dire. Pas pour me faire remarquer ou quoi... je n'essaie pas de jouer les héros. Mais je voulais en somme... remercier d'avoir pu venir ici, que ma famille ait trouvé un havre de paix. » La vie et la mort. Si proches et dépendant tellement du lieu de naissance. Nous ne nous connaissons pas très bien, avait pensé Thomas. Puis : j'espère qu'on deviendra vraiment amis.

« Tu gardes des souvenirs d'Irak ? » avait-il alors demandé.

Aram avait secoué la tête.

« Pas tellement. Surtout des fragments. Il faisait nettement plus chaud qu'ici, le soleil brillait presque sans arrêt. »

Il se passa la main sur le front.

« Je me souviens qu'avec mes frères et ma sœur, on soulevait le couvercle d'une bouche d'égout dans la rue, devant la maison. Il y avait plein de cafards là-dessous. On y versait de l'essence et on allumait, ils s'enfuyaient alors de tous les côtés et on les écrasait avec nos sandales. Grand-mère nous grondait toujours quand on faisait ça. »

Il avait souri, mais pas jusqu'aux yeux.

Ils étaient alors presque seuls dans le pub, les autres clients étaient partis. Le serveur essuyait le bar avec un torchon humide tout en surveillant du coin de l'œil s'ils avaient bientôt fini.

« Grand-mère est morte, à présent, avait dit Aram. Elle est restée en Irak, trop vieille pour fuir. Et puis ils avaient déjà assassiné grand-père, elle devait se dire qu'il ne pouvait rien arriver de pire. »

Il s'était arrêté, comme s'il en avait trop dévoilé, et avait fini sa bière.

« Je n'ai pas tellement l'habitude de parler de tout ça. Beaucoup ont vécu bien pire. »

Thomas avait regardé son collègue, senti la douleur qu'il ne laissait pas sortir.

Les parents d'Aram avaient perdu une fille, comme Thomas. Auraient-ils pu se douter du prix à payer, en prenant la décision de partir ? Peut-être l'auraient-ils fait malgré tout, pour sauver leurs autres enfants ?

Aurait-il fait la même chose pour Elin ?

La réponse allait de soi.

Un sentiment de honte l'avait de nouveau envahi, mais à présent mêlé à la chaleur amicale qu'il éprouvait pour l'homme qu'il avait en face de lui.

« J'apprécie que tu m'aies parlé de ta famille, avait-il dit avant qu'ils se séparent. Merci pour ta confiance. »

« Thomas ? Tu as entendu ce que j'ai dit ? »

Aram le regardait, interrogatif. Thomas revint au présent, aux piles de documents rapportés de chez Jeanette. Les coupures de presse et les photocopies.

« Pardon ? dit-il.

— J'allais chercher du café. Tu en veux ? »

Thomas vit Aram se lever. Puis reporta le regard vers l'article sur le garçon torturé. Si seulement ils pouvaient retrouver l'ordinateur de Jeanette.

30

Carl-Henrik Sachsen enfila sa tenue de travail et pendit ses vêtements dans son casier métallique bleu au vestiaire. Gunilla n'avait rien dit quand il avait annoncé qu'il devait aller à Solna, même un samedi. Elle était certes habituée à ce qu'il disparaisse sans prévenir, parfois en plein dîner, ou tôt un matin de week-end, mais il regrettait ses soupirs, les protestations qu'elle exprimait autrefois. Il avait alors l'impression qu'elle faisait attention à lui, désormais il semblait moins lui manquer quand il n'était pas là.

Elle remarquait à peine quand il prenait son écharpe et son manteau. Elle ne lui demandait même pas quand il comptait rentrer.

Il devrait prendre un chien, songeait-il parfois à table, au dîner, quand le silence rendait l'atmosphère pesante et la mastication gênante.

Mais c'était resté une simple idée.

Au lieu de quoi il continuait à rentrer tard du travail, c'était parfois lui le dernier à partir. Il éteignait les lumières quand tous les autres avaient déjà filé.

Carl-Henrik Sachsen ferma son casier et alla dans son bureau parcourir toutes les données et photographies déjà rassemblées. Il fallait qu'il se fasse une idée de la situation, qu'il comprenne les circonstances.

Puis il alla chercher le corps.

Andreasson semblait plus pressé que d'habitude, songea Sachsen en avançant dans le couloir désert. Il avait essayé d'accélérer l'autopsie en se référant à la fille de la morte.

Prenait-il l'affaire à cœur à cause d'elle ?

Ce n'était pas un secret qu'Andreasson, quelques années auparavant, avait lui-même perdu une fille, victime de la mort subite du nourrisson. Sachsen savait qu'il avait failli perdre pied cette fois-là.

Mais depuis, il avait eu une autre petite fille.

En silence, Sachsen s'était réjoui pour lui, aurait voulu l'exhorter à ne pas gâcher ces années de paternité en rentrant tard et en faisant des heures supplémentaires. Mais il n'avait rien dit, l'avait juste félicité avec quelques phrases impersonnelles.

Sachsen chercha le bon numéro dans la chambre froide. Il ouvrit le casier pour sortir Jeanette Thiels et la placer sur le chariot utilisé pour transporter les corps.

Ce n'est qu'une fois dans la salle d'autopsie qu'il ôta le drap qui couvrait sa nudité.

Elle était sur le dos, une main encore tendue au-dessus de la tête, dans la position où on l'avait trouvée.

Les yeux étaient fermés, ses cheveux grisonnants plaqués en arrière. Sous la lumière crue des néons, sa peau bleuâtre lui fit penser à du lait tourné.

En silence, Sachsen détailla la morte, s'attardant sur chaque partie de son corps, chaque creux et chaque orifice dévoilé à ses yeux.

Au ventre, une cicatrice assez récente, son trait rose foncé un peu au-dessous du nombril. On voyait nettement les traces de points de suture en diagonale.

Ça ne fait pas longtemps, observa Sachsen. Qui l'aura charcutée ainsi ?

Bientôt, lui aussi inciserait son corps, un Y descendant des épaules au sternum, puis jusqu'au pubis. Ensuite, il lui ouvrirait le crâne et inciserait le thorax et l'abdomen.

Mais pas encore.

Elle n'a pas été agressée, se dit-il. Pas de lésions défensives aux avant-bras, rien sous les ongles, ni fragments de peau, ni sang.

Lentement, il continua son examen, prit le temps de bien étudier la morte. On entendait en bruit de fond le ronron de la climatisation, un son sourd et hypnotique, mais désormais si familier qu'il n'y prêtait presque plus attention.

« Elle n'était vraiment pas bien grosse », marmonna-t-il tout seul.

Jeanette Thiels avait déjà été mesurée et pesée : 163 cm, et seulement 49 kilos. C'était en bas des courbes et, en effet, les côtes saillaient sous les seins plats et distendus. On apercevait quelques ganglions virant au mauve le long des vaisseaux lymphatiques.

Le bruit d'une porte qui s'ouvre. Une voix essoufflée dans son dos.

« Pardon d'arriver si tard. Un problème dans le métro. »

Sachsen se tourna vers son assistant.

Axel Ohlin avait encore les joues rouges de froid, et des taches pourpres des deux côtés du nez.

« J'ai à peine commencé », marmonna Sachsen en revenant vers le corps.

Andreasson avait décrit les circonstances : elle avait été retrouvée morte sur le port, en contrebas de l'hôtel des Navigateurs.

« Nous devons déterminer si elle est morte de froid, ou si elle était déjà morte avant de finir dans la neige, lui avait-il dit plus tôt au téléphone. C'est urgent. Nous avons besoin de savoir si elle a ou non été assassinée. »

Sachsen examina attentivement la peau des jambes. Des zones bleuâtres s'étendaient en marbrures irrégulières sur les cuisses. Un symptôme classique de profondes engelures, et la preuve qu'elle vivait quand elle s'était retrouvée étendue dans la neige.

« Elle a dû rester couchée un bon moment, dit-il sans attendre aucune réponse d'Axel Ohlin. Pour avoir de pareilles engelures. »

Andreasson lui avait expliqué que l'hôtel des Navigateurs n'était qu'à une centaine de mètres du lieu de découverte du corps.

« Pourquoi n'est-elle pas allée se mettre à l'abri, au chaud ? » se demanda Sachsen.

Il saisit un scalpel, trancha la peau et les muscles, mais aucune goutte de sang ne coula, rien qu'un peu de liquide lymphatique. Il écarta les lèvres de peau pour mieux voir.

« Parce qu'elle n'en a pas eu la force », dit-il tout bas.

31

Il allait être trois heures, le dos de Thomas était perclus après plusieurs heures passées dans la même position. S'il voulait attraper le dernier bateau pour Harö, il faudrait filer bientôt.

En face de lui, Aram éclusait méthodiquement une pile de documents, tandis que Thomas essayait de déchiffrer les notes trouvées sur le bureau de Jeanette.

Les papiers étaient entièrement griffonnés, mais l'écriture était presque illisible, elle ressemblait à de la sténographie, sans en être. Une sorte de système d'abréviations avec autant de chiffres que de lettres. Sûrement exploitable pour Jeanette, mais impénétrable pour le profane.

Thomas n'avait jamais été doué pour lire l'écriture des autres, et il était sur le point d'abandonner. Karin pourrait peut-être s'y essayer, elle avait un don pour décrypter les hiéroglyphes dans les messages manuscrits. Il lui demanderait de jeter un œil à cette liasse.

Quelque chose dépassait au milieu des feuilles, un article de journal plié. Thomas le sortit et lissa la page pour mieux voir.

La coupure provenait du principal quotidien suédois, et une bonne partie de la page était occupée par la photo d'une élégante femme blonde, avec deux rangées de perles autour du cou. Elle adressait un petit sourire à l'objectif.

Thomas la reconnaissait, c'était Pauline Palmér, la secrétaire générale de Suède Nouvelle. Ce mouvement qui faisait toujours râler Pernilla devant la télé. Ils étaient contre l'immigration et l'aide sociale, trouvaient les impôts trop élevés et les assistés trop nombreux. Leur message ultraconservateur heurtait de front les valeurs sociales-démocrates qui avaient si longtemps caractérisé la Suède.

Et pourtant, ce mouvement avait beaucoup occupé le terrain médiatique, grâce à sa nouvelle secrétaire générale.

Le titre annonçait :

INQUIÉTUDE DEVANT L'AUGMENTATION
DU NOMBRE DES RETRAITÉS

Thomas commença à lire :

« Les conditions pour garantir les pensions des retraités suédois sont une économie saine et un budget à l'équilibre », affirme Pauline Palmér, du mouvement Suède Nouvelle.

« Nous ne faisons que dire ce que tout le monde sait déjà. Il n'y aura pas assez d'argent pour nos anciens si les dépenses sociales explosent à cause de l'immigration. Le modèle social suédois est menacé par des allocataires venus de l'étranger. Ils créent des tensions et de l'injustice dans la société. Qui en assumera la responsabilité ? Qui assumera la responsabilité de laisser les retraités suédois sur le carreau, quand les caisses seront vides ? »

Le reste de l'article était dans la même veine.

Pauline Palmér était une habile oratrice, il fallait le lui accorder. Elle attisait sans vergogne les différends entre Suédois et immigrés. Ce qu'elle disait n'avait rien de remarquable, mais le propos était clair.

« Tu la connais ? » demanda-t-il en brandissant l'article vers Aram.

Aram posa son stylo.

« Une foutue bonne femme. De la pire espèce.

— Elle présente bien.

— Justement. Tout ce qu'elle dit a l'air si poli et raisonnable qu'elle passe partout dans les médias, mais au fond elle prône la discrimination et la persécution. Elle effraie mon père et ma mère, ça leur rappelle... »

Il se tut.

« Bon, tu vois ce que je veux dire. »

Je n'en ai aucune idée, pensa Thomas. J'ai vécu toute ma vie en Suède, comme mes parents et avant eux les leurs. Ils ont travaillé dur pour gagner leur pain quotidien, mais n'ont jamais eu à vivre la terreur et la torture. Aucun des miens n'a perdu le sommeil parce qu'un proche avait disparu sans laisser de traces.

« Ils ne devraient pas s'inquiéter, dit-il. Il n'y a pas grand monde qui l'écoute.

— Tu en es sûr ? Tu n'as pas remarqué qu'on la voit souvent à la télé, ces derniers temps ? Ceux qui partagent ses opinions sont plus nombreux que tu ne le crois. »

Thomas était forcé d'admettre qu'Aram avait raison. On n'arrêtait pas de voir Palmér dans les débats télévisés. Elle savait comment s'exprimer pour avoir le dessus sur ses contradicteurs.

« Elle met les immigrés dans un coin du ring et tous les autres en face, continua Aram. Retraités, chômeurs, étudiants, tous ceux que tu veux. Et tout ça sous prétexte de se préoccuper de la Suède.

— Je vois ce que tu veux dire », dit Thomas.

Suède Nouvelle avait indéniablement gagné une légitimité qui lui faisait jusqu'à présent défaut. Pauline Palmér savait comment faire passer son message prétendument chrétien. On la voyait dans tous les contextes possibles, volontiers en compagnie de son époux. En première représentante de la famille nucléaire blonde.

« Pourquoi n'y a-t-il personne pour dire que ces opinions-là puent ? dit Aram en croisant les bras. Si quelqu'un avait dit des juifs ou des catholiques ce qu'elle dit des musulmans, la moitié du pays aurait crié au racisme. »

Son ton inhabituellement colérique aurait presque incité Thomas à le contredire.

Il relut les premières lignes de l'article.

« C'est vraiment de la merde, dit-il. J'espère que tu te trompes, qu'il n'y a pas autant de monde pour partager ses opinions. »

Il regarda sa montre.

« Il faut que je file, si je veux attraper le dernier bateau pour Harö. Pernilla et Elin sont toujours à la campagne. Tu comptes rester encore longtemps, ce soir ? »

Aram haussa les épaules.

« Je n'ai rien prévu, je peux continuer un peu. Sonja est encore à Norrköping avec les enfants. On était allés y passer Noël... »

Thomas refoula sa mauvaise conscience et se leva pour partir.

Aram se pencha au-dessus de la table pour saisir l'article sur Suède Nouvelle où s'étalait toujours le grand sourire de Pauline Palmér.

« Allez, file, pas de problème. »

32

Alice fourra son iPod dans la poche de son blouson et entra. Bientôt trois heures et demie. Il faisait nuit noire dehors, à part la lueur du sapin de Noël dans le jardin, qui éclairait l'allée entre la boîte aux lettres et la maison. C'était aussi éteint chez les voisins : tout le monde était donc parti, ce Noël ?

Alice secoua la neige de ses chaussures et glissa dans la pénombre du vestibule.

La maison était silencieuse, papa avait dû sortir faire des courses. La voiture n'était pas devant le garage, et ils avaient fini le lait au petit déjeuner.

De toute façon, elle n'avait pas le courage de lui parler, elle avait fait tout son possible pour l'éviter après la visite des policiers, elle arrivait à peine à le regarder.

Hier soir, elle avait eu l'impression de se noyer. Papa était entré dans sa chambre. Il avait articulé quelque chose, mais le son ne parvenait pas jusqu'à elle, c'était comme si elle avait la tête sous l'eau.

Alice ôta lentement son blouson et son écharpe, s'assit sur le tabouret pour enlever ses grosses chaussures en cuir. Puis elle gagna la cuisine.

Sur le seuil, elle marcha dans quelque chose d'humide. D'où cela venait-il ? Elle s'était pourtant bien séché les pieds avant d'entrer, car papa insistait toujours là-dessus.

Machinalement, elle regarda ses chaussures, dans l'entrée, où ce qui restait de neige sous les semelles avait déjà formé une petite flaque. Ça ne pouvait quand même pas avoir éclaboussé si loin ?

Tant pis, sa chaussette sécherait vite.

Alice entra dans la cuisine. Dans l'évier, elle trouva une bouteille ouverte de vin rouge. Ça devait être papa, qui était resté à boire hier soir. Elle ne lui avait pas souhaité bonne nuit, ne savait pas quand il s'était couché.

Alice ouvrit le réfrigérateur, à la recherche de n'importe quoi qui contienne quelques calories.

Pourvu que papa pense à la pâtée pour chats, songea-t-elle. Il n'y en a plus non plus, Sushi était arrivée queue en l'air dès qu'elle avait ouvert le réfrigérateur. Le birman blanc avait beau être menu, il avait bon appétit.

« Il va falloir attendre un peu, ma vieille », dit-elle à la chatte en la grattant derrière ses oreilles soyeuses.

Dans le tiroir des fruits, il y avait une banane, ça lui allait.

Le fruit à la main, Alice alla au séjour se blottir dans le canapé. Lentement, elle pela la banane et la mangea morceau par morceau.

Les décorations de Noël étaient allumées, c'était un éclairage suffisant. D'une certaine façon, la vue des boules rouges brillantes et des guirlandes dans les branches l'apaisait. Tout semblait comme d'habitude. Le sapin était comme quand elle était petite et que c'était maman et elle qui le décoraient.

Sushi se glissa dans la pièce, se frotta plusieurs fois au bord du canapé puis sauta à côté d'Alice. Elle se cala et ronronna contre son jean.

Alice fixait la pénombre. Elle ne voulait pas pleurer, savait qu'elle ne pourrait plus s'arrêter. Elle pressa un poing contre sa bouche pour se maîtriser. Il fallait garder le contrôle. Elle avait l'impression qu'une main s'était crispée sur son cœur et le serrait beaucoup trop fort.

Au bout d'un moment, elle se tourna doucement pour ne pas déranger Sushi, attrapa son portable et composa le numéro de maman.

Le répondeur s'activa aussitôt.

« Bonjour, c'est Jeanette, laissez un message, je vous rappellerai. *Hi, this is Jeanette, please leave a message after the beep.* »

Maman avait sa voix habituelle, un peu stressée, déjà en train de s'occuper d'autre chose que d'enregistrer ce message pour son répondeur. C'était tellement typique.

Dans le message en anglais, elle prononçait son prénom à l'américaine, *Djanett*. Alice avait coutume de la taquiner à ce sujet : « Ça fait cloche, comme si tu étais américaine, et non suédoise. »

Maman souriait, mais ne changeait rien.

Alice lâcha le téléphone et joignit les mains, comme quand elle était toute petite et devait faire sa prière du soir avec grand-mère.

« Pardon de m'être fâchée quand tu partais à l'étranger, chuchota-t-elle. Pardon d'avoir dit autant de bêtises. Je ne les pensais pas, je le jure. »

Le soir de Noël, elle avait été tellement en colère que maman n'appelle pas. Comme d'habitude, avait-elle pensé, tandis que la rage déferlait en elle et que les larmes lui brûlaient les yeux. Foutue bonne femme.

Maintenant, elle savait pourquoi le téléphone n'avait pas sonné.

La culpabilité l'envahit encore une fois : elle aurait tout donné pour revoir maman. Seulement quelques minutes.

Elle composa à nouveau son numéro de portable, ferma les yeux et essaya de faire comme si elle était partie en reportage.

« Salut, maman, dit-elle tout bas. Tu me manques. Tu ne pourrais pas rentrer bientôt ? »

Alice attendit le bip de fin de message pour poser son téléphone et se blottir contre le dossier du canapé. Papa ne devrait-il pas revenir rapidement ?

Pourvu qu'il ne soit pas allé voir Petra. La bouche d'Alice se contracta à cette idée. Il ne pouvait quand même pas aller chez elle *aujourd'hui* ? Pas après ce qui était arrivé à maman.

Maman non plus n'aimait pas Petra, Alice le savait.

Un bruit lointain lui fit lever la tête, ça semblait venir de la porte du garage, un petit claquement quand elle se refermait : papa devait être rentré, il allait arriver avec ses sacs de courses et lui demander comment elle allait.

Alice aurait préféré se cacher dans sa chambre pour éviter de le voir. Mais Sushi s'était mise à ronronner sur ses genoux, elle ne voulait pas bouger, elle n'en avait pas le courage. Elle se sentait si fatiguée et si triste...

Quelques minutes passèrent.

Alice tourna la tête pour guetter le bruit des pas de son père.

Bizarre, elle aurait vraiment juré qu'il était en train de rentrer.

33

Nora était devant son ordinateur dans la cuisine de la villa Brand. Il neigeait à nouveau, de petites fleurs de givre s'étaient formées au bas des carreaux. Elle avait enfilé de grosses chaussettes, car le froid remontait de la cave à travers le vieux plancher.

Elle avait passé plusieurs heures à travailler sur le dossier que Jukka Heinonen lui avait envoyé. Il était beaucoup plus gros qu'elle n'avait imaginé : à contrecœur, elle avait répondu dans un bref mail qu'il lui faudrait du temps pour prendre connaissance de tous les documents, et qu'elle ne pourrait donner suite que la semaine suivante, au mieux.

À la seconde même où elle pressait la touche d'envoi, elle eut le sentiment d'être une ratée, comme si la complexité du dossier était de sa faute.

Le mail de Jukka Heinonen contenait une présentation PowerPoint décrivant le montage financier mis au point pour la vente du réseau d'agences bancaires dans les pays Baltes : une chaîne complexe de sociétés tellement intriquée qu'il était difficile d'en appréhender réellement l'ampleur. Mais elle avait fini par y voir plus clair et avait schématisé sur son carnet tous les flux financiers. Ses gribouillis ressemblaient à présent à une pieuvre avec tous ses tentacules.

L'acheteur était un acteur financier ukrainien dont elle n'avait encore jamais entendu parler, une société par actions dont le siège était à Kiev. Elle était la propriété d'une société de Guernesey, elle-même appartenant à une autre société chypriote, raison pour laquelle le paiement devait aussi transiter par une banque à Chypre.

Mais le contrôle final de la société chypriote était entre les mains d'une fondation, un trust géré à Gibraltar par un cabinet d'avocats.

Ce n'était pas irréalisable, mais ce montage différait de tout ce que Nora avait rencontré jusqu'à présent.

La banque serait bien rémunérée, très bien même. Le prix dépassait de loin les sommes proposées par les autres candidats au rachat du réseau d'agences bancaires baltes. Mais impossible de voir qui était vraiment concerné par l'affaire. Tout finissait dans le cabinet d'avocats de Gibraltar.

Cela tracassait Nora, et plus elle creusait le dossier, plus elle était inquiète.

Les montages financiers complexes n'étaient pas inhabituels dans les affaires internationales, ils pouvaient être nécessaires pour, par exemple, garantir une optimisation fiscale à toutes les parties. Mais d'habitude il s'agissait d'affaires avec d'autres banques de bonne réputation, et il n'y avait donc pas lieu de s'inquiéter de la légitimité de ses partenaires.

Dans le cas présent, ils devaient vendre à un acteur inconnu, en passant par des sociétés et des flux financiers dans des pays dont les noms évoquaient les trafics d'individus louches.

Pourquoi, dans ce cas, le règlement devait-il passer par Chypre, pays connu pour la dissimulation de fonds ?

Impossible de ne pas y songer. S'agissait-il d'autre chose ? De malversations financières d'acteurs criminels, de blanchiment d'argent sale ?

Nora posa sa souris et étira plusieurs fois les bras. Après plusieurs heures devant l'ordinateur à la table de la cuisine, ses muscles s'étaient raidis, mais elle aimait s'installer là, la cuisine était orientée au sud-ouest, la lumière y était si belle.

Nora fixa de nouveau son écran.

Si elle pensait réellement que l'acheteur n'était pas net, il fallait qu'elle contacte en interne le bureau de conformité. Elle ne voyait nulle part dans le dossier que la question ait été abordée.

Un signalement coulerait l'opération, Nora le savait. Elle savait aussi que Jukka Heinonen avait déjà commencé à négocier avec l'acheteur. Le tempo était rapide : beaucoup, dans la banque, étaient pressés de se débarrasser aussi vite que possible du réseau d'agences grevé de dettes. Avant de perdre davantage de crédit.

L'objet du mail indiquait : strictement confidentiel – uniquement pour les yeux du destinataire. Le mail était crypté, le mot de passe avait été envoyé séparément, avec l'interdiction de faire circuler le dossier sans l'autorisation expresse de Jukka Heinonen.

Nora gagna la fenêtre. Le soleil allait bientôt redescendre vers Västerudd. Le ciel gris-bleu avait commencé à foncer, mais on voyait encore quelques rayons clairs de la faible lueur du jour. Les pins du côté ouest de l'île se fondaient avec la mer gelée.

Nora appuya le front contre la vitre, sentit le froid contre sa peau.

Elle se doutait de ce qui se passait : c'était le nouveau P-DG qui poussait à la roue. Hannes Jernesköld, un des financiers les plus en vue en Finlande, était président de la banque finlandaise avant la fusion. Un aristocrate qui avait rétabli sa fortune familiale, fréquentait le chef de l'État et avait la réputation d'être dur en affaires.

Pas difficile d'imaginer le reste. Jukka avait probablement promis au P-DG des résultats. Ce qu'il était en train d'exécuter au pas de course, peu importait les moyens.

La direction accepterait-elle vraiment de faire affaire selon un tel montage ? Ce n'était pas à elle d'en juger, elle n'était que la juriste chargée de tout faire coller.

Jukka Heinonen était habitué à imposer sa volonté, elle le savait. S'il parvenait à revendre le réseau d'agences baltes à bon prix, ce serait du meilleur effet pour lui comme pour le nouveau P-DG.

Il faudrait, à ce stade, des arguments extrêmement puissants pour remettre en question l'affaire.

Nora s'approcha de la bouilloire pour se préparer un thé. Les documents étaient assez impénétrables : même avec une bonne présentation, il n'était pas sûr que le conseil d'administration puisse comprendre les tenants et aboutissants de sa décision, et encore moins à quel genre de personnes on avait vraiment affaire. Surtout si le résultat final servait de carotte : un prix de vente qui surpassait les autres offres de plusieurs centaines de millions de couronnes.

Maximisation des profits, dans la plus pure acception du terme.

L'eau avait bouilli. Nora prit un sachet de thé et le lait au réfrigérateur. Son mug à la main, elle regagna la table de la cuisine.

Il fallait qu'elle s'informe sur les partenaires de l'opération. Connaître les pays où les sociétés étaient enregistrées ne suffisait pas. Il fallait qu'elle se renseigne sur leurs propriétaires, qu'elle s'assure qu'ils étaient nets.

Avec un soupir, elle posa son mug et fixa de nouveau l'écran. Vingt-quatre pages PowerPoint de texte serré en anglais. Sur chacune, on lisait : SECRET AND CONFIDENTIAL.

Cette fusion avait été présentée sous un jour tellement positif, songea-t-elle avec lassitude. Mais voilà qu'elle se retrouvait avec le ventre noué.

Si elle donnait son feu vert, elle assumerait la responsabilité juridique du montage. Si elle formulait des objections et exigeait plus d'informations, Jukka Heinonen lui tomberait dessus, la remplacerait même peut-être. Après ça, elle n'aurait plus aucune chance d'avancement au sein de la banque.

Dehors, la nuit commençait à tomber sérieusement. Dans la pénombre, Nora fixait les lignes de texte sans trouver aucune réponse.

Il faut que j'approfondisse, se dit-elle. Ça ne suffit pas comme ça.

34

Thomas chercha des yeux Pernilla par la porte du ferry qui approchait d'Harö. L'eau était en train de geler, mais la passe luisait, encore libre. Si le froid se maintenait, il faudrait pourtant bientôt ouvrir un chenal au brise-glace.

La marche arrière se mit à grogner, signe que le bateau avait accosté.

Pernilla salua Thomas de la main quand il descendit de la passerelle. Elle tenait une lampe de poche. Tant mieux, car il n'y avait pas d'éclairage public sur l'île, et il fallait environ un quart d'heure à travers la forêt pour gagner leur maison, de l'autre côté.

Elin était dans un porte-bébé contre le ventre de Pernilla, tellement emmitouflée qu'on la voyait à peine. Seul un petit nez en forme de bouton dépassait sous un bonnet rose du BabyBjörn bleu foncé. Elle dormait profondément.

Le ventre de Thomas se serra, comme chaque fois qu'il revoyait sa famille après quelques jours d'absence : d'abord un sentiment d'étonnement, puis de joie et enfin de gratitude.

D'avoir eu une deuxième chance.

« Salut ! »

Pernilla lui posa un léger baiser sur la bouche. Son écharpe rayée lui remontait sur le menton.

« Je ne pensais pas que tu aurais le bateau. Mais je suis contente de te voir. Ça m'évitera de finir toute seule les restes du repas de Noël. »

Thomas lui passa le bras autour des épaules et la serra contre lui. Son blouson en duvet était doux et rembourré. Il appuya le front contre le sien et resta ainsi quelques secondes avant de lâcher prise.

« J'aurais dû rester travailler, mais tu me manquais tellement. »

Il caressa la tête d'Elin, toucha délicatement le petit corps endormi.

« *Vous* me manquiez, corrigea-t-il. Mais je dois repartir demain matin avec le premier bateau. Il n'y a rien à faire. Tu sais comment c'est, au début d'une enquête.

— Alors on rentre nous aussi, dit Pernilla. Ça n'a pas de sens de rester. Ce n'est pas très drôle d'être seule ici. »

Elle fit un geste indéfini en direction de la forêt sombre.

« Ça peut être assez sinistre. »

Ils se mirent en route sur le sentier à peine pratiqué. Il n'y avait aucun vent, les cimes des pins étaient immobiles et l'obscurité était totale, à part la lampe de Pernilla, qui se balançait à chacun de ses pas.

On aurait facilement pu croire qu'ils étaient seuls sur l'île.

« Au fait, tu as vu qu'ils ont parlé de Jeanette Thiels aux infos du matin ? » dit Pernilla par-dessus son épaule.

C'était trop étroit pour avancer de front sur le terrain accidenté. Pernilla marchait en tête, il la suivait.

« Non, j'ai raté ça. »

Il y avait un grand article sur la journaliste morte dans le journal du matin, que Thomas avait rapidement parcouru en avalant un petit déjeuner spartiate. Le réfrigérateur était vide, car ils avaient prévu de rester toute la semaine sur Harö.

« C'était une séquence assez longue, continua Pernilla, concernant les mois qu'elle avait passés au sein de la population civile en Irak pour écrire un livre sur la vie des gens. Tu savais qu'elle avait eu le grand prix du journalisme pour ça ?

— Oui, Margit en a parlé.

— Visiblement, elle a subi des menaces, après ça, continua Pernilla en s'engageant prudemment sur le petit pont conduisant au vieux hameau de Harö qu'ils devaient traverser pour arriver chez eux. Fais attention, c'est vraiment glissant », le prévint-elle en se

195

tenant à la rampe du parapet pour ne pas perdre l'équilibre.

De l'autre main, elle protégeait Elin qui semblait ne rien remarquer : elle dormait profondément contre sa poitrine.

Jeanette faisait donc l'objet de menaces. À la réunion du matin, la chose avait été envisagée, sans qu'il soit possible de rien trouver dans le registre qui centralisait tous les dépôts de plainte. Il faudrait que Margit aborde le sujet quand elle s'entretiendrait avec le rédacteur en chef du journal pour lequel Jeanette écrivait.

« Tu y crois, à ça ? Elle a été accusée de présenter les hommes sous un jour défavorable, dit Pernilla, quelques mètres devant lui. C'est idiot. Le reportage traitait de la condition des femmes. Du contrôle sévère qui pesait sur elles, de leur peu de liberté. Et voilà les hommes qui se sentent insultés ! »

Pernilla s'arrêta et se retourna en accrochant quelques-uns des hauts roseaux qui poussaient de part et d'autre du pont. La neige collée à leurs hampes jaune paille tombait à présent en cascade de légers flocons sur la glace, en contrebas.

« Mais elle n'avait pas l'air de le prendre trop au sérieux, dit-elle. Pour elle, ça faisait partie du travail. Ce n'est nouveau pour personne que partir comme correspondant de guerre est dangereux. »

Pernilla se remit en marche.

« Une femme courageuse », dit-elle par-dessus son épaule.

Oui, songea Thomas, c'est vrai.

Au loin, un chien aboya furieusement. L'aboiement augmenta puis s'arrêta brusquement. La lampe de Pernilla éclairait le sentier battu.

À chaque pas, la neige crissait légèrement.

35

Couchée sur son lit, Alice fixait, dans un coin du plafond, une toile d'araignée qui était là depuis une éternité, avec une mouche crevée prise dedans.

Mais l'araignée elle-même avait depuis longtemps disparu.

On frappa à sa porte. De l'autre côté, la voix de papa.

« Alice, je peux entrer ? »

Alice pressa plus fort ses écouteurs contre ses oreilles.

« Va-t'en ! cria-t-elle.

— Ma grande, je veux juste te dire bonne nuit.

— Je ne veux pas te parler. »

Alice monta le volume. C'était trop fort, elle le savait, mais elle se fichait que ça puisse être dangereux.

Il frappa encore et Alice ôta un des écouteurs. Au bout d'un moment, elle entendit des pas dans l'escalier, puis du bruit dans la cuisine, au rez-de-chaussée. Un robinet qui coulait.

Papa était rentré très tard, vers sept heures, alors qu'elle avait cru l'entendre revenir dans le garage bien plus tôt. Il ramenait des plats à emporter du Grill, et Alice avait compris qu'il s'était arrêté chez Petra. Elle avait mangé en vitesse puis s'était enfermée dans la salle de bains, se fichant bien de sa mine attristée en la voyant quitter la table aussi vite.

Alice se recroquevilla sur le côté, les deux mains glissées sous sa joue. Elle se rappela le visage de maman lors de leur dernière rencontre, les nouvelles rides au front.

Elles s'étaient assises à la table de la cuisine. Maman fumait, comme toujours. Elle toussait comme jamais. Alice avait tenté de lui dire d'éteindre sa cigarette, mais maman avait fait la sourde oreille, malgré son teint gris pâle.

Je ne fumerai jamais, s'était promis Alice toute petite, quand le parfum de maman se mêlait à l'odeur de tabac.

Maman semblait si triste, l'autre jour, dans sa cuisine, Alice lui avait proposé de fêter Noël avec eux, mais elle avait secoué la tête.

« Ton père et moi, nous ne nous entendons pas bien en ce moment, avait-elle fini par dire. Ce n'est pas une bonne idée, Alice.

— Mais papa a dit que tu pouvais venir », avait une dernière fois tenté Alice.

Maman avait souri avec lassitude en émiettant la brioche au safran qu'elle avait dans la main.

« Il a dit ça pour te faire plaisir, ma grande, sûrement pas pour moi.

— Mais tu ne peux pas rester seule le soir de Noël, maman, avait continué Alice. Personne ne devrait.

— Ce n'est pas grave, ma chérie. J'ai acheté plein de choses à manger, regarde. »

Maman avait ouvert le réfrigérateur en grand, pour qu'Alice puisse voir. À ses yeux, il n'y avait pas grand-chose. À la maison, le réfrigérateur était toujours plein, alors que chez maman il y avait beaucoup de place. Mais Alice aperçut au moins un paquet de boulettes de viande et quelques charcuteries.

« Ne t'inquiète pas pour moi, avait dit maman en refermant le réfrigérateur. En plus j'attends de la visite, je ne resterai pas seule toute la journée. »

Alice s'était sentie soulagée en entendant ça. Elle détestait l'idée que maman n'ait personne avec qui passer le soir de Noël.

« Qui ? »

Maman avait balayé la question d'un geste.

« Peu importe. »

Puis Alice était partie.

Elle songea à son meilleur Noël, quand elle avait cinq ou six ans. Maman et papa devaient déjà être séparés, elle ne se souvenait pas bien, mais ils s'étaient au moins réunis pour le soir de Noël.

Le dernier paquet sous le sapin, soigneusement emballé, était pour Alice. En l'ouvrant, elle y avait découvert un album. Maman y avait collé des photos d'Alice côte à côte avec les plus beaux marque-pages représentant des anges. Grands et petits anges, anges qui souriaient et riaient, avec des paillettes argentées et dorées sur les ailes. Maman l'avait appelé *Livre des Anges*.

À côté de chaque photo, une rime trouvée par maman, de petites histoires d'anges qui veillaient sur Alice quand maman n'était pas là. Les années suivantes, Alice avait pris l'habitude de souvent feuilleter le *Livre des Anges* avant de s'endormir.

Alice se leva et alla ouvrir le tiroir du bas de son bureau, devant la fenêtre.

Il était là. Elle ne l'avait pas sorti depuis plusieurs années, elle l'avait en quelque sorte oublié après l'école primaire.

La couverture vert tilleul avait été tachée, les coins étaient cornés. Mais en ouvrant la page de garde, elle trouva la photo habituelle.

Alice assise sur les genoux de maman étendue sur une chaise longue. Ses cheveux étaient longs, beaux et un peu ébouriffés.

Comme elle a l'air jeune, pensa Alice. Et heureuse. Maman était bronzée, des lunettes de soleil relevées sur le front. La photo avait été prise en été, dans l'archipel. Chez grand-mère, à Sandhamn.

Alice examina l'image, essaya de se souvenir à quoi ressemblait la maison de grand-mère. Ils n'y étaient plus retournés depuis qu'elle était tombée malade et qu'on l'avait mise en institution. Maman ne la reverrait jamais.

Son mobile vibra sur la table de chevet. Elle avait reçu un SMS.

Elle prit le téléphone. Son corps se figea en lisant le message :

Tu veux savoir comment ta mère est morte ?

36

Ça clignotait à la quatre, au bout du couloir. Au-dessus de la porte close, la lampe s'allumait et s'éteignait en cadence.
Tove Fredin soupira et rejeta une mèche de cheveux. Elles étaient deux infirmières de moins qu'en temps normal, mais le nombre des patients restait le même, il n'avait pas diminué juste parce que c'était Noël. Elle avait à peine eu le temps de prendre un café depuis le début de son service, cinq heures plus tôt, et avait eu cinq minutes pour manger.
Dieu merci, tous les lits n'étaient pas occupés, sans quoi ça aurait été impossible, mais elle sentait pourtant qu'ils étaient en train de perdre pied. Une inquiétude sourde ne la quittait jamais, ne pas se tromper de dose ou de médicament. Dans le métro, en route pour l'hôpital, elle était déjà stressée. Tove détestait se sentir autant dispersée et tout le temps anxieuse. Mais elle ne savait pas comment se débarrasser de cette nervosité,

quand la charge de travail augmentait à mesure que les effectifs diminuaient.

En fait, il fallait qu'elle aille prendre la tension de la patiente du trois, une femme hospitalisée pour une pneumonie, mais ça pouvait attendre quelques minutes.

Qui était dans la quatre ?

Tove s'arrêta pour réfléchir. Ah oui, c'était un petit vieux arrivé hier en ambulance. Bertil, c'est ça, Bertil Ahlgren. Il s'était cassé la figure devant sa porte et était resté plusieurs heures sur le palier. Naturellement, il s'était cassé le col du fémur, elle avait déjà vu ça si souvent. Il souffrait en plus d'un traumatisme crânien et d'ecchymoses au front.

Bertil n'avait pas repris connaissance depuis son admission. Peut-être s'était-il réveillé ? Avait-il pris peur, se demandait-il où il était ?

Tove essaya de se rappeler s'il y avait des proches à contacter à son réveil. Pas d'enfants, si elle se souvenait bien. Un frère, peut-être ? Il faudrait regarder quand elle aurait un moment. Mais d'abord, voir ce qu'il voulait, s'il avait besoin de quelque chose.

Elle trouva la chambre plongée dans la pénombre. Personne n'avait allumé, mais les persiennes étaient inclinées. Par la fenêtre, on distinguait à perte de vue des toits couverts de neige et les eaux du lac Mälar. Stockholm dans ses atours d'hiver, sous un ciel gris.

Bertil était couché sur le dos, les yeux clos. Il était seul dans la chambre, elle s'assit sur le lit voisin inoccupé. Rien non plus sur la petite table de nuit, pas d'effets personnels ou de fleurs apportées par un proche prévenant. Personne n'était donc venu le voir ?

Elle borda la couverture bleu clair au pied du lit.

« Bonjour, Bertil, dit-elle doucement. C'est vous qui avez sonné, à l'instant ? »

Pas de réaction. Ses yeux papillotèrent sous les paupières, peut-être s'était-il réveillé, avait-il appuyé sur l'alarme avant de sombrer de nouveau ?

Ses cheveux blancs étaient ébouriffés, ça lui donnait l'air négligé. Elle les lissa doucement sur son front avant de prendre le poignet de Bertil. Le pouls était régulier et stable. Son visage avait un peu repris des couleurs, c'était bon signe. Elle espérait que son état s'améliorerait assez pour lui permettre de rentrer bientôt chez lui.

C'était toujours ce qu'ils souhaitaient le plus, les vieux : pouvoir rentrer dès que possible.

Bertil gémit, tourna un peu l'épaule. Puis il ouvrit les yeux et fixa Tove, effrayé.

« Où suis-je ? » murmura-t-il.

Sa voix était rauque. Il était resté longtemps inconscient.

« Vous êtes à l'hôpital, Bertil, l'apaisa Tove. Vous êtes tombé et êtes resté par terre devant votre porte. Mais vous allez vous remettre, vous verrez. Ne vous inquiétez pas. »

Elle se pencha pour donner une petite tape sur sa main ridée. De fines veines couraient sous la peau, comme un filet de pêche à larges mailles. Bleu, en contraste avec le bracelet blanc de l'hôpital à son poignet.

« Jeanette, murmura Bertil en levant la tête.
— Qui est Jeanette ?
— Dites à Jeanette... Attention... »

Ses mots étaient pâteux, ne se laissaient pas former. Les lèvres du vieil homme tressaillirent, un peu de bave coula à la commissure des lèvres.

Tove alla chercher du papier et essuya respectueusement la salive.

« Fais attention, Jeanette », répéta le vieil homme.

Puis il retomba sur l'oreiller sans pouvoir rien articuler d'autre.

« C'est quelque chose d'important, Bertil ? Vous pouvez répéter ? »

Précautionneusement, Tove toucha le bras de Bertil, mais le vieil homme s'était rendormi. Il ne réagit pas à ce contact, sa respiration se fit plus profonde, sa bouche, molle.

Tove se laissa retomber sur le lit voisin, et regarda le visage de Bertil en songeant aux mots qu'il venait de prononcer.

N'aurait-on pas dit qu'il cherchait à mettre en garde quelqu'un ? Fallait-il qu'elle reste là, au cas où il se réveillerait et voudrait dire autre chose ?

Un sentiment de malaise s'empara d'elle : qui était cette Jeanette dont il parlait ? Il fallait qu'elle aille voir dans le registre s'il avait une proche portant ce nom.

Indécise, elle regarda l'heure.

Il y avait encore tant à faire avant que l'équipe du soir ne prenne le relais, comment aurait-elle le temps ? Impossible de rester au chevet d'un patient qui marmonnait dans son sommeil. Il avait dû rêver. Ce n'était sûrement pas plus grave que ça.

Tove se leva. Elle passerait le voir un peu plus tard, avant de rentrer chez elle.

37

Alice n'arrivait pas à quitter son téléphone des yeux. Le SMS provenait d'un numéro inconnu. Elle se demanda combien de temps elle était restée à fixer le texte.
Que faire, maintenant ?

Tu veux savoir comment ta mère est morte ?

Sushi la sortit de sa confusion en grattant à la porte. Alice se leva, ouvrit la porte pour permettre à la chatte de se glisser dans sa chambre et se recoucha.
Les doigts tremblants, elle saisit une réponse :

Qui êtes-vous ? Comment le savez-vous ?

Ses pensées s'emballèrent : l'envoyer, ou non ?
Les caractères l'hypnotisaient presque. Elle finit par appuyer sur ENVOI.

Au bout d'une minute seulement arriva un nouveau SMS :

Retrouve-moi à l'hôtel vers minuit. Apporte la copie que ta mère t'a donnée.

Alice déglutit.

Elles étaient restées devant la porte, maman et elle. Maman lui avait caressé les cheveux, l'avait rapidement embrassée. Mais avait retenu Alice au moment où elle allait partir.

« Attends. »

Elle était allée dans son bureau chercher quelque chose dans une enveloppe blanche.

« Tiens. Prends-en toi aussi une copie, c'est plus sûr. Mais tu ne dois pas ouvrir l'enveloppe avant que je te le dise. À aucune condition. »

Alice se leva et gagna le placard. Le jean qu'elle avait porté ce jour-là était en tas par terre, avec plein d'autre linge sale.

Elle fouilla dans la poche arrière, en sortit l'enveloppe de maman. Elle s'était froissée mais, à l'intérieur, elle sentit la forme d'une clé USB.

La copie.

Comment cette personne savait-elle que sa mère la lui avait donnée ? Pourquoi voulait-elle l'avoir ?

Il était onze heures. Restait une heure.

Retrouve-moi à l'hôtel, avait écrit cette personne. L'hôtel de Vaxholm était sur le grand quai, à cinq minutes au plus de la maison. Dans la journée, c'était très fréquenté, mais à cette heure-ci, ce devait être désert.

Alice se laissa glisser à terre, les bras serrés sur elle. Elle se balança d'avant en arrière.

Que faire ?

Il était minuit moins le quart quand Alice ouvrit la porte de sa chambre et tendit l'oreille vers le rez-de-chaussée.

La télé était allumée dans le séjour. Mais avec un peu de chance, papa se serait endormi dans le canapé, ça arrivait parfois quand il était fatigué ou avait bu trop de vin.

Elle descendit l'escalier sur la pointe des pieds. La dernière marche pouvait craquer si on marchait au milieu. Alice s'efforça de passer sur le côté, le pied léger, pour ne pas faire de bruit.

Presque en bas, elle s'arrêta. L'entrée du séjour était à côté de l'escalier, elle devait passer devant pour gagner la porte d'entrée.

Il ne fallait pas qu'il la voie sortir.

Était-il réveillé ? Alice glissa un œil.

Papa était étendu, la tête sur l'accoudoir, la bouche entrouverte. Ses yeux étaient fermés, il semblait dormir.

Sur la table, son verre de vin était vide.

Papa se mit alors à ronfler. Alice attendit debout dans la pénombre, le dos plaqué au mur.

Au bout d'un petit moment, sa respiration se fit plus calme, papa s'était mieux installé, ses yeux étaient toujours fermés, ses mains immobiles sur le côté.

Un pas prudent, puis un autre : elle était à présent dans l'entrée, où papa ne pouvait plus la voir, même s'il se réveillait.

Alice s'immobilisa un moment pour en avoir le cœur net.

La cuisine était éteinte quand elle passa devant. Il faisait sombre aussi dans le vestibule. Sans allumer, elle s'accroupit.

Son portable la brûlait dans sa poche, elle le sortit et le retourna. Le métal lui parut froid quand une fois encore elle fit s'afficher le message.

Les caractères la dévisageaient :

Tu veux savoir comment ta mère est morte ?

« Maman », murmura Alice.

Ses oreilles sifflaient, cela faisait déjà longtemps qu'elle avait vomi le peu qu'elle avait mangé au dîner.

Elle attendit encore une minute, puis chercha à tâtons son blouson sur le portemanteau et glissa ses pieds dans ses bottes. Elle remonta sa fermeture Éclair et entoura plusieurs fois son écharpe autour de sa tête et de son cou, de sorte que son visage soit à peine visible.

Il était minuit moins dix.

Il faut que j'y aille maintenant.

Quelque chose de doux se frotta contre sa jambe. Sushi l'avait suivie jusqu'au vestibule. Alice repoussa délicatement du pied la chatte blanche.

« Reste ici, chuchota-t-elle. Tu ne dois pas sortir, il fait trop froid pour toi. »

Elle referma la porte derrière elle. Le perron descendait sur cinq marches, elle s'arrêta sur la dernière, hésita.

Si elle posait le pied par terre, il faudrait y aller. Mais elle pouvait encore faire demi-tour, regagner la maison chauffée, se glisser dans l'escalier sans que papa ne remarque rien.

Dans le jardin, les décorations du sapin ne diffusaient qu'un petit halo de lumière. La haie se fondait dans la nuit, la lueur du réverbère du coin de la rue n'arrivait pas jusqu'ici.

Je n'ose pas.

Elle eut du mal à respirer. L'air glacé faisait coller ses narines. Ses doigts commençaient déjà à se raidir dans ses gants, alors qu'elle avait pourtant mis ses mains dans les poches.

Son cœur battait si fort dans sa poitrine qu'elle entendait chaque pulsation.

Tu veux savoir comment ta mère est morte ?

Ces mots vibraient en elle.

Elle jeta un dernier regard par-dessus son épaule vers la maison, où papa dormait.

Au loin, elle entendit le bruit sourd d'un moteur.

Alice rabattit sa capuche et se dirigea vers la grille.

38

Aram rentrait chez lui en métro, sur la ligne verte. Il descendait dans quelques stations, il venait de passer à la hauteur de Stureby.

Il n'y avait pas grand monde dans la rame : deux filles de quinze ans assises dans un carré qui pouffaient avec leurs portables ; un peu plus loin en face, un vieil homme, l'air éprouvé, qui reposait sa tête contre la fenêtre. Au fond, une femme d'âge mûr en manteau de laine, qui lisait un livre.

Il était dix heures moins dix, beaucoup plus tard qu'il n'avait prévu. Il avait passé la soirée à travailler sur les documents de Jeanette. Mais cela n'avait pas été inutile, le gros était à présent classé par catégories. Karin avait hérité de quelques grosses liasses à parcourir, dont beaucoup de notes difficilement déchiffrables. D'après Thomas, elle était experte dans le décryptage des hiéroglyphes.

Parcourir ces documents lui avait permis de mieux connaître Jeanette, songea-t-il tandis que les immeubles défilaient derrière la vitre. D'une certaine façon, la morte lui était devenue familière. Il avait senti sa présence dans les coupures de journaux, les articles qu'elle avait arrachés sans soin, les taches de café sur les pages.

Il avait aussi trouvé et lu beaucoup des chroniques écrites par Jeanette au cours de sa carrière. Presque toutes parlaient d'injustices, d'injustices frappant les femmes, les immigrés, les faibles dans la société.

C'était comme si elle savait exactement ce qu'il avait lui-même vécu, ce que sa famille avait subi.

Elle était morte, mais vivait pourtant encore à travers ses textes. Aram se surprit presque… à avoir de la peine.

C'était un sentiment inhabituel : d'ordinaire, il gardait ses distances, même dans les enquêtes délicates. Il était rare qu'il s'engage personnellement.

Mais Jeanette forçait l'admiration, songea Aram tandis que le métro quittait la station de Bandhagen. La vitesse augmenta, les lumières se mirent à défiler, réverbères et phares alternativement, illuminations de Noël dans les jardins.

Ses yeux le brûlaient derrière ses lunettes. Sa réserve de lentilles de contact s'était épuisée quelques jours avant Noël, il fallait qu'il pense à en racheter avant de descendre à Norrköping pour le Nouvel An.

Jeanette n'avait jamais eu peur de ruer dans les brancards, songea-t-il sans pouvoir s'empêcher d'être impressionné. Elle ne s'était jamais laissé museler, même si elle devait être consciente des réactions violentes qu'allaient provoquer ses articles.

Ce n'était pas facile d'écrire sur le racisme et la haine des immigrés, et pas particulièrement opportun. Aram savait que beaucoup de journalistes évitaient le sujet. Par peur des remous qui souvent s'ensuivaient. Sur le Web, les attaques contre les journalistes faisaient florès, certains étaient cloués au pilori avec leur nom et leur photo, ainsi que celles des membres de leur famille.

La haine brutale sur le Net faisait peur et en réduisait certains au silence. La Suède était devenue un pays froid à bien des égards.

Mais Jeanette Thiels ne semblait pas avoir craint de tels obstacles, en tout cas pas à en juger par ses lectures de la journée.

Cela devait d'une façon ou d'une autre avoir un lien avec sa mort, il le sentait.

« Prochain arrêt Högdalen », annonça une voix métallique dans le haut-parleur, tandis que le train commençait à freiner.

Aram bâilla. Il avait mal aux épaules, après ces heures passées penché sur des documents.

Les portes s'ouvrirent, trois types aux cheveux ras entrèrent. La vingtaine, blousons de cuir et baskets.

Deux d'entre eux s'assirent en face des filles, alors que la voiture était presque vide. Étendirent les jambes en laissant à peine assez de place aux filles. Mais elles ne protestèrent pas et se poussèrent.

Le troisième se tint debout à côté de l'une d'elles, la surplombant. Son cou était si court qu'on aurait cru sa tête simplement posée sur ses épaules.

Culturiste, pensa automatiquement Aram. Il sentit une tension sourde et serra instinctivement les poings.

Les filles s'étaient tues. Celle à côté du type debout agrippait fort son téléphone. Elle baissait la tête, ses longs cheveux bruns cachaient son visage.

La dame assise quelques sièges plus loin avait refermé son livre et lorgnait d'un air soucieux en direction des jeunes. Le vieux avait toujours le front contre la vitre, les yeux clos. Il ne voyait ni n'entendait rien.

Le type debout bouscula la fille. Il montra de la tête le téléphone qu'elle tenait à la main.

« À qui t'écris ? » fit-il avec un ricanement.

Quand il se pencha, un tatouage noir surgit de son col.

« À personne », marmonna-t-elle.

Sa copine s'était tassée contre la fenêtre. Elle était si pâle que son rouge à lèvres violet était fantomatique, comme sur un masque d'Halloween.

« J'ai bien vu que t'écrivais quelque chose.

— C'était juste à un pote.

— Un pote… » Il pouffa, fit un geste entendu à ses copains, qui s'esclaffèrent. « Montre voir. »

Il tendit la main pour lui prendre son portable.

« File ça ! »

La fille près de la fenêtre semblait terrorisée.

Aram fouilla sa poche à la recherche de sa carte de police et se leva. Mais avant qu'il ait eu le temps de dire quoi que ce soit, la vieille dame avait quitté sa place et rejoint le groupe en quelques pas rapides.

« Laissez ces filles tranquilles, dit-elle d'une voix ferme. Arrêtez immédiatement de les ennuyer. »

Le menton haut, elle agitait son livre d'une main pour donner du poids à ses paroles. Sa bouche était crispée.

Un silence complet se fit dans la rame.

Le culturiste parut d'abord pris de court, puis l'expression de son visage passa de l'étonnement à la colère.

« Mais putain, quoi ! »

Il fit un pas vers la femme le poing levé, tandis qu'Aram s'interposait dans le passage. Il brandit sa carte de police pour que tous puissent la voir clairement.

« Vous avez entendu ce qu'elle a dit. »

La voix métallique retentit une nouvelle fois dans les haut-parleurs :

« Prochain arrêt Rågsved. »

Quelques secondes passèrent, sans que personne ne bouge. Le train stoppa, les portes s'ouvrirent. Le quai était désert, quelques flocons de neige entrèrent dans la voiture, mais aucun nouveau passager.

« Vous feriez bien de descendre », dit Aram au chef de la bande.

Il le dévisagea. Aram vit qu'il hésitait. Puis il plia.

« Allez, dit-il à ses copains, on se casse. »

Ils eurent juste le temps de sortir avant la fermeture des portes.

Aram les suivit des yeux. Aurait-il dû sortir avec eux pour relever leurs noms et numéros de téléphone ? Non, il était trop fatigué. Techniquement, rien n'avait eu le temps de se passer. Quelques minutes désagréables, au moins pour les deux filles, mais plus de peur que de mal.

Il n'avait même pas eu le temps d'intervenir, c'était la petite dame qui avait réagi la première. Elle s'était assise en face des deux filles. Elle posa la main sur le bras de celle aux longs cheveux.

« Ça va ? » demanda-t-elle gentiment.

La fille hoqueta.

« Je crois. Merci de leur avoir dit ça. »

Cette vieille dame réconfortait Aram : il y en avait d'autres, comme Jeanette, qui osaient ruer dans les brancards.

« Prochain arrêt Hagsätra. Terminus. Tout le monde descend. »

Il salua la femme de la tête.

« Bravo », dit-il en se levant pour descendre.

39

Alice se dépêchait autant qu'elle pouvait, mais ça glissait dans la descente. Elle n'osait pas accélérer, ne voulait pas tomber et se faire mal. Ce n'était pas le moment.

Elle suivit Strandgatan jusqu'au bord de l'eau. Elle était souvent passée par là. Mais jamais aussi effrayée et aux abois.

En face, la forteresse était illuminée, comme d'habitude. Mais ce spectacle n'eut pas pour effet de la rassurer, elle se sentit juste encore plus seule. Transie de froid. Les cuisses gelées sous le jean.

Elle jeta un œil aux maisons qui bordaient la rue menant au port. Partout, c'était éteint. Devant le garage le plus proche stationnait une voiture recouverte de neige. Elle ressemblait à l'Audi de papa.

Il ne savait pas qu'elle était sortie en pleine nuit, personne ne le savait.

Elle le regrettait à présent, mais il fallait continuer, elle ne pouvait faire demi-tour sans connaître la vérité.

Au fond d'elle-même, elle savait qu'il était dangereux de sortir en pleine nuit. Si tout avait été normal, elle n'aurait pas dû recevoir de SMS anonyme. Mais il fallait qu'elle sache ce qui était arrivé à maman.

Les ombres étaient si longues.

Alice s'arrêta au milieu de la rue. L'inquiétude lui fit serrer la main sur l'enveloppe, dans sa poche. Elle ne savait pas ce qu'elle redoutait le plus : ne pas arriver à temps ou entendre la vérité sur maman.

Tu veux savoir comment ta mère est morte ?

« Maman », murmura-t-elle comme une petite prière.

Alice serra encore davantage l'enveloppe, se força à lever les pieds et à continuer.

Un mouvement attira son attention. Plus loin, un homme apparut au coin de Tullhusgränd. Bonnet enfoncé sur le front, col de l'anorak sombre relevé sur le menton, il venait vers elle. Impossible de distinguer les traits de son visage, même quand il passa sous un réverbère.

Il ne semblait pas pressé, car il marchait lentement comme s'il cherchait son chemin. La cherchait-il ?

Papa ne sait pas où je suis.

Il avait beau faire très froid, l'homme ne portait pas de gants.

Alice s'arrêta, n'osant presque plus respirer pendant qu'il s'avançait vers elle. Le bruit de ses pas retentissait à ses oreilles, même si la neige épaisse étouffait tous les sons.

L'envie de s'enfuir en courant grandissait de seconde en seconde. Son cœur tambourinait dans sa poitrine à lui faire mal, mais elle restait là, comme gelée au milieu de la rue.

Personne ne m'entendra si je crie.

L'homme avait dû remarquer qu'elle le fixait, car il fronça les sourcils. Ses yeux se firent menaçants.

Il n'y avait plus qu'une quinzaine de mètres entre eux.

Alice serra de plus belle l'enveloppe dans sa poche, sans pouvoir quitter l'homme des yeux. Elle vit qu'il avait le même âge que papa, mais les traits plus marqués et des pousses de barbe poivre et sel. Son anorak était déchiré, un gros trou béant à la manche droite.

Ne me faites pas de mal, aurait-elle voulu chuchoter, mais elle n'osait pas ouvrir la bouche.

Il était maintenant à sa hauteur, des relents d'alcool arrivèrent jusqu'à elle.

« Qu'est-ce que tu mates ? »

Sans plus se soucier d'Alice, il continua à marcher. Confuse, elle tourna la tête et vit que l'homme disparaissait par le chemin qu'elle venait d'emprunter. Il pataugeait dans la montée enneigée, sans s'intéresser du tout à elle.

Alice ne bougeait pas, essayant de retrouver une forme d'équilibre. Son cœur battait toujours si fort qu'elle en avait le souffle coupé. Elle s'efforça de respirer à fond, mais l'oxygène refusait d'entrer dans ses poumons.

Lentement, elle sortit de sa paralysie.

Elle s'était trompée. Ce n'était pas lui.

Maintenant, elle devait se dépêcher d'arriver à l'hôtel avant qu'il ne soit trop tard.

Attendez-moi !

En tournant le coin, la lumière l'éblouit. La rue et le quai étaient puissamment éclairés, tout comme la façade de l'hôtel.

Elle s'arrêta, essaya de se concentrer pour chercher quelqu'un sans vraiment savoir qui.

Qui êtes-vous ? Êtes-vous encore là ?

Quelqu'un cria son nom :

« Alice ! »

40

Dimanche

Ils venaient de débarquer du ferry à Stavsnäs quand le portable de Thomas sonna. Il était presque neuf heures. Il avait Elin dans son porte-bébé contre la poitrine et portait un gros sac à dos. Pernilla arrivait quelques pas derrière, un sac dans une main, un sac-poubelle dans l'autre.

« Attends », dit-il en s'efforçant d'extraire le téléphone de sa poche intérieure.

Le numéro était familier. Thomas sentit une poussée d'adrénaline.

« Salut, Andreasson, dit Carl-Henrik Sachsen. Maintenant, tu peux venir jeter un coup d'œil, si tu veux.

— C'est déjà fini ?

— Autant que ça peut l'être à ce stade. »

Le légiste devait avoir fait un effort, songea Thomas. Il l'en remercierait.

« Tu peux m'en dire plus au téléphone ?

— Je ne préfère pas. C'est assez compliqué. Il vaudrait mieux que vous veniez, Margit et toi. »

Elin s'était réveillée et se mit à chouiner. D'abord doucement, puis plus fort.

« J'arrive, dit Thomas. Disons onze heures ?

— À tout à l'heure. »

Pernilla avait dégainé une tétine. Elle se pencha sur Elin.

« Là, chut, ma chérie. »

Elle enfonça délicatement la petite tétine en caoutchouc et, bientôt, Elin referma les yeux.

Pernilla recula d'un pas, la main levée prête à rattraper la tétine au cas où elle tomberait.

« Le boulot ? dit-elle à Thomas.

— Mmh, il faut que je file. Mais je vous dépose d'abord à la maison. »

Thomas venait de tourner dans Klarastrandsleden quand l'idée lui vint. Nora devait sûrement savoir où se trouvait la maison de la grand-mère de Jeanette. Et si Jeanette s'y était rendue avant de mourir ?

Il lâcha le volant d'une main pour composer le numéro de Nora.

« Bonjour, Thomas. »

Comme d'habitude, elle avait vu que c'était lui.

« Salut. Tu es toujours à Sandhamn ?

— Mais oui. Pourquoi ?

— Tu pourrais m'aider pour un truc ? La grand-mère de Jeanette Thiels avait une maison sur l'île, tu ne saurais pas par hasard où elle se trouve ?

— Quel était son nom ? »

Thomas fronça les sourcils. Qu'avait-il lu dans le dossier ?

« Söderberg, je crois. »

D'après le bruit, Adam et Simon se chamaillaient à côté.

« Attends une seconde », dit Nora en posant son portable.

Thomas l'entendit crier aux garçons de se calmer, avant de reprendre le téléphone.

« Il y a une famille Söderberg qui a une maison de l'autre côté de l'île, dit-elle. Est-ce que ça peut être ça ? Je suis presque certaine que c'était une vieille femme qui y habitait.

— Ça pourrait être la grand-mère en question.

— Pourquoi tu me demandes ça ?

— Est-ce que tu pourrais aller y jeter un coup d'œil ? Vérifier s'il semble y avoir eu de la visite récemment ? »

Un hurlement à l'arrière-plan.

« Maintenant, ça suffit ! cria Nora. Sinon, interdiction d'ordinateur pour le reste de la journée. »

Le silence complet se fit.

« Allô ? fit-il. Moi non plus, je n'ai plus le droit de toucher mon ordinateur ?

— Pardon, dit Nora, retrouvant son ton ordinaire. Parfois, ces deux-là me rendent folle. C'est comme avoir des singes à la maison. »

Elle lâcha un rire gêné.

« Attends qu'Elin grandisse un peu, tu comprendras.

— Tu auras le temps de passer voir cette maison ? demanda Thomas.

— Bien sûr. J'irai y faire un tour après déjeuner. Si mes fils ne m'ont pas rendue chèvre d'ici là. »

41

La voiture de Margit était garée sur le parking devant le bâtiment bas en brique quand Thomas entra. Elle se dirigea vers l'entrée avant qu'il ait eu le temps de descendre de sa voiture.

Thomas la rattrapa devant la porte vitrée où Axel Ohlin les attendait. L'assistant ressemblait plus que jamais à un écolier, derrière ses lunettes carrées. Et pourtant, il avait choisi une spécialité médicale exigeant une grande maturité et des nerfs solides.

Intéressants contrastes, songea Thomas dans le dos d'Axel Ohlin, tandis qu'ils le suivaient vers les salles d'autopsie.

Ils trouvèrent Sachsen à la porte de l'une d'elles.

« Vous voulez voir, ou ça suffit si on va causer dans la salle de pause ? »

Thomas échangea un regard avec Margit qui fit un geste de la tête vers la salle fermée.

« On va jeter un œil », dit-il tout en se débarrassant de son anorak.

Venant du froid du dehors, c'était comme entrer dans un sauna. Thomas suait déjà sous son gros pull en laine. Mais il fallait ça : il faisait vraiment froid, ce matin, pour aller au bateau.

Sachsen ouvrit la porte et les précéda dans la salle où Jeanette Thiels attendait sous un linceul. Le drap blanc lui remontait jusqu'au cou. Dans la lumière crue, on voyait nettement la découpe du crâne. Bien entendu, tout était refermé, recousu, mais Thomas ne put s'empêcher de songer à une poupée de chiffons mise au rebut.

Carl-Henrik Sachsen renifla, sortit un mouchoir bleu de sa poche et s'essuya sous le nez.

« Je pense qu'elle est morte pendant la nuit de Noël, dit-il. On ne peut pas le dire exactement, vous le savez bien. Mais cela a dû se passer quelque part entre le soir du 24 et la journée du 25. »

Jeanette était arrivée à Sandhamn dans l'après-midi, elle n'était donc même pas restée en vie une journée.

« Que voulez-vous savoir de plus ? » demanda Sachsen.

Les faisait-il marcher ? se demanda Thomas. Comment elle était morte, bien sûr, à quoi ressemblait une éventuelle arme du crime, tout ce qui pouvait leur permettre de faire la lumière sur ce meurtre. S'il s'agissait bien d'un meurtre.

Carl-Henrik Sachsen avait un humour assez particulier, Thomas avait déjà eu l'occasion d'en faire les frais.

« Allez, quoi, fit Margit, sans chercher à cacher son impatience. Qu'est-ce que tu as trouvé ? Nous voulons en savoir le plus possible, évidemment. »

Elle se débarrassa à son tour de son blouson.

« Il y a pas mal de choses à dire », commença Sachsen en écartant le drap pour qu'ils puissent bien voir.

Thomas avait beau avoir déjà vu beaucoup de cadavres, il se sentit comme un intrus quand le corps fut dénudé devant lui.

« Jeanette Thiels était une femme très malade quand elle est décédée. » Sachsen indiqua une cicatrice très visible au ventre. « Tout d'abord, elle souffrait d'un grave cancer. Utérus, ovaires, tout lui avait été enlevé. Et c'est d'ailleurs assez récent, peut-être un an, pas beaucoup plus à mon avis.

— Mais je suppose qu'il y a aussi autre chose, vu ta façon de t'exprimer », dit Margit.

Sachsen ôta ses lunettes.

« Des signes indiquent que le cancer était en train de se généraliser. J'ai trouvé des ganglions lymphatiques enflés aux aisselles. Les cils cellulaires des poumons sont très abîmés, elle devait beaucoup tousser.

— Une fumeuse », dit Margit.

Thomas s'approcha de Jeanette et vit de nouveau les fines rides au-dessus de la lèvre supérieure, signe d'une bouche souvent fermée sur une cigarette.

« Oui, lâcha Sachsen. Il y a en outre un léger renflement de la gorge. »

Thomas sentit que Sachsen attendait quelque chose de lui, comme s'il avait dû à ce stade tirer une importante conclusion. Mais quoi ?

« Qu'est-ce que tu en dis ? »

Le légiste se campa devant la civière où reposait Jeanette Thiels. Il les regarda avec un air presque attristé. Un professeur devant des élèves bornés.

« Je ne pense pas qu'il lui restait plus de quelques années à vivre.

— Voilà pourquoi elle avait tant de boîtes de médicaments à la maison, dit Thomas.

— Tout à fait exact, dit Sachsen. Il s'agit de différents médicaments prescrits en lien avec le traitement d'un cancer. Le Zofran, par exemple, est utilisé contre les nausées lors des chimiothérapies.

— Donc elle était mourante, dit Margit.

— La maladie était assez avancée. »

Sachsen rabattit le drap sur Jeanette Thiels. Axel Ohlin l'aida en silence à recouvrir le visage.

« Tu ne nous as encore rien dit sur la cause du décès à proprement parler, dit Margit. Est-ce que c'est la maladie ? »

Le téléphone de Thomas sonna. Il vit sur l'écran que c'était Aram. Pas maintenant, songea-t-il en rejetant l'appel.

« Quelle est la cause du décès ? » répéta Margit.

Sachsen s'anima pour de bon.

« Là, ça commence à être intéressant, dit-il. Ça n'a pas été facile à comprendre, au début. »

La mine de Margit indiqua qu'il jouait aux devinettes, et qu'elle n'était pas d'humeur. Elle croisa les bras ostensiblement.

« S'il te plaît, dis-nous juste de quoi il s'agit. »

Au lieu de répondre, Carl-Henrik Sachsen alla prendre un petit sachet plastique sur une table carrée à roulettes. En revenant, il le brandit pour qu'ils puissent en voir le contenu.

Quelques flocons noirs sous le plastique. Avec quelque chose de rouge au fond.

« J'ai trouvé ça dans le gros intestin de Jeanette Thiels. Savez-vous ce que c'est ?

— Mais arrête, avec tes questions ! lâcha Margit. Dis-nous plutôt ce que tu as trouvé. »

Le légiste s'assombrit et Axel Ohlin parut aussitôt s'inquiéter.

Il ne doit pas s'amuser tous les jours, songea Thomas.

« Je suis à peu près sûr qu'il s'agit de ce qu'on appelle un haricot paternoster, dit Sachsen, d'un ton à présent plus sec.

— Comment dis-tu ? demanda Thomas, en ignorant son changement d'humeur.

— Haricot paternoster. La plante porte le même nom. Ça ressemble au grain de café, sauf que c'est rouge, avec une tache noire au bout. On s'en sert parfois pour faire des colliers ou des bracelets, ces bracelets indiens qu'on vend parfois sur les marchés. »

Sachsen reposa le sachet. Il ne s'adressait plus à présent qu'à Thomas, Margit était tombée en disgrâce.

« Le problème est que la graine de ce haricot contient un poison très violent. Tu as entendu parler de l'abrine ? C'est une toxine proche de la ricine, un autre poison mortel. Tu te souviens de l'histoire du Bulgare assassiné à Londres par le KGB dans les années 70 ? Ils avaient piqué ce pauvre type avec un parapluie empoisonné. La pointe était imprégnée de ricine.

— La ricine, comme l'huile de ricin ? » demanda Thomas, en se revoyant enfant dans la cuisine, avec sa mère qui lui présentait une cuillère d'un liquide visqueux et translucide.

Le goût était abominable.

Sachsen hocha la tête.

« Apparenté. L'huile de ricin est obtenue par pression des cosses du haricot, tandis que le poison vient de la graine proprement dite. Mais là, nous parlons de l'abrine, qui est encore plus toxique. Et pour laquelle en plus on ne connaît pas de contrepoison.

— Qu'arrive-t-il si on en avale ? » demanda Margit.

Elle faisait profil bas, pour montrer que le message était passé.

Sachsen se tourna pourtant vers Thomas pour répondre.

« Cela provoque une mort massive des cellules dans le corps. La mort est inévitable si la dose est suffisante.

— Et comment l'absorbe-t-on ? demanda Thomas.

— Généralement par voie orale, tu peux en manger, ou l'inhaler. Dans le cas présent, elle semble en avoir mangé, vu les restes retrouvés.

— Quels sont les symptômes ? demanda Thomas.

— Violents vomissements. Sang dans les urines et fortes diarrhées, souvent sanguinolentes elles aussi. Puis baisse de la tension artérielle quand le poison commence à agir. Il peut également se produire des hallucinations.

— Combien faut-il en prendre pour que la dose soit mortelle ?

— Ça dépend. Les graines de quelques haricots peuvent suffire. Dans notre cas, peut-être encore moins. Jeanette Thiels était déjà si affaiblie par la maladie qu'il a peut-être suffi qu'elle en avale une seule. Graine, je veux dire.

— Est-ce que ça peut être un accident ? »

Sachsen secoua la tête.

« Je ne me risquerai pas à répondre. Mais j'imagine que croquer volontairement une graine aussi toxique, il faut le faire. »

Thomas s'efforça de digérer toutes ces informations.

Jeanette avait été empoisonnée. Et souffrait en outre d'un cancer avancé. Mais elle avait été retrouvée dehors, raide comme un piquet.

« Est-ce que tu pourrais être plus précis ? insista-t-il. Est-elle morte d'empoisonnement, ou de froid ?

— Avant d'avoir reçu les analyses des prélèvements de tissus, difficile d'en être absolument certain. Mais elle présente des engelures très nettes : elle ne peut pas être arrivée morte là où on l'a trouvée.

— OK, dit Thomas. Donc on a au moins une tentative de meurtre. »

Il prit le petit sachet, et l'examina de près.

« Quand penses-tu qu'elle a avalé ça ?

— Pas facile à dire. D'habitude, il peut se passer vingt-quatre heures, peut-être plus, avant que le poison fasse pleinement son effet. Mais n'oublions pas qu'elle était mal en point. Ça peut être allé plus vite, dans son cas.

— Peux-tu nous indiquer une fourchette horaire ? » demanda Margit.

Sachsen renfila ses lunettes, leurs verres polis agrandirent ses pupilles, gros ronds noirs cerclés de bleu clair.

« Le problème, c'est que nous ne savons pas quand l'empoisonnement s'est déclaré, puisqu'elle est très vraisemblablement morte de froid.

— Mais on doit bien pouvoir conclure quelque chose, le pressa Margit.

— D'après les vomissements et la diarrhée – c'est d'ailleurs ça qui m'a mis la puce à l'oreille.

— Oui ? » dit Margit.

Sachsen haussa les épaules, comme s'il voulait éviter d'avoir à répondre.

« Je dirais qu'elle a ingéré le poison au plus vingt-quatre heures avant qu'il ne commence à agir. Peut-être moins, seulement dix-douze heures, vu son état d'affaiblissement. Mais c'est vraiment au doigt mouillé. Il est possible qu'elle se soit effondrée dans la neige à cause de l'empoisonnement, il n'y a pas de signe qu'elle ait été traînée ou contrainte en aucune façon. Pas physiquement, en tout cas. Que quelqu'un l'ait menacée d'une arme, c'est bien sûr impossible à dire. »

Thomas imagina la bande côtière de Sandhamn. Jeanette le visage dans la neige, le corps recouvert de neige. L'estimation de Sachsen impliquait qu'elle avait ingéré le poison avant de se rendre à Sandhamn. Le matin du 24, ou le soir précédent. Quand elle avait vu Anne-Marie Hansen.

42

Axel Ohlin raccompagna Thomas et Margit jusqu'à la sortie. Les couloirs étaient toujours déserts.

« Bonne continuation, leur souhaita Axel Ohlin en leur ouvrant la porte.

— Tu crois que son ex savait qu'elle était gravement malade, probablement mourante ? demanda Margit comme la porte se refermait derrière eux. Elle devait quand même les avoir prévenus, Alice et lui ?

— Dans ce cas, il aurait dû nous en parler. Surtout quand nous l'avons informé qu'il s'agissait peut-être d'un meurtre. »

Un chasse-neige jaune entra sur le parking, poussant une montagne de neige jusqu'au fond. La place pour handicapés échappa de justesse à l'enfouissement.

« Pour moi, on y retourne tout de suite, dit Margit. De toute façon, on doit leur reparler à tous les deux. »

Elle sortit ses clés de voiture de sa poche.

« On peut prendre ma voiture. On repassera prendre la tienne, inutile d'aller à deux voitures jusqu'à Vaxholm. »

Tandis que Margit sortait à reculons du parking et mettait le cap sur l'E4, Thomas s'attacha et appuya sur la touche rappel de son téléphone. Aram répondit presque aussitôt.

« Salut, c'est Thomas. On était chez Sachsen, je ne pouvais pas te parler. »

Il s'abstint de lui révéler ce qu'ils avaient appris : le Vieux devait être informé en premier que Jeanette Thiels avait été empoisonnée, alors qu'elle souffrait d'une maladie mortelle. Mais Aram parut ne rien remarquer. Il voulait lui faire part de tout autre chose.

« J'ai trouvé quelque chose d'intéressant dans les documents venant de l'appartement de Jeanette, dit-il. De vraiment intéressant. Dans une des dernières piles que j'ai passées en revue, il y avait un dossier avec de nombreuses lettres d'un avocat avec lequel elle était en contact. Il y avait des mails imprimés, quelques lettres originales, et un certain nombre de notes manuscrites.

— Attends, dit Thomas. Margit est avec moi dans la voiture. Je mets le haut-parleur, pour qu'elle entende aussi. »

Il passa le téléphone dans sa main gauche et le tint entre Margit et lui, pour qu'elle entende malgré le bruit du moteur.

« C'est Aram, la prévint-il. Tu peux continuer, Aram. Qui est cet avocat consulté par Jeanette ?

— Une certaine Angelica Stadigh. Elle s'occupe de droit familial au cabinet Stadigh & Partners. Elles sont en relation depuis un bon bout de temps, plus d'un an.

— Sur quoi porte cette correspondance ? dit Margit.

— Il semble que Jeanette Thiels envisageait d'attaquer son ex-mari.

— Mais pourquoi ? dit Thomas.

— Elle comptait exiger la garde de sa fille. D'après ces lettres, elle avait rassemblé des preuves pour faire valoir qu'il était inapproprié que Michael continue à avoir seul la garde de leur fille.

— Quel genre de preuves ?

— Elle écrit à son avocate qu'il boit trop. En tout cas, elle comptait se servir de cet argument au tribunal.

— Tu dis qu'elle voulait récupérer entièrement la garde ? demanda Margit.

— Ça n'apparaît pas.

— Les dates de ces messages ?

— La correspondance commence il y a plus d'un an, le dernier mail est daté de novembre dernier.

— Alors elle devait déjà se savoir atteinte du cancer, dit Margit.

— Y a-t-il une correspondance avec Michael Thiels ? demanda Thomas. Savait-il que Jeanette avait l'intention de lui faire retirer la garde d'Alice ? »

Un bruit de papier froissé à l'autre bout du fil.

« J'ai une lettre de Stadigh à Jeanette, dit Aram. L'avocate lui écrit qu'elle a contacté le conseil de

Michael, et qu'il s'oppose à tout changement. C'est daté de mai, du printemps dernier.

— Autre chose ? demanda Thomas.

— Oui, d'après Michael Thiels, Jeanette a tout inventé, rien n'est vrai. Son ex-mari n'aurait aucun problème d'alcool, et soutient en revanche que Jeanette est absolument incapable d'assumer la garde.

— On dirait qu'ils étaient drôlement remontés l'un contre l'autre, remarqua Margit en bifurquant vers l'E18 et la voie rapide vers Norrtälje.

— Encore une chose, dit Aram. J'ai trouvé une note de Jeanette sur une conversation téléphonique avec Michael. Elle écrit qu'il l'a menacée pour qu'elle abandonne ses poursuites. »

Aram la lui résuma.

« Merci pour tout ça, dit Thomas quand Aram eut terminé. On est en chemin pour aller le voir à Vaxholm. On va écouter sa version des faits. »

Il raccrocha et regarda par la vitre. Il y avait peu de voitures, il faisait si froid que la neige tenait sur l'autoroute. Sur la bande d'arrêt d'urgence, un taxi qui semblait en panne, moteur gelé.

« Met-on en branle un procès contre son ex-mari pour la garde de sa fille quand on n'a plus que quelques années à vivre ? s'interrogea-t-il. Est-ce vraisemblable ?

— Elle voulait sans doute passer ses derniers moments avec sa fille, dit Margit. J'aurais fait pareil dans sa situation.

— Ça n'aurait pas été plus simple de dire la vérité, qu'elle voulait passer plus de temps avec Alice ?

— Pas si elle avait peur que Michael n'utilise sa maladie comme argument contre elle. »

Margit était d'une gravité inattendue. Thomas devina qu'elle songeait à ses propres filles, Anna et Linda. Elles étaient certes plus âgées qu'Alice, dix-neuf et vingt et un ans, mais il savait que Margit s'était souvent inquiétée pour ses filles durant leur adolescence.

Thomas remit le téléphone dans sa poche.

« La question intéressante pour le moment est de savoir si Michael Thiels savait Jeanette mourante. »

43

Nora enfouit le menton dans son écharpe pour se réchauffer. Il était à peine plus d'une heure de l'après-midi, mais il restait tout juste une heure de jour. L'hiver, le soleil se couchait de l'autre côté de l'île par rapport à la villa Brand. Sa maison était située sur la côte nord : en cette saison, finis, les merveilleux couchers de soleil derrière Harö.

Le coup de téléphone de Thomas lui avait donné une bonne excuse pour sortir. Ça lui faisait du bien de se bouger, elle passait beaucoup de temps enfermée à l'intérieur à cause du froid.

Aucun des garçons n'avait voulu l'accompagner. Adam avait à peine levé le nez de son ordinateur quand elle le lui avait proposé. Mais au moins, ils s'étaient réconciliés.

« Bon, alors je vais y aller toute seule », avait-elle dit, avant de s'emmitoufler.

Au fond, ça ne la dérangeait pas, elle aimait se promener à son rythme.

La neige crissait sous ses pieds tandis qu'elle passait à pas rapides devant Fläskberget, la petite plage ainsi baptisée à cause du bateau qui s'y était échoué au dix-neuvième siècle avec sa cargaison de lard. Il avait fallu décharger tous les tonneaux, et on racontait que la population locale était venue se servir.

Nora avait bien vérifié que la maison appartenant à Elly, la grand-mère maternelle de Jeanette Thiels, était bien sur le versant sud-ouest de l'île. Mais elle avait décidé de passer par Västerudd avant de chercher la maison. Autant profiter de la promenade.

Nora suivit le sentier jusqu'à ce qu'il s'éloigne de Fläskberget et monte en pente au nord du cimetière.

Ce n'était pas très loin du port, dix minutes tout au plus, et pourtant on sentait bien qu'on s'éloignait du cœur du village : par ici, les terrains étaient nettement plus vastes et les maisons moins nombreuses, pas du tout serrées les unes contre les autres, comme dans la partie ancienne.

Une clôture rouge succéda à une blanche, un petit écureuil gris-brun glissa avec sa queue en panache le long d'un arbre, devant les pieux.

Pauvre petite bestiole, pensa Nora, ça ne doit pas être facile de trouver de quoi manger en hiver. Si ça continue comme ça, il y aura encore de la glace en avril.

Nora marchait d'un bon pas et elle arriva bientôt à Västerudd. À droite, une maison de vacances tout au bord de l'eau : elle n'avait jamais rencontré les propriétaires, mais avait entendu dire qu'ils n'aimaient pas qu'on traverse leur terrain.

Si on habite Sandhamn, il faut accepter ça, songea-t-elle avec un haussement d'épaules, en coupant par chez eux pour se diriger vers le sud – en faisant cependant un détour au bout du terrain, pour ne pas paraître inutilement démonstrative.

La forêt s'estompa, et entre deux pins tordus elle déboucha sur la plage ouest.

Le soleil était à présent si bas que son globe jaune pâle paraissait flotter à l'horizon dans un brouillard laiteux. Sa lumière caressait la surface de la mer. Devant elle, des îlots rocheux étaient revêtus de neige, et la cime d'un bouleau nain solitaire scintillait de givre.

L'archipel extérieur, songea Nora. Mer ouverte, vastes cieux.

Il n'y avait que quelques rares îles au-delà de Sandhamn, puis venaient les eaux de la Baltique, une infinie surface de plomb qui séparait la Suède des pays Baltes. Si on se perdait en mer après Sandhamn, il n'y avait aucun port en vue avant d'atteindre les côtes estoniennes.

Nora trébucha sur une branche cachée sous la neige. Elle tomba en douceur et resta allongée, ne pouvant s'empêcher de dessiner un ange dans la neige en étendant les bras et les jambes.

Elle finit par se relever, se brossa, mais resta sur place. C'était si beau, dans le soleil de cet après-midi sans vent. Les cristaux de neige scintillaient dans la lumière.

Les mains dans les poches, elle repartit vers la maison d'Elly Söderberg.

Il avait beau avoir beaucoup neigé, on avançait sans difficulté, la couche de neige s'amincissant à proximité du rivage. Tant qu'elle se tenait à la lisière de l'eau, elle pouvait marcher sans trop s'enfoncer.

Le projet Phénix refit surface.

Plus elle étudiait le dossier, plus son malaise augmentait.

Comment pourrait-elle donner son approbation juridique à la proposition que Jukka Heinonen lui avait transmise ? Il y avait trop de flou, trop de points d'interrogation.

Elle avait passé l'après-midi à chercher des informations sur les différentes sociétés. Envoyé des mails à des cabinets d'avocats à l'étranger, essayé de téléphoner aux adresses indiquées sur les papiers officiels.

Jusqu'à présent, aucune des réponses obtenues ne disait que les sociétés en question n'étaient pas honorables et sérieuses. Le bureau d'avocats de Gibraltar avait envoyé par mail une documentation sur les actions de bienfaisance de la fondation. Mais ça s'arrêtait là.

Impossible de se défaire de l'idée que quelque chose ne collait pas. Le paiement via Chypre continuait à la tarabuster. Et pourquoi plusieurs des acteurs de l'opération étaient-ils enregistrés dans des paradis fiscaux ?

Mais même si elle avait des éléments pour étayer ses soupçons, il fallait qu'elle présente quelque chose de concret pour pouvoir remettre en question ce montage financier. Les impressions et l'intuition n'avaient aucune valeur dans ce contexte, elle le comprenait bien.

Jukka Heinonen attendait une réponse aussi rapide que possible. Un nouveau mail était arrivé, l'affaire serait à l'ordre du jour d'un conseil d'administration extraordinaire convoqué pour le 20 janvier.

C'était urgent et, si Nora traînait, elle le paierait d'une façon ou d'une autre.

J'appelle Einar et je lui demande un rendez-vous pour demain, se dit-elle. Je peux y aller pour la journée en laissant les garçons ici. À neuf et treize ans, ils peuvent rester seuls quelques heures. Si je peux le voir en tête-à-tête, il m'écoutera. Alors je pourrai tout lui expliquer tranquillement.

Pourtant, elle était tendue à l'idée de confier ses mauvais pressentiments. Critiquer le vice-P-DG devant Einar n'allait pas de soi.

Il fallait au moins l'aval du bureau de conformité, pensa Nora. Einar appréciera que je le consulte. Attirer son attention sur tous les risques fait partie de mon travail. Il est chef du service juridique, il doit être tenu informé.

Nora chassa ces idées en arrivant devant la petite maison qui appartenait à la grand-mère de Jeanette Thiels.

Elle n'était pas loin d'Oxudden, l'ancien bunker de la Seconde Guerre mondiale, où les soldats avaient attendu des jours et des jours une invasion allemande qui n'était jamais arrivée.

La maison était sans prétention, bâtie sur un terrain en pente, à proximité de l'eau. Elle ressemblait davantage à un chalet de vacances qu'aux résidences secondaires cossues que beaucoup associaient à Sandhamn.

Les derniers rayons du soleil éclairaient la façade jaune. La peinture commençait à s'écailler et quelques tuiles étaient tombées. Dans la lumière du soir, on voyait bien que les carreaux avaient besoin d'être nettoyés et, en jetant un œil par la fenêtre de la véranda, Nora aperçut des toiles d'araignée dans un coin. Personne ne semblait avoir mis les pieds dans cette maison depuis des années.

Par acquit de conscience, elle fit le tour. Elle s'enfonça profondément dans la neige, et eut bientôt les chevilles mouillées.

L'entrée était dans l'ombre de deux pins bas qui cachaient la vue sur la mer. Il y faisait beaucoup plus sombre que de l'autre côté, on était presque dans la pénombre, et on ne voyait rien par les carreaux poussiéreux de la porte-fenêtre.

L'idée que Jeanette Thiels était venue à Sandhamn à cause de cette maison décrépite la mettait mal à l'aise.

Nora tourna la tête vers la forêt. On n'entendait que le lointain ressac de la Baltique. Rien ne bougeait parmi les centaines de troncs.

L'endroit est si désolé, pensa-t-elle, pas un seul voisin en vue. Il doit falloir au moins quinze minutes pour venir ici depuis l'embarcadère.

Elle supposa qu'il y avait un petit sentier forestier, à présent recouvert de neige, de la maison jusqu'au port. C'était une bonne trotte avec des bagages et des provisions, encore plus si on était âgée et fatiguée.

Combien de temps Elly avait-elle vécu toute seule ici ? Nora ne se souvenait d'elle que vaguement, ne savait pas bien quand elle avait disparu.

Elle tâta la poignée, qui présentait quelques taches de rouille. Elle était un peu grippée, mais bien fermée.

Pas de traces de pas sur le perron ni dans la neige alentour. Jeanette Thiels ne devait pas avoir eu le temps de se rendre ici avant qu'on la retrouve dans la neige le 26 décembre.

La température était en train de chuter, il faisait désormais beaucoup plus froid que lorsqu'elle était sortie. Nora frissonna et lâcha la poignée. Elle fit demi-tour et rebroussa chemin en suivant ses traces en direction de la plage.

Ça faisait du bien de retrouver la lumière du soleil.

44

Il commençait à faire nuit quand Margit et Thomas se garèrent devant chez Michael Thiels, mais on pouvait encore apprécier la situation de la maison, sur une hauteur avec vue sur la mer.

Michael Thiels parut étonné, en ouvrant sa porte, de trouver les deux policiers de retour.

Il semblait éprouvé, il avait de petits yeux et ne s'était pas rasé. Ses pousses de barbe grisonnantes sur le menton et les joues le vieillissaient.

« On peut entrer ? » demanda Thomas.

Michael Thiels leur céda le passage et les laissa se débarrasser de leurs manteaux.

Cette fois, il gagna la cuisine, et non le séjour.

« Asseyez-vous. Du café ?

— Non, merci », répondit Thomas sans laisser à Margit le temps d'accepter.

Il tira une des chaises noir et blanc revêtues de cuir et s'assit.

La cuisine était moderne, plaques à induction, réfrigérateur métallisé. Klinker gris au sol, carrelage dans la même nuance aux murs. Divers robots étaient sortis, Thiels semblait aimer faire la cuisine.

Margit alla droit au fait.

« Pourquoi ne pas nous avoir parlé du différend que vous aviez avec Jeanette au sujet de la garde d'Alice ?

— Comment le savez-vous ? »

Au moment même où il disait ces mots, Michael Thiels parut regretter sa question.

« Je veux dire... Quel rapport ?

— Ce genre d'information peut être important pour l'enquête », dit Margit avec presque de la sympathie dans le regard.

L'araignée qui observe la mouche, songea Thomas.

« Vous pensez vraiment que nous n'allions pas l'apprendre ? continua Margit.

— Je ne pensais pas en ces termes », dit Michael.

Sa voix était véhémente, avec des accents de défi.

« Elle vous accusait d'avoir un problème d'alcool, dit Thomas. Est-ce le cas ?

— Putain, c'est quoi, ces histoires ?

— Est-ce que vous buvez trop, Michael ? » insista Margit.

Michael avait rougi du visage et du cou, mais il restait maître de lui :

« Je prends bien un whisky de temps en temps, et peut-être aussi un peu de vin rouge. Comme la plupart des gens. Ce n'est pas illégal. »

Derrière lui, Thomas vit un cubi de vin rouge entamé sur le plan de travail. Margit l'avait également remarqué. Elle se leva pour aller en lire l'étiquette.

« Votre ex-femme considérait que vous aviez un tel problème d'alcool que vous n'auriez pas dû continuer à assumer seul la garde de votre fille, dit-elle en saisissant la poignée pour soupeser le cubi. Pour moi, ça laisse entendre que vous buvez plus qu'un verre de temps en temps.

— Parfois, j'ai peut-être un peu abusé, se renfrogna Michael Thiels. Mais je garde le contrôle. Je ne suis pas alcoolique, quoi qu'ait pu dire Jeanette.

— Elle ne semblait pas de cet avis. »

Thomas vit Michael joindre les deux mains sur ses genoux.

« Nous nous disputions au sujet d'Alice, dit-il après une longue pause. Je trouvais que ça marchait bien comme ça : de toute façon, Jeanette n'était jamais là. C'était bizarre, presque comique, qu'elle songe à réclamer la garde, alors que c'était moi qui assumais toute la responsabilité d'Alice pendant que Jeanette sillonnait le monde. C'est moi qui l'ai élevée. »

Michael se tut et passa la main sur son crâne chauve. Le gros anneau d'acier à sa main droite brilla dans la lumière de la suspension.

« La menaciez-vous ? » demanda Thomas.

Il y avait eu des échanges violents, d'après les papiers du dossier trouvé par Aram.

Au lieu de répondre, Michael se leva et alla à la machine à café, à côté du grille-pain. Il plaça une tasse, pressa un bouton, qui déclencha aussitôt un bruit de moulin. Puis un liquide noir s'écoula du robinet, et l'odeur du café frais emplit la pièce.

« Il y a eu un soir, cet automne, dit-il une fois rassis. J'étais dans une putain de colère... Une lettre de l'avocate de Jeanette était arrivée, avec de nouvelles exigences, je l'avais trouvée dans la boîte aux lettres en rentrant tard du boulot. Alice n'était pas là, elle dormait chez une copine. »

Il fit tourner sa tasse d'expresso.

« J'ai passé la soirée à boire, et j'ai fini par perdre les pédales. Résultat, je l'ai appelée et je lui ai hurlé plein de trucs au téléphone. J'étais bien trop saoul pour comprendre combien c'était stupide. »

Il s'affaissa sur sa chaise, les épaules basses.

« J'espère que vous me croyez. Car c'est la vérité, ça ne s'est passé qu'une fois.

— Qu'avez-vous dit ? » demanda Margit.

Les narines de Michael tressaillirent. Mentait-il ?

« Des idioties, finit par lâcher Michael Thiels. Mais rien de sérieux, juste le genre de choses qu'on dit sous l'emprise de l'alcool.

— Nous aimerions savoir en quels termes vous vous êtes exprimé.

— C'est vraiment nécessaire ? »

Michael tripota son anneau.

« Oui, répondit Margit.

— Je l'ai menacée d'étaler notre différend sur la place publique. J'ai dit que tout le monde saurait alors quelle mauvaise mère était Jeanette, qu'elle ne s'était jamais occupée de sa fille, et avait tout misé sur sa carrière.

— Vous vouliez la clouer au pilori dans la presse ? » demanda Thomas.

Michael Thiels eut l'air honteux.

« J'ai regretté le lendemain matin, murmura-t-il.

— L'aviez-vous menacée en ces termes, précédemment ? demanda Margit. Ou autrement ?

— Je ne me souviens pas bien. Nous nous disputions vraiment beaucoup avant notre séparation. À la fin, nous n'arrivions presque plus à nous parler. Ce n'était bon pour personne, et surtout pas pour Alice. »

Il fut interrompu par une sonnerie stridente : le lave-vaisselle avait fini son cycle. Un voyant clignota plusieurs fois sur le tableau de contrôle.

« Mais je ne lui ai jamais fait de mal, physiquement, je veux dire, poursuivit-il. Je le jure. »

Thomas se rappelait les mots d'Aram au téléphone.

Michael a dit qu'il allait me casser la figure, avait écrit Jeanette à son avocate. *Si je ne retire pas mes exigences. Il a dit qu'il fallait que je fasse drôlement gaffe.*

Michael posa les coudes sur la table et s'appuya le front dans les mains.

« Je ne comprends pas pourquoi il a fallu qu'elle commence cette dispute, ça avait bien fonctionné jusqu'à présent.

— Est-ce que ça aurait été si grave d'accéder aux exigences de Jeanette ? » demanda Thomas.

Michael détourna les yeux.

« Vous auriez bien pu opter pour une garde partagée, dit Margit. Alice est assez grande pour qu'on prenne en compte son avis.

— Jeanette ne méritait pas la garde d'Alice, dit-il durement.

— Que voulez-vous dire ?
— Exactement ce que j'ai dit.
— Pouvez-vous développer ?
— Non. »

Michael se leva et se dirigea vers la porte, posant démonstrativement la main sur la poignée.

« S'il n'y avait pas autre chose, je pense que nous avons fini ? »

Que s'était-il passé ? Thomas regarda Michael Thiels dans l'ouverture de la porte. À l'instant gêné, honteux même de son comportement vis-à-vis de Jeanette, voilà qu'il voulait les mettre dehors.

Sa colère s'était éveillée à l'instant même où ils avaient commencé à parler des problèmes de garde.

Thomas se leva et s'approcha de Michael. Avec son mètre quatre-vingt-quatorze, il le dépassait largement.

Michael ne bougea pas.

« Je crois que vous ne comprenez pas la gravité de la situation, dit Thomas. Votre ex-épouse a été assassinée, et il s'agit d'une enquête pour meurtre.

— Vous l'avez déjà dit la dernière fois.

— Nous n'en étions pas certains alors, dit Margit. Maintenant, si. Nous avons un certain nombre de questions à vous poser, et nous préférerions que vous y répondiez maintenant. Mais si vous ne voulez pas le faire ici, nous pouvons aussi aller au commissariat de Nacka procéder à un interrogatoire formel. Ça ne nous pose aucun problème. »

Thomas indiqua la chaise.

« Vous voulez bien vous rasseoir ? »

Après avoir tardé quelques secondes, Michael Thiels se rassit tout au bord de sa chaise.

« Le corps de Jeanette a été autopsié aujourd'hui. Il s'avère qu'elle a été empoisonnée », dit Margit.

Michael avait pâli. Était-ce du soulagement qui passa rapidement sur son visage ? Ou des remords ?

Thomas eut la forte impression que l'homme était toujours furieux contre la morte.

« Mais nous avons aussi appris autre chose, continua Margit, comme si elle ne voulait pas laisser à Michael le temps de réfléchir. Jeanette était très malade. Un cancer. Elle n'avait probablement plus qu'un an ou quelques années à vivre.

— Mais pourquoi ne me l'avez-vous pas dit tout de suite ? s'exclama Michael.

— Ça aurait changé quelque chose ?

— Bien sûr que oui.

— Quoi ? fit Margit. Il faut nous expliquer. »

Le silence se fit dans la cuisine. Par la fenêtre on entendit une voiture passer dans la rue, elle dérapa sur le verglas et le moteur monta en puissance jusqu'à ce que les pneus finissent par adhérer.

« Il n'y a rien à ajouter », murmura Michael d'une voix étouffée.

Oh que si, pensa Thomas. Que s'est-il passé quand votre enfant unique s'est transformé en pomme de discorde entre Jeanette et toi ? Jadis vous vous aimiez, à présent tu craches son nom.

Il ne pouvait pas imaginer une telle détestation entre lui et Pernilla, surtout pas au sujet d'Elin. Mais qu'en savait-il ? Les désaccords sur la garde d'un enfant pouvaient provoquer de graves mensonges et des actes désespérés chez les personnes les plus policées.

Jusqu'où est-on prêt à aller pour garder un enfant ?

« Nous avons besoin de savoir où vous vous trouviez entre dix-huit heures le 23 décembre et douze heures le 24, dit Thomas dans le silence.

— Vous vous demandez si j'ai un alibi ? » Michael serra les mâchoires. « Ça ne va pas, la tête ?

— Répondez s'il vous plaît à la question, dit Margit. Désolée que vous le preniez mal, mais nous devons le savoir.

— J'étais à la maison avec Alice.

— Peut-elle le confirmer ?

— Je n'ai pas bougé d'ici. »

Thomas se représenta l'appartement de Jeanette, la lampe cassée, l'ordinateur qui manquait.

Il y avait encore beaucoup d'hypothèses.

« OK. Nous avons une question sur un tout autre sujet, dit-il. Quand Alice est allée voir sa mère chez elle le 23, savez-vous si elle a rapporté quelque chose ? »

Michael fronça les sourcils, au point qu'ils se joignirent presque.

« Quoi par exemple ?

— Un dossier, un document, peut-être une clé USB ? Peut-être aussi une grosse enveloppe que Jeanette voulait lui confier. »

Michael Thiels continuait à avoir l'air interloqué.

« Aucune idée. Mais je peux demander à Alice, elle est dans sa chambre. »

45

La police était en bas, Alice entendait le bruit au rez-de-chaussée, des murmures dans la cuisine. Par la fenêtre, elle les avait vus monter la pente et se garer devant la maison.

C'étaient les deux mêmes que la dernière fois, le grand policier et la petite. Elle devait avoir au moins dix ans de plus que lui et rappelait à Alice son ancienne prof d'allemand. Aussi maigre, mêmes yeux enfoncés et rides marquées au front.

Ses cheveux teints en rouge étaient vraiment ridicules, elle était quand même vieille, comme papa.

Elle aimait mieux le policier, il ressemblait à Brad Pitt, avec ses courts cheveux blonds. En plus il avait l'air gentil. Alice avait senti qu'il avait eu pitié d'elle quand papa lui avait annoncé que maman était morte.

Maman. Elle avait mal chaque fois qu'elle pensait à elle.

Pourquoi étaient-ils revenus ? Ça devait être au sujet de maman. Quelque chose de grave dont ils n'avaient pas parlé la dernière fois.

Elle le savait.

Un poids se mit à l'oppresser. Elle plongea le visage dans le doux poil de Sushi, mais la chatte s'esquiva et disparut sous le lit.

Alice se mordit fort la lèvre, se força à fixer un point au mur jusqu'à parvenir à respirer de nouveau normalement. Puis elle s'assit et sortit son téléphone.

Le premier SMS la fixait. Elle l'avait lu tant de fois.

Tu veux savoir comment ta mère est morte ?

C'était absurde d'être sortie en pleine nuit. En arrivant devant l'hôtel autour de minuit, Alice avait trouvé quelques affreux du bahut qui traînaient dehors. L'un d'eux, un troisième, l'avait reconnue. Une canette de bière à la main, il l'avait interpellée, lui avait demandé si elle en voulait.

Au moment même où elle les avait vus, elle avait compris que personne n'allait se pointer, il y avait beaucoup trop de monde pour un rendez-vous secret. Elle était pourtant restée là un moment, jusqu'à avoir si froid qu'elle ne sentait presque plus ses mains et ses pieds.

À son retour, papa ronflait toujours sur le canapé, il n'avait pas remarqué qu'elle était sortie.

Était-ce une blague tordue, quelqu'un qui cherchait à la tromper ?

Mais personne ne savait que sa mère était morte. Alice n'en avait parlé à personne, pas même à sa meilleure amie Matilda.

Et personne ne savait ce que maman lui avait confié avant qu'elle ne quitte son appartement.

Elle réfléchissait en se mordillant l'ongle du pouce, dont le vernis noir avait presque disparu.

On frappa à la porte. Alice se tourna vers le mur et cacha le visage dans l'oreiller.

« Alice ? »

La voix de papa.

« Va-t'en ! »

Elle l'entendit ouvrir quand même la porte.

« Comment ça va, ma grande ? »

Papa entra dans la chambre, effleura son épaule. Alice ne bougeait pas, comme si elle n'avait pas remarqué sa présence.

« Est-ce que tu pourrais te lever, que je puisse un peu te parler ? La police est en bas, ils veulent te voir. »

Alice ne bougea pas.

Papa essaya de nouveau.

« Ils veulent te poser certaines questions. À propos de maman. Nous devons les aider. »

Que voulait-il dire par là ?

« Pourquoi ? » dit-elle tout bas en levant un peu la tête.

Papa semblait ne pas savoir comment s'exprimer. Au bout d'un petit moment, il dit :

« Ils se demandent si maman ne t'a pas donné quelque chose quand tu l'as vue le 23. Un document ou un dossier. »

Alice tenta de ne pas sursauter. Ses pensées s'emballèrent : comment les policiers pouvaient-ils être au courant ?

Mais si elle leur parlait de l'enveloppe, ils la lui prendraient. Alors, elle ne pourrait jamais savoir comment maman était morte.

« Laisse-moi tranquille, marmonna-t-elle. Je ne veux pas leur parler.

— Maman t'a donné quelque chose ? »

Elle secoua la tête sans le regarder, enfouit de nouveau le visage dans l'oreiller.

« Laisse-moi tranquille. »

46

Michael Thiels redescendit à la cuisine, où Thomas et Margit l'attendaient.

« Je suis désolé, mais Alice refuse de descendre, dit-il.

— Comprend-elle qu'il est important que nous puissions lui parler ? »

Margit fit mine de se lever pour monter elle-même parler à Alice.

« Je ne crois pas que ce soit une bonne idée, dit Michael. À moi non plus, elle ne veut pas parler. »

Il s'assit à côté de Thomas.

« Elle n'a même pas voulu ouvrir quand j'ai frappé. Ce n'est vraiment pas le moment, elle est encore trop bouleversée par la mort de Jeanette. »

Nous ne pouvons pas forcer une gamine de treize ans à nous parler, se dit Thomas. Mais elle ne comprend pas la gravité de la situation.

« Vous lui avez demandé si sa mère lui avait donné quelque chose ? dit-il.

— Oui. Mais elle a juste secoué la tête. Tout ce dont je suis au courant, c'est de ses deux cadeaux de Noël : un pyjama et une enveloppe de cinq cents couronnes. Je les ai vus quand elle les a ouverts le soir de Noël. »

Thomas échangea un regard avec Margit.

« Une dernière chose, avant que nous partions, dit-il. Nous n'arrivons pas à retrouver l'ordinateur de Jeanette, et son domicile semble avoir été fouillé. Par hasard, sauriez-vous sur quoi elle travaillait ? »

Michael ne semblait pas comprendre.

« Elle ne m'en aurait jamais parlé, dit-il.

— Nous pensons que Jeanette était en train de mener une investigation, peut-être pour écrire un reportage sur un sujet controversé, expliqua Thomas. Ça pourrait être lié à sa mort. »

Pour la première fois depuis le début de la conversation, Thomas vit de l'inquiétude dans les yeux de Michael. Inquiétude pour ce qui était arrivé à Jeanette ? Ou pour lui ?

Dehors, le soleil commençait à se coucher, le ciel avait déjà pris des teintes rouge orangé. La pénombre avait envahi la cuisine.

Thomas observa Michael Thiels dans la lumière déclinante, et la nette impression d'avoir raté quelque chose s'empara de lui.

Qu'avait dit Sachsen à propos des haricots paternoster ? Ils ressemblaient à des grains de café. Son regard fut attiré par la machine à café, sur le plan de travail. Ce serait un jeu d'enfant d'y verser les mauvais grains.

47

Thomas attacha sa ceinture de sécurité. L'horloge digitale du tableau de bord indiquait quatorze heures vingt.

À ce moment, son téléphone sonna.

« Thomas, dit Karin, une infirmière de l'hôpital Sankt Göran a laissé un message.

— De quoi s'agit-il ?

— Il y a un patient qui veut absolument parler à la police au sujet de Jeanette Thiels. Il s'appelle Bertil Ahlgren. »

Thomas chercha à se souvenir. Ce nom ne faisait pas tilt.

« Bertil Ahlgren, répéta-t-il. Qui est-ce ?

— Le voisin, dit Margit à côté de lui. Celui qui habitait cloison contre cloison avec Jeanette. Le petit vieux qui est tombé devant sa porte.

— Mais oui, bien sûr. Qu'est-ce qu'il voulait ?

— Je ne sais pas, dit Karin. Juste parler à la police.

— On peut y passer tout de suite, dit Thomas. On vient juste de terminer l'interrogatoire de Michael Thiels. »

Il leur fallut bien quarante minutes pour rouler jusqu'à Stadshagen, où se trouvait l'hôpital Sankt Göran, juché au sommet d'une colline.

Devant le bâtiment en brique rouge, ils trouvèrent un panneau au nom de la société de capital-risque qui gérait désormais l'hôpital.

Thomas resta à l'entrée du secteur 62 pendant que Margit allait demander le numéro de chambre de Bertil Ahlgren.

Il regarda alentour les locaux peints en jaune, au lino usé. Pas de personnel médical en vue, mais dans la salle commune une femme âgée appuyée sur son déambulateur regardait la télé.

Ça sentait l'hôpital, mélange indéfinissable de détergent et de personnes malades. Thomas frissonna, il détestait cette odeur. Elle le ramenait toujours à son propre séjour à l'hôpital quelques années plus tôt.

Il était passé à travers la glace devant Sandhamn un sombre soir d'hiver, et avait fait un arrêt cardiaque. Deux de ses orteils avaient gelé et avaient dû être amputés. Il avait mis des semaines à seulement se résoudre à regarder son pied. Durant la dépression qui avait suivi, il avait douté de sa capacité à retravailler un jour dans la police.

Thomas aurait voulu s'en aller. Mais au moment où il se tournait vers la sortie, Margit revint de l'accueil, suivie d'une infirmière.

Une douleur vive traversa ses orteils disparus.

Thomas se força à lâcher la poignée de la porte et à diriger son attention vers Margit.

« Il est en salle quatre, dit-elle sans remarquer combien il était mal à l'aise. Mais il est sûrement en train de dormir.

— Il s'est réveillé de temps en temps aujourd'hui », ajouta l'infirmière.

Elle avait la cinquantaine, ses courts cheveux bruns striés de gris. D'après son badge, elle s'appelait Tiina et était infirmière diplômée.

« Bertil a subi un traumatisme crânien, expliqua-t-elle. En plus, il s'est cassé le col du fémur gauche. Mais nous pouvons aller voir s'il est réveillé. Sinon, il faudra repasser demain. Il sera sans doute plus en forme, les premiers jours sont toujours les pires. »

Elle les conduisit jusqu'à la dernière chambre. Thomas suivit en traînant les pieds, respirant par la bouche pour éviter l'odeur d'hôpital.

Tiina s'approcha du lit, tapota doucement l'épaule de Bertil Ahlgren.

« Bertil, vous êtes réveillé ? Vous avez de la visite. »

Pas de réponse. Bertil était couché sur le dos, la bouche entrouverte. Une perfusion dans un bras, les doigts un peu gonflés sous le bandage blanc. Le mince tube en plastique bougeait en suivant sa respiration, tressaillant à chaque inspiration.

« Bertil, essaya encore Tiina. Il y a deux policiers qui aimeraient vous voir.

— Savez-vous pourquoi il était si pressé de nous parler ? » dit Margit.

Tiina secoua la tête.

« Je suis désolée, j'étais en congé ces derniers jours, j'ai pris mon service à deux heures aujourd'hui.

— Qui a contacté la police ?

— Aucune idée. Mais je peux demander aux autres, ça doit être quelqu'un de l'équipe du matin, il y a sûrement une note quelque part. »

La lumière dans la pièce baissa quand le soleil passa derrière un nuage. Le visage du vieil homme était d'une pâleur maladive sur l'oreiller.

« Quel âge a-t-il ? » demanda Thomas.

Il songea à ses parents qu'il avait à peine vus cet automne, le temps manquait toujours. Son père allait avoir soixante-quatorze ans, sa mère soixante-treize. Sans leur maison de vacances sur Harö, ils ne se verraient jamais, alors qu'ils habitaient la même ville.

« Quatre-vingt-six ans. » L'infirmière se pencha pour tapoter la main de Bertil qui n'avait pas la perfusion. « Il est veuf, vit chez lui, avec bien sûr une aide à domicile, sinon il ne s'en sortirait pas. »

Un petit soupir.

« Pas facile de vieillir. »

Margit donna un coup de coude à Thomas.

« On reviendra, dit-elle. Croyez-vous que quelqu'un pourra lui dire que nous sommes passés ? Vous pourriez peut-être nous contacter demain, quand il se sera réveillé ? »

48

Sur la table devant Aram s'étalaient d'épais dossiers étiquetés. Les documents provenant de l'appartement de Jeanette. La partie qu'il semblait le plus intéressant d'approfondir.

Sur une pochette plastique, il avait collé un Post-it jaune : *Suède Nouvelle*. Il avait trouvé pas mal de choses à ce sujet parmi les piles du bureau de Jeanette. Après avoir lu ses notes et les articles qu'elle avait rassemblés, il était frappé de constater à quel point Suède Nouvelle était pire que les autres gueulards qui pointaient leur sale trogne.

Les tensions dans la société suédoise ne font qu'augmenter, songea-t-il. Et ce, alors que plus de dix pour cent de la population était née à l'étranger ou de parents nés à l'étranger. Comme Sonja et lui.

Arriver en Suède n'avait pas été facile. Aram se souvenait combien la langue lui avait d'abord paru incompréhensible. Nouvelles lettres, sons bizarres. Ils l'avaient mis dans une classe où presque personne ne parlait correctement le suédois, il aurait dû commencer le CM1, mais on l'avait mis en CE1 avec d'autres enfants réfugiés qui n'arrivaient pas non plus à se faire comprendre.

Les enfants suédois se moquaient de lui quand il ne savait pas comment se comporter.

Les premiers jours d'école, il n'avait rien mangé, car il n'avait pas d'argent et croyait qu'il fallait payer. Sous la douche, après la gymnastique, il n'osait pas faire couler l'eau, la laissait juste goutter : toute sa vie, il avait connu le manque d'eau, il pouvait y avoir une coupure ici aussi.

Ce qui attirait encore les moqueries des enfants suédois.

Avec le temps, il avait appris à ignorer tracasseries et remarques. Quand ils avaient déménagé à Norrköping, ça s'était amélioré, il y avait tant d'Assyriens là-bas qu'il n'était plus aussi visible.

Au lycée, il avait des amis suédois mais, chaque fois qu'il allait chez un camarade de classe, sa différence lui était rappelée. Il y avait toujours une réaction, un clin d'œil ou un sourire un peu figé.

Un marqueur : « tu n'es pas comme nous ».

Aram secoua la tête et étala devant lui les documents sur Suède Nouvelle, pour tout bien parcourir. Il avait déjà lu plusieurs fois l'article du dessus. Il ne put s'empêcher de jeter encore une fois un œil sur le texte :

« La tolérance nous fait perdre le contrôle », dit à Dagens Nyheter la secrétaire générale de Suède Nouvelle Pauline Palmér en commentaire de la manifestation d'hier. « Si nous ne protégeons pas l'identité culturelle suédoise, nous serons bientôt tous musulmans. La Suède doit radicalement réduire l'immigration. »

« D'un point de vue purement idéologique, nous ne pouvons pas risquer de laisser des religions étrangères prendre le pas sur les traditions suédoises, en particulier quand leurs fondements sont éloignés des valeurs démocratiques. Nous devons maintenant regarder la vérité en face : l'héritage national suédois est en train d'être anéanti en raison de l'échec et des errements de notre politique d'immigration. La peur de critiquer l'islam qui prévaut en Suède ne doit pas nous empêcher de parler librement de ce qui est en train d'arriver. »

Aram s'autorisa l'ombre d'un sourire. Les plus importants groupes d'immigrés en Suède étaient les protestants finlandais et les chrétiens d'Orient. Et pourtant, les musulmans représentaient visiblement le plus grand danger.

Il posa l'article et but une gorgée du café qu'il était allé chercher un peu plus tôt. Ça avait refroidi, il fronça le nez et repoussa le gobelet plastique.

La porte s'ouvrit, Karin glissa la tête, un épais dossier à la main.

« Regarde ce que j'ai trouvé, dit-elle, l'air satisfait. C'était dans le tas que tu m'as donné. Des copies de lettres de menaces reçues par Jeanette. Apparemment, il y en avait un paquet, des lettres anonymes, ce genre de choses.

— Bon boulot. Je pensais bien qu'il devait y en avoir quelque part. »

Karin jeta un œil sur l'article étalé devant Aram.

« Ah, c'est la cheffe de cette organisation raciste.

— Je ne crois pas que Pauline Palmér accepterait cette qualification, dit Aram.

— Elle est assez mignonne, il faut l'avouer », dit Karin en se passant la main dans les cheveux.

En photo sur la page du journal, Pauline Palmér leur souriait. Ses cheveux blonds étaient attachés. Les perles de ses petites boucles d'oreilles étaient assorties à celles de son collier à deux rangs.

Aram prit le dossier qu'apportait Karin. Il en sortit la première lettre, lut le début : SALE PUTE.

« On dirait qu'il y avait pas mal de monde qui n'appréciait pas les articles de Jeanette, dit-elle. Bien avant qu'elle ne s'intéresse à Suède Nouvelle. »

49

Nora venait d'ouvrir le réfrigérateur pour commencer à préparer le dîner quand Simon accourut de la salle télé, portable à la main.

« Papa veut te parler. »

Il lui donna le téléphone et fila retrouver son écran.

Nora posa la saucisse de Falun sur le plan de travail : au menu, il y aurait de la saucisse à la Stroganoff avec des spaghettis, un des plats préférés des enfants.

« Allô ? C'est Nora.

— Salut. Comment ça va, dans l'archipel ? »

La voix familière d'Henrik à l'autre bout du fil fit palpiter quelque chose dans sa poitrine. D'un coup, la mauvaise conscience se rappela à son souvenir.

« D'après la météo, on frôle le record de froid, continua-t-il. Espérons que les vieux poêles ne tombent pas en rade, ce serait un coup à geler dans la maison.

— Tout va bien, dit-elle. Mais il fait vraiment très froid. »

Nora se tourna vers la fenêtre. Un peu plus loin, il y avait de la lumière chez le voisin, l'ancien abattoir transformé en spacieuse maison de vacances. Il faisait trop sombre pour voir jusqu'à la plage.

« Je voulais juste te remercier pour la dernière fois, dit Henrik. C'était vraiment bien de pouvoir fêter Noël avec les garçons et toi. Je crois qu'ils ont apprécié qu'on soit tous les quatre.

— J'en suis sûre. »

Nora se demanda d'où il appelait, s'il était dans la cuisine de leur ancien pavillon de Saltsjöbaden. Elle avait toujours aimé cette cuisine, elle continuait à la regretter, même s'il n'y avait rien à redire à l'aménagement de celle de son nouvel appartement.

Marie s'y était installée à peine Nora partie. Mais maintenant Henrik était tout seul.

« Vous allez rester toute la semaine ? demanda Henrik.

— Oui. Ou plutôt, je dois rentrer en ville travailler demain, on m'a casé une réunion. Mais sinon, nous restons ici jusqu'au Nouvel An. »

Aurait-elle dû préciser que Jonas arrivait mercredi ? Non, ça ne le regardait pas.

« Les garçons vont être seuls pendant que tu vas travailler ? »

Nora se figea. Comptait-il la critiquer, comme autrefois ? Elle n'avait aucune envie de se justifier devant Henrik.

« Comment ça ? dit-elle. Ils peuvent rester seuls quelques heures. Ils commencent vraiment à être grands.

— Ce n'est pas ce que je voulais dire. Je me disais juste... Si tu veux, je peux venir demain matin, pour éviter qu'ils aient à se débrouiller seuls toute la journée. Ça va quand même te prendre plusieurs heures de descendre en ville et de revenir, surtout en cette saison, où il y a moins de bateaux. »

Nora se sentit bête, pourquoi était-elle encore aussi méfiante ?

« Tu ne travailles pas, demain ? demanda-t-elle en s'efforçant de paraître aimable.

— Je devais être de garde, mais ça a changé. Ça ne me dérange absolument pas de venir passer une petite journée dans l'archipel avec les garçons. »

Bien sûr il valait mieux qu'Adam et Simon n'aient pas à se retrouver seuls. Elle avait prévu de prendre le bateau de huit heures, pour avoir le temps de bien se préparer. Le rendez-vous avec Einar était calé à trois heures, elle devrait avoir le temps d'attraper le dernier ferry de six heures vingt. Mais elle ne serait pas rentrée à la maison avant sept heures et demie.

Si Henrik était là, elle n'aurait pas à s'inquiéter du déjeuner et du dîner des garçons.

« Je reviendrai avec le bateau du soir, dit-elle. Tu le prendras pour rentrer, alors ?

— Si tu veux, oui. » Un soupir étouffé. « Allez, quoi, Nora, ça part d'une bonne intention, combien de fois vais-je encore devoir le prouver ? Je sais que je me suis comporté comme un idiot de bien des manières quand nous étions mariés. Mais j'ai vraiment eu l'occasion de réfléchir à tout ça, de changer de perspective. Il y a beaucoup de choses que j'aimerais ne pas avoir faites, crois-moi... Cette histoire, avec Marie... »

Henrik s'interrompit.

Autrefois, je savais exactement ce que tu pensais – cette idée traversa Nora, sans qu'elle trouve les mots.

« Je sais que je t'ai profondément blessée en te quittant pour Marie, dit Henrik. Et j'en suis vraiment désolé. »

Les souvenirs qui affluèrent étaient si violents que Nora en eut des palpitations. Impossible de continuer cette conversation.

« Bon, on fait comme ça, alors, se dépêcha-t-elle de dire. À demain, sur le port. »

Installé dans le séjour dans son fauteuil favori, Michael Thiels avait des impatiences dans tout le corps. Il vida son verre, le vin avait un goût de terre et de mûre. Le cubi était vide, à présent, le carton abandonné à la cuisine.

S'enivrer, Michael ne demandait pas mieux. Il se serait volontiers assoupi là, même si cela signifiait un réveil aux petites heures, la bouche cotonneuse et les vêtements froissés. Au moins, alors, il aurait pu dormir quelques heures en échappant à la réalité.

Mais ce soir, l'alcool refusait d'agir. Il ne trouvait pas la paix, ses pensées tournoyaient, quoi qu'il fasse.

Allait-il ouvrir un nouveau cubi ?

Il regarda son verre vide. Il savait qu'il avait assez bu, même si son cerveau refusait de se laisser embrumer et qu'il était près de minuit.

Le téléviseur était allumé, sans qu'il ait la moindre idée de ce qu'il regardait. Une pression sur la télécommande, et l'image disparut. C'était un soulagement d'être débarrassé de ce murmure en bruit de fond, de ces voix et ces visages qui ne lui disaient rien.

Il se leva et s'approcha de la grande fenêtre du séjour, se colla contre la vitre et regarda la mer. Il entendit le vent siffler au coin de la maison et les cimes des arbres craquer.

Fatigué, il appuya le front contre le verre frais. Sa respiration se condensait sur la vitre, un vague cercle de buée, vite disparu.

Au loin, il apercevait les feux de position d'un ferry qui avait quitté Vaxholm. Michael le suivit des yeux. Une seule voiture était garée sur le pont avant, la peinture de sa carrosserie luisait sous le projecteur du pont de commandement.

Alice devait s'être endormie. C'était aussi bien, il était évident qu'elle n'avait pas l'intention de le laisser la consoler.

Pour l'instant, il ne savait pas comment l'atteindre, franchir l'abîme qui s'était creusé entre eux. Toutes ses tentatives de communication échouaient, quoi qu'il dise, cela semblait artificiel. Mais il comprenait bien qu'elle avait de la peine.

« Jeanette », dit-il tout bas, en l'imaginant devant elle. Elle ne tenait pas en place, les mains toujours occupées.

Jadis, il l'avait aimée au-delà de toute raison. Aimé sa force et son engagement, qu'elle ne renonce jamais, refuse les compromis.

Mais elle l'avait trahi, comme elle avait trahi leur fille. À cette pensée, la bouche de Michael devint comme un trait.

La première fois qu'il avait tenu Alice dans ses bras, il avait fait une promesse. Personne ne doit jamais te faire de mal, lui avait-il chuchoté à l'oreille.

Son ordinateur était sous la table basse. Il l'attrapa pour regarder les nouvelles, mais resta perplexe quand il l'eut posé sur ses genoux. La clé USB de Petra y était pourtant bien branchée ?

Michael regarda tout autour, tâta le tapis. Elle la lui avait donnée après Noël, elle y avait mis plein de photos de leur week-end à Londres, quand, pour une fois, Alice était restée chez Jeanette.

Elle était peut-être tombée quand il avait rangé l'ordinateur, hier soir ? Il s'était fait tard, il était resté dans la pénombre à regarder fixement par la fenêtre. Trop bu de vin, comme ce soir.

Michael chercha parmi les journaux, souleva quelques piles, sans rien trouver. Alice devait l'avoir emprunté sans le lui dire. Tant pis : il reposa l'ordinateur sans l'ouvrir. Il n'avait pas non plus envie de surfer, n'avait envie de rien.

Il sortit plutôt son téléphone et le tripota.

Petra avait appelé plusieurs fois, mais il n'avait pas eu la force de parler avec elle, juste dit qu'il la rappellerait un peu plus tard.

La sœur de Jeanette, Eva, avait aussi laissé un message sur son répondeur. Elle voulait parler de l'enterrement, décider de la date, de l'église. Toutes les questions pratiques qu'il fallait régler lors de la disparition d'un proche.

Qu'est-ce qu'elle croyait, à la fin, cette mollasse ? Michael était fatigué d'avance rien qu'en songeant à son ex-belle-sœur. Il l'avait toujours trouvée inintéressante, avec sa personnalité anxieuse. Aucun rapport avec la force de caractère de sa sœur.

« Jeanette », murmura-t-il de nouveau.

La dernière braise craqua dans le vieux poêle de faïence. Ce n'était plus le moment de le recharger. Michael ferma les yeux, sentit l'angoisse qui réclamait son attention, l'esprit invisible à ses côtés.

Au bout d'un moment, il rouvrit les yeux et fixa la mer, au loin.

Dehors, les flocons de neige virevoltaient, le vent devait avoir changé de direction, il semblait souffler de plein fouet dans le séjour où il se tenait.

Brusquement, il se leva, gagna la cuisine, sortit une bouteille de vodka et s'en servi un verre qu'il vida d'un trait, debout devant l'évier.

Ce n'était qu'une question de temps avant que la police apprenne ce qu'il avait fait le soir de Noël.

Il ne pourrait pas éternellement les empêcher d'approcher Alice.

50

Bertil Ahlgren était couché sur le dos dans son lit. Seule sa lampe de chevet était allumée. Elle répandait un faible halo de lumière, le reste de la chambre était plongé dans l'ombre. Il entendait sa respiration inquiète, courte et haletante. Comme si elle s'arrêtait quelque part vers les côtes.

Les appareils derrière lui ronronnaient un peu. Le drap blanc était remonté jusqu'à la taille, un de ses bras reposait contre son flanc.

Quelle heure était-il ? Sans doute autour de minuit, cela faisait un moment que personne n'était passé le voir. Mais il n'en était pas sûr, il était confus comme un enfant, sans notion du temps ni de l'espace.

Durant la journée, il s'était réveillé par intermittence, impossible de dire combien de temps. Parfois, la fatigue avait raison de lui sans qu'il s'en aperçoive.

Je n'arrive à rien, avait-il pensé à un moment et, en rouvrant les yeux, il avait compris qu'il avait dû s'endormir aussitôt après. Mais ensuite il était resté un moment assis, avait bu de l'eau.

Pourvu que je puisse rentrer à la maison, pensa-t-il pour la centième fois.

Sa respiration se fit encore plus heurtée quand surgirent les souvenirs sous ses paupières, l'image du cambrioleur dans l'appartement de Jeanette, celui qui l'avait agressé.

Ça avait été si soudain, il s'était approché de sa porte pour tenter de voir quelque chose par l'embrasure, puis le coup qui l'avait fait tomber à la renverse, la douleur de son os brisé sur le sol en pierre.

L'infirmière de garde lui avait dit que la police était passée le voir plus tôt dans la journée. Il dormait alors, et il n'avait pas été possible de le réveiller.

« Ils vont revenir demain », l'avait-elle rassuré quand il avait insisté pour leur téléphoner sur-le-champ.

Les yeux, il se souvenait des yeux durs qu'il avait croisés au moment où la porte s'était ouverte.

« Est-ce que Jeanette est au courant qu'elle a été cambriolée ? avait-il demandé. Jeanette Thiels, ma voisine. Ou est-elle toujours en voyage ? »

L'infirmière l'avait regardé avec compassion.

« Elle est morte, Bertil.

— Quoi ?

— On en a parlé à la télé, elle a été retrouvée il y a quelques jours, sur une île de l'archipel. On pense qu'elle a été assassinée. »

Bertil était resté muet. L'infirmière lui avait redonné à boire, l'avait bordé.

« Vous devriez vous reposer, maintenant. Je vois que c'était une mauvaise nouvelle. »

Bertil n'avait pas eu le temps de l'interroger davantage avant qu'elle disparaisse dans le couloir.

Il ferma les yeux d'épuisement. Difficile de croire que Jeanette était morte, assassinée. C'était bien trop horrible.

Le cambriolage pouvait-il être lié à sa mort d'une façon ou d'une autre ? L'idée lui fit rouvrir les yeux. Il fallait qu'il parle demain à la police, qu'il leur donne le signalement du cambrioleur, pour qu'ils puissent enquêter.

Comment Anne-Marie allait-elle le prendre ? Peut-être n'était-elle même pas au courant de la disparition de Jeanette. Elles étaient proches, même s'il leur arrivait de se disputer, comme le font les voisins. Il se souvenait de leur accrochage à la dernière réunion de copropriété. Au sujet de ce balcon qu'Anne-Marie voulait absolument construire au-dessus du séjour de Jeanette.

Oui, oui, songea-t-il. Maintenant elle va pouvoir profiter de la mise en vente de son appartement.

Bertil tourna la tête. Un rai de lumière apparut soudain dans le couloir, pour aussitôt disparaître. Quelqu'un avait-il ouvert la porte ?

« Ma sœur ? » lâcha-t-il en plissant les yeux vers l'ombre apparue à l'autre bout de la pièce.

Il tâtonna à la recherche de ses lunettes sur la table de nuit, mais ne toucha que du vent.

« Ma sœur ? » répéta-t-il.

Sa voix était rauque, éraillée, rouillée, il ne la reconnaissait pas. Il tenta de se redresser, mais il était encore tellement faible qu'il arrivait à peine à s'appuyer à l'oreiller pour mieux s'asseoir.

« Est-ce que je pourrais avoir un peu d'eau ? dit-il à l'infirmière qui approchait du lit. J'ai soif. »

Pourquoi ne répondait-elle pas ? Il plissa les yeux pour mieux voir, mais tout se confondait. La silhouette silencieuse continuait à se taire, alors qu'elle approchait du lit.

Elle semblait porter des vêtements plus sombres que les habituelles tenues blanches d'hôpital. Pourquoi n'avait-elle pas le même uniforme que les autres ?

Elle, ou il, on ne pouvait pas bien le distinguer, semblait avoir un bonnet rabattu sur le front, au-dessus de lunettes noires.

Des lunettes de soleil, le soir ? Pourquoi ?

L'infirmière se pencha alors et sortit un oreiller de derrière le dos de Bertil. Elle se courba au-dessus de lui.

« Qu'est-ce que vous faites ? » chuchota Bertil en essayant d'atteindre l'alarme.

La silhouette inconnue disparut de son champ visuel, il ne voyait plus que l'oreiller blanc, beaucoup trop proche à présent.

Une forte pression contre son nez et sa bouche, il n'avait plus d'air.

Ses poumons lui firent mal quand il tenta de lutter. Il griffa des bras puissants, sans que la pression ne se relâche.

« À l'aide ! » aurait-il voulu crier, mais rien ne sortait de sa gorge.

Que se passe-t-il ?

Je ne veux pas mourir.

51

Lundi

Cela allait bientôt faire une heure qu'il tournait en rond avec Elin. Thomas regarda l'horloge au mur du séjour. Elle approchait de deux heures du matin : la seule lumière était celle du téléviseur allumé, son coupé.

« Là, là, ma mignonne », tenta-t-il pour calmer Elin, haletante de colère.

Mais au moins, elle ne hurlait plus, elle était passée à des pleurs geignards, signe qu'elle allait bientôt s'endormir. En tout cas il l'espérait.

Elle faisait ses dents, ça devait être pour ça qu'elle était si difficile à endormir.

« Tu veux encore un peu de bouillie ? » essaya Thomas en lui fourrant le biberon dans la bouche.

Elin têta une pauvre lichée, puis détourna la tête.

« Raté », marmonna Thomas en la passant sur son autre bras.

Il tâta la couche, elle était sèche, au moins ce n'était pas ça le problème.

« On s'assoit un peu ? » chuchota-t-il en s'installant dans le fauteuil.

Les paupières d'Elin n'étaient-elles pas en train de se fermer ? Ou étaient-ce les siennes ?

Dans quatre heures, son réveil allait sonner, la réunion du matin commençait à sept heures et demie au commissariat. Il avait tout juste pu dormir une heure avant qu'Elin ne commence son cirque.

Qu'il ait pu être fatigué avant d'avoir un enfant lui paraissait incompréhensible.

Pernilla dormait derrière la porte close de la chambre. Ils essayaient tant bien que mal de se relayer, cela ne rimait à rien qu'ils soient tous les deux au bout du rouleau le matin venu. Pernilla avait veillé ces dernières nuits, c'était son tour.

Tandis qu'il berçait Elin dans ses bras, ses pensées se reportèrent à sa visite chez Michael Thiels, plus tôt dans la journée.

Il était embarrassé par son visage de Janus : tantôt père attentionné d'Alice, l'instant d'après ex-mari fâché et amer.

La colère était clairement apparue sur ses traits dès qu'il avait été question des problèmes de garde : on voyait qu'il faisait tout pour se maîtriser et la contenir. Pourtant, Margit et Thomas avaient eu beau lui mettre la pression, il avait refusé de leur parler davantage de cette dispute.

Mais était-il assez furieux pour avoir voulu faire du mal à son ex-femme ?

Elin gémit dans ses bras, elle semblait enfin s'être endormie. Thomas ne bougea pas : s'il la couchait trop tôt, elle risquait de se réveiller, et il faudrait tout recommencer de zéro. Mieux valait attendre quelques minutes.

Comment Jeanette avait-elle pu ingurgiter le poison ? Michael Thiels et Anne-Marie avaient tous deux un moulin à café dans leur cuisine. Jeanette pouvait-elle avoir absorbé le poison ainsi ? Sous forme de grains de haricots paternoster moulus, mélangés à son café ?

Ça semblait invraisemblable et, pourtant, il n'arrivait pas vraiment à chasser l'idée.

D'une façon ou d'une autre, on avait dû faire avaler les haricots à Jeanette par ruse, peut-être après les avoir moulus. Grossièrement, puisque Sachsen en avait découvert des restes dans ses intestins.

Il y avait deux tasses à café vides sur la table de la cuisine chez Jeanette. Si le poison était dans le café, comment l'assassin s'y était-il pris pour ne pas en boire lui-même ?

Il faudrait vérifier avec Nilsson si les fonds de tasse avaient été envoyés pour être analysés au labo. Nilsson ne lui avait rien dit à ce sujet.

Thomas essaya de trouver une position plus confortable. Elin poussa un petit soupir, ouvrit légèrement la bouche en montrant sa première dent de devant.

Un meurtre par empoisonnement. Avec les méthodes d'analyses actuelles, difficile de ne pas être démasqué. Presque tous les poisons connus, cyanure, strychnine ou arsenic, étaient assez facilement repérables grâce aux techniques modernes. Il n'était pas non plus si simple de se procurer ce genre de substances. Les plus accessibles étaient celles qu'on trouvait dans la nature, baies et champignons vénéneux.

Ou haricots paternoster.

Le meurtrier savait que les graines de ce haricot étaient toxiques. Qu'en conclure ? Pour sa part, il ne s'en serait pas douté, et ignorait même l'existence de ce haricot avant que Sachsen ne lui en parle.

Comment entendait-on parler des haricots paternoster ?

Peut-être fallait-il qu'ils cherchent parmi les connaissances de la victime un botaniste, ou quelqu'un travaillant dans une pépinière ? Ou un chimiste ?

Les yeux d'Elin étaient fermés, à présent. Ses petites mains étaient ouvertes, les doigts légèrement pliés vers l'intérieur. Un parfum de bouillie et de bébé.

Doucement, il se leva. Son bras droit, où s'appuyait la tête d'Elin, s'était engourdi.

Elle dormait profondément quand Thomas la posa dans son lit, en espérant qu'elle finisse la nuit.

Ses pensées revinrent au meurtre de Jeanette. La méthode employée devait pouvoir leur dire quelque chose. La plupart des meurtriers procédaient autrement : arme à feu, couteau, coups violents. Il fallait qu'ils comprennent comment procédait un empoisonneur, ce qui caractérisait sa personnalité.

Et Martin Larsson, du groupe de profilage ? Ils avaient quelquefois travaillé ensemble. Il pourrait peut-être les aider.

52

Thomas referma la porte de la salle de réunion et salua de la tête Staffan Nilsson et les renforts qui avaient été appelés. À côté de Nilsson était assis Adrian Karlsson, dont il avait fait connaissance lors de l'enquête pour meurtre de l'été précédent.

Thomas s'assit sur le seul siège disponible, à côté de Margit.

Le Vieux toussa.

« On commence par faire le point ? »

Devant lui sur la table, deux sachets intacts de carottes à grignoter.

Margit résuma le résultat de l'autopsie pratiquée par Sachsen.

« Jeanette Thiels était donc mourante quand elle a été assassinée, dit-elle. Son ex-mari dit qu'il n'en savait rien, et sa fille non plus.

— On peut se demander s'il n'y en avait pas d'autres qui ignoraient son état, commenta sèchement le Vieux. Il n'est pas très courant d'assassiner des mourants.

— Je pensais contacter dans la journée Martin Larsson pour voir ce qu'il en pense, dit Thomas. Il pourra peut-être nous donner quelques clés sur le profil d'un empoisonneur.

— Bonne idée, dit le Vieux. Larsson a fait du bon boulot, dernièrement. »

Il tapota légèrement sur la table avec son stylo.

« Nous ne savons pas comment elle a ingurgité le poison, non ?

— Non, confirma Margit. Mais nous supposons que quelqu'un le lui a administré par ruse, c'est-à-dire qu'elle a avalé les grains à son insu. Ça peut difficilement être un suicide, elle avait quand même demandé la garde de sa fille. »

Thomas s'abstint de parler de son idée de café empoisonné, ça semblait beaucoup trop tiré par les cheveux à la lumière du jour.

« Tout semble indiquer qu'elle a vu quelqu'un chez elle avant de filer à Sandhamn, se contenta-t-il de dire. Si nous pouvions trouver qui... »

Staffan Nilsson se racla la gorge.

« Il y avait de la vaisselle sale et des restes de nourriture dans sa cuisine, que nous avons récupérés pour les faire analyser. Ce ne serait pas débile que le labo nous prenne en priorité. »

Le Vieux regarda Adrian Karlsson.

« Tu feras toi-même le voyage pour leur porter les échantillons dès qu'on aura fini ici, dit le Vieux. Sans ça, on n'aura pas de réponse avant la semaine prochaine, trop de temps perdu. »

Bien, pensa Thomas. Le labo central se trouvait à Linköping. S'ils avaient envoyé les échantillons par les voies habituelles, ils seraient difficilement arrivés avant le Nouvel An. Le plus tôt serait le mieux.

Le Vieux se leva en regardant Staffan Nilsson.

« Je propose que tu appelles le labo pour leur expliquer ce qu'il en est, que les échantillons arriveront aujourd'hui à l'heure du déjeuner. Dis-leur qu'on se contentera de résultats demain, ça leur laisse au moins vingt-quatre heures. »

Il mordit dans une carotte, presque avec satisfaction.

« Des haricots paternoster ? dit le Vieux à Kalle. Tu peux regarder ça d'un peu plus près ? »

Kalle hocha la tête.

« Et les coups de téléphone de Thiels ? continua le Vieux. Aram ? Tu as regardé son portable ? »

Aram s'excusa d'un geste.

« Désolé, dit-il. Il n'est pas encore vidé. Mais les gars reviennent aujourd'hui, on s'en occupe cet après-midi.

— Génial, dit le Vieux. L'ordinateur a disparu et on n'a même pas encore épluché son téléphone. »

On frappa à la porte.

« Excusez-moi, dit la réceptionniste en glissant la tête. J'ai un message urgent. »

Elle tendit un papier au Vieux. Il le lut, fronça les sourcils.

« Ça vient de l'hôpital Sankt Göran, dit-il en posant le papier. Bertil Ahlgren, le voisin de Jeanette, est mort. »

Margit réagit la première.

« Mais on y était hier après-midi ! Même s'il dormait, on nous a dit qu'il était en train de se remettre.

— Que s'est-il passé ? demanda Thomas.

— Ce n'est pas précisé, dit le Vieux en montrant le papier. Vous irez vous renseigner.

— Je n'aime pas ça », marmonna Margit.

Thomas se gratta la nuque. L'infirmière leur avait dit que le vieil homme allait mieux. Et voilà qu'il était mort. Étrange coïncidence, non ?

Ils avaient envoyé des agents faire du porte-à-porte dans l'immeuble, mais personne n'avait remarqué de visite chez Jeanette, le 24.

À moins que son voisin, justement, ait vu quelque chose.

« On devrait le faire examiner par Sachsen, lança Thomas.

— Occupe-t'en, dit impatiemment le Vieux avant de se tourner vers Margit. Où en étions-nous ? Comment ça s'est passé, avec ses proches, sa fille et son ex-mari ? Vous êtes allés les voir à Vaxholm.

— Nous avons revu Michael Thiels hier, dit Margit. En apparence, il est équilibré, mais très amer. Ils étaient en conflit au sujet de la garde de leur fille. »

Margit feuilleta son carnet.

« Thiels a un alibi pour les fêtes de Noël, mais pas pour le moment où nous pensons que Jeanette a été empoisonnée. Certes, il affirme avoir été avec sa fille à ce moment-là, mais nous n'avons pas pu interroger la gamine.

— Que savons-nous de son passé ? » dit le Vieux en se tournant vers Erik, qui ouvrit à son tour son carnet sans lever les yeux.

Ses gestes gardaient quelque chose d'inconsolable. Il avait l'air encore plus éprouvé qu'auparavant, ses cheveux n'étaient pas comme d'habitude plaqués en arrière avec du gel.

Thomas avait oublié de lui demander si tout allait bien, il fallait qu'il fasse un saut dans son bureau après la réunion, pour prendre de ses nouvelles.

« Michael Thiels a grandi à Vaxholm, et a fait des études de communication à l'institut Bergh, à Stockholm, dit Erik. Avant d'épouser Jeanette, il a eu une liaison épisodique avec une certaine Annelie Sjöström. Elle travaille comme secrétaire au Parlement, mais à l'époque elle chantait dans un groupe où Thiels jouait de la guitare. Ils ont pas mal tourné dans des clubs à Stockholm.

— Grandiose, entendit-on lâcher le Vieux. Il n'y a vraiment aucun point noir ? Il y a toujours quelque chose, d'habitude.

— J'ai épluché manuellement les mains courantes, et après avoir un peu cherché, j'ai trouvé quelque chose d'intéressant, dit Erik. Il a été condamné pour violences. »

Et il n'en parlait que maintenant ? se dit Thomas. Margit et lui auraient dû disposer de cette information avant de se rendre à Vaxholm interroger Thiels. Encore un signe qu'Erik n'était pas dans son assiette.

« Qu'est-ce qu'il a fait ? demanda Thomas.

— C'est un jugement ancien. Il s'est bagarré dans un restaurant, à l'occasion d'un concert du groupe. L'autre type a eu un gros œil au beurre noir, et une côte cassée : Thiels a été condamné pour violences légères à une amende et un contrôle judiciaire, mais sa peine a été réduite en raison de son casier vierge.

— Quel âge avait-il à l'époque ?

— Attends, je regarde ça. » Erik fouilla dans ses papiers. « Là, il avait trente et un ans. »

Michael Thiels avait donc été suffisamment en colère pour blesser sérieusement une autre personne. Il avait frappé assez violemment pour mériter d'être condamné.

Mais c'était il y a vingt ans.

Une vie.

« Autre chose ? demanda Margit.

— Pas grand-chose, quelques amendes pour excès de vitesse. Il a été privé de permis pendant quelques mois il y a huit ans. Il avait roulé à 130 sur une route limitée à 90. C'est tout. »

Le Vieux fit face à Thomas et Margit.

« Vous avez vu cet homme à deux reprises. Doit-il être considéré comme un suspect ?

— Trop tôt pour le dire, répondit Margit. Mais trop tôt aussi pour le mettre hors de cause. »

Thomas inspira.

« Il y a deux pistes, dit-il. À part cette histoire de dispute au sujet de la garde, nous savons que l'appartement a été fouillé, que quelqu'un a cherché quelque chose chez Jeanette. Son ordinateur manque. Si elle travaillait à un reportage d'investigation, elle était peut-être allée trop près.

— Trop près de quoi ? » dit le Vieux.

Si je savais la réponse, je l'aurais donnée, s'agaça Thomas. Mais il comprit que c'était là un effet du manque de sommeil.

« Je ne sais pas, se contenta-t-il de dire.

— Margit, dit le Vieux. Tu as pu joindre le rédacteur en chef avec qui Jeanette avait l'habitude de travailler ? »

Thomas savait ce qu'elle allait dire, elle lui avait résumé son coup de fil dans la voiture, sur le chemin du commissariat.

« J'ai parlé à ce Karlbom, Charlie Karlbom. Il a rappelé hier soir, pour dire que Jeanette n'avait pas eu de mission pour le journal cet automne.

— Il en était certain ? demanda le Vieux en se grattant le cou.

— Oui. Elle n'a rien écrit pour eux depuis cet été, son dernier article est paru en juin, avant la Saint-Jean.

— Selon à la fois son ex-mari et sa voisine, elle a été en déplacement pour des reportages tout l'automne, dit Thomas. Elle a même raté l'anniversaire de sa fille. »

Ça ne collait pas. Maroc. Bosnie. D'après son passeport retrouvé chez elle, elle est aussi allée en

Afghanistan. Sûrement pas en vacances, surtout avec ses problèmes de santé.

« Mais pour y faire quoi, alors ? dit le Vieux. Pas un voyage organisé, quand même ? »

Margit continua, en ignorant la remarque du Vieux.

« J'ai demandé à Karlbom s'il pouvait imaginer qu'elle ait une mission importante pour un autre journal, mais il pensait que non, car elle avait des contrats de longue durée avec eux depuis plusieurs années. En revanche, il a déclaré qu'elle les avait prévenus dès le mois d'août qu'elle comptait se mettre en congé tout l'automne. Qu'elle ne pourrait prendre de nouvelle mission au plus tôt qu'après Noël, et encore.

— A-t-elle dit ce qu'elle comptait faire entre-temps ? demanda Karin.

— Non. J'ai bien sûr posé la question. D'après lui, elle faisait des réponses évasives, il n'avait pas pu vraiment savoir. Mais il avait eu l'impression qu'elle savait à quoi s'occuper, qu'il ne s'agissait donc pas d'un congé à proprement parler, mais d'un projet personnel.

— Mais putain, qu'est-ce qu'elle fabriquait, alors ? lâcha le Vieux avec un claquement de langue irrité.

— J'ai aussi demandé si Jeanette faisait l'objet de menaces, dit Margit. Apparemment, ça a pris beaucoup d'ampleur l'an dernier, après une grande série d'articles sur les réfugiés en Suède. Il y a eu beaucoup de lettres et de mails désagréables. La plupart adressés à la rédaction, et c'est le chef de la sécurité du journal qui les a signalés à la police. Les plaintes ont donc été enregistrées à son nom. Le numéro de téléphone et l'adresse de Jeanette étaient secrets. Pourtant, elle a visiblement aussi reçu des menaces chez elle, il n'est hélas pas très difficile de trouver une adresse.

— J'ai ici ces lettres de menaces, dit Aram en montrant un gros tas de photocopies et d'impressions. Karin les a trouvées. Ce n'est pas une lecture réjouissante. On y parle de la découper, la taillader, la violer de toutes les façons possibles.

— On a creusé ça ? demanda Kalle.

— Pas vraiment, dit Margit. Impossible de retrouver les auteurs. Pas d'empreintes digitales sur les lettres, des lettres découpées, tout ça.

— Et les mails ?

— Tu sais comment c'est, sortir une adresse IP ne suffit pas, il faut aussi pouvoir prouver qui était devant l'ordinateur. Ils ont promis de rassembler les mails arrivés au journal, mais ne savent pas le temps qu'il leur faudra. D'après le rédacteur en chef, Jeanette prenait les choses assez calmement, cette femme avait le cuir épais, ne se laissait pas si facilement effrayer.

— Bon, soupira le Vieux. Est-ce qu'on peut récupérer ses mails à elle ? »

Margit sembla déçue.

« Non, malheureusement. Elle travaillait en freelance, utilisait son propre ordinateur et une adresse mail privée. C'est une adresse Hotmail, basée aux États-Unis. On n'en tirera rien, c'est peine perdue. Avec Telia, ça aurait été autre chose, on aurait pu y aller directement et tout lire. »

Le Vieux secoua la tête.

« Ça ne me va pas. Aram, puisque tu es déjà plongé dans ces lettres de menaces, tu pourrais prendre la balle au bond et voir si tu peux faire quelque chose avec ce serveur ? Tu peux menacer de représailles diplomatiques, si tu veux. »

Il se tourna de nouveau vers Erik.

« On en est où des clients de l'hôtel, qui devaient être contactés ?

— Nous avons déjà pu en joindre quelques-uns, et on a du monde qui continue aujourd'hui, répondit Erik. Mais il va falloir plusieurs jours pour tout éponger.

— Je comptais aller à Sandhamn ce matin, dit Kalle, pour parler avec le personnel de l'hôtel des Navigateurs.

— Très bien, dit le Vieux. Autre chose, avant de finir ? »

Aram brandit une pochette plastique et en fit glisser une identique à Thomas.

« Il y avait une documentation sur Suède Nouvelle dans le bureau de Jeanette.

— Tu as fait du zèle, remarqua Margit. Tu y as passé la nuit, ou quoi ? »

Il haussa les épaules.

« Bah, je suis tout seul à la maison en ce moment. Bref, il semble que Jeanette ait fait pas mal de recherches liées à Suède Nouvelle. De fait, j'ai l'impression qu'elle suit cette organisation depuis un certain temps. »

Il montra les documents, dont des coupures de journaux dépassaient, certaines jaunies.

« Les articles les plus anciens remontent à plusieurs années, c'est sûr qu'elle s'intéressait à leurs activités. Il n'y a pas d'autre sujet sur lequel elle ait amassé autant de documentation. Et croyez-moi, j'ai tout épluché.

— Mais tu n'as pas d'explication ? demanda le Vieux.

— Non.

— Elle était correspondante de guerre, dit Kalle. Pourquoi se mettre d'un coup à vouloir écrire sur un lobby ?

— Aucune idée, dit Aram. Mais quelque chose semble avoir captivé son intérêt, sinon elle n'aurait pas tant amassé.

— Est-ce que nous n'avons pas plus urgent ? » objecta Kalle.

Aram tripota son dossier.

« Thomas, qu'est-ce que tu en penses ? Je trouve que nous devrions regarder de plus près cet intérêt de Jeanette pour Suède Nouvelle. »

Thomas pensa à ce qu'Aram lui avait raconté de son enfance, de la peur de ses parents face aux mouvements qui diffusaient de la propagande hostile aux immigrés.

« Je pense que ça peut valoir la peine de creuser ça », dit-il en tirant à lui le dossier, remarquant toutes les coupures de journaux. Aram aurait-il vu juste ? « Je pense à toutes ces lettres de menaces envoyées à Jeanette. J'imagine qu'il y a des partisans de Suède Nouvelle qui auraient pu en écrire une ou deux.

— Ils mettent rarement leurs menaces à exécution », dit Kalle.

Aram était toujours penché en avant, comme s'il attendait l'avis du Vieux.

Le Vieux se gratta le menton.

« Bon, dit-il. On vérifie aussi ça. Mais on y va mollo. Je ne veux pas de jérémiades sur le harcèlement policier d'organisations politiques. Les zozos de ce genre ont la plainte facile. »

Il jeta un coup d'œil dans la direction d'Aram.

« Je pense qu'il vaut mieux que Thomas et Margit les contactent. »

53

La porte du bureau d'Erik était fermée. Thomas y frappa légèrement et l'entrebâilla.

Erik était devant son ordinateur, son attention entièrement fixée sur l'écran.

« Je te dérange ? dit Thomas. Je peux entrer ? »

Sans attendre de réponse, il s'assit dans le fauteuil de visite. Quelqu'un avait renversé du café sur le tissu vert, les taches sombres donnaient au siège un aspect crasseux.

« Comment ça va ? dit prudemment Thomas.

— On fait aller, répondit Erik sans lever les yeux. C'est pour le rapport sur les clients de l'hôtel qu'on a pu joindre ? Pour le moment, personne n'a déclaré avoir vu Jeanette Thiels.

— J'ai vu ça. Ça confirme l'avis de Sachsen, à savoir qu'elle est restée dans la neige au moins vingt-quatre heures, peut-être davantage, avant qu'on la trouve. »

Jeanette devait être allée directement de la réception à sa chambre. Personne ne l'avait vue ensuite. Pourquoi avait-elle quitté sa chambre ? se demanda-t-il, en y répondant lui-même : parce qu'elle devait dîner au restaurant des Navigateurs, elle avait réservé une table pour huit heures.

Aurait-elle agi ainsi, se sentant menacée ?

Thomas cessa de penser à Jeanette Thiels et regarda son collègue. Erik avait six ans de moins, ils travaillaient ensemble depuis l'arrivée de Thomas au district de Nacka, après sa longue période passée dans la police maritime. Ce n'est que lorsque Pernilla était tombée enceinte d'Emily après de nombreuses tentatives qu'il avait candidaté à la section investigation. Il voulait plus de stabilité, ne plus être absent plusieurs jours de suite.

Ils ne s'étaient jamais fréquentés hors du travail, mais s'étaient toujours bien entendus.

À une époque, quand Thomas avait à peine le courage de se lever le matin, voir des collègues après le travail n'était pas envisageable. Mais Erik lui avait tendu la main, lui avait proposé de se joindre à eux, de venir boire une bière – sans prendre mal ses refus répétés.

Thomas attendait. Erik allait peut-être dire quelque chose, lui parler de ce qui n'allait pas. Mais il déplaça quelques papiers, les posa sur une pile, en continuant de fixer l'écran.

« Tu es sûr que ça va ? » finit par dire Thomas.

Erik secoua la tête en signe de dénégation.

« Je suis juste fatigué, je n'ai pas bien dormi ces derniers temps. Tu sais comment ça peut être. »

Thomas le dévisagea. Peut-être valait-il mieux le laisser tranquille, attendre qu'il soit lui-même prêt à aborder ce qui lui pesait.

« Tu es sûr ? »

Erik tripota sa souris, comme indécis. Puis il se passa la main dans les cheveux et dit tout bas :

« C'est ma petite sœur, Mimi. Elle est malade. »

Ses mots semblaient réticents.

« Qu'est-ce qui s'est passé ? dit Thomas.

— Elle a une leucémie. » Son visage changea. « Leucémie myéloïde aiguë.

— Une leucémie, répéta Thomas. Quel âge a-t-elle ?

— Trois ans de moins que moi, elle n'a que trente-deux ans. C'est complètement irréel.

— Depuis combien de temps le savez-vous ?

— Elle l'a appris en novembre, mais ça faisait longtemps qu'elle n'allait pas bien. Elle avait des nausées, de la fièvre, des saignements de nez. Mais elle a eu de la chance... »

Il s'interrompit, inspira.

« Je veux dire, elle a presque immédiatement eu une place pour un traitement. Une annulation, ou quelque chose comme ça. Alors ils y sont allés. Putain, Thomas. Ces derniers temps, elle n'a rien fait d'autre que vomir, elle rend tout. »

Erik s'interrompit, serra les lèvres.

« Tu comprends, c'est ma petite frangine, dit-il au bout d'un moment. Elle est encore jeune, pas d'enfants, même pas de liaison stable. »

Exactement comme toi, songea Thomas.

Erik détourna les yeux vers la fenêtre. De l'autre côté de la rue, il y avait un immeuble de bureaux en brique rouge. Thomas avait une vue identique depuis son bureau. Jadis, il était resté des heures à fixer cette façade pour éviter d'avoir à rentrer chez lui retrouver Pernilla qui pleurait Emily.

Thomas se pencha au-dessus de la table pour poser la main sur le bras de son collègue.

« Ce n'est pas facile non plus pour la famille. C'est dur d'être proche de quelqu'un qui a… une grave maladie. »

Il se surprit à éviter le mot leucémie.

« Je suis mort de peur, balbutia Erik. C'est tellement l'angoisse, merde. Je n'arrive plus à dormir, je reste là à me dire que ça va mal se passer, que tout va foirer pour elle. »

Thomas essaya de trouver quelque chose de consolant à dire, mais ne trouva pas les mots justes.

« Si tu veux en parler, n'hésite pas », finit-il par lâcher.

Ça sonnait creux. Pourquoi était-ce si dur ?

Erik se leva et gagna la fenêtre.

« Ils pensent qu'elle a ça depuis un bon moment, dit-il. Mais quand elle est allée consulter, la première fois, personne ne l'a prise au sérieux, elle est si jeune. Tu comprends, ils auraient pu faire quelque chose dès cet été. Je suis tellement en colère contre ce médecin qui n'a pas pigé de quoi il s'agissait. »

Erik serra le poing. Il continua d'une voix brisée.

« Mais ce n'est pas grave. La seule chose qui compte, c'est qu'elle s'en sorte.

— Est-ce que c'est raisonnable de venir travailler, dans ces circonstances ? dit Thomas. Est-ce que tu en as la force ? »

Erik hocha la tête.

« Oui, je ne supporte pas de rester à la maison à m'inquiéter. Je préfère travailler. »

Thomas se leva et s'approcha d'Erik. Son collègue avait toujours été le boute-en-train de l'équipe, le gars qui avait toujours une nouvelle copine sur le feu. Karin avait l'habitude de le taquiner à ce sujet, chaque fois qu'il recevait un SMS, elle lui demandait si c'était une nouvelle conquête.

« Mimi et moi, on a toujours été très proches, dit-il tout bas. Maman est partie il y a dix ans, j'avais vingt-cinq ans, Mimi seulement vingt-deux. Elle a eu un cancer du sein. »

Devant la porte passèrent deux collègues qui plaisantaient bruyamment. Leurs rires déchirèrent le silence qui régnait dans la pièce.

« Et ton père, comment prend-il les choses ? demanda Thomas.

— Papa ? Je ne crois pas qu'il ait bien compris la gravité de la situation. Ou alors il refuse de comprendre. Il a été complètement détruit à la mort de maman. Je pense qu'il n'arrive pas à supporter l'idée que Mimi aussi soit tombée malade. »

Erik fit un geste d'impuissance et se cogna le coude si fort contre le mur qu'il pâlit.

Thomas lui posa la main sur l'épaule.

« Ça va bien se passer, tu verras. C'est sûr. »

Il écarta Erik de la fenêtre, décrocha son blouson du portemanteau.

« Maintenant, je pense que tu ferais mieux de rentrer te coucher. Prends un whisky ou deux si besoin, mais arrange-toi pour bien dormir. »

Doucement mais fermement, il poussa son collègue vers la porte.

« Demain, on se partagera tes tâches. Tu as besoin de prendre un congé pour t'occuper de ta sœur et de toi. Je vais causer au Vieux. »

54

Le ferry siffla trois fois avant de quitter le ponton de Sandhamn.

Nora monta en bâillant à la cafétéria, au deuxième étage. Elle paya son café et gagna la salle avant avec sa tasse. Il y avait beaucoup de places libres : peu de monde dans le bateau du matin entre Noël et le Nouvel An.

Nora aimait être assise là, tout à l'avant, tandis que le bateau glissait à travers l'archipel pris dans l'hiver. Ce matin, la mer était parcourue de vagues dont les crêtes écumaient en déferlant vers le rivage.

Les îles défilaient dans des nuances blanches et noires, les pins étaient chargés de neige derrière les bancs de granit. L'étrave du bateau fendait l'eau dans une écume grise où se reflétait l'épaisse couche de nuages.

Comment présenterait-elle le problème à Einar, une fois arrivée au bureau ?

Depuis qu'Einar avait été nommé juriste en chef, il passait trois jours à Stockholm et deux à Helsinki. Sa famille était restée en Finlande. Nora n'avait jamais rencontré sa femme, mais avait vu sa photo sur le bureau d'Einar. Elle semblait avoir dans les trente-cinq ans, quinze ans de moins qu'Einar, qui ne faisait pas ses cinquante ans. Sur la photo, sa femme tenait la main d'un garçon de trois ans qui avait les mêmes cheveux blond platine que sa mère.

Elle est belle, avait pensé Nora la première fois qu'elle avait vu la photo encadrée.

Elle n'avait pas eu de mal à fixer un rendez-vous avec Einar, il lui avait dit par SMS qu'il était de toute façon en Suède lundi et mardi. Ils pouvaient se voir une heure dans l'après-midi.

Nora ne lui avait pas dit exactement de quoi il s'agissait, juste que c'était urgent et confidentiel. Et concernait le projet Phénix.

Par où commencer ? Aborderait-elle d'emblée ses difficultés à travailler avec Jukka Heinonen ? Elle se représenta le chef du projet, ses yeux vifs au-dessus de ses joues couperosées, son menton que l'âge et le surpoids alourdissaient. Le malaise s'empara une nouvelle fois d'elle.

Pourvu qu'Einar n'ait pas mentionné à Jukka cette demande de rendez-vous de dernière minute : il n'aurait pas trop de mal à en deviner la raison.

Elle songea de nouveau au changement d'ambiance au siège de la banque depuis la fusion. Un climat différent s'était installé insidieusement, une exigence de perfection, sans droit à l'erreur.

Les collègues se surveillaient, la méfiance régnait.

Ce n'était sans doute pas étonnant, songea Nora avec lassitude. Chacun craignait pour son poste en période de réduction d'effectifs.

Mais l'ancienne convivialité avait disparu.

Nora aurait préféré être franche, dire qu'elle se méfiait du nouveau chef de projet finlandais : travailler avec lui était difficile, il se montrait même brutal avec ses collaborateurs.

Mais le risque était de passer pour une râleuse. Mieux valait donc s'en tenir au projet Phénix, aux risques qu'elle avait identifiés d'un strict point de vue juridique.

Il fallait qu'elle conduise Einar à la soutenir en se fondant sur des faits, pas des impressions générales. L'inquiétude était un argument ténu, les difficultés de collaboration pires encore. Il ne fallait pas qu'il la comprenne de travers, ça lui rendrait la vie impossible.

Il commençait à faire chaud, Nora ôta son blouson et le posa à côté d'elle sur la banquette.

Si seulement Jonas avait été là en Suède, elle aurait pu discuter de tout ça avec lui, profiter de son point de vue.

La confiance de Jonas lui aurait donné de la force aujourd'hui, elle le savait. Avec lui, elle avait trouvé une sérénité qui lui avait manqué ces dernières années, avant et après son divorce. Elle ne se sentait plus aussi dévalorisée que quand elle avait appris qu'Henrik avait entamé une liaison avec Marie alors qu'il était encore marié avec elle. Sa confiance en elle ravagée commençait à cicatriser.

Nora regarda l'heure, c'était le milieu de la nuit à New York, elle ne pouvait pas déranger Jonas. Il fallait qu'elle se débrouille toute seule.

Son malaise revint. Que faire si Einar ne me croit pas ? se dit-elle. Ou s'il me retire le projet ?

Pas question de se lancer dans un bras de fer avec quelqu'un comme Jukka Heinonen, tout ce qu'elle voulait, c'était bien faire son travail. Elle n'était pas du genre à piétiner les autres pour faire avancer sa carrière.

Ils s'apprêtaient à accoster à Styrsvik, juste en face de Stavsnäs. Dans seulement cinq minutes, il serait temps de descendre. Elle avait prévu de passer chez elle à Saltsjöbaden pour se changer. Elle ne voulait pas rencontrer Einar en jean et pull, elle avait besoin de l'assurance qu'un tailleur strict pouvait lui donner.

« Je fais bien ce que je fais, murmura-t-elle pour elle-même, comme une conjuration. Je ne veux que le bien de la banque. »

Elle avait fini son café, elle reposa la tasse vide.

Par la fenêtre, elle vit que le bateau reculait, effectuait un virage et mettait le cap sur Stavsnäs.

Son ventre se serra de nouveau.

55

Rue Olof Palme.

Thomas descendit de voiture et regarda alentour. Des voitures en stationnement des deux côtés de la rue. Tout près, la place Hötorget, avec son marché et, dans tout le quartier, une foule de Stockholmois qui profitaient des soldes de fin d'année.

À quelques centaines de mètres seulement, le Premier ministre avait été assassiné en rentrant du cinéma avec sa femme.

« Ils ont leurs bureaux au numéro 13, dit Margit derrière lui. C'est là-bas. »

Elle indiqua un immeuble de bureaux moderne, une rangée de drapeaux suédois sur la façade. Thomas se demanda si Olof Palme aurait apprécié que Suède Nouvelle ait son siège dans sa rue.

Margit pressa le bouton rond de l'interphone. Après un craquement, une voix de fille répondit :

« Qui demandez-vous ?

— Nous sommes de la police, dit Margit.

— Attendez, je vous fais entrer. »

En sortant de l'ascenseur, ils trouvèrent une porte close. Thomas remarqua une caméra de surveillance au-dessus.

« Je me demande s'ils ont un permis pour ça ? dit Margit.

— On pourra toujours demander à la Säpo. »

Avant de quitter le commissariat, ils avaient évoqué avec le Vieux l'opportunité de prévenir les services secrets. C'était toujours sensible quand le nom d'une organisation politique surgissait dans une enquête. Mais ce n'était qu'une première approche, pour le moment il ne s'agissait que de collecter des informations. Après une brève discussion, ils avaient décidé d'attendre.

Derrière un comptoir de réception coquet attendait une fille d'environ vingt-cinq ans, courts cheveux bruns et polo ivoire.

« Bonjour ? » fit-elle, l'air interrogatif.

Thomas tendit sa carte de police, pour qu'elle puisse bien voir.

« Nous sommes de la police de Nacka. Nous aurions besoin de parler à votre cheffe, la secrétaire générale. »

La fille se tortilla sur son siège.

« Vous aviez pris rendez-vous pour aujourd'hui ?

— Non, dit Margit. Sans rendez-vous. »

La réceptionniste parut soulagée, comme si elle avait craint que la police soit venue pour rien à cause d'elle.

« C'est que Pauline n'est pas là. Elle ne viendra pas de toute la semaine.

— Savez-vous où elle se trouve ? demanda Thomas en rangeant sa carte dans sa poche.

— Je ne peux pas vous le dire.

— Je vous rappelle que nous sommes de la police, dit Margit. Nous avons besoin de parler à Pauline Palmér. Ce serait vraiment bien que vous puissiez nous aider.

— Je n'ai pas le droit de vous dire où elle est. »

La fille chassa nerveusement une mèche de cheveux. Puis elle s'éclaira :

« Vous pouvez parler à son assistant, si vous voulez.

— On peut commencer comme ça », dit Margit.

Thomas regarda autour de lui tandis que la réceptionniste appelait l'assistant. La décoration rappelait plus un cabinet d'avocats que l'idée qu'il se faisait d'un parti politique : moquette gris clair, canapé de cuir noir contre le mur. Devant, sur une table basse, diverses brochures arborant fièrement le logo de Suède Nouvelle.

Il en prit une et la feuilleta au hasard. Le texte introductif expliquait comment combattre les crimes d'honneur frappant les jeunes filles.

« Excusez-moi, dit la réceptionniste. Si vous voulez bien me suivre ? »

Elle les conduisit dans une salle de réunion avec une table ronde et quatre sièges. Au milieu de la table, un bol de bonbons. De grandes affiches de Suède Nouvelle couvraient tout un mur.

« Attendez ici, dit-elle avant de disparaître.

— On ne se refuse rien, dit Margit en pêchant une praline au rhum. Je ne savais pas qu'il y avait autant de fric dans ce secteur. »

Dans les notes de Jeanette, il était question de donations privées, pensa Thomas. Des particuliers qui soutenaient en silence le mouvement en versant de grosses sommes.

La porte se rouvrit, un homme en T-shirt et veste bleue entra. Ses cheveux noirs étaient ras et il portait des rouflaquettes. Il gardait pourtant un air poupin, avec ses joues rondes. Mais il était plus grand que Thomas, frisant les deux mètres, ses épaules étaient larges sous l'étoffe de sa veste.

Son assistant ? Thomas réalisa qu'il s'attendait plutôt à une femme.

« Je m'appelle Peter, je travaille pour Pauline », dit l'homme avec un sourire accueillant.

Un net accent américain perça quand il prononça son prénom, le son « r » tout au fond de sa gorge.

« Si je comprends bien, vous êtes de la police. Comment puis-je vous aider ?

— Nous avons quelques questions concernant une enquête en cours, expliqua Thomas. Nous aimerions rencontrer Pauline Palmér.

— Peut-être puis-je moi-même y répondre ?

— Nous aurions plutôt souhaité parler à votre cheffe », dit Margit.

L'homme tira un des sièges.

« Vous ne voulez pas vous asseoir ? Pauline est malheureusement en congé entre Noël et le Nouvel An, c'est donc impossible. »

L'homme avait belle allure, même Thomas le remarquait. Il se déplaçait comme un athlète. Un ancien basketteur ? Sa taille et sa pointure le suggéraient. Peut-être avait-il joué dans une équipe suédoise, il y avait plusieurs équipes de championnat avec des joueurs américains.

Que faisait quelqu'un comme lui dans une organisation comme Suède Nouvelle ?

« Je n'ai pas saisi votre nom ? dit Thomas.

— Pardon. C'est Moore, Peter Moore.

— Ça ne sonne pas suédois, vous venez des États-Unis ?

— Oui, du Minnesota. »

Le Minnesota, pensa Thomas. L'État où des centaines de milliers de Suédois avaient émigré au dix-neuvième siècle.

« Comment un habitant du Minnesota en arrive-t-il à s'installer en Suède ? » demanda Thomas.

Peter Moore fit un sourire désarmant.

« C'est un pays merveilleux. La grand-mère de ma grand-mère venait du Småland. »

Thomas attendit une suite qui ne vint pas. Une lointaine aïeule suédoise semblait une raison bien ténue de s'installer de l'autre côté de l'Atlantique.

« Depuis combien de temps vivez-vous ici ? demanda Margit.

— Je suis arrivé il y a huit ans. »

Thomas eut la nette impression que Peter Moore savait comment se comporter avec des policiers, que ce n'était pas la première fois.

« Pouvez-vous nous parler de votre travail ? dit-il.

— J'aide Pauline pour un peu tout.

— Pouvez-vous être plus précis ?

— Difficile à dire, ça change de jour en jour. Je gère ses interventions, son agenda. Parfois je la conduis à tel ou tel événement. Pauline est une femme très prise. »

Thomas observa les larges épaules de Peter Moore.

« Vous lui servez aussi de garde du corps ?

— Pardon ?

— Vous la protégez ? »

Les yeux de l'homme brillèrent.

« Je l'aide chaque fois que c'est nécessaire.

— Votre cheffe est-elle chez elle pour Noël ? demanda Margit.

— Autant que je sache, elle est en famille.

— Alors nous pouvons nous y rendre. Nous aimerions que vous nous donniez son adresse », dit Margit.

Pour la première fois depuis son entrée dans la pièce, Peter Moore parut gêné.

« Pauline ne veut pas que nous la communiquions. Elle est très exposée, certains individus, comment dire… n'apprécient pas vraiment son travail. Vous pouvez peut-être être compréhensifs ?

— Bien entendu. » Margit lui décocha un sourire carnassier. « Mais vous comprenez sûrement que nous pouvons de toute façon nous la procurer sans difficulté ? »

Il était clair que, malgré les efforts qu'il déployait, elle n'aimait pas cet assistant.

Il mit quelques secondes à répondre :

« Elle habite à Uppsala, dans Slottsgatan. »

56

Nora monta dans l'ascenseur et appuya sur le bouton. La femme qu'elle vit dans le miroir était pâle et stressée, les traits tendus. À la maison, elle s'était changée : veste, fin polo et pantalon noir convenaient mieux au bureau que la polaire et le jean qu'elle portait en quittant Sandhamn.

Pendant tout le trajet depuis Stavsnäs, elle avait révisé ce qu'elle allait dire à Einar. Ils avaient rendez-vous à trois heures, il était à présent une heure et demie. Cela lui donnait plus d'une heure pour les derniers préparatifs. Elle devait imprimer un document envoyé par Jukka Heinonen en même temps que sa propre synthèse.

Presque toutes les portes du service étaient fermées. La plupart des employés du siège travaillaient en open space, mais les juristes avaient encore leurs bureaux personnels.

Même les secrétaires n'étaient pas là. Tout le monde devait en profiter pour prendre ses vacances entre Noël et le Nouvel An, se dit-elle. Cette année, le 24 tombait un mercredi, il ne « coûtait » que cinq jours de vacances pour avoir presque deux semaines de congé.

En continuant dans le couloir, elle trouva ouvert le bureau d'Allan Karlsson, un collègue plus jeune qui travaillait à la banque depuis un an et demi.

Ce n'était donc pas complètement désert, en tout cas.

Allan avait dans les trente-cinq ans, très British avec son humour pince-sans-rire. Nora s'entendait bien avec lui, ils prenaient parfois le temps de déjeuner ou de boire un café ensemble. Comme Allan était fiscaliste et qu'elle gérait souvent des transactions entre entreprises, ils étaient amenés à se concerter.

Mais en glissant la tête elle ne trouva que sa serviette de cuir brun contre la cloison.

Il doit être en réunion, se dit-elle en ouvrant son bureau.

Son regard tomba sur les photos d'Adam et Simon, à côté de son ordinateur. Adam avait encore l'air petit, loin de ses treize ans dégingandés. Simon se ressemblait davantage, mais lui aussi avait grandi. Ses joues n'étaient plus aussi rondes, et ses cheveux d'enfant blond platine commençaient à foncer.

L'ordinateur ronronna, Nora entra rapidement son mot de passe et son numéro d'utilisateur, ouvrit d'un clic sa présentation PowerPoint.

Le projet Phénix.

Par acquit de conscience, elle relut tout encore une fois à l'écran. C'était un exposé détaillé où elle pointait les divers risques juridiques, de la structure de financement aux personnes cachées derrière la société acheteuse.

À la dernière page, elle avait aussi soulevé d'autres aspects à prendre en considération : l'impact sur l'opinion, la renommée de l'établissement, la possibilité d'une réaction médiatique à la transaction.

Elle s'était efforcée de tout décrire de la façon la plus objective et neutre. Ses propres pressentiments face à l'opération ou ses réticences vis-à-vis du chef de projet ne devaient pas transparaître.

Quand elle eut relu et corrigé quelques coquilles, elle lança l'impression. Les imprimantes étaient à l'autre bout du couloir : elle les entendit se mettre en route et cracher deux exemplaires du tout.

Elle avait désormais formellement enfreint les instructions : ces documents ne devaient pas être imprimés ou distribués à quiconque était extérieur au projet sans l'aval exprès de Jukka.

Mais ceci était destiné au juriste en chef de la banque.

Il était trois heures moins quatre, le moment de monter à l'étage de la direction, où Einar avait son bureau.

Nora rajusta sa veste et lissa ses cheveux. Puis elle se dépêcha d'aller à l'imprimante récupérer ses tirages et se dirigea vers l'ascenseur.

57

Margit était au volant. Elle se maintenait à la limite de vitesse, cent dix. Elle était sans arrêt doublée par d'autres voitures.

« Tu savais que c'étaient des étudiants d'Uppsala qui avaient fondé Suède Nouvelle ? » dit Thomas en rangeant son portable.

Il venait d'appeler Aram pour lui rendre compte de leur rencontre avec Peter Moore.

« Longtemps avant Nouvelle Démocratie, tu dis ? »

Margit faisait allusion au parti populiste d'extrême droite créé dans les années 90 par un duo improbable, un directeur de maison de disques et un financier connu. Le parti n'avait siégé au Parlement que quelques années, mais avait sans relâche soulevé la question d'une limitation de l'immigration. Quand ils étaient sortis de scène, après un mandat, la question du droit d'asile avait pris une place toute nouvelle dans l'agenda politique. Ils avaient sans conteste préparé le terrain pour Suède Nouvelle.

« Suède Nouvelle n'aurait jamais réussi à étendre ainsi son influence sans Nouvelle Démocratie », dit Margit en dépassant un poids lourd. Un panneau annonça qu'il restait trente kilomètres avant Uppsala.

Margit avait raison, Thomas le savait.

Au cours des années 2000, le nombre de membres de Suède Nouvelle avait considérablement augmenté. Il existait désormais des associations locales dans la plupart des grandes villes, en particulier dans le sud du pays. Les adhérents provenaient de toutes les catégories professionnelles, ce n'était plus seulement un parti d'étudiants.

« C'est Pauline Palmér qui a vraiment fait la différence », dit Thomas.

Le rapport préparé par Aram était éloquent. Quatre ans plus tôt, Palmér, enseignante en droit, était entrée à la direction de Suède Nouvelle. Elle avait résolument travaillé à la refonte du mouvement. Pour commencer, elle avait fait le ménage parmi les barbons de l'ombre liés au national-socialisme. Un nouveau programme idéologique avait été publié, fondé sur de fortes valeurs chrétiennes, les traditions suédoises et la préservation de la famille nucléaire. Ce qui s'avéra avoir un très grand pouvoir d'attraction. Le nombre des adhérents avait augmenté, le mouvement perçait de plus en plus dans les médias.

« Elle prétend œuvrer pour la défense de l'héritage national et de la culture suédoise, ricana Margit.

Ce n'est qu'un prétexte pour stopper l'immigration et enfermer tous les criminels à perpétuité. Je ne comprends pas que les gens gobent ça.

— C'est une oratrice brillante.

— Tu as vu qu'elle avait toujours la même tête ? continua Margit. Avec sa coiffure laquée et ses colliers de perles. On dirait une femme de président américain.

— Tu aurais des préjugés ?

— Bizarre, cet assistant, ce Moore, continua Margit en ignorant la remarque de Thomas. Je me demande s'il ne rend pas d'autres services à Pauline, le soir je veux dire. Sauf qu'elle est mariée, n'est-ce pas ?

— Depuis des années. Son mari s'appelle Lars, consultant à son compte. Ils ont deux fils, dans les vingt-cinq ans. »

Les deux tours caractéristiques de la cathédrale d'Uppsala apparurent devant eux.

« On verra bien comment elle nous recevra », dit Thomas.

58

Le silence était total quand Nora arriva à l'étage de la direction. L'ascenseur conduisait directement aux vastes bureaux des dirigeants du groupe, disposés autour d'un salon ouvert aux fauteuils fatigués. Sur la table basse, une corbeille de fruits qui s'étaient gâtés pendant les fêtes de Noël. Plusieurs clémentines avaient noirci, des taches de moisissure vert et blanc apparaissaient sur la peau.

Les portes de l'ascenseur se refermèrent derrière Nora, qui fit quelques pas sur la moquette moelleuse. Elle était si épaisse qu'elle étouffait tous les sons.

N'importe qui pourrait arriver en douce derrière moi sans que je le remarque, songea-t-elle avec un frisson.

Dans la faible lueur de l'abat-jour le plus proche, elle vit sa propre ombre, une silhouette qui s'étirait jusqu'aux ascenseurs.

Automatiquement, Nora jeta un regard vers le bureau de Jukka Heinonen, adossé à celui du P-DG.

Il était fermé, tant mieux, il était donc probablement en Finlande. Einar ne devait pas lui avoir parlé, c'était déjà ça.

Son soulagement la gêna.

Les plafonniers n'étaient pas allumés, mais les étoiles de l'Avent pendues aux fenêtres fournissaient un éclairage.

Le bureau d'Einar était après l'angle, dans le couloir du fond. Le seul des dix membres de la direction qui semblait présent.

Nora inspira à fond, lissa encore ses cheveux. Cesse de t'inquiéter autant, ça passe ou ça casse, se dit-elle en allant frapper à la porte du chef juriste.

Elle était fermée, et les stores de la paroi de verre baissés. Mais une voix retentit, au net accent norrlandais :

« Entre, Nora. »

Einar lui fit signe d'avancer et Nora essaya de se détendre. Il allait l'aider à gérer Jukka Heinonen.

« Installe-toi. Il faut juste que je termine ce mail. »

Sans lever les yeux, il lui indiqua le canapé en cuir clair adossé à la fenêtre.

Nora fut décontenancée, Einar semblait si distant. Mais elle alla s'asseoir, posa ses papiers sur la table basse et sortit machinalement un stylo, au cas où il lui faudrait noter quelque chose.

Einar finit par se lever. Il alla fermer la porte et s'assit dans le fauteuil, à côté de Nora.

« Tu souhaitais me parler dès que possible ?

— Merci de me recevoir aussi rapidement, dit Nora en ramassant son document. Il s'agit du projet Phénix. »

Einar reçut son exemplaire, qu'il posa sur la table.

« C'est une synthèse et une analyse des documents que Jukka Heinonen m'a envoyés il y a quelques jours, dit Nora.

— Je comprends. »

Nora ouvrit la première page de son exemplaire, pour qu'il puisse suivre son exposé.

« C'est au sujet du montage financier pour la cession du réseau d'agences bancaires dans les pays Baltes, dit-elle. Je m'inquiète de la structure de la vente et de l'acheteur. La société est enregistrée en Ukraine, mais veut effectuer le paiement via une autre société, domiciliée à Chypre mais contrôlée depuis Gibraltar. Quand je regarde de plus près, presque toutes les parties concernées semblent domiciliées dans divers paradis fiscaux. Comme beaucoup d'autres acteurs louches de l'affaire. »

Einar l'interrompit.

« Louches ? Tu en es certaine ? »

Nora se mordit les lèvres. Avait-elle manqué de sérieux ?

« Pardon, je me suis mal exprimée, dit-elle. Non, je n'ai rien trouvé qui le prouve, pas à proprement parler. Mais je ne comprends pas pourquoi on veut un montage aussi compliqué pour cette transaction. Ces pays sont connus pour recycler de l'argent sale. »

Elle se tut, au cas où Einar aurait voulu réagir, poser une question, mais comme il ne disait rien, elle continua :

« J'ai tout passé en revue, et j'avoue que je suis très inquiète du risque d'exposition médiatique si l'un des acteurs s'avérait ne pas être présentable. »

Einar semblait écouter, mais il ne manifestait aucune réaction. C'était étrange qu'il se taise. Nora lorgna en direction des documents qu'Einar avait posés sur la table. Pourquoi ne les prenait-il pas ?

Elle s'efforçait d'expliquer avec le plus de pédagogie possible, mais entendait elle-même sa voix devenir de plus en plus hésitante. L'absence de réaction d'Einar la mettait mal à l'aise.

Le chef juriste demeurait impassible. Jukka l'avait-il déjà mis en garde ?

Elle ânonna :

« Je crois qu'il serait malheureux, peut-être même inconsidéré, d'accepter la proposition qui est sur la table. En outre, je pense qu'il faudrait demander l'avis du bureau de conformité. Pour nous assurer que les acheteurs sont des personnes sérieuses. Comme celles avec qui nous avons l'habitude de faire des affaires. »

Nora lui montra la page ouverte.

« C'est pour ça que je voulais te parler. Je trouvais que tu devais être informé de la situation. En qualité de chef juriste du groupe. »

Elle espérait qu'Einar dise quelque chose, n'importe quoi, mais comme il continuait à garder le silence, elle se sentit obligée de continuer.

« Je dois rapporter tout ça à Jukka Heinonen, il veut mon avis au plus vite. Mais je ne sais pas trop comment formuler mes objections. Ce n'est pas facile d'aborder un tel sujet avec lui, il n'apprécie pas toujours... les avis des autres. »

Elle ne parvint pas à retenir un rire nerveux.

« Surtout quand on n'est pas d'accord avec lui. »

Nora feuilleta son document jusqu'à la dernière page, où tous les risques étaient résumés sous forme de points. Elle montra sa présentation, de façon qu'Einar soit obligé de la regarder.

Les mots durs apparaissaient en pleine lumière sur le papier. Y était-elle allée trop fort ?

« Si cette affaire se passe mal, l'ensemble du groupe pourrait en subir les conséquences. Je voudrais juste être certaine que tout le monde comprend bien ce que cela implique. Imagine, si les journaux en avaient vent, ça pourrait être monté en épingle. »

Nouveau rire nerveux.

Einar rajusta sa cravate, la dévisagea :

« Qui leur en parlerait ? Toi ? »

Nora se redressa sur le canapé.

Pour qui la prenait-il ?

« Moi ? fit-elle, confuse. Mais non, pourquoi je ferais une chose pareille ? »

59

Pauline Palmér habitait dans Övre Slottsgatan, au cœur du quartier ancien d'Uppsala. Une allée cossue passait devant l'immeuble : malgré l'hiver, Thomas imaginait le charme des grands arbres sur la large rue. Les fenêtres cintrées du rez-de-chaussée étaient décorées de chandeliers de l'Avent à sept branches, tous identiques.

La porte était close mais, à la différence de l'immeuble de bureaux d'Olof Palmesgata, il n'y avait pas ici d'interphone. Les touches noires se détachaient devant eux sur le digicode métallisé.

« Et on fait quoi, maintenant ? » demanda Margit.

Thomas recula d'un pas sur le trottoir pour lever les yeux vers la façade. Pauline Palmér habitait au dernier étage. Au-dessus du porche, une petite plaque à l'inscription gravée annonçait : RÉALISÉ EN 1888 D'APRÈS LES DESSINS DE L'ARCHITECTE HÅRLEMAN.

« Et si on essayait l'année ? » dit-il en entrant les quatre chiffres.

Un déclic dans la porte.

« Et voilà, dit Thomas. On va voir la dame ? »

Dès qu'ils sonnèrent à la porte de l'appartement, de violents aboiements retentirent à l'intérieur.

Quelqu'un cria : « Tais-toi, Hannibal. Calme. Assis. »

Les aboiements cessèrent. La porte fut entrouverte par un homme grisonnant de grande taille, à la bedaine épanouie sous sa chemise.

Derrière lui, un berger allemand immobile, oreilles dressées.

« Oui ? »

Sa voix était grave.

Margit montra sa carte de police.

« Nous sommes de la police de Nacka et cherchons Pauline Palmér. Vous êtes son mari, Lars ?

— Exact. »

L'homme toisa les deux policiers quelques secondes, mais finit par leur ouvrir.

« Entrez. »

Thomas et Margit entrèrent dans un grand hall pavé de marbre gris clair, avec un banc en fonte à l'ancienne. À gauche, au-delà d'une porte cintrée, on apercevait une cuisine, face à un séjour lumineux avec de profondes alcôves aux fenêtres. Grande hauteur sous plafond, un immeuble 1900 typique.

Des talons rapides claquèrent sur le parquet de chêne.

« Que puis-je faire pour vous ? »

Pauline Palmér apparut devant Margit et Thomas en jumper angora gris et jean bleu marine. Ses cheveux blonds étaient attachés en queue de cheval.

Elle regarda aimablement les deux policiers.

« Peter m'a appelée pour me prévenir que vous passeriez peut-être, dit-elle. Puis-je vous offrir un peu de café ? »

Sans attendre de réponse, elle les précéda à la cuisine, décorée de bois clair. Dans un coin, un four à l'ancienne était allumé. Ça sentait le pain frais. Sur la table attendait une corbeille de brioches, des tasses à café et une assiette de bonbons et biscuits de Noël.

« Asseyez-vous, dit Pauline Palmér en indiquant une table ovale entourée de six chaises. Quelqu'un veut du lait dans son café ? »

Sans attendre de réponse, elle sortit du réfrigérateur un petit pichet en porcelaine.

Les yeux de Margit avaient pris une expression sceptique. Mais elle s'assit, tandis que Pauline Palmér les servait.

« Je vous en prie, servez-vous », dit la secrétaire générale de Suède Nouvelle en poussant la corbeille de brioches dans la direction de Thomas.

Il hésita, la situation était étrange. Une forte impression de se trouver dans un film publicitaire des années 50. La femme s'affairant à servir le café et les biscuits cadrait mal avec l'image de la secrétaire générale d'un parti extrémiste.

« Nous devons vous parler d'une enquête en cours. Sur un meurtre », annonça Margit avec son habituelle rapidité.

Pauline Palmér la regarda.

« Là, je ne comprends pas.

— Vous avez peut-être entendu parler d'une journaliste nommée Jeanette Thiels ? Elle a été retrouvée morte le 26, dans l'archipel.

— Oui ? »

Pauline Palmér posa sa thermos de café, semblant attendre une suite.

« L'enquête de police a établi qu'il s'agit d'un meurtre. En fouillant le domicile de Jeanette Thiels, nous avons trouvé une importante documentation concernant le mouvement que vous dirigez.

— Ah oui ?

— Nous nous demandons si Jeanette Thiels n'était pas en train de travailler à un reportage sur Suède Nouvelle », dit Margit. Le col de son épais pull vert était de travers, elle l'ajusta d'une main et continua : « Elle semble s'être consacrée depuis longtemps à une investigation approfondie sur vos activités. Et maintenant, elle est morte. »

Une petite pause. Margit laissa le temps aux mots de faire leur effet.

« Dès lors, vous comprenez peut-être pourquoi nous avons besoin de vous parler ?

— C'est terrible, mais vraiment, je ne vois pas comment je pourrais vous aider. »

Pauline Palmér mordit dans une brioche. Ses dents étaient d'une blancheur artificielle.

« Vous êtes sûrs que vous n'en voulez pas ? dit-elle en montrant la corbeille de brioches. Elles sont maison, pur beurre. »

Elle sourit aimablement et prit une autre bouchée.

« Étiez-vous au courant du reportage que préparait Jeanette Thiels sur Suède Nouvelle ?

— Mais enfin, je vous en prie, comment aurais-je pu savoir ?

— Elle est peut-être venue vous poser des questions ? proposa Thomas.

— Nous ne nous sommes jamais rencontrées. »

Sa voix se fit plus contenue. Une fine ride apparut entre ses sourcils froncés.

« Vous n'imaginez pas combien de journalistes écrivent sur moi, dans ce pays. Malheureusement, beaucoup cherchent juste à voir leurs préjugés confirmés. Ils ont d'emblée une opinion négative, et préfèrent écrire des mensonges plutôt que se soucier de la vérité. Si j'acceptais toutes les demandes d'interview plus ou moins farfelues, je ne ferais que ça. »

Son expression soucieuse disparut.

« Il faut apprendre à faire le tri, tout simplement. Maintenant, je sais avec qui il vaut la peine de parler. »

Margit ne pouvait plus se retenir.

« Pas étonnant que certains journalistes aient une opinion négative, vu les positions que vous défendez.

— Si seulement vous saviez combien les gens ordinaires sont reconnaissants que quelqu'un exprime tout haut ce que tous pensent tout bas, vous ne parleriez pas ainsi. »

Comme si elle avait remarqué quelque chose de cassant dans sa voix, Pauline Palmér baissa le ton :

« Chaque semaine, je reçois des centaines de mails de Suédois indignés du traitement que nous réservent les médias. Nous avons des soutiens fantastiques dans le pays. Y compris chez les immigrés, qui refusent qu'on accueille davantage de réfugiés, dont la société n'arrive pas à s'occuper. Ce n'est juste pour personne. »

Elle se pencha en avant, joignit les mains au bord de la table. Ses ongles étaient couverts d'un vernis rose translucide. Deux anneaux plats en or ornaient son annulaire gauche.

« Décrire la situation actuelle du pays ne va pas sans conflit. Mais les conflits ne sont pas forcément un mal, pas quand ils sont moteurs de développement. Nous ne sommes qu'un instrument pour créer une Suède meilleure, une voix pour ceux qui ne peuvent pas se faire entendre. »

Thomas comprit que Pauline Palmér ne leur serait d'aucune aide dans l'enquête. Il abhorrait tout ce qu'elle représentait, mais ce n'était ni le lieu, ni le moment de le dire.

« Bon, alors merci », dit-il en se levant.

Pauline Palmér lui serra la main. Sa poigne était ferme, son regard reflétait la conviction qu'elle venait d'exprimer.

60

Nora dévisagea son chef :
« Je suis toujours loyale avec la banque. »
C'était pathétique, elle l'entendait elle-même.
Einar la toisa. Un instant plus tôt, elle se sentait en confiance avec lui. À présent, elle ne savait plus quoi penser.
« Le projet Phénix a été confiné à un très petit cercle et, comme tu le sais, les négociations durent depuis un moment, dit Einar. Je ne suis pas certain que tu comprennes à quel point il est important de mener à bien cette affaire. Le marché financier est en crise, nous devons nous assurer que le nouveau groupe bancaire soit bien assuré pour l'avenir. Voilà pourquoi il nous faut au plus vite externaliser nos activités dans les pays Baltes. »
Il croisa les bras sur sa poitrine, ses boutons de manchette à ses initiales disparurent dans les manches de sa veste.

« Je suis parfaitement conscient de la nécessité de contrôler l'identité de l'acheteur et de l'éventuel commanditaire. Mais tu l'as fait, je suppose.

— Oui, dit Nora, bien trop empressée. J'ai contacté plusieurs bureaux d'avocats étrangers et procédé à toutes les vérifications d'usage.

— Conformément aux règles de l'Inspection des finances.

— Oui, répéta Nora.

— Eh bien voilà. »

Einar se cala au fond de son fauteuil.

« Est-ce qu'il y a quelque chose dans le montage financier proprement dit qui t'inquiète ? dit-il après un moment. As-tu trouvé quoi que ce soit contraire à la législation, qui puisse être considéré comme illégal ?

— Non », avoua Nora.

Rien dans l'opération prévue n'était explicitement interdit. Et elle n'avait pas non plus trouvé de personnes au passé criminel parmi les acteurs des sociétés. C'était l'ensemble qui l'inquiétait. Le processus était trop rapide, il fallait plus de temps pour enquêter sur les détenteurs des sociétés, trouver ce qui se cachait derrière la façade.

« Il est impossible de voir clair à travers toutes les sociétés-écrans, finit-elle par dire. Je tombe toujours sur de nouvelles sociétés propriétaires, et sur un trust à Gibraltar. Et là, ça se perd dans les sables, alors qu'on reste au sein de l'UE.

— Mais nous remplissons les critères de l'Inspection des finances, non ? » répéta Einar.

Nora hocha la tête.

« Il n'est pas illégal pour un acheteur d'avoir recours à l'optimisation fiscale, dit lentement Einar. Ce n'est pas non plus notre rôle de nous en mêler. Une juriste expérimentée comme toi comprend sûrement ça. »

Son ton laissait entendre qu'elle était à côté de la plaque. Einar croyait-il qu'elle ne savait pas comment gérer ce genre d'affaires ?

Nora déglutit.

Elle avait l'impression d'être en train de franchir une limite. Elle ne voulait pas consommer tout son capital confiance auprès du chef juriste de la banque. Mais elle ne pouvait pas garder le silence.

« Si je voulais te parler aujourd'hui, c'est que tu es mon chef, dit-elle tout bas. J'estimais que tu devais être entièrement informé avant que j'envoie mes recommandations à Jukka Heinonen.

— Tu veux dire ta recommandation de retoquer le montage financier proposé par l'acheteur dans le projet Phénix ? Dans ce cas, l'acheteur retirera son offre. Elle est conditionnée à notre acceptation du mode de paiement, c'est un souhait explicite de leur part, ça ne peut pas t'avoir échappé. »

Il se tut, entrecroisa ses doigts, la toisa sous ses paupières mi-closes.

Les réactions émotionnelles n'ont pas leur place au niveau où nous nous trouvons, disait ce regard. Si tu ne supportes pas cette pression, tu devrais peut-être chercher du travail ailleurs.

« Si l'affaire ne se fait pas, la banque va passer à côté d'une somme énorme, reprit-il au bout d'un moment. Tu crois qu'on va faire capoter toute la vente à cause d'une recommandation venant de toi ? Une recommandation dénuée de toute substance, autant que je comprenne. Jusqu'ici, en tout cas, je n'ai rien entendu de concret qui puisse constituer un obstacle. »

L'impression d'échec qu'elle ressentait depuis le début du rendez-vous se renforçait de seconde en seconde. Quoi qu'elle dise à présent, ça n'arrangerait rien. Pourtant, elle ne put s'en empêcher.

« Ne devrait-on pas au moins laisser le bureau de conformité y jeter un œil ? »

Nora entendit qu'il y avait une supplique dans sa voix. Elle ne se reconnaissait pas elle-même.

« Tu sais que cette affaire est à l'ordre du jour du conseil d'administration du groupe le 20 janvier ? » demanda Einar.

La question était rhétorique. Ils savaient tous deux qu'il faudrait plus de temps que ça pour effectuer une évaluation complète.

Dans ce cas, l'affaire ne pourrait pas être traitée à la prochaine réunion du conseil d'administration.

« En tant que juriste responsable, j'estime que nous devrions demander un autre montage financier pour cette vente, dit Nora. Ou tout simplement y renoncer. »

Le silence qui suivit fut pénible.

« Tu sais quoi ? dit Einar. Je trouve que tu ne devrais pas t'inquiéter davantage au sujet de cette affaire. Tu te fais trop de souci, il vaudrait peut-être mieux qu'on confie le job à quelqu'un d'autre. »

Nora se figea.

« Je ne veux pas abandonner le projet », dit-elle.

Quelques secondes passèrent. Nora attendit, se demandant ce qui allait se passer.

Soudain, Einar se leva et fit le tour de la table pour s'asseoir à côté de Nora dans le canapé. Lui fit ce sourire qui mettait en confiance, auquel elle était si habituée.

« Nora, Nora. Tu prends tout ça trop au sérieux. » Son ton était plus léger, différent de l'instant d'avant.

J'ai rêvé ? douta-t-elle.

« En Suède, on est tellement prudent, dit-il avec un petit sourire. Toutes les questions doivent toujours être discutées à n'en plus finir. La fameuse culture suédoise du consensus. »

Einar ricana. Nora s'efforça de sourire elle aussi.

« En Finlande, on procède autrement. Les Finlandais font des affaires, du business. »

Il laissa les mots faire leur effet. L'air conditionné ronronnait en bruit de fond.

« C'est là une occasion merveilleuse pour le nouveau groupe de créer de la valeur pour ses actionnaires. Fais-moi confiance, l'affaire a été examinée avec le plus grand soin. »

Mais c'est moi qui dois l'examiner, se dit Nora en remarquant qu'elle tremblait.

« Laisse tomber. Et moi, je parlerai à Jukka pour lui expliquer que tu pensais bien faire avec tous tes efforts. »

Einar se rapprocha un peu.

« Il faut que tu apprennes à ne pas tout considérer avec autant de sérieux, dit-il à son oreille en passant un bras sur ses épaules. Je sais comment m'y prendre avec les Finlandais. J'ai habité en Finlande plus de vingt ans. »

Einar était maintenant assis si près que sa cuisse frôlait celle de Nora. Le parfum de son after-shave arriva jusqu'à elle, citron acide mêlé à du bois de santal.

« Je sais que ton divorce a été éprouvant, mais tu devrais recommencer à t'amuser un peu. »

Pourquoi parlait-il de son divorce ?

Nora n'avait jamais mentionné devant Einar sa séparation d'avec Henrik. Elle avait toujours essayé de séparer vie privée et vie professionnelle, refusé de parler de ses problèmes personnels au travail, que ce soit avec son chef ou ses collègues.

Son bras reposait toujours sur ses épaules, elle s'écarta un peu.

« Oh, ce que tu es près… », dit-elle.

Elle entendit elle-même l'emphase dans sa voix.

Avec un petit sourire, Einar ôta son bras, mais sa paume parut lui caresser le dos avant qu'il l'enlève.

Nora se poussa encore un peu. Elle était à présent tellement serrée contre l'accoudoir qu'il lui sciait le flanc.

Quelques secondes passèrent, puis il se pencha pour ranger une mèche de cheveux derrière l'oreille de Nora. Ses doigts s'attardèrent une seconde de trop, effleurèrent sa joue.

« Tu es très belle, Nora, tu sais ça ? »

Nora demeurait absolument immobile.

Ça n'est pas en train de se passer, songea-t-elle. Ça n'est juste pas possible.

« Tu es à la fois belle et douée, avec une tête bien faite. Une femme comme toi peut aller loin au sein de la banque, c'est pour ça que je t'ai demandé de t'occuper d'un projet aussi important que Phénix. »

Un souvenir lui revint subrepticement.

Tout le service était sorti dîner avec le nouveau chef. Elle avait été assise à côté d'Einar, ils avaient beaucoup parlé, ça avait été une soirée étonnamment agréable. Peu après, Einar lui avait demandé de participer au projet de Jukka Heinonen. Elle avait cru qu'il avait apprécié ses qualités professionnelles.

« Einar, murmura-t-elle en se pressant encore davantage contre l'accoudoir, alors qu'il n'y avait plus de place. Je crois que tu te trompes à mon sujet.

— Dans toute l'équipe juridique, personne n'est aussi doué que toi, dit Einar en lui posant la main sur la cuisse, un peu au-dessus du genou. Je t'ai montré ma confiance, mais il faut te montrer à la hauteur. C'est important pour beaucoup de membres de la direction que ce projet soit un succès. Nous n'avons pas le temps de laisser des inquiétudes sans fondement couler tout le processus. »

Il avait de longs doigts fins, avec des ongles soignés. Le poids du bout de ses doigts la brûlait à travers l'étoffe de son pantalon.

« Si tu utilises tes connaissances pour accompagner en douceur le projet Phénix, la direction saura s'en souvenir. »

Sa voix était toujours basse et rassurante. Tout était comme d'habitude.

« Réfléchis-y, tu seras très appréciée si tout arrive à bon port. Par moi aussi, nous formons une bonne équipe, toi et moi, on travaille bien ensemble. Je l'ai su dès notre première rencontre. »

Nora n'arrivait pas à croiser son regard. Elle gardait les yeux rivés à la moquette. Son regard s'était fixé sur un mouton de poussière, au pied du fauteuil.

La main n'avait pas bougé. L'alliance y brillait.

« Je vais peut-être aller chercher un peu de café, dit-elle d'une voix stridente. Tu n'en veux pas une tasse, toi aussi ?

— Ça ne peut pas attendre ? »

Nora se pencha pour attraper le dossier sur la table basse et le tira à elle. Le brandit à deux mains.

« Tu veux que je t'explique quelque chose en particulier dans ce document ? » dit-elle.

Elle essayait de faire comme si tout était normal, alors que rien n'avait plus de sens.

« Pas besoin de se presser autant », dit Einar.

Enfin, il lâcha sa cuisse. Mais à présent, il lui caressait la joue de son index.

« Nous pouvons continuer à discuter du projet Phénix si tu veux. Nous pourrions sortir dîner, manger un morceau dans un bon restaurant. Je reste à

Stockholm jusqu'à demain. Je suis descendu au Strand Hotel, ils ont des chambres très agréables. »

Le parfum de son after-shave lui donnait des haut-le-cœur.

« Il faut que j'y aille », marmonna-t-elle. Elle se leva en rassemblant ses papiers.

Sans rien dire de plus, elle s'enfuit dans le couloir.

L'ascenseur était déjà là, grâce à Dieu.

En se dépêchant de s'y engouffrer, elle vit de la lumière dans le bureau de Jukka Heinonen.

61

Aram s'installa devant l'ordinateur. Il voulait effectuer des vérifications au sujet de cet assistant, Peter Moore, que Thomas avait mentionné. Il aurait préféré aller lui aussi voir la dirigeante de Suède Nouvelle, mais à défaut il fallait bien qu'il s'occupe.

Thomas lui avait brièvement parlé de cet homme au téléphone. L'assistant de Pauline Palmér semblait un peu trop beau pour être vrai, malgré l'abord aimable et professionnel qu'avait décrit Thomas.

Mais les Américains sont doués pour la superficialité. Ils ont les relations publiques dans le sang.

En quelques clics, une photo de Peter Moore s'afficha à l'écran. En survêtement, bronzé, avec sous le bras un ballon de basket rouge-brun portant des lettres et des lignes noires. La photo avait quelques années, la coiffure suggérait qu'elle avait été prise au début des années 2000.

Le T-shirt était aux couleurs d'un des clubs de basket les plus connus de Suède.

Aram lut plusieurs sites. Il y apprit que Moore avait été engagé par l'équipe en 1998. Il avait alors vingt-deux ans, et venait de terminer ses études dans son Minnesota natal. Sa famille se composait de deux grandes sœurs, d'un père enseignant et d'une mère femme au foyer. Moore avait joué au basket en Suède durant quatre ans. Vers la fin de sa carrière sportive, il avait commencé un master de sciences politiques à Uppsala.

Aram continua ses recherches.

À Uppsala, Moore semblait être entré en contact avec Suède Nouvelle. Parallèlement à ses études, il travaillait comme portier et homme à tout faire pour le mouvement. Peu à peu, Pauline Palmér l'avait remarqué, et depuis trois ans il était son assistant.

Aram joignit les mains derrière la tête. C'était fou tout ce qu'on arrivait à déterrer comme ça : la combinaison des fichiers de la police et des informations accessibles sur Internet était imbattable. On pouvait cartographier une vie entière en une demi-heure, pourvu que l'on sache comment chercher.

Autant qu'Aram pouvait le voir, tous les papiers du type étaient en ordre. Il avait un permis de séjour permanent et était domicilié dans le quartier de Vasastan, sur Karlbergsvägen. Il ne semblait pas avoir quelqu'un dans sa vie, personne d'autre n'était inscrit à cette adresse.

Rien de remarquable dans le passé de Moore.

Aram lâcha la souris et tourna plusieurs fois la tête pour faciliter la circulation du sang dans ses épaules et le cou. Il passa au casier judiciaire.

Aram entra le nom et le numéro de Sécurité sociale, puis attendit quelques secondes. Là non plus, rien. Peter Moore était clean, pas de péchés de jeunesse.

Et dans les bases de données régionales ? Là, on pouvait trouver toutes sortes de choses, des plaintes classées sans suite faute de preuves, une alerte si le nom de la personne avait été cité dans telle ou telle enquête. Et là, il trouva quelque chose d'intéressant. Aram se pencha et lut.

Quelques années plus tôt, Suède Nouvelle avait organisé un grand rassemblement à Uppsala. Une tentative de contre-manifestation avait eu lieu à proximité, déclenchant des bagarres. Moore avait été désigné comme un des principaux fauteurs de troubles, mais cela n'avait donné lieu à aucune mise en examen.

Pourquoi n'avait-on pas été plus loin, puisque Moore avait été identifié ? Aram trouva rapidement l'explication. La plainte avait été classée « faute de preuves ».

C'était étrange. Si Moore avait été arrêté en flagrant délit, ça aurait dû suffire.

Un policier nommé Holger Malmborg avait fait le signalement. Aram décida d'en avoir aussitôt le cœur net. Il trouva son numéro et l'appela, mais tomba directement sur un répondeur.

Il ne put qu'inviter Malmborg à le rappeler dès que possible.

Aram ôta ses lunettes et les essuya contre son T-shirt, en essayant de trouver quelque chose d'autre à chercher. Il décida d'aller voir du côté du fisc.

Il entra rapidement le numéro de Sécurité sociale de Moore, et l'écran ne tarda pas à s'emplir de chiffres.

Ces dernières années, Moore avait gagné à peine deux cent cinquante mille couronnes par an. Soit un salaire mensuel d'environ vingt et un mille couronnes, à peu près ce que gagnait un facteur du même âge. Pas de fortune personnelle, ni de revenus du capital, son seul revenu officiel était le salaire que lui versait Suède Nouvelle.

Cependant Moore était taxé comme propriétaire d'un quatre-pièces en centre-ville. Un coup d'œil dans le registre des immatriculations révéla qu'il était propriétaire d'une jeep, une Land Rover Discovery.

Aram se gratta le menton. Aucun salaire de postier ne permettait de se payer un grand appartement à une adresse cotée à Stockholm. Encore moins une voiture de luxe valant au bas mot cinq cent mille balles.

Certes, Moore avait été plusieurs années basketteur professionnel, mais les salaires des sportifs suédois étaient à des années-lumière de ceux des Américains.

Peter Moore devait avoir des revenus non déclarés.

Ça pouvait valoir la peine de vérifier.

62

Lars Palmér posa le journal sur ses genoux. Il avait du mal à se concentrer sur sa lecture, n'arrêtait pas de repenser aux deux policiers qui avaient sonné à la porte.

Ils s'étaient installés à la cuisine avec Pauline, mais il avait perçu des bribes de conversation, des bouts de questions, des demi-réponses.

Dès le départ des policiers, Pauline avait disparu dans son bureau. La porte était toujours close, elle y était enfermée depuis près d'une heure.

Il était malheureux qu'elle préfère discuter de cette visite avec quelqu'un d'autre que lui.

Lars Palmér reposa sa tête contre le dossier du fauteuil, essaya de se concentrer. Ils avaient longtemps travaillé d'arrache-pied. Restait un an et demi avant les élections législatives. L'agenda était rempli.

Il songea à toutes les heures passées, tous les efforts. Il n'y avait pas de place pour le doute. Ni pour de nouveaux obstacles. Mais Pauline savait toujours comment faire, elle avait toujours une vision claire. C'était une des choses qu'il admirait chez elle.

Ces policiers n'avaient pas été difficiles à percer à jour, le grand qui observait, et la petite bonne femme étriquée avec ses démonstrations puériles d'hostilité à l'égard de Pauline.

Des amateurs, pas d'autre mot.

Mais qu'attendre des forces de l'ordre, de nos jours ? Il faudrait purger toute la corporation, revoir les critères d'admission et augmenter le taux d'élucidation.

Cela exigeait un changement des priorités et moins de bureaucratie dans tout l'appareil d'État. Des questions à l'agenda de Suède Nouvelle, un mouvement auquel il était fier d'appartenir, aussi fier qu'il l'était de son épouse.

Lars replia son journal. Il voulait parler avec Pauline des deux policiers, entendre ce qu'elle pensait de leur visite.

Il se leva et gagna le bureau de son épouse. Il frappa à la porte close, et l'ouvrit sans attendre sa réponse.

Pauline était assise à son bureau acajou, devant la fenêtre, lui tournant le dos.

Le soleil s'était couché, dehors, la cour coquette aux allées de gravier ratissées avait disparu dans la nuit de décembre. Il faisait frisquet dans la pièce, mais Pauline semblait ne pas le remarquer, absorbée dans une conversation véhémente au téléphone. Elle s'interrompit en le découvrant sur le seuil.

« Un instant, dit-elle à voix basse, Lars vient d'entrer. »

Elle posa le téléphone et alluma la lampe de bureau ancienne, à côté de l'ordinateur. Il l'avait achetée voilà des années chez un petit antiquaire à l'autre bout d'Uppsala, en cadeau de Noël pour sa femme.

Pauline l'interrogea du regard.

« Tu voulais quelque chose ? »

La question n'avait rien d'hostile, mais elle irrita pourtant Lars. Comprenait-elle la gravité de la situation ?

« Avec qui parlais-tu ?

— Peter. »

Il y avait de l'impatience dans sa voix, il était clair qu'elle voulait retourner à sa conversation. Mais elle ne le congédia pas.

« Je me disais qu'il fallait qu'on parle de ces policiers, de pourquoi ils sont venus te voir aujourd'hui. »

Pauline lâcha un soupir à peine audible et reprit son téléphone.

« Je te rappelle dans un petit moment », dit-elle avant de raccrocher.

Elle fit pivoter son fauteuil d'un quart de tour, de façon à pouvoir le regarder droit dans les yeux. La lumière éclairait la moitié de son visage, de côté. Le reste de la pièce était dans l'ombre.

« Dis-moi maintenant ce qu'ils te voulaient, demanda Lars.

— Ne t'inquiète pas, je contrôle la situation.

— Ne me sous-estime pas », dit-il avec un tranchant inhabituel.

Une seconde, il crut qu'elle allait mal le prendre, montrer les dents. On ne savait jamais avec Pauline.

Mais elle le dévisagea en silence.

Lars Palmér l'interpréta comme le signe qu'elle savait qu'il avait raison. Il croisa les bras en attendant qu'elle lui parle de cette visite de la police.

« Ils avaient plein de questions bizarres au sujet d'une journaliste qui a visiblement eu des ennuis, dit-elle au bout d'un moment.

— Qui ça ?

— Jeanette Thiels.

— Celle qui a été retrouvée morte de froid dans l'archipel, ils en ont parlé hier dans le journal. Quel rapport avec toi, avec nous ?

— Aucun, évidemment. Mais ils se sont mis dans la tête qu'elle travaillait à un article sur nous, un de ces reportages d'investigation. Ils ont insinué toutes sortes de choses, par exemple qu'elle cherchait à nuire à notre mouvement et que certains de nos sympathisants auraient pu vouloir l'en empêcher. Et ils m'ont par-dessus le marché demandé si j'étais au courant de son travail.

— Et c'était le cas ?

— Évidemment non. Comment aurais-je pu l'être ? Mais ils sont allés au bureau, à Stockholm, cuisiner Peter, et ont même réussi à faire peur à Kia, à l'accueil, avant de venir ici. Du harcèlement caractérisé. On devrait porter plainte.

— Ça ne donnerait rien.

— Tout ça, c'est du vent, dit Pauline. Comme si nous pouvions imaginer envoyer nos militants intimider une journaliste. Pour qui nous prennent-ils, des hooligans ? »

Ses joues rougirent de colère.

« Suède Nouvelle est un mouvement établi et légitime, qui porte un message important, nous ne sommes pas des voyous qui tabassons ceux qui nous critiquent. »

Sa voix s'était faite stridente, Lars Palmér connaissait sa femme quand elle s'emportait. Avant qu'elle continue son prêche, il dit :

« Beaucoup de gens seraient ravis de créer un scandale autour de notre mouvement. Il est important d'agir avec beaucoup de doigté, de la stratégie. »

Il avait capté son attention. Lars jouit de se sentir écouté.

« Je peux passer quelques coups de fils, dit-il en espérant qu'elle apprécierait qu'il propose son aide. À titre préventif. »

Mais Pauline secoua la tête.

« Je ne laisserai personne détruire notre travail, dit-elle. Ne t'inquiète pas. »

Sans rien dire d'autre, elle retourna s'asseoir à son bureau.

Le bref instant d'entente était balayé. Sa toute nouvelle confiance en lui avait elle aussi disparu.

Il comprit qu'il devait la laisser gérer la chose à sa façon, mais il n'était malgré tout pas prêt à être éconduit.

« C'est pour ça que Peter a appelé ? » demanda-t-il.

Pauline hocha la tête.

« Il s'inquiète de ce qu'Åkerlind et ses partisans pourraient utiliser ça contre moi. Au cas où la police se mettrait à fouiner et à diffuser des informations embarrassantes sur moi et Suède Nouvelle.

— Peter a peut-être raison. »

Pour une fois, pensa-t-il. Fredrik Åkerlind représentait une phalange plus dure au sein de Suède Nouvelle. Pauline s'était débarrassée de la plupart de ces partisans, mais Lars savait que beaucoup, dans le pays, auraient vu d'un bon œil Åkerlind disputer à Pauline son poste de secrétaire générale.

Il devait y avoir un congrès en avril. Le projet de Pauline était d'y avancer sa proposition la plus audacieuse. Elle voulait transformer le mouvement en véritable parti politique, pour défier le pouvoir en place.

Sa femme était convaincue de pouvoir entrer au Parlement aux élections de 2010. L'époque était mûre.

Mais il n'y avait pas de place pour des écrits négatifs susceptibles d'affaiblir sa position interne, pas avant le congrès. Il lui fallait une assise solide pour pouvoir faire passer le nouveau programme.

« Ça ferait tache dans la presse, si des rumeurs de ce genre se mettaient à circuler, opina-t-il.

— Je vais m'en occuper.

— Ce n'est pas difficile d'en faire quelque chose de négatif. Tu imagines le titre : Interrogatoire de police chez Pauline Palmér ?

— Pas besoin de me faire un dessin. »

Son irritation était visible, mais Lars poursuivit :

« Nous ne pouvons pas avoir confiance dans la discrétion de la police. Il y a des fuites dans toutes leurs enquêtes. Tellement de personnes aimeraient se servir de ça pour te nuire. Fredrik Åkerlind n'hésiterait pas une seconde. Les journaux du soir non plus. »

Pauline reprit son téléphone. Le visage tourné vers son ordinateur, elle dit :

« Il y a deux ou trois choses dont il faut vraiment que je m'occupe, maintenant. Arrête de t'inquiéter. Je gère. »

63

Nora agrippait le volant de sa voiture. Ses mains tremblaient encore, elle n'osait pas lâcher prise.

Combien de temps était-elle restée ainsi ?

L'horloge numérique du tableau de bord indiquait seize heures dix-huit. Il s'était donc écoulé presque une demi-heure depuis qu'elle avait fui le bureau d'Einar.

Elle avait récupéré ses affaires et était descendue au parking. Comment, elle n'aurait pas pu le dire.

Nora ferma de nouveau les yeux, appuya le front contre le volant et essaya de retrouver son calme. Elle respirait difficilement, sa gorge était serrée, l'air ne passait pas correctement.

Elle avait été tellement sûre qu'Einar prendrait son parti, qu'elle pouvait lui confier son problème. Comment avait-il cru qu'il s'agissait d'autre chose, qu'il l'intéressait ?

Ses joues étaient cuisantes de honte, alors qu'elle était seule dans la voiture.

D'une façon ou d'une autre, elle devait avoir envoyé de mauvais signaux, c'était la seule explication. Ce dîner du service, l'automne passé, était-ce là qu'Einar avait mal compris la situation ?

Elle portait une robe rouge, s'était habillée avec un peu plus d'élégance que tous les jours au travail. Pour une fois, elle avait voulu se montrer un peu féminine, adoucir son apparence stricte et impeccable. Il lui semblait également important de faire une bonne impression au nouveau chef, dont elle espérait tant.

Un fort sentiment de honte l'envahit.

C'était idiot, elle aurait voulu avoir choisi d'autres vêtements, s'être comportée autrement. Mais on ne pouvait plus rien y changer.

Quelques jours après ce dîner, elle avait participé à une réunion dans le bureau d'Einar, c'était là qu'on lui avait fait part du projet Phénix. Elle avait été tellement heureuse, et l'avait montré ouvertement tandis qu'ils parlaient de cette nouvelle affaire.

« Je promets d'être à la hauteur de ta confiance, lui avait-elle déclaré. Je suis vraiment contente que tu sois notre nouveau chef juriste. »

Einar devait avoir compris tout autre chose en l'entendant se répandre ainsi en remerciements.

Idiote, pauvre idiote de Nora.

Elle revit le bureau d'Einar. Pourquoi s'était-elle assise dans le canapé, et pas dans le fauteuil ?

Si j'avais choisi le fauteuil, il n'aurait pas pu s'asseoir à côté de moi, se dit-elle, s'approcher autant. J'ai eu l'air de l'inviter.

J'aurais dû réfléchir.

Elle regarda fixement à travers le pare-brise. Les autres places de stationnement du parking gris étaient vides, de gros câbles et tuyaux couraient au plafond. L'éclairage s'était éteint, il ne restait que les veilleuses.

Une nouvelle pensée se fit jour, qui la mit encore plus mal à l'aise.

Je n'ai même pas protesté.

En aucune façon, elle n'avait signifié qu'elle se sentait gênée ou mal à l'aise. Elle avait juste fait comme si de rien n'était. Elle lui avait même proposé d'aller chercher du café, comme une boniche.

Elle aurait voulu se cacher sous terre.

64

Il y avait moins de voitures qu'à l'aller sur la route du retour vers Stockholm.

Cette fois, Thomas conduisait, c'était le tour de Margit de se caler au fond de son siège, les yeux clos.

Le silence ne dérangeait pas Thomas, il laissa ses pensées vagabonder tandis qu'ils passaient les sorties vers Arlanda, Märsta et Upplands Väsby.

Leur conversation avec Pauline Palmér n'avait montré aucun lien entre Suède Nouvelle et la journaliste assassinée. Il n'avait aucune sympathie pour la xénophobie de Suède Nouvelle, mais il n'y avait rien de criminel à vendre ce genre d'opinions. Certes, Jeanette avait amassé une importante documentation sur ce mouvement, mais ce n'était pas le seul sujet qui l'intéressait. On avait trouvé dans son bureau d'autres dossiers, d'autres ébauches d'articles à venir. Jeanette était une journaliste confirmée, elle travaillait sûrement à plusieurs reportages en même temps.

Les paroles du Vieux lui sonnaient encore aux oreilles : « on y va mollo ».

Même Margit avait montré de la retenue, Thomas avait bien vu qu'elle n'était pas allée aussi loin que d'habitude.

Il s'était remis à neiger, Thomas actionna les essuie-glaces. Si seulement ils pouvaient retrouver l'ordinateur disparu, songea-t-il encore, ils auraient une idée bien plus claire de ce qui occupait Jeanette.

Anne-Marie Hansen avait dit que Jeanette avait toujours son ordinateur avec elle. Mais il ne savait pas non plus vraiment quoi penser d'Anne-Marie.

Une dépanneuse apparut devant eux. Son gyrophare jaune vif rappela à Thomas que la route était verglacée. Il ralentit, mais déboîta pourtant sur la voie de gauche pour doubler le véhicule plus lent.

Jeanette Thiels s'était rendue à Sandhamn parce qu'elle s'y sentait en sécurité. Tout indiquait qu'elle avait cherché refuge sur l'île pour échapper à celui ou ceux qui la menaçaient. Mais en y débarquant, elle ignorait qu'il était trop tard. Elle avait déjà ingéré le poison qui allait lui être fatal.

Martin Larsson, le profileur, devait venir au bureau le lendemain matin. Thomas espérait qu'il aurait du nouveau pour eux. Aram avait promis de lui envoyer tout le dossier, pour qu'il puisse s'y plonger.

Margit grogna, sans ouvrir les yeux. Elle s'était assoupie. Ils arrivaient bientôt à Häggvik, où commençait la rocade nord, qui coupait vers l'E18 et Vaxholm.

Il fallait qu'ils retentent de parler à Alice Thiels.

Thomas se rappelait comment Michael s'était assombri quand le problème de garde avait été abordé, avec quelle haine il avait prononcé le nom de Jeanette.

Le visage maigre et hagard de la fillette lui apparut. Elle venait de perdre sa mère, il aurait fallu la laisser faire son deuil en paix. Au lieu de quoi il devait aller la trouver et la tourmenter avec ces questions, gratter, remuer le couteau dans la plaie.

Mais ça ne pouvait pas attendre plus longtemps.

Il tendit la main et secoua un peu Margit. Elle ouvrit les yeux à contrecœur, bâilla.

« Dis, on fait un détour par Vaxholm, avant de rentrer ? »

65

Nora lâcha le volant et s'efforça de penser logiquement, de comprendre ce qui venait de se produire dans le bureau d'Einar.

Il lui avait fait des avances.

L'expression semblait bizarre, déplacée. Elle travaillait dans une grande banque ayant pignon sur rue, ce n'était pas un endroit où un membre de la direction essayait de séduire une juriste.

En tout cas pas quelqu'un comme Nora, elle était bien trop ordinaire, n'avait rien du mannequin, rien de provocant.

Soudain, elle se redressa sur le siège de la voiture, ses tempes tambourinaient, ses yeux s'écarquillèrent.

C'est lui qui m'a agressée.

Elle cligna des yeux à cette idée.

Ce n'était pas ma faute.

Il fallait essayer d'être rationnelle. L'idée lui traversa la tête : le bureau du personnel, je pourrais parler au chef du personnel. Mais elle rejeta aussitôt l'idée : le chef du personnel référait au DRH. Qui était collègue d'Einar. Ce n'était pas une option.

Elle pouvait s'adresser au syndicat.

Mais que leur dirait-elle ? Que son chef lui avait passé le bras sur les épaules et posé la main sur la cuisse pendant une minute ? Il m'a fait des compliments en disant qu'on travaillait bien ensemble. Puis m'a invitée à dîner.

Pas de quoi fouetter un chat et, pourtant, ce souvenir la fit frissonner. Comment pourrait-elle expliquer le profond malaise, la menace à peine voilée, au cas où elle ne changerait pas d'avis sur le projet Phénix ?

Ils vont penser que c'est ma faute, se dit-elle en serrant les bras sur elle. Le froid qui régnait dans le parking commençait à percer. C'est moi qui ai demandé un rendez-vous avec Einar, à un moment où il n'y avait personne d'autre au bureau.

Le syndicat lui demanderait sûrement aussi si elle avait protesté contre le comportement d'Einar. Si elle avait repoussé ses avances.

Mais elle n'avait rien fait.

S'il y avait une enquête, elle savait bien ce qui allait se passer. La rumeur se répandrait, les gens se mettraient à jaser dans son dos. Les autres membres de l'équipe juridique seraient forcément influencés.

Qui voudrait travailler avec une collègue en conflit avec le chef ?

Si seulement elle avait quelqu'un à qui parler.

Mais Jonas était absent et Thomas tellement occupé, elle ne pouvait pas le déranger en pleine enquête sur un meurtre. Appeler sa mère ? Non, de toute façon, elle ne comprendrait pas.

Ne te jette pas la pierre.

Ces mots n'y faisaient rien, elle avait honte malgré tout et leva la main pour essuyer quelques larmes.

Rien de ce qui s'était passé ne pourrait être expliqué à une personne extérieure, que ce soit au bureau du personnel ou au syndicat. Ils étaient en plus eux-mêmes employés par la banque, il y avait conflit d'intérêts.

Et pas de preuves matérielles, ce serait parole contre parole. En tant que juriste, elle savait très bien ce que valait ce genre de preuves. Personne ne pouvait l'aider dans cette situation.

Nora imaginait déjà la défense d'Einar si elle allait se plaindre.

Bien entendu, il nierait tout, affirmerait que c'était un malentendu. Il était heureux dans son deuxième mariage, père d'un petit garçon de trois ans. Il n'avait aucune raison de faire la cour à une collègue, et encore moins à une subordonnée.

Peut-être irait-il jusqu'à prétendre que c'était elle qui avait pris l'initiative ? Insinuer qu'elle tentait de sauver son poste en période d'importantes réductions d'effectifs au sein du groupe.

C'était Nora qui avait envoyé un SMS lui demandant un rendez-vous. Il pourrait même le produire pour renforcer ses dires.

Quoi qu'il arrive, ce serait intenable pour elle.

Sans aucun doute, Jukka Heinonen soutiendrait aussi Einar, si cela devenait nécessaire. Einar l'avait évidemment tenu au courant, elle aurait dû s'en douter.

Jukka Heinonen était un homme de pouvoir, jusqu'au bout des ongles, il y avait beaucoup de rumeurs, on disait qu'il avait poussé à la démission des collaborateurs de valeur. On racontait même que son ancienne secrétaire avait craqué.

Un bruit de moteur éloigné retentit dans le parking quand une voiture sortit à l'étage du dessous. Elle entendit les portes s'ouvrir sur la rue en grinçant.

Ses larmes montèrent de nouveau. Je suis si naïve, songea-t-elle, idiote et naïve. Je ne sais pas comment me comporter dans une situation pareille.

« Jonas, chuchota-t-elle dans un sanglot. Pourquoi tu n'es pas là ? »

Si seulement il avait été en Suède, elle serait directement allée lui raconter ce qui s'était passé.

Nora sortit son portable et composa le numéro de Jonas. Et tomba presque aussitôt sur son répondeur.

Vous êtes sur le téléphone de Jonas Sköld, laissez un message, je vous rappellerai.

« C'est moi, lâcha-t-elle, avant que sa voix ne se brise. Appelle-moi dès que tu peux. »

66

Dans un bruit de papier froissé, Lars Palmér épluchait les journaux qu'il était sorti acheter aussitôt Pauline partie.

Il avait pris tous ceux qu'il avait pu trouver. Les deux journaux du soir et même le *Göteborgs-Posten* et le *Sydsvenskan*.

Il allait bientôt avoir tout lu, soigneusement parcouru tout ce qui s'était écrit sur la mort de la journaliste Jeanette Thiels. Il n'avait trouvé aucune allusion à une éventuelle implication de Suède Nouvelle.

Las, il se cala sur le dossier de la chaise de cuisine en reposant le dernier journal. Les bouts de ses doigts noircis d'encre d'imprimerie.

Les journaux du soir spéculaient sur l'existence de menaces pesant sur Jeanette Thiels en raison de son engagement contre le racisme et l'oppression des femmes. Impossible de savoir comment elle avait été tuée, la police restait muette sur le mode opératoire.

Lars alla chercher un verre d'eau. Il essayait d'assembler les pièces du puzzle. Pauline ne devait pas rentrer avant neuf heures, il avait tout le temps de réfléchir.

Il en revenait sans cesse à Fredrik Åkerlind.

Avant que Pauline ne commence sérieusement son ascension au sein du mouvement, Åkerlind en avait été secrétaire général adjoint pendant deux mandats consécutifs. Ce n'était un secret pour personne qu'il comptait prendre le poste de secrétaire général au départ du prédécesseur de Pauline.

Åkerlind avait quinze ans de moins que Pauline, et travaillait au service des paies à la caisse d'assurance-maladie. À la différence de Pauline, il n'avait pas fait d'études supérieures. Ça se remarquait, trouvait Lars. Åkerlind s'exprimait simplement, sans l'élégance verbale de Pauline.

Au congrès, Pauline avait battu de peu Åkerlind, qui ne l'avait pas bien pris. Après le vote, il avait bien entendu félicité Pauline mais plus tard, au dîner, il avait trop bu et bruyamment exprimé sa piètre opinion de la secrétaire générale de Suède Nouvelle fraîchement élue.

Lars savait que Pauline s'inquiétait de voir Åkerlind ronger son frein en attendant le moment de l'affronter de nouveau. C'était peut-être lui qui avait tuyauté la police, qui était à l'origine de cette visite des forces de l'ordre ?

Pour Lars, ce n'était pas invraisemblable. Åkerlind était un homme sans scrupule. Cela servirait parfaitement ses intérêts que le nom de Pauline soit associé dans la presse à scandales à la mort d'une journaliste connue.

67

La sortie du garage était déserte quand Thomas arriva devant chez Michael Thiels. La voiture noire garée là les autres fois n'y était pas aujourd'hui, la lampe au-dessus de la porte éclairait d'anciennes traces de pneus.

Thomas espérait trouver Alice seule à la maison.

En principe, ils n'auraient pas dû interroger une mineure sans la présence de son tuteur légal, mais rien ne disait qu'ils n'avaient pas le droit de sonner pour demander où était son père. Et si c'était en même temps l'occasion de poser quelques questions... qui pourrait y trouver à redire ?

Il n'était pas sûr que c'était Alice qui avait refusé de les voir, lors de leur dernière visite.

Margit et lui suivirent l'étroit passage déneigé jusqu'à la porte d'entrée. Thomas sonna, attendit quelques secondes. Sonna encore, un peu plus longtemps cette fois.

« Peut-être qu'elle n'est pas à la maison ? » dit Margit.

Du bruit à l'intérieur, la poignée s'abaissa et un petit visage se montra dans l'embrasure. Les yeux rougis, les cheveux ébouriffés.

« Bonjour, Alice, dit Thomas. Tu me reconnais ? Thomas Andreasson, de la police de Nacka. Et voici Margit Grankvist. On s'est vus l'autre jour. Nous aurions besoin de vous parler un peu, à ton papa et toi.

— Papa n'est pas là.

— On pourrait peut-être entrer quand même, dit Margit en avançant la tête vers elle. Nous n'avons que quelques petites questions, il n'y en a pas pour longtemps. »

Alice tarda, la main sur la poignée de la porte. Puis elle la lâcha et la porte s'ouvrit. Elle recula pour faire de la place aux policiers, un chat blanc se glissa entre leurs jambes et fila dehors.

« Quel joli minou, dit Margit. Il s'appelle comment ?

— Sushi, marmonna Alice.

— On s'installe à la cuisine ? » proposa Thomas.

Alice hocha la tête. Elle se déplaçait en silence, en pantalon de survêtement et pull, traînant ses grosses chaussettes sur le sol en pierre.

« Où est ton père ?

— Chez Petra. »

Sa voix était froide et renfrognée, comme si elle regrettait d'avoir fait entrer les policiers, mais ne savait pas bien comment leur demander de partir et de la laisser tranquille.

« Tu n'as pas voulu l'accompagner ? »

Alice ne réagit pas à la question, elle poussa la porte et entra dans la cuisine. Quand elle alluma au plafond, la lumière vive fit ressortir ses joues creusées.

Thomas tira une chaise et s'assit. Il regarda la machine à café dans le coin, en songeant de nouveau à la possibilité que quelqu'un ait mélangé des graines toxiques moulues au café de Jeanette.

« Sais-tu quand rentre ton père ? » demanda Thomas.

Alice s'assit en passant une de ses jambes sous elle.

« Dans un moment, peut-être pour le dîner. »

Il était un peu moins de cinq heures, ils avaient tout le temps.

« Nous n'en avons pas pour longtemps », assura Margit en s'asseyant à côté d'Alice.

Elle était elle aussi consciente du fait qu'ils parlaient à une enfant de treize ans sans la présence de son responsable légal ou d'un représentant des services sociaux.

« Il sera rentré avant qu'on ait fini, tu verras, hasarda Thomas.

— Comment ça va, toi ? demanda prudemment Margit.

— Pas très bien. » Sa voix était nouée. « C'est dur de dormir.

— Nous comprenons, dit Margit en lui tapotant la main. Je peux t'assurer que nous ne serions pas venus aujourd'hui s'il n'était pas important de savoir comment ta maman est morte. »

Alice sursauta.

C'est dur pour elle d'entendre ces mots, pensa Thomas. Pauvre petite, elle a sans doute encore à peine réalisé ce qui s'est passé. Elle ne devrait pas rester seule à la maison. Mais c'était justement ce que nous espérions.

« Ton père nous a dit que tu es allée voir ta maman chez elle le 23, dit-il. C'est exact ?

— Oui.

— Tu peux nous parler un peu de cette visite ? »

Alice le regarda avec inquiétude, comme si elle ne comprenait pas bien ce qu'il voulait.

« De quoi avez-vous parlé ? demanda Margit.

— De rien de spécial.

— Tu ne peux pas être un peu plus précise ? Vous avez bien parlé de quelque chose ? »

L'hésitation de cette gamine de treize ans, les yeux brillants qui ne savaient pas vers quoi se tourner tandis que Margit la poussait dans ses retranchements.

Thomas aurait voulu en rester là. La laisser tranquille. Ils profitaient de la situation, ça le tracassait.

« Maman m'a demandé comment ça se passait à l'école, dit Alice. Si j'avais beaucoup d'interros, tout ça.

— Alice, dit Thomas en la regardant avec calme. Je comprends que ce soit pénible, mais il est très important pour l'enquête que nous en sachions le maximum au sujet de ta maman. Nous nous demandons par exemple si tout était comme d'habitude quand vous vous êtes vues ?

— Mmh.

— Il ne s'est rien passé d'inhabituel, je pense à quelque chose qu'elle aurait dit, ou autre chose que tu aurais remarqué ? »

Alice s'essuya le nez sur sa manche de pull.

« Je ne crois pas, dit-elle tout bas.

— Alice, essaie de te souvenir, insista Margit. Ça ne semblait peut-être pas important sur le moment, mais maintenant, en y repensant...

— Maman était comme d'habitude.

— D'accord, je comprends. Laissons ça. Qu'avez-vous fait, en vous voyant ?

— Rien de spécial, on a goûté.

— Qu'est-ce que vous avez mangé ? »

Une mine interloquée. Mais Alice répondit malgré tout.

« Des brioches au safran et des biscuits aux épices. Maman a bu du café, moi du lait chaud au miel. »

Il fallait que Thomas pose la question.

« Est-ce que c'était un café particulier ? Une nouvelle marque, peut-être ? Tu te souviens si ta maman a ouvert un nouveau paquet, ce jour-là ?

— Non, répondit lentement Alice. Ça devait être le même que d'habitude. »

Margit se pencha en avant.

« Sais-tu si ta maman devait voir quelqu'un le 24 ? »

Alice s'essuya de nouveau le nez.

« Oui, elle a dit qu'elle avait de la visite. »

Les tasses de café sur la table de la cuisine : Jeanette avait reçu quelqu'un le matin du 24. Merci, Alice.

« A-t-elle dit comment s'appelait cette personne ? demanda Thomas. C'est vraiment important.

— Elle n'a pas dit qui c'était. »

Margit fronça les sourcils, cela n'échappa pas à Thomas. Ça aurait été trop beau qu'Alice leur donne aussi un nom.

« À propos, dit-elle. Tu n'as pas vu l'ordinateur de ta maman dans l'appartement, par hasard ?

— Pourquoi ?

— Nous ne le retrouvons pas, dit Thomas. Nous pensons important de savoir sur quoi ta maman travaillait avant sa disparition. »

Thomas essayait de choisir ses mots avec toute la prudence possible. Pourtant, on voyait qu'Alice était de nouveau affectée. Elle se pencha de plus belle sur son genou replié sous elle, ses cheveux tombèrent en lui cachant les yeux.

« Ta maman ne t'aurait pas confié quelque chose avant que tu partes, un document, ou une clé USB ? » demanda Thomas.

La fillette de treize ans secoua la tête sans lever les yeux.

Thomas se demanda si elle comprenait seulement le sens de leurs questions.

« Combien de temps es-tu restée chez ta maman ? Sais-tu quelle heure il était quand tu as quitté l'appartement ? dit-il.

— Je ne sais pas bien. Mais il faisait nuit.

— Tu n'as pas regardé ta montre ? dit Margit.

— Mon portable, vous voulez dire ? »

Ça allait de soi, et soulignait le fossé générationnel : les jeunes ne portaient plus de montre.

« Qu'est-ce que tu as fait, après ?

— Je suis rentrée en bus, le 670, depuis Tekniska Högskolan.

— Vers quelle heure es-tu arrivée ?

— Je ne sais pas bien... » Alice leva le menton, hésitante : « Vers sept heures, peut-être. Papa avait préparé le dîner quand je suis arrivée.

— Il n'y avait que toi et lui, à dîner ? demanda Margit.

— Oui. »

Tout semblait normal. À part que Jeanette avait été empoisonnée dans la journée qui avait suivi sa dernière rencontre avec sa fille.

« Le soir du 24, vous étiez plus nombreux à fêter Noël, n'est-ce pas ? » dit Margit.

Alice parut plus gaie.

« Grand-mère et grand-père étaient là, comme toujours.

— À quel moment sont arrivés tes grands-parents ? » demanda Thomas.

La question semblait la prendre au dépourvu.

« Au milieu de la journée, je crois, à peu près au moment du goûter.

— Et qu'avez-vous fait dans la matinée, alors, avant leur arrivée ? demanda Margit. Vous êtes allés à l'église ? »

Alice lui jeta un coup d'œil.

« Bien sûr que non.

— Dans ma famille, on mange de la bouillie aux amandes au petit déjeuner, dit Margit, comme la chose la plus naturelle du monde. Puis on va ensemble à la messe. Mes filles ont juste quelques années de plus que toi, elles aiment bien l'ambiance, à l'église, le 24. »

Alice s'adoucit.

« On fait pareil, dit-elle. Manger de la bouillie, je veux dire, pas aller à l'église. Mais papa avait déjà filé quand je me suis réveillée, et je n'avais pas le courage de me préparer toute seule la bouillie, alors j'ai juste mangé une pomme.

— Mais où était-il passé ? »

La voix de Margit était légère, comme si la question était sans importance.

Ne lui fais pas peur.

Thomas se garda bien d'intervenir, observant soigneusement le visage d'Alice.

« Je ne sais pas bien. Il devait avoir oublié de faire une course, je crois. Ça lui arrive souvent de retourner au supermarché parce qu'il a oublié un truc.

— Tu te souviens à quelle heure tu t'es réveillée ? » demanda Margit sur le même ton léger.

Alice parut avoir un peu honte.

« Assez tard, genre midi, peut-être.

— Le 24 ? dit Margit, avant d'ajouter, d'un air conspirateur : Tu sais, mes filles aussi dorment comme des loirs, j'ai dû les secouer toutes les deux le matin du 24.

— Écoute, Alice, intervint Thomas. Il faut que nous te posions une autre question très importante. Tu te souviens, quand nous sommes venus ici annoncer la disparition de ta maman ? Tu te rappelles ce que tu as dit alors à ton papa ? »

Alice baissa de nouveau les yeux vers la table.

« Pas du tout ? » tenta Margit.

Alice tripota une peau d'ongle arrachée en évitant le regard des deux policiers.

Margit reprit :

« Quand ton papa t'a dit la nouvelle, tu t'es exclamée que c'était de sa faute. Puis tu as filé dans ta chambre, tu t'en souviens ? »

Elle posa une main sur le bras d'Alice.

« Que voulais-tu dire par là ? »

Ils tiraient dangereusement sur la corde.

« Nous ne voulons aucun mal à ton père, dit Margit d'une voix douce. Nous voulons juste comprendre pourquoi tu as dit ça. »

Alice s'arracha une bande de peau à la naissance de l'ongle, une goutte de sang perla.

« Papa n'a pas fait de mal à maman.

— Ce n'est pas ce que nous disons, dit prudemment Thomas. Nous voulons juste savoir pourquoi tu as dit ça. »

Les yeux de la fillette brillèrent.

« Alice ? dit Margit.

— Papa était si fâché contre maman, chuchota Alice. Je croyais qu'il l'avait poussée à se suicider. »

68

Thomas entrouvrit la porte de la salle de réunion annexée provisoirement pour l'enquête. Aram était encore là, une pile de documents devant lui.

Il allait être six heures du soir, Margit avait dû rentrer chez elle, où la moitié de sa famille l'attendait. La mauvaise conscience brillait dans ses yeux quand ils s'étaient séparés.

« Salut, dit Aram en apercevant Thomas. C'est bien que tu sois là, j'allais justement t'appeler. »

Thomas entra et tira un siège à côté de son collègue.

« J'ai parlé avec Sachsen en venant ici. Le corps de Bertil Ahlgren est en train d'être transporté à l'institut médico-légal de Solna. Du nouveau, avec l'adresse Hotmail de Jeanette ?

— J'attends toujours la réponse des informaticiens. Je pensais revenir à la charge demain matin. »

Aram posa sur la table une liasse de papiers agrafés, pour que Thomas puisse lire lui aussi. Plusieurs pages de numéros de téléphone, avec dans une colonne, à droite, les noms des abonnés.

Quelques lignes étaient surlignées en jaune.

« Son téléphone a été vidé, dit-il à Thomas. C'est arrivé il y a quelques heures, je viens juste de tout passer en revue.

— Dis voir », fit Thomas.

Il entreprit de survoler la liste, tout en écoutant les explications d'Aram.

« Ici commencent les appels du 23 décembre, dit-il en montrant une ligne au milieu de la première page. Dans la matinée, Jeanette passe trois coups de fil, le premier à Alice, qui dure environ dix minutes. Un moment plus tard, elle appelle Anne-Marie Hansen, c'est court, peut-être s'agit-il juste d'une confirmation pour la soirée. Le dernier appel est pour la compagnie SAS, pendant environ un quart d'heure.

— Il faudra vérifier si elle comptait voyager, dit Thomas. Et où.

— Ensuite, elle ne touche plus à son téléphone jusque après le déjeuner, plus précisément une heure et quart. Elle reçoit alors un appel de quelqu'un qu'elle appelle M dans son carnet d'adresses. »

Avant que Thomas ait le temps de dire quelque chose, Aram continua.

« Le numéro est celui d'une carte prépayée, impossible à identifier, j'ai déjà vérifié.

— M comme Michael ? » s'interrogea Thomas.

Aram haussa les épaules.

« Je ne crois pas, son téléphone est déjà enregistré au nom de Michael. »

Thomas releva la durée de l'appel.

« C'était long, dit-il.

— Oui. Il dure vingt-huit minutes. »

Jeanette était donc restée presque une demi-heure au téléphone avec cette personne inconnue, dans la journée du 23. Un appel professionnel ordinaire ? On n'utilise pas souvent de carte prépayée pour le travail, ce qui plaidait pour un appel privé.

Mais de qui ?

Aram sortit un autre document, plusieurs pages de courts messages.

« Voici les SMS contenus dans le portable. Lis ceux qui ont été échangés le 23. »

Il désigna du bout de son crayon les messages en question.

« Une demi-heure après la longue conversation, à quatorze heures dix, Jeanette reçoit un SMS de M, le même numéro que celui de la carte prépayée : J'AI BESOIN DE TE VOIR. MÊME ENDROIT QUE LA DERNIÈRE FOIS. VBP DEMAIN MATIN ?

— Il y a donc une forme de relation, affirma Thomas.

— Il semble bien. Dix minutes plus tard, Jeanette envoie cette réponse, dit Aram en montrant de nouveau avec son crayon : VIENS PLUTÔT ICI, ONZE HEURES.

— Elle est donc convenue d'un rendez-vous avec cette personne », dit Thomas en se redressant.

Le contenu des SMS suggérait que le rendez-vous n'avait pas été prévu spécialement longtemps à l'avance.

Ça devait être urgent, pour que Jeanette accepte de rencontrer cette personne aussi vite, et le 24 décembre, en plus.

« Il y a deux messages intéressants, dit Aram. Ils ont été envoyés dans la soirée, du même numéro, c'est-à-dire par ce M. »

Ils se penchèrent tous les deux sur le document.

TU ES SEULE DEMAIN ?
NE T'INQUIÈTE PAS.

Ces courtes phrases parlaient d'elles-mêmes.

« Jeanette et cette personne ne voulaient pas qu'on les voie ensemble, dit Aram.

— Une source, peut-être, pensa tout haut Thomas. Si elle travaillait à un reportage d'investigation ?

— Liée à Suède Nouvelle ? » proposa aussitôt Aram.

Thomas joignit les mains derrière la nuque.

« Nous ne devons pas nous fixer là-dessus. Il y a beaucoup d'autres possibilités.

— Il y a d'autres messages échangés entre M et Jeanette, dit Aram en tournant une page. Là, dit-il en montrant à Thomas. Tu vois, on dirait qu'il y a déjà eu une rencontre le 22, le lundi avant Noël. Sauf que cette fois, c'est elle qui veut voir M, pas l'inverse. »

Jeanette Thiels avait proposé un rendez-vous lundi après-midi, à seize heures. M avait confirmé l'horaire. Un jour plus tard, M se manifestait une nouvelle fois, d'abord au téléphone, puis par un message demandant un rendez-vous urgent.

Thomas essayait d'avoir une vue d'ensemble à partir de ces quelques fragments.

Peut-être Jeanette avait-elle communiqué à M quelque chose qui lui demandait réflexion ? Au bout d'un jour, M réalisait la portée de la chose et voulait la revoir. Peut-être pour la raisonner, la convaincre.

Jeanette, songea Thomas. Qui as-tu invité chez toi, ce matin-là ? Tu devais te sentir en sécurité avec cette personne, être détendue, sans quoi tu ne l'aurais pas laissée entrer de ton plein gré.

Mais tu devais garder son identité secrète, tu ne l'as désignée que par une abréviation dans ton carnet d'adresses.

Était-ce pour toi, ou pour elle ?

Autour de la table de la cuisine, vous avez pris le café. Ça ne pouvait pas être un contact fortuit, une brève rencontre. Ça devait être quelqu'un que tu connaissais bien.

Qui donc a quitté son foyer le 24 décembre pour venir te voir ? Qui te voulait assez de mal pour t'empoisonner le jour de Noël ?

« VBP, dit Aram. Qu'est-ce que tu penses que ça veut dire ? Ça peut vraiment être n'importe où, un café ou un restaurant. Une salle de gym ?

— Où se retrouve-t-on, si on ne veut pas être vu ?

— Je sais pas, un endroit très fréquenté, un parc, peut-être ? »

Thomas se gratta le menton.

Il se représenta Vitabergsparken, ses deux monticules, l'église Sofia au milieu.

« Est-ce que ça ne pourrait pas signifier Vitabergsparken, tout simplement ? Ce n'est pas loin de chez Jeanette. Tu connais ce coin-là ? »

Aram secoua la tête.

« Pas trop. »

Ce parc était tout près de l'appartement de Thomas, sur Östgötagatan. L'été, il s'emplissait de familles avec enfants qui pique-niquaient et de jeunes qui bronzaient sur la pelouse.

« C'est un parc assez grand, sans doute le plus grand de Söder, dit Thomas. C'est à l'est, entre Skånegatan et Malmgårdsvägen. À l'origine un quartier pauvre, aujourd'hui une zone culturelle protégée. »

Thomas essaya de se rappeler à quoi cela ressemblait. Il n'y était pas allé depuis un moment mais, quand Elin serait plus grande, les pentes raides seraient parfaites pour faire de la luge.

« Il y a un petit café, dit-il lentement. Sous le kiosque à musique. C'est un lieu de rendez-vous populaire, sauf erreur. »

Il regarda sa montre, six heures et demie, il n'était pas si tard.

« On y fait un saut ? »

La petite baraque en bordure d'une pelouse enneigée était à peine visible.

C'est tellement désert, ici, pensa Aram. Mais beau.

Le café de Vitabergsparken était à peine plus qu'un cabanon. Un graffiti aux couleurs criardes couvrait toute sa façade. Derrière le bâtiment peint en vert s'élevaient de gros troncs d'arbres. Leurs cimes se confondaient sur le ciel nuageux, on ne devinait dans l'obscurité que les silhouettes des branchages nus et ébouriffés.

Un panneau indiquait l'horaire d'ouverture 10-19, mais la grande porte d'entrée au centre de la façade était close. À en juger par la neige immaculée tout autour, on n'y avait pas servi de café depuis des mois.

Ce n'est peut-être ouvert qu'en été, songea Aram en s'approchant pour mieux voir. Les réverbères étaient espacés dans cette partie du parc.

Aram sortit une petite torche de sa poche et balaya les environs. Mais le faible faisceau ne servait pas à grand-chose, seul le métal d'un cadenas brilla dans le rond de lumière.

« Pas bête, pour un rendez-vous, dit Thomas derrière lui. Bien sûr, c'est une petite trotte depuis l'appartement de Jeanette sur Fredmansgatan, mais ce n'est pas non plus exagéré. Au plus quinze minutes à pied. »

L'endroit idéal pour celui qui recherchait la discrétion.

Il y avait des sentiers sinueux dans les broussailles. Des quartiers ouvriers conservés pour la postérité, avec leurs allées et leurs ruelles. Le métro n'était pas trop loin, il était facile de s'y éclipser au besoin.

Un endroit idéal pour transmettre des informations sensibles.

Aram était de plus en plus convaincu que Jeanette travaillait à un reportage d'investigation, que c'était une source qu'elle avait rencontrée.

Thomas s'éloigna du café et rejoignit l'allée.

« Qu'est-ce que tu dirais de retourner causer avec Anne-Marie Hansen ? Voir si elle connaît le visiteur de Jeanette. »

Il avait prononcé son nom avec une insistance particulière.

« Tu crois qu'elle est mêlée à tout ça ?

— Je ne sais pas. Mais nous ne pouvons rien exclure. C'est un peu tiré par les cheveux, mais Anne-Marie pourrait très bien être M. »

Aram remit sa lampe dans son manteau.

« Alors on y va. »

69

Alice tripotait la tranche de saucisse grillée, le ketchup avait séché sur la peau noircie sur les côtés.

Elle avait à peine touché son assiette. Mais pour éviter les remarques de papa, elle tournait sa fourchette dans la purée. Si elle l'étalait dans l'assiette, ça ne se voyait pas autant.

Lui était aussi plongé dans ses pensées. Il avait à peine ouvert la bouche depuis qu'il était rentré de chez Petra, il ne semblait pas remarquer qu'elle n'avait rien mangé.

En douce, elle sortit son portable de sa poche et contrôla l'écran. Toujours pas de nouveau SMS. Cela faisait maintenant deux jours qu'elle attendait que l'inconnu se manifeste.

Pour la centième fois, elle se demanda ce qui se serait passé si les types du bahut n'avaient pas été là quand elle était arrivée au lieu de rendez-vous.

Plus elle y pensait, plus elle était certaine qu'ils avaient effrayé cette personne.

Au moment même où ils l'avaient interpellée, elle avait su que c'était fichu.

Pourquoi pas de nouveau message ?

Elle avait caché la clé USB dans un endroit secret. Personne ne la trouverait là, surtout pas papa. Une bonne cachette, se rassura-t-elle, en songeant encore une fois au message : *Tu veux savoir comment ta mère est morte ?*

La bouchée qu'elle mastiquait gonflait dans sa bouche.

« Pose ce portable, Alice, dit papa, interrompant sa rumination. Mange plutôt, tu traînes depuis des heures. Ce n'est pas bon froid.

— Ça va, pardon », grommela Alice en promenant un peu de purée dans son assiette.

La tranche de saucisse avait l'air dégoûtante, le gras avait durci et les stries grillées lui donnaient des haut-le-cœur.

Elle en coupa un tout petit bout qu'elle fourra dans sa bouche, avec une grande gorgée de lait pour faire descendre avant de sentir le goût.

« Petra demandait si nous venions bien chez elle pour le réveillon du Nouvel An, comme convenu ? » dit papa en posant ses couverts sur son assiette.

Alice fit semblant de mâcher le bout de saucisse, pour éviter de répondre.

« Tu as entendu ?

— Je suis forcée de venir ? »

Pas besoin de le regarder pour savoir que ça l'énervait. Non mais, il était idiot, ou quoi, de croire qu'elle avait envie de passer le Nouvel An avec *elle*.

« Ma grande, tu ne peux pas rester toute seule à la maison, tu le comprends bien. »

Sa voix gentille. Alice n'avait pas l'intention de se laisser faire. Elle secoua la tête.

« Non, je ne comprends pas. D'ailleurs, Sushi est à la maison, alors... je ne serai pas seule. »

Papa semblait à présent accablé.

« Sushi est un chat ! »

Il soupira en se passant lentement la main sur le crâne. Il était temps de le raser, il le faisait d'habitude tous les trois jours. Il devait avoir oublié ce matin.

« J'ai dit à Petra qu'on viendrait comme prévu. »

Alice serra les lèvres, puis se leva si brusquement que sa chaise se renversa. Mais elle s'en fichait, et la laissa par terre.

« Ce sera sans moi. »

Sur le seuil, elle s'arrêta et lui lança un regard furieux.

« Au fait, la police est venue aujourd'hui. »

Elle le vit se figer. Une pointe de triomphe : prends ça, c'était pour Petra.

Fichue Petra, qui passait toujours en premier.

« Pourquoi tu ne m'en as pas parlé tout de suite ?

— Mais tu n'as rien demandé. »

Une voix nonchalante : elle ne pouvait pas s'empêcher de le faire bisquer.

« Arrête tout de suite tes simagrées, la coupa-t-il. Qu'est-ce qu'ils voulaient, cette fois ? »

Alice fut décontenancée. Le ton de papa était si inhabituel, quelque chose de froid s'était glissé dans sa voix.

Il ne parlait jamais comme ça. Pas avec elle.

« Rien de spécial, dit-elle tout bas.

— Ils n'ont pas à venir te poser des questions comme ça, quand ça leur chante. Je ne le permets pas. »

Un muscle tressaillit sous un de ses yeux, ça lui arrivait parfois quand il était fâché.

« Alice, dit papa en lui prenant le bras. De quoi avez-vous parlé ? »

Il la serrait fort.

« Lâche-moi, protesta-t-elle en tentant de se libérer. Ils m'ont posé plein de questions, je ne me rappelle pas tout. »

Il la dévisagea, à seulement quelques centimètres d'elle.

« Du genre ?

— Ce que nous avons fait le 24, qui était là.

— C'est vraiment tout ? Tu en es sûre ? »

Il était toujours aussi véhément, ça l'effrayait.

« Ils ont forcément posé d'autres questions, dit-il. Qu'est-ce qu'ils voulaient savoir de plus ?

— Ils m'ont demandé ce qui s'est passé quand j'ai vu maman, la dernière fois. »

C'était dur de dire *la dernière fois*. Elle sentit son visage se défaire.

Papa sembla alors se réveiller, il l'attira pour la serrer contre lui.

« Pardon si j'ai réagi comme ça, murmura-t-il dans ses cheveux. Je ne voulais pas. J'étais juste tellement en colère qu'ils aient profité de mon absence. »

Il lui caressa la joue.

« Dis-moi, maintenant, ils n'ont vraiment pas posé d'autres questions ?

— Si, dit-elle d'une petite voix. Ils ont demandé où tu étais dans la journée du 24, je veux dire quand je me suis réveillée et que tu n'étais pas à la maison. »

70

Thomas pressa la sonnette. Anne-Marie Hansen ouvrit après une seule sonnerie.

« Encore vous ? » dit-elle à Thomas en reculant pour les laisser entrer.

Son nez était rouge et ses cheveux gras collés aux tempes. Elle portait un châle sur un sweat-shirt gris taché. Que se passait-il ?

Aram se présenta brièvement.

« Vous aviez une collègue avec vous, la dernière fois, remarqua Anne-Marie.

— Oui, Margit Grankvist, elle est occupée ailleurs. »

Thomas pendit son blouson dans l'entrée.

« Nous avons quelques questions complémentaires, ça ne prendra pas longtemps. »

Anne-Marie les précéda dans le séjour, et s'assit sur le canapé. Elle ne leur proposa pas de café. De la chambre parvenait le son d'une télévision.

« Comment allez-vous ? demanda Thomas.

— Je me suis enrhumée, et je dois bien être encore sous le choc. Je n'arrive pas à réaliser que Jeanette n'est plus là. »

Sa voix était sur le point de se briser.

« Nous en savons déjà davantage sur le dernier jour de sa vie, dit Thomas. Il semble qu'elle a eu de la visite le matin du 24. Sauriez-vous de qui il s'agit ?

— Je n'étais pas chez moi. » Anne-Marie se mit à tripoter les franges de son châle. « Je vous l'ai pourtant dit, la dernière fois.

— Êtes-vous absolument certaine qu'elle n'a rien mentionné ? Vous étiez en état de choc la dernière fois, ce n'est pas si facile de tout se rappeler, dans ces conditions. »

Aram se racla la gorge. Thomas l'encouragea d'un coup d'œil, et il se pencha vers Anne-Marie.

« Nous savons que Jeanette a reçu un SMS alors que vous étiez ensemble chez elle le soir du 23. Elle y a répondu vers vingt-deux heures, elle a dû se servir de son portable alors que vous étiez encore là. »

Anne-Marie lâcha les franges du châle. Aram poursuivit :

« Aurait-elle dit quelque chose qui puisse nous aider à comprendre de qui était ce message ?

— Attendez », dit Anne-Marie.

Elle ferma les yeux. Essayait-elle de revoir la scène ? Jeanette et Anne-Marie dans le séjour, un étage plus bas. Musique de Noël à l'arrière-plan, une bouteille de vin presque vide. Le chagrin partagé d'un enfant non né et d'une fille qui n'habitait pas chez sa maman.

« C'est quand je suis revenue des toilettes. Jeanette était en train de ranger son téléphone. »

Thomas l'observa, la mine tendue.

« Et qu'a-t-elle dit, alors ?

— Quelque chose comme : "Et nous qui nous faisions confiance"... Dans ce genre-là. »

Et nous qui nous faisions confiance, songea Thomas. Quand, Jeanette ? Il y a longtemps ? Ça devait être une personne en qui tu avais confiance. Mais qui t'a déçue.

« Vous lui avez demandé ce qu'elle voulait dire ? »

Anne-Marie parut troublée de s'être souvenue des paroles de Jeanette.

« Non, mais ça n'avait pas l'air de m'être adressé, reprit-elle. Comme si elle se parlait à elle-même. En me voyant me rasseoir, elle a proposé de me resservir du vin. Je n'y ai plus pensé. »

Thomas hocha la tête.

« Nous nous demandons si le message pouvait provenir d'une source journalistique, ou de quelqu'un d'autre », dit-il.

Il y avait une forme d'intimité dans le choix des mots du SMS. L'expression résonnait :

J'ai besoin de te voir.

« Une de nos hypothèses est qu'elle avait l'habitude de retrouver cette personne à Vitabergsparken, dit Thomas.

— Elle ne m'en a jamais parlé. Jeanette n'était pas du genre à aller nourrir les pigeons, comme une petite vieille. »

Une petite vieille.

Ces paroles restèrent en suspens. S'y reflétait la peur de vieillir, de ne plus compter. Anne-Marie faisait vraiment peine à voir, les yeux bordés de rouge et la peau toute pelée autour du nez qu'elle avait trop mouché avec du papier rêche.

Anne-Marie elle aussi avait rencontré Jeanette dans le laps de temps indiqué par Sachsen, se rappela Thomas. Certes, elle semblait profondément secouée par la mort de son amie, mais ce pouvait être aussi bien dû à la mauvaise conscience qu'à un chagrin sincère. Impossible de le dire.

Ils avaient vérifié les antécédents d'Anne-Marie sans rien trouver de particulier. Jusqu'à présent, toutes ses déclarations étaient corroborées. Il n'y avait pour le moment aucune raison directe de la soupçonner. Et il lui manquait en outre un mobile.

Mais cela ne voulait pas forcément dire que tout était limpide. Thomas décida d'aller droit au but :

« Vous-même, aviez-vous des comptes à régler avec Jeanette ?

— Moi ? »

Anne-Marie semblait effrayée.

« Non, pourquoi ?

— Vous seule pouvez le dire. Mais si vous aviez un différend toutes les deux, je vous suggérerais de nous en parler maintenant.

— Nous étions bonnes amies, très bonnes amies même, où voulez-vous en venir ?

— Si je posais la question à quelqu'un d'autre, dans l'immeuble, me dirait-on la même chose ? »

Anne-Marie pressa son mouchoir contre sa bouche.

« Comment osez-vous... Je n'ai pas l'intention de répondre à ça. »

Thomas passa outre à son indignation.

« Vous comprenez sûrement pourquoi je pose la question. »

Anne-Marie serra les lèvres en l'ignorant.

Thomas regarda Aram. Prends le relais, ça ne mène nulle part.

« Savez-vous si Jeanette fréquentait quelqu'un en particulier ? demanda-t-il. S'il y avait un petit ami ou quelqu'un d'autre dans sa vie ? »

Anne-Marie répondit en faisant comme si Thomas n'existait pas.

« Je ne crois pas. En tout cas, elle ne m'en a jamais parlé.

— Le divorce datait, elle avait quand même dû fréquenter quelqu'un pendant ces années ?

— Jeanette consacrait toute son énergie à son travail. Et puis... » Anne-Marie chercha ses mots. « Et puis Jeanette était une personne très pudique. Elle avait une grande intégrité. Je ne suis pas sûre qu'elle m'en aurait parlé, même si elle avait rencontré quelqu'un. En tout cas pas avant que ça commence à être sérieux. »

Anne-Marie toussa.

« Il faudrait que j'aille me coucher.

— Juste une dernière question, dit Aram. Ce SMS dont nous avons parlé venait d'une personne nommée M dans son répertoire téléphonique. Est-ce que ça vous dit quelque chose ?

— M comme Michael ? » dit tout bas Anne-Marie.

Elle approcha un coussin qu'elle serra contre elle.

« Il y a quelque chose que je devrais vous raconter. »

Thomas s'arrêta sur Ringvägen pour déposer Aram au métro. Un T bleu dans un rond blanc indiquait l'entrée de la station Skanstull.

« Merci », dit Aram en détachant sa ceinture.

Thomas paraissait épuisé. Il avait déjà sorti son portable, probablement pour prévenir chez lui qu'il rentrait. Il n'était pas très loin.

« Salue Pernilla de ma part », dit Aram en ouvrant la portière.

Thomas hocha la tête.

« À demain, dit-il. Réunion à huit heures, comme d'habitude. »

Aram descendit. La voiture s'éloigna du trottoir, ses roues arrière projetèrent un peu de neige au démarrage.

Aram regarda les feux arrière de la Volvo disparaître au coin de la rue. Il avait beau avoir travaillé presque douze heures, il n'était pas fatigué.

Thomas semblait désormais pencher davantage pour l'ex-mari. Penser que la dispute au sujet de la garde de leur fille expliquait tout. Anne-Marie avait été extrêmement troublée en leur racontant les menaces qu'il avait proférées au téléphone. Même sa petite amie, Petra, s'était comportée comme si Thiels avait quelque chose à cacher.

Mais Aram ne cessait de penser aux recherches de Jeanette, aux documents trouvés dans son bureau. Elle avait accumulé toute une bibliothèque sur Suède Nouvelle, ça voulait forcément dire quelque chose. Dans la voiture, il avait résumé les informations qu'il avait trouvées sur Peter Moore, mais Thomas n'avait pas semblé s'en émouvoir particulièrement.

L'abréviation dans le répertoire téléphonique pouvait avoir une autre explication. Une possibilité qu'il n'avait pas voulu mentionner à Thomas avant d'y avoir bien réfléchi.

M pouvait vouloir dire Moore.

Peter Moore connaissait en profondeur les activités de Suède Nouvelle : sa position d'assistant de Pauline lui donnait accès à des informations sensibles et à bien des secrets.

Une mine d'or pour un journaliste.

Aram essaya d'imaginer la situation. Moore avait peut-être volontairement aidé Jeanette, puis s'en était mordu les doigts. Peut-être avait-il même été payé, ce qui pourrait en partie expliquer son train de vie dispendieux. Ou bien elle disposait elle-même d'un moyen de pression pour qu'il l'abreuve d'informations.

Jusqu'à ce qu'il en ait assez.

Que s'était-il passé lors de cette manifestation à Uppsala ? Si Moore avait un jour fait du mal à quelqu'un, il pouvait avoir recommencé. Même si, dans le cas de Jeanette, c'était d'une façon beaucoup plus élaborée.

Aram sortit son téléphone et appela de nouveau Holger Malmborg.

« Allez, réponds ! » marmonna-t-il.

Mais il retomba encore sur le répondeur.

Aram rangea son téléphone et se dirigea vers les portillons. Peter Moore habitait Karlbergsvägen. Aram avait mémorisé l'adresse. Avec la ligne verte, il lui faudrait dix minutes tout au plus, ce n'était pas spécialement loin de Skanstull.

Ça ne pouvait pas faire de mal d'aller y jeter un œil.

71

Le ferry accosta avec un petit heurt contre le quai. Nora tendit le cou pour voir si Adam et Simon attendaient sur le ponton.

Ils étaient là, avec Henrik.

Il leva la main et lui fit signe en l'apercevant à l'avant du bateau. Elle reconnut le bonnet vert mousse qu'elle lui avait offert pour Noël quelques années auparavant. Un cadeau un peu ridicule, mais il était fait main, elle l'avait acheté dans une kermesse scolaire.

Nora fit signe à son tour. Comme elle avait envie de serrer contre elle ses garçons !

Simon accourut à sa rencontre, bras écartés. Un moulin à paroles :

« On t'a préparé à dîner. Des spaghettis bolognaise. Papa peut bien repartir demain, comme ça il pourra manger avec nous. Il y aura de la mousse au chocolat en dessert, c'est bon, hein ? »

Henrik arriva quelques pas derrière. Il posa en souriant un bras sur les épaules de Simon.

« Si tu es d'accord, bien sûr ? »

Nora avait à peine la force de parler, conduire de nuit sur la route sinueuse jusqu'à Stavsnäs avait pompé toute son énergie. Elle était encore au bord des larmes. Mais elle ne voulait pas que Simon soit déçu.

Adam vint lui aussi l'embrasser. Puis il la regarda, pensif.

« Tu es triste ? »

Typique d'Adam de comprendre comment elle allait, au fond. Elle cligna des yeux pour chasser ses larmes.

« Juste fatiguée, mon chéri. C'était vraiment une longue journée, tu n'imagines pas. »

Le froid la saisit. Son corps était tout endolori par l'épuisement et le choc.

« On rentre ? dit-elle. J'ai froid.

— Je prends tes affaires », dit Henrik en soulevant son sac bleu d'un geste familier.

En entrant chez lui, Thomas trouva Pernilla qui venait juste de refermer la chambre d'Elin.

« Tu viens de la rater, elle s'est endormie il y a deux secondes », dit-elle en levant le menton pour pouvoir lui poser un doux baiser sur la bouche.

Elle sentait comme Elin, la vanille et le talc. Thomas la serra contre lui, jouissant de cette intimité, de cette union. Du droit évident de reposer son front contre le sien.

Sais-tu combien je t'aime ? lui déclara-t-il en silence.

« Tu as faim ? dit-elle. J'ai acheté de la bavette et fait un gratin de pommes de terre, il suffit de le réchauffer.

— Super. Pardon de ne pas avoir donné de nouvelles, la journée a filé comme ça. J'ai à peine eu le temps de déjeuner, juste deux saucisses prises au vol.

— Pas de souci. Comme je ne savais pas quand tu allais rentrer, j'ai prévu quelque chose qui puisse rester un moment au four. »

Pernilla fit un geste vers la cuisine. Une seconde, son regard s'arrêta sur la chambre d'Elin, comme si elle voulait être sûre que tout allait bien, qu'Elin respirait vraiment.

Thomas connaissait si bien cette inquiétude.

Mais elle se hâta d'enchaîner :

« Viens, qu'on finisse de préparer le dîner, j'ai une faim de loup. Tu veux une bière ? Ou un verre de vin ? Il y a une bouteille au frais. »

Thomas s'affala sur l'un des tabourets. La cuisine tout en longueur n'était pas très vaste, mais rationnellement agencée. Un large plan de travail en bois massif courait tout le long d'un côté et continuait sous la fenêtre. En dessous, ils avaient calé lave-linge et lave-vaisselle.

« Une bière, ce serait bien. »

Il aimait regarder Pernilla, ses gestes rapides quand elle sortait ce qu'il fallait, à la fois efficace et présente.

Ils s'étaient une fois perdus. Cela ne devait pas se reproduire.

Pernilla sortit une Carlsberg, qu'elle lui tendit, et se servit un verre de vin.

« Santé, dit-elle en levant son verre à pied. Tu as l'air crevé. Comment ça se passe ? »

Thomas but une gorgée de bière.

« Bonne question. J'aimerais avoir une bonne réponse.

— Vous êtes enlisés ?

— Ça n'avance pas trop, mais c'est sans doute encore trop tôt pour le dire, il ne s'est passé que trois jours depuis que Jeanette a été retrouvée.

— Qu'est-ce qui te donne cette impression ?

— Bah, on ne trouve rien de concret. Juste de vagues rumeurs, un ex-mari en colère, pas de vraie piste. »

Pernilla ouvrit la porte du four pour surveiller le gratin mis à réchauffer. D'un tiroir du bas, elle sortit une poêle, où elle fit fondre une noix de beurre. Les bavettes attendaient déjà à côté des plaques.

Thomas posa sa bière, songea à la réaction violente de Michael Thiels quand ils avaient abordé l'action en justice de son ex-femme.

« À ton avis, jusqu'où peut-on aller pour conserver la garde d'un enfant ? demanda-t-il.

— Tu penses à l'ex-mari de Jeanette Thiels ?

— Oui.

— Il n'y a pas de limites. Il y a des hommes qui kidnappent leurs propres enfants, et les tuent même pour empêcher leur ex d'en avoir la garde. »

Thomas réfléchit.

« Il s'agit d'un homme éduqué, aisé, travaillant chez Ericsson. Ses voisins en disent du bien, c'est un père attentionné. »

Pernilla lâcha un rire perçant qui ne lui ressemblait pas.

« Et alors ? »

Thomas ne put s'empêcher de sourire.

« Là, tu parles comme un vieux policier dessalé, je croyais que c'était mon rôle.

— Le meurtrier est presque toujours un proche de la victime, c'est ce que tu me dis toujours. Et toi, tu irais jusqu'où ?

— J'espère qu'on n'aura jamais à le savoir. »

Thomas tendit la main pour serrer celle de Pernilla tout contre lui.

« Le fait est que, le soir du 23, Jeanette a échangé des SMS avec une personne appelée M dans son répertoire téléphonique. Ça pourrait être l'ex-mari, mais il y figure aussi sous son prénom, Michael. »

L'incohérence des choses le dépitait.

« Je n'arrive pas à faire coller tout ça, continua-t-il. Si c'est lui l'assassin, pourquoi aurait-elle eu deux numéros pour l'appeler ?

— Il l'a peut-être déjà menacée par le passé.

— Qu'est-ce que tu veux dire ?

— Un type intelligent ne va pas utiliser son propre téléphone pour harceler quelqu'un, il achète une carte prépayée. Elle a peut-être deviné que c'était lui, et a enregistré son numéro sous un autre nom ? »

Thomas en doutait.

« Non, dit-il. Elle a elle-même invité ce M chez elle le 24. Si elle avait peur de son ex, elle n'aurait pas proposé ça.

— Elle voulait peut-être le raisonner. Une dernière tentative de conciliation ? »

Alice avait dit que son père s'était absenté dans la matinée. Il ne fallait pas si longtemps pour se rendre de Vaxholm à Södermalm. Au plus trois quarts d'heure s'il n'y avait pas trop de circulation.

Assez pour arriver chez Jeanette à onze heures, lui faire avaler par ruse les graines empoisonnées puis rentrer fêter Noël en famille.

Michael Thiels pouvait-il agir avec autant de sang-froid ?

La voix de Pernilla le ramena à la réalité.

« Tu peux mettre le couvert ? C'est presque prêt. »

Thomas ouvrit le placard pour sortir deux assiettes. La question continuait à le tracasser.

Jusqu'où était-on prêt à aller pour conserver la garde de sa fille ?

72

Aram regarda autour de lui en sortant du métro dans Sankt Eriksgatan.

La neige était encore épaisse et pâteuse sur la chaussée, mais les gaz d'échappement et les pneus l'avaient colorée en brun sale. Au bord du trottoir, un ours en peluche souillé perdu par un enfant. Aram imagina la scène, il savait comment ses filles réagiraient si elles rentraient sans leur doudou.

Il y avait peu de piétons dehors, par ce froid. Aram resserra son écharpe et partit en direction du domicile de Peter Moore. C'était au bout de Karlbergsvägen, la partie de Vasastan qu'on appelait Birkastan.

Aram ralentit en approchant de l'adresse de Moore, et regarda alentour. Des deux côtés de la rue, des immeubles anciens aux façades lisses de couleur claire, beige, jaune, rose pâle. Malgré la proximité avec la très passante Sankt Eriksgatan, la zone baignait dans le calme, on se serait cru dans une petite ville de province.

Les immeubles étaient un peu au-dessus du niveau de la rue, il fallait gravir quelques marches pour atteindre l'étroit passage déneigé qui conduisait à la porte du numéro 62.

Aram ne voyait personne à proximité, mais enfonça quand même son bonnet sur son front avant d'aller tâter la poignée de la porte.

Fermée, évidemment. La présence d'un digicode le confirmait.

Les mains fourrées dans les poches, il décida d'attendre un peu, avec de la chance quelqu'un pourrait lui ouvrir. Prudemment, il se plaça à côté de la porte, il ne fallait pas qu'il ait trop l'air d'attendre qu'on lui ouvre.

Dix minutes s'écoulèrent, puis encore dix. Le froid commençait à se glisser sous sa peau, il faisait au bas mot moins quinze. Aram décida de rester encore un quart d'heure, puis ça suffirait.

Son téléphone sonna, c'était Sonja. Il rejeta l'appel, mais envoya un petit SMS pour dire qu'il essaierait de la rappeler un peu plus tard.

Cinq minutes passèrent encore, puis il lui sembla entendre un bruit de l'autre côté de la porte en bois clair. Une femme en grosse doudoune sortit, un terrier sombre en laisse. Aram s'avança de quelques pas rapides.

La femme s'éloigna avec son chien sans se soucier d'Aram.

C'était un hall soigné. Un joli tapis conduisait jusqu'à l'ascenseur, un petit sapin de Noël décorait un coin. Aram opta pour l'escalier, il ne voulait pas risquer que l'ascenseur fasse du bruit en s'arrêtant sur le palier de Moore.

S'il était chez lui.

Il parvint au troisième, où, comme à chaque étage, se trouvaient trois appartements. Moore habitait celui de droite, le plus proche de l'escalier. La porte en bois sombre semblait massive, cossue.

Aram pensa à sa propre entrée d'immeuble, à Hagsätra. Jamais il n'aurait les moyens de se loger ici, pas avec son salaire de policier et ce que Sonja gagnait à l'hôpital.

La plupart des immeubles locatifs du centre-ville avaient été transformés en copropriétés, grâce à la majorité de droite, et il ne restait plus aucun appartement pour des gens comme eux.

Mais il n'avait pas à se plaindre, ils étaient contents de leur trois-pièces, bien lotis d'avoir trouvé à se loger près d'une bonne maternelle pour leurs enfants. En tout cas, ils étaient dispensés d'habiter chez leurs parents, comme tant d'autres avaient dû le faire.

Il s'approcha en silence de la porte d'entrée de Moore, y posa l'oreille.

Il n'avait pas l'air d'être là. Pas de bruits de télévision ni de radio allumée.

Précautionneusement, il ouvrit la boîte aux lettres et jeta un œil par la fente. À terre, quelques enveloppes, une liasse de publicités. Moore n'était sans doute pas encore rentré du travail.

Il travaillait tard : était-ce Pauline Palmér qui le maintenait occupé le soir ?

Aram savait qu'il aurait mieux fait d'abandonner, de s'en aller. Il n'avait pas de mandat de perquisition, il n'avait pas le droit d'entrer au domicile de Moore. Il hésitait pourtant, tripotant l'outil qu'il avait dans la poche. Il ne serait pas difficile d'entrer.

Un bruit de porte le fit sursauter. Quelqu'un était entré dans l'immeuble. Il se dépêcha de gravir un étage, s'arrêta devant une autre porte, marquée Almblad et Petersen.

Le bruit de la porte de l'ascenseur, le sifflement indiquant que la cabine montait. Elle atteignit le troisième étage, continua pour s'arrêter au cinquième étage.

Aram resta immobile, attendit que la porte s'ouvre au-dessus de sa tête.

Une femme apparut, pendue à son téléphone. Elle sortit des clés de son sac, une porte claqua derrière elle sans qu'elle arrête de parler.

Aram attendit quelques minutes, tâta de nouveau l'outil du bout des doigts. Puis il redescendit jusqu'à l'appartement de Moore. Si seulement il pouvait être tranquille un moment dans l'appartement. Cela pourrait permettre une percée dans l'enquête.

Quelques secondes passèrent, puis il prit sa décision. Pour Jeanette. Aram sortit le fin instrument d'acier et l'introduisit dans la fente de la porte.

Aucun problème pour ouvrir la serrure du bas, mais il avait beau faire, celle du haut résistait. Moore avait visiblement pris ses précautions contre les visiteurs indésirables : il ne s'agissait pas d'un verrou standard.

Certes, c'était un détail, mais cela le mit mal à l'aise.

Il allait être neuf heures, cela ferait bientôt une heure qu'il était là. Que faire ?

Raisonnablement, il aurait fallu abandonner l'idée de s'introduire au domicile de Moore, et rentrer en métro à Hagsätra. Ça n'aurait pas été une mauvaise idée de se coucher tôt, ces derniers jours avaient été intenses et ses paupières tiraient.

Ou il pouvait aussi rester jusqu'au retour de Moore. Cela pouvait durer des heures. Que faire en attendant ? Il n'y avait pas vraiment réfléchi.

Mais c'était rageant de renoncer devant une porte close et de rentrer bredouille.

Faute de mieux, il entreprit de monter l'escalier, il dépassa le quatrième et le cinquième étage et parvint au sixième et dernier niveau.

Il n'y avait là que deux appartements, probablement chacun de plusieurs centaines de mètres carrés. Qui pouvait avoir besoin d'autant d'espace ?

L'escalier continuait encore un peu.

La main sur la rampe noire, il regarda vers le haut. La dernière volée de marches conduisait à une porte en bois clair, usée, couverte de rayures.

Les combles. À la différence de beaucoup d'immeubles du centre-ville, ceux-ci ne semblaient pas avoir été aménagés en loft de standing.

Il vit aussitôt que la porte était fermée au moyen d'un simple cadenas. Il ne lui fallut que quelques secondes pour l'ouvrir et entrer.

73

La lumière de la cage d'escalier s'éteignit au moment où la porte se refermait derrière Aram. Il chercha à tâtons le mur, s'écorcha sur les planches brutes, mais finit par trouver quelque chose de rond et dur, avec un peu de chance un interrupteur.

Une vieille ampoule s'alluma au-dessus de sa tête. Elle pendait du plafond à un fil électrique noir, semblait provisoire. Probablement très peu de monde montait jusqu'ici.

Ses yeux mirent un moment à s'habituer à la faible lumière mais, au bout d'un moment, il parvint à distinguer une rangée de greniers derrière de vieilles portes grillagées en bois brut.

Un couloir passait entre chacun puis tournait, hors de vue.

Aram avança de quelques pas et regarda dans le premier grenier. Il était plein de cartons de déménagement. Dans le suivant, on apercevait un vélo rouillé, des cartons de livres et un vieux métier à tisser.

Il constata qu'il y avait plusieurs douzaines de débarras. Où était celui de Moore ?

Il voyait les traces de ses pas sur le sol poussiéreux. Quand il se retourna, un nuage de fines particules se souleva, et il ne put se retenir d'éternuer.

Je ne sais même pas ce que je cherche, se dit-il, tout en continuant d'avancer.

Soudain, la lampe s'éteignit et il fit noir comme dans un four. Comme toujours, Aram réagit instinctivement, il s'accroupit en position de défense.

Puis il s'avisa qu'il s'était écoulé cinq minutes, la lampe devait s'être éteinte automatiquement.

La sueur perla à son front. Il ne détestait rien tant que l'obscurité. Chez lui, il laissait toujours les lampes allumées, une dans chaque pièce, même en été.

Après avoir d'abord protesté, Sonja avait fini par comprendre que c'était important, ou plutôt nécessaire.

Même s'il refusait de lui expliquer pourquoi.

Ça avait commencé lors de sa fuite d'Irak, une fois qu'ils n'avaient eu qu'un container pour dormir. Les bruits étranges dans la nuit, la vermine qui rampait sous ses bras.

Sa mère refusait de le laisser allumer une bougie, par peur de se faire repérer. Il avait passé toute la nuit les yeux ouverts, raide et terrorisé. La présence de ses frères et sœurs couchés près de lui n'y changeait rien, il savait que quelque chose d'horrible arriverait s'il fermait les yeux dans le noir.

Cette peur irrationnelle était toujours là. C'était son secret le plus honteux : il avait peur du noir.

La lampe du plafond.

Aram se redressa, sortit sa lampe de poche. Elle n'était pas plus épaisse que son pouce, mais remplissait bien sa fonction. Il l'avait toujours dans la poche – pas seulement pour une raison pratique.

Il regagna l'entrée à sa lueur. Sentit le soulagement l'envahir quand la lampe se ralluma.

Un léger ronronnement provenait de l'ascenseur, c'était peut-être la femme au chien qui remontait.

Au-dessus de chaque grenier, il remarqua un numéro. Le plus proche portait le 1. S'il comptait les deux appartements du rez-de-chaussée, Moore devait avoir le numéro 9.

Il appuya une nouvelle fois sur l'interrupteur, espérant obtenir ainsi quelques minutes supplémentaires, et se précipita vers le bout du couloir.

Le grenier numéro 9 se trouvait après un second coude, tout au fond des combles. Il était grand et dans la pénombre semblait plus vaste que les autres. Derrière le grillage, quelqu'un avait cloué une épaisse plaque de bois qui bouchait la vue. Le cadre autour de la porte était également renforcé, pour le garantir contre l'effraction. De gros cadenas étaient fixés sur de larges barres d'acier, en haut et en bas.

La lumière ici était plus faible, il y avait certes une autre ampoule au plafond, un peu plus loin, mais sa lueur jaunâtre n'était pas bien utile. Elle ne faisait qu'allonger les ombres et déformer la perception.

Il promena lentement sa lampe de poche à la recherche d'une embrasure par où éclairer à l'intérieur, quelque chose qui puisse lui donner une piste. Qu'y avait-il donc à l'intérieur ?

Mais c'était vain, impossible de voir quoi que ce soit.

La lumière s'éteignit encore.

Aram jura, voulut se précipiter vers l'entrée pour la rallumer.

Un courant d'air inattendu sur son visage.

Automatiquement il s'immobilisa pour tendre l'oreille, les muscles tendus.

Y avait-il quelqu'un ?

Par prudence, il cacha la petite lampe dans le creux de sa main, pour que la lumière ne le trahisse pas.

L'ascenseur se mit à ronronner.

Ouf. Aram se détendit, continua vers la sortie. C'était sûr, il fallait convaincre Thomas de revenir ici avec un mandat de perquisition et une grosse hache. Il y avait derrière cette porte numéro 9 quelque chose qu'ils devaient voir de plus près, il en était convaincu. Pourquoi sinon Moore se donnerait-il tout ce mal ?

Moore cachait des secrets, il pouvait à présent le prouver.

L'impression désagréable d'être observé le saisit sans qu'il comprenne pourquoi.

Aram s'arrêta, immobile. Essaya de flairer une présence parmi les remises obscures.

Sa main se porta vers son arme de service mais, avant que ses doigts ne la touchent, il sentit quelque chose de froid sur son cou.

« Pas un geste, chuchota quelqu'un derrière lui. Ou je te tranche la gorge. »

74

Nora arrivait à peine à garder les yeux ouverts, assise dans le canapé de la salle télé. Elle se sentait lourde, était-elle en train de tomber malade ? Elle avait des courbatures dans les membres, des frissons sur la peau.

Le dîner était si joliment préparé. La table était mise dans la salle à manger, Simon avait disposé des serviettes rouges dans les verres. Adam avait lui aussi aidé, sans se faire prier.

Mais Nora n'avait pas d'appétit, elle avait à peine touché son assiette.

C'était comme si elle regardait tout de loin, les sons lui parvenaient avec une seconde de retard.

Après le dîner, Simon avait mis un film, une comédie américaine qu'ils avaient louée avant de venir à Sandhamn. Ils étaient à présent ensemble dans le canapé, Simon s'était blotti contre elle, entièrement concentré sur l'écran.

Henrik s'était installé dans le fauteuil, Adam était assis par terre, adossé aux jambes de son père, la tête contre ses genoux.

Ils regardaient le film depuis une demi-heure, mais Nora n'avait aucune idée de ce dont il parlait. Sa tête était trop lourde. Les images dansaient quand elle essayait de fixer l'écran.

« Maman ?

— Hein ? »

Simon lui avait dit quelque chose, mais elle n'avait pas entendu.

« On pourrait mettre sur pause pour faire du pop-corn ? S'il te plaît, maman ? »

Adam lui aussi la regardait avec espoir.

« Bien sûr. »

La loi de la résistance minimale. Elle n'avait pas la force de leur faire remarquer qu'ils mangeaient des chips et du pop-corn depuis plusieurs jours.

Henrik posa la main sur son bras.

« Ça va ? Tu n'as pas l'air en forme.

— Je ne me sens pas très bien. »

Elle suait et frissonnait en même temps.

Henrik la regarda d'un œil inquiet.

« Tu ne ferais pas mieux d'aller te coucher, dans ce cas ? Je m'occupe de coucher les garçons à la fin du film, ne t'inquiète pas. »

Elle aurait voulu protester, dire que ce n'était pas la peine. Au lieu de quoi elle s'entendit dire :

« Tu as raison. Je devrais aller dormir un peu. »

Nora se leva, s'appuyant au mur pour ne pas perdre l'équilibre. Heureusement, personne ne l'avait remarqué, une scène amusante du film ayant captivé l'attention générale.

« Bonne nuit, les garçons. »

Henrik se leva.

« Tu veux que je te monte une tasse de thé ?

— Merci, ce n'est pas nécessaire. Il vaut sans doute mieux que j'aille me coucher. La journée a été dure.

— Est-ce qu'il y a quelque chose dont tu voudrais parler ? À propos du boulot ? »

Sa voix était si gentille et attentionnée qu'elle en eut le cœur serré. Un désir primitif l'envahit : dis-moi ce que je dois faire. Je ne sais pas vers où aller.

Un instant elle songea que, jadis, il aurait été naturel de tomber dans les bras d'Henrik, de partager avec lui son désespoir. Quels que soient ses problèmes au travail, elle aurait été rassurée. Elle avait sa famille, quelqu'un à ses côtés.

L'instant s'évanouit.

« Ça va, dit-elle. Ça me fera sûrement du bien de me reposer un peu. »

Elle sortit dans le couloir, tituba légèrement, mais continua vers l'escalier.

Il t'a trompée, songea-t-elle, l'esprit embrumé. Il t'a menti et une fois t'a frappée.

Mais à présent, c'est quelqu'un d'autre.

Elle dut s'accrocher à la rampe pour avoir la force de se hisser à l'étage.

75

Aram resta totalement immobile, sans bouger un muscle. C'était encore l'obscurité complète autour de lui. Son pouls s'emballa.

« Les deux mains dans le dos », chuchota la voix à son oreille.

Un accent américain ? Impossible de le dire sur une phrase aussi courte. Celui qui l'avait surpris n'était pas forcément Peter Moore.

Merde, c'est tellement ballot, pensa-t-il.

La pression sur sa gorge augmenta. Aram obéit, mit les mains derrière lui.

Il sentit qu'on lui nouait quelque chose aux poignets. Collier de serrage, eut-il le temps de penser, puis il reçut un coup violent derrière la jambe, qui lui fit plier les genoux : il tomba de tout son long sur le dur sol en béton.

Instinctivement, il tenta de vriller pour ne pas tomber, le visage en avant. Une pensée le traversa :

pas le nez. Mais son menton encaissa, il sentit un goût de sang dans sa bouche, ça lui coula dans la gorge, le fit tousser.

Une douleur vive dans l'épaule droite.

Ses lunettes s'écrasèrent par terre.

Quelqu'un s'accroupit près de lui, saisit son épaule endolorie et le retourna sur le dos.

Il eut si mal qu'il faillit s'évanouir.

On lui ôta brutalement son bonnet. Puis il eut dans les yeux la lumière d'une puissante lampe torche.

« Un putain de basané, entendit-il. Qu'est-ce qu'un basané comme toi fabrique dans nos combles ? »

Ça semblait venir de l'homme qui tenait la lampe de poche, une silhouette floue derrière le rond lumineux, impossible à identifier.

Aram essaya de cracher le sang, d'expliquer qu'il était policier, pas cambrioleur, mais il n'émit qu'un gargouillis.

L'homme à la lampe lui décocha un coup de pied dans le ventre. La douleur fut si vive qu'il se plia en deux, le sang lui emplit la bouche de plus belle, lui remonta en bouillonnant dans le nez, se mêlant de morve et de larmes.

Avec un petit cri, Aram se recroquevilla par terre pour se protéger d'autres coups.

Il tenta à nouveau de parler, d'expliquer qui il était, mais il parvenait à peine à bouger les lèvres, impossible de dire un mot.

Un violent coup dans le dos.

Quelqu'un poussa un gémissement, était-ce lui ?

Personne ne sait que je suis ici. Comment ai-je pu me mettre dans ce pétrin ?

À travers un brouillard, Aram perçut une voix qui disait, presque gaiement :

« Qu'est-ce qu'on va faire de ce cambrioleur ? »

76

Mardi

Thomas entra au commissariat par l'arrière. L'ascenseur se faisait attendre. Impatient, il prit l'escalier, qu'il grimpa quatre à quatre.

Il avait essayé d'appeler Aram de la voiture, pour continuer leur discussion de la veille au sujet de Michael Thiels, mais n'avait pas réussi à le joindre. Il était directement tombé sur son répondeur, sans une seule sonnerie.

Après quelques tentatives, Thomas avait abandonné. Il parlerait à Aram une fois arrivé. Avec un peu de chance, il serait lui aussi matinal.

Thiels n'avait pas tout dit, Thomas le sentait. Il songea de nouveau à la dispute téléphonique entre les ex-époux qu'Anne-Marie Hansen avait surprise.

Il ouvrit la porte vitrée au bout du couloir du département Investigation. Un coup d'œil au bureau de

Margit lui indiqua qu'elle n'était pas encore arrivée, sa porte était fermée, tout comme celle d'Aram. Il aurait aussi voulu parler avec elle des révélations d'Anne-Marie.

Il n'était encore que sept heures dix, il ne pouvait pas s'attendre à trouver ses collègues rien que parce que Elin l'avait réveillé trop tôt. Pernilla l'avait prise dans ses bras pour laisser dormir Thomas, mais il s'était réveillé quand sa fille s'était mise à crier, puis n'avait pas réussi à se rendormir. Il avait alors emmené la petite à la cuisine et dit à Pernilla de se recoucher, pour qu'au moins l'un d'eux ait les yeux en face des trous le lendemain.

Thomas se débarrassa de son manteau et alla prendre un thé à la machine. L'eau du réservoir sentait le moisi, il recula le visage quand les vapeurs atteignirent ses narines, mais il n'eut pas le courage de la changer.

Son mug à la main, il regagna son bureau.

Sachsen avait promis de s'occuper au plus vite de Bertil Ahlgren – mais combien de temps faudrait-il ? Il était important d'en avoir le cœur net : était-il ou non mort de mort naturelle ?

Cette incertitude contrariait Thomas, il aurait voulu savoir sur-le-champ. Mais téléphoner pour aller aux nouvelles n'était pas une bonne idée : cela ne ferait qu'irriter le légiste.

Il entra plutôt son mot de passe dans l'ordinateur et entreprit de lire les rapports arrivés la veille. Il regarda très attentivement les interrogatoires conduits par Kalle auprès du personnel de l'hôtel des Navigateurs.

Mais plus il lisait, plus il voyait qu'il n'y avait rien à en tirer. Personne, à part la réceptionniste, n'avait rencontré Jeanette avant sa mort. C'était comme si elle n'avait pas été sur l'île avant qu'on la trouve dans la neige. Sans doute chacun était-il occupé par ses affaires, le soir de Noël ?

Bientôt huit heures moins dix. Étrange qu'Aram ne rappelle pas. Thomas réessaya son numéro, pour de nouveau atterrir sur son répondeur. C'était bientôt l'heure de la réunion du matin. Pourquoi le téléphone d'Aram était-il toujours éteint ?

Par sa porte, il aperçut Margit passer, en route vers la machine à café.

Son sachet de thé était encore dans sa tasse. Thomas en vida le fond, malgré le goût de tanin.

La réunion allait commencer incessamment. Il serait intéressant d'entendre l'avis de Martin Larsson. Un profil psychologique du meurtrier pouvait vraiment leur être utile.

77

Ils avaient décidé de se réunir en petit comité ce matin-là, sans les renforts, car Martin Larsson devait se joindre à leur réunion.

Thomas entra dans la pièce en même temps que Karin et Kalle. Il franchit le seuil avec un grand bâillement. Erik n'était pas là. Bien, se dit Thomas. Il était donc resté chez lui. Le Vieux n'avait pas eu un avis différent de celui de Thomas : le plus important était qu'Erik puisse rester auprès de sa sœur. Ils travaillaient sur des questions de vie ou de mort, mais parfois la famille devait passer d'abord.

Margit se pointa derrière lui, un café à la main. Elle ferma la porte et s'assit en embrassant la pièce du regard.

« Où est passé Aram ? demanda-t-elle. Il n'a pas l'habitude d'être le dernier. »

Thomas allait dire qu'il avait déjà cherché à le joindre quand la porte s'ouvrit de nouveau, laissant apparaître Martin Larsson sur le seuil.

Comme la dernière fois qu'ils s'étaient vus, le profileur portait une veste de velours brun avec un gilet de tricot gris en dessous. Ses cheveux ébouriffés dans tous les sens semblaient électrifiés, il venait sans doute d'ôter un bonnet de laine.

Thomas se leva pour le saluer. Il était content d'avoir l'appui de Larsson. C'était un psychiatre légal expérimenté, il s'était même un temps formé auprès du FBI. Il avait en outre été d'une grande aide dans la résolution d'un horrible meurtre avec dépeçage, à Sandhamn, quelques années plus tôt.

« Salut, Larsson, dit-il en tendant la main. Comment ça va ? Tu as bien reçu le dossier, comme convenu ? »

Larsson hocha la tête.

« Aram Goris m'a tout envoyé. »

Il regarda alentour à la recherche de l'expéditeur, mais poursuivit :

« J'ai parcouru tout ça, et j'ai quelques hypothèses dont nous pouvons discuter aujourd'hui. »

Il trouva une chaise libre, ouvrit sa serviette, en sortit une épaisse liasse de documents qu'il posa sur la table.

Le Vieux ne s'était pas encore montré, il était presque huit heures et quart.

« Tu as vu le Vieux ? » demanda Thomas à Karin, qui secoua la tête. Il se tourna alors vers Larsson : « En attendant, tu pourrais nous dire un peu comment ça se présente ?

— Je vais peut-être attendre que tout le monde soit là. »

Thomas hocha la tête, il ne voulait pas le presser.

« Un des aspects du problème est que nous n'avons pas de lieu du crime bien défini pour le moment, reprit pourtant Larsson.

— C'est-à-dire ? demanda Karin.

— Lors du profilage d'un meurtrier, on part toujours de la scène de crime. Son aspect, le degré de violence, le comportement avant et après le crime. Notre problème, c'est que nous n'avons rien de tout ça. »

Il avait raison.

Que Jeanette ait été empoisonnée dans sa cuisine ne se fondait que sur l'estimation du légiste du délai entre ingestion du poison et mort. Une estimation elle-même approximative du fait de la congélation du corps. Il était impossible de déterminer le moment exact du décès : ils n'étaient donc pas à cent pour cent certains qu'elle avait vraiment absorbé le poison chez elle.

Ils continuaient de travailler sur une hypothèse.

Mais Thomas était convaincu que la personne inconnue venue voir Jeanette le 24 jouait un rôle clé.

Martin Larsson continua ses explications à Karin, qui écoutait attentivement :

« Ce que nous avons pour le moment, c'est un lieu de découverte du corps, plus des indications qui suggèrent que le crime a été commis au domicile de Jeanette Thiels. Ce n'est pas une critique, mais je veux juste dire que nous ignorons où se trouvait le meurtrier au moment du crime.

— En quoi cela change-t-il ta façon de travailler ? demanda Karin.

— Cela fait que j'ai moins d'éléments à ma disposition pour le profilage. Comme nous cherchons à comprendre les caractéristiques sociales et comportementales d'un meurtrier inconnu, cela signifie moins de possibilités d'interprétation lors de la construction du profil.

— Je comprends, dit Karin. Il manque des pièces au puzzle.

— On peut le dire comme ça. »

Le jour commençait à se lever, une aube terne pas même éclairée par un pâle soleil d'hiver. Le ciel nuageux passait juste du noir au gris.

Margit tambourina des doigts sur la table.

« Mais où ils sont, tous ? lâcha-t-elle. Il faut qu'on s'y mette. »

On entendit des pas dans le couloir, et le Vieux entra.

« Excusez mon retard, j'étais coincé au service de presse. Les journaux télé comptent faire un sujet important sur Jeanette Thiels, ils ne nous lâchent pas la grappe. »

Il se tourna vers Martin Larsson.

« Salut. C'est parti. »

78

Martin Larsson se racla la gorge.

« Pour commencer, je voudrais souligner que je n'ai pas eu beaucoup de temps pour prendre connaissance du dossier. Ce que j'ai à dire reste donc tout au plus indicatif.

— Nous comprenons, dit le Vieux en faisant un effort presque comique pour l'encourager. Continuez.

— Le poison, ce n'est pas commun, dit Martin Larsson. En tout cas comparé aux armes blanches, utilisées dans environ la moitié des meurtres, ou aux armes à feu, qui servent dans grosso modo 20 % des cas. Les statistiques fantômes sont importantes, car il y a très vraisemblablement beaucoup plus de crimes par empoisonnement que nous ne le croyons. »

Tout ça, on le sait, pensa Thomas en s'impatientant. On est capables de consulter nous-mêmes les statistiques. Raconte-nous plutôt quelque chose qu'on ne sait pas.

Il vérifia discrètement son téléphone, au cas où Aram aurait envoyé un SMS. Étrange qu'il ne donne pas de nouvelles, s'il était malade. Le Vieux lui aussi semblait s'inquiéter de ce qu'il devenait.

« Mais comme je disais, j'ai parcouru le dossier, continua Martin Larsson, et il y a plusieurs choses que j'aimerais souligner.

— Par exemple ? »

Comme toujours, Margit était sur la brèche. Larsson répondit presque immédiatement.

« La forme la plus courante d'empoisonnement se produit quand des parents malades psychologiquement veulent tuer leurs enfants, ou au contraire quand des enfants adultes veulent se débarrasser de leurs parents vieux et malades.

— Ici, il s'agit d'une adulte, dit le Vieux.

— Exact, admit Martin Larsson. C'est une exception intéressante.

— Qu'est-ce que cela nous dit sur le meurtrier ? dit Margit. Homme, femme, jeune, vieux ? »

Martin Larsson ôta ses lunettes, qu'il posa sur la table. La monture façon écaille était cassée d'un côté, rafistolée avec une fine bande d'adhésif.

« Tu sais bien qu'on ne peut pas répondre de façon aussi précise, dit-il à Margit. Ce n'est que dans les séries télé que tu peux obtenir un profil complet incluant la taille et la pointure. »

Le psychiatre s'autorisa un petit sourire.

« Ce que je veux dire, c'est que l'empoisonnement est une manière très personnelle de commettre un crime.

— Comment ça ? demanda Margit.

— Regarde, dit le psychiatre. Un pistolet ou un fusil ne demandent qu'un instant d'action, il suffit d'appuyer sur la détente. Même pas besoin d'approcher sa victime. Mais pour l'empoisonner, il faut à un moment une forme de contact personnel avec la victime.

— Ça semble logique, dit le Vieux. Mais qu'est-ce que ça nous dit de notre meurtrier ?

— Probablement que la victime et le meurtrier se connaissaient. »

Le psychiatre marqua une petite pause en se grattant le menton, où il avait un bouton rouge.

« Il est arrivé que des empoisonnements à grande échelle aient été commis contre des inconnus, mais c'est extrêmement inhabituel.

— Tu penses aux meurtres de Malmö ? » demanda Kalle.

Martin hocha la tête.

« De quoi s'agit-il ? interrogea Karin.

— Un infirmier, dans les années 70, qui avait empoisonné plusieurs petits vieux dans une maison de retraite, expliqua Kalle. Il avait réussi à tuer presque une douzaine de personnes, et avait en plus été condamné pour seize tentatives de meurtre. Un des pires tueurs en série de tous les temps en Suède.

— Comment s'y est-il pris ?

— En mélangeant un détergent fortement corrosif au jus de fruits des petits vieux. Les victimes étaient séniles, elles ne pouvaient pas protester ou refuser. Affreux. »

Les yeux de Margit s'étaient étrécis.

« C'était un malade mental, dit-elle en évacuant l'affaire de Malmö d'un geste impatient. Revenons à Jeanette, si tu veux bien ? Ce que tu nous dis souligne le fait que le meurtrier la connaissait. D'autres signes le suggèrent. Crois-tu qu'ils se connaissaient bien ? »

Thomas savait qu'elle pensait aux deux tasses à café sur la table de la cuisine.

« Impossible de le dire, répondit Larsson. Mais oui, c'était probablement le cas. En outre, d'un point de vue purement statistique, nous savons que victime et meurtrier se connaissent dans 70 % des cas. »

Martin se cala au fond de son siège et croisa les jambes avant de poursuivre. Son pantalon de velours était usé sur un genou.

« Nous avons affaire à un mode opératoire qui exige énormément de soin et de préparation, et qui suggère une relation plus forte entre le meurtrier et sa victime, même si ce n'est pas toujours le cas.

— Qu'est-ce que tu veux dire ? demanda Thomas.

— Si on regarde les statistiques, c'est plus facile à expliquer. Dans la moitié des meurtres, on utilise un couteau, comme je l'ai mentionné. Pourquoi ? »

Le psychiatre répondit lui-même à sa question :

« Parce que 70 % des meurtres ont lieu dans un logement où des couteaux sont disponibles. Acte spontané, pas besoin d'une préparation élaborée, comme dans notre affaire.

— Dans ce cas, comment pense notre meurtrier ? » demanda Thomas.

Martin Larsson remit ses lunettes avant de répondre.

« Le choix du poison indique une volonté de ne pas être découvert.

— C'est le cas général », dit Kalle, flirtant exceptionnellement avec l'humour noir.

Le psychiatre opina légèrement du chef.

« Certes, mais si tu abats quelqu'un d'un coup de feu, il est évident qu'un meurtre a été commis, même chose avec un coup de couteau. Dans notre affaire, le meurtrier espérait sans doute que le meurtre passerait inaperçu, qu'on ne comprendrait pas que Jeanette avait été volontairement tuée. »

Thomas se rappela combien Sachsen était fier d'avoir trouvé les restes de haricot paternoster dans l'estomac de Jeanette. Si le légiste n'avait pas été aussi méticuleux, auraient-ils classé sans suite la mort de Jeanette ? Peut-être s'en seraient-ils tenus au malaise, peut-être une intoxication alimentaire, suivie d'une chute malheureuse dans la neige, où elle était morte de froid.

En d'autres termes, il était important pour le meurtrier de cacher qu'un meurtre avait été commis. Mais il ne suffisait pas que Jeanette soit morte et réduite au silence. Il devait y avoir encore autre chose que le meurtrier cherchait à garder secret.

« Le meurtrier ne voulait pas que la police fouille autour de la mort de Jeanette, dit tout haut Thomas. Il ou elle voulait se débarrasser de Jeanette sans faire de vagues. »

Larsson opina de nouveau.

« Probablement. »

Le fait que la police ait commencé à enquêter sur la mort de Jeanette était donc un revers pour le meurtrier. Y avait-il autre chose qui ne s'était pas passé comme prévu ? Ils n'avaient pas trouvé d'empreintes digitales suspectes, malgré la fouille manifeste de l'appartement.

Mais l'ordinateur manquait toujours à l'appel.

Thomas était de plus en plus convaincu que le meurtrier avait voulu s'assurer que Jeanette n'avait pas fait de copie de ce qu'elle devait avoir dans son Mac.

Si le meurtrier n'avait pas trouvé ce qu'il cherchait, il ou elle devait être aux abois : plusieurs jours s'étaient écoulés depuis la mort de Jeanette, et ce n'était pas un secret, la police enquêtait.

Alice niait avoir rien reçu de sa mère, mais Jeanette devait forcément conserver une sauvegarde de ses textes. La fillette mentait-elle ?

Mais pourquoi le ferait-elle ? Thomas tiqua, irrité, quelle frustration que l'enquête piétine.

« Indéniablement, c'est une méthode inhabituelle, ces graines empoisonnées, dit le Vieux.

— Où peut-on se les procurer ? demanda Karin en se tournant vers Kalle. Tu ne devais pas te renseigner ?

— J'ai trouvé quelques infos, dit Kalle, j'allais vous les donner. » Kalle montra la photo d'une plante verte aux fleurs mauves.

« Les graines proviennent d'une plante fabacée, le haricot paternoster, en latin *Abrus precatorius*. Elle a des fleurs violettes et des cosses vertes. Comme plante en pot, ou plutôt plante grimpante, elle est importée d'Inde, et peut s'acheter dans toute jardinerie bien approvisionnée.

— Même si elle est toxique ?

— Les fleurs ne sont pas toxiques, dit Kalle. Ce sont les graines dans les cosses qui sont dangereuses. Mais il arrive que les graines soient utilisées pour des colliers et bracelets. Il y a d'ailleurs eu un scandale d'empoisonnement en Angleterre, tout récemment. Il y a un parc écologique en Cornouailles, L'Eden Project, où le public peut se promener parmi les plantes exotiques, la forêt tropicale, ce genre de choses. »

Le jardin d'Éden, songea Thomas. Il y avait aussi un serpent au Paradis.

« Il s'est avéré qu'ils avaient vendu des milliers de bracelets faits en graines de haricot paternoster, sans savoir qu'elles étaient dangereuses, continua Kalle. Dans la mesure où l'abrine est classée comme "substance contrôlée" par les lois antiterroristes britanniques, ça a créé un vrai scandale.

— En d'autres termes, il n'est pas difficile de se procurer ces graines », dit Karin.

Elle faisait écho aux réflexions de Thomas.

« Oui, il suffit d'avoir le bon pot de fleurs à la maison, dit Kalle. Ou d'avoir acheté un joli bracelet sur un marché.

— Est-ce que ça peut vouloir dire autre chose ? demanda Margit. Je veux dire, qu'il s'agisse de haricots empoisonnés ?

— Oui, et non, répondit Larsson. Cela souligne le raffinement du meurtrier, mais aussi qu'il ou elle n'a pas un métier donnant accès aux substances toxiques les plus habituelles : arsenic, strychnine, ou des produits plus modernes. Je dirais qu'on peut exclure les chimistes, les pharmaciens et autres professionnels du même genre.

— Un amateur, alors ? dit Kalle.

— On peut le dire comme ça », dit Martin Larsson.

Kalle l'a mal compris, réalisa Thomas. Le psychiatre voulait dire tout autre chose : qu'ils devaient chercher du côté d'autres professions.

Avant qu'il puisse poser la question, Larsson précisa :

« Je dirais plutôt que cela dénote une personne créative, capable de penser selon des voies nouvelles. Dans l'impossibilité de se procurer des poisons classiques, on cherche une alternative. »

Margit agita son crayon.

« Comment se comporte ce meurtrier, selon toi ? » Martin se leva et gagna le tableau blanc. Il prit un marqueur et écrivit en majuscules :

RATIONNEL, ANALYTIQUE, LOGIQUE, DISCIPLINÉ

« Nous parlons d'une personne très rationnelle. » Il souligna le mot de deux traits noirs. « Le meurtrier est capable de tester et d'évaluer diverses possibilités. Il faut une analyse intellectuelle pour opter pour une forme de poison spécifique, adaptée à un contexte donné et disponible. Cela exige en plus planification et préparatifs. Il ne s'agit pas d'un coup de tête.

— Tu veux dire qu'on a affaire à quelqu'un qui comprend les conséquences de ses actes ? dit Margit. Pas un psychopathe ?

— En gros, oui. »

Ça n'allait quand même pas de soi, songea Thomas. Quelle personne saine d'esprit en empoisonnerait volontairement une autre ?

Mais d'après Larsson, il s'agissait d'une personne en bonne santé mentale. Du moins aux termes de la loi.

« C'est probablement quelqu'un de discipliné, capable de se maîtriser, dit Martin Larsson, et avec une bonne capacité de raisonnement : qui comprend qu'une action X entraîne une conséquence Y. Si la victime ingère le poison, sa mort en est la conséquence inévitable. »

Il posa le marqueur et se rassit.

« Un salaud au sang froid », dit Karin.

Elle sembla aussi surprise que les autres de sa formule à l'emporte-pièce. Ses joues rougirent un peu. Kalle l'encouragea d'un coup de coude.

« Parlons-nous d'une personne adaptée à la vie en société ? demanda Thomas.

— On peut le supposer, répondit Larsson. Il peut très bien s'agir de quelqu'un avec un bon emploi, peut-être même un poste de direction. Pour résumer, il s'agit d'un meurtrier capable de planifier et de prévoir les effets de ses actes.

— Pouvons-nous faire des suppositions sur son âge ou sa formation ? demanda Margit.

— Il a sûrement fait des études supérieures. C'est un mode opératoire sophistiqué. En tout cas de nos jours.

— Comment ça ?

— Autrefois, quand tout un chacun avait dans son placard de l'arsenic contre les rats, ce n'était pas particulièrement raffiné d'utiliser du poison, mais aujourd'hui le contrôle sur ces substances est beaucoup plus sévère. En plus, la médecine légale s'est beaucoup développée, difficile d'éviter de se faire repérer.

— Mais s'agit-il d'un homme, ou d'une femme ? » l'interrogea Margit.

Son ton était si autoritaire que Thomas tiqua. C'est un vrai pitbull, se dit-il, elle ne lâche jamais son os. Mais il appréciait son zèle.

« Impossible de répondre, dit Martin Larsson, presque en s'excusant.

— Allez, quoi !

— Disons les choses comme ça : nous savons que les crimes sont beaucoup plus fréquemment commis par des hommes. En Suède, c'est une meurtrière pour dix meurtriers.

— Et ? »

Margit le regarda en plissant les yeux. Tu n'as rien de mieux à nous dire ?

« Aucune statistique ne permet de désigner l'un ou l'autre sexe, dit Larsson. Il n'y a tout simplement pas de schémas clairs.

— Mais tu dois quand même bien avoir un avis ? » s'entêta Margit.

Le psychiatre poussa un petit soupir.

« Ce que nous savons, c'est que les hommes ont davantage tendance à utiliser des objets contondants ou des armes à feu quand ils commettent un meurtre. Nous savons aussi que les femmes qui tuent ont encore davantage tendance à ne *pas* utiliser certaines armes. »

Thomas comprit où il voulait en venir.

« Tu pencherais pour une meurtrière ?

— C'est une possibilité, dit Martin Larsson. Mais comme je l'ai dit, il est impossible de désigner un sexe spécifique, en tout cas pas avec si peu d'éléments. »

Le Vieux paraissait lui aussi sceptique.

« En Suède, encore une fois, on n'a qu'une meurtrière pour dix meurtriers, dit-il. Et si je ne me trompe pas, elles s'en prennent le plus souvent à leurs propres enfants ou à leur mari, n'est-ce pas ? »

Il tourna la tête vers Martin Larsson.

« L'usage féminin de violence meurtrière se concentre dans le cercle familial, confirma Larsson. Dans 80 % des cas, il s'agit d'un proche parent, et dans 90 % le meurtre se produit à son propre domicile. Même chose quand les femmes sont victimes : le meurtre a lieu à domicile dans 80 % des cas. »

Thomas se frotta les yeux pour rester concentré. Larsson n'avait pas l'habitude de jongler ainsi avec les chiffres. Il devait avoir lu un rapport récent.

Les statistiques penchaient pour un homme, la chose était claire. Mais en l'occurrence, cela ne leur était pas d'une grande aide. Thomas voulait savoir si quelque chose dans le mode opératoire lui-même était remarquable dans ce cas précis.

Un autre angle d'attaque.

« Et qu'en est-il de Jeanette, en tant que personne ? dit-il. Peut-on relier le mobile et la méthode au fait que Jeanette était justement une femme ?

— Bonne question, dit le psychiatre. Ma réponse spontanée est qu'il y a souvent une problématique de jalousie ou de séparation quand il s'agit d'hommes assassinant des femmes.

— Nous n'avons pas trouvé ce genre de menace, dit le Vieux. Pas d'ancien amant en colère. Et le divorce remonte à des années.

— Mais nous avons un conflit envenimé entre les ex-époux au sujet de la garde de leur fille », rappela Thomas.

79

Quelqu'un regardait par l'embrasure de la porte quand Nora ouvrit l'œil.

« Simon ? » fit-elle d'une voix pâteuse, ne sachant pas bien si elle rêvait ou non.

La nuit avait été encombrée de rêves pénibles sur Henrik et Jonas. Même Einar lui était apparu, ainsi que Jukka Heinonen.

« Tu es réveillée, maman ? Je peux entrer ? »

Nora essaya de se ressaisir. Elle avait chaud, était en sueur, sa couverture remontée jusqu'au cou.

« Quelle heure est-il ? »

Simon était encore en pyjama et avait une moustache de chocolat au lait.

« Dix heures et quart.

— Oh là là ! »

Elle avait donc dormi presque treize heures. Était-elle épuisée à ce point ? Oui, sans doute.

« Papa a dit qu'il ne fallait pas te déranger parce que tu étais malade. Tu es toujours malade ? »

Nora se laissa retomber sur l'oreiller, essaya de sentir comment elle allait. Une lassitude dans tout le corps, mais pas de fièvre comme la veille.

« Ça va, mon grand, je dois juste avoir besoin de me reposer encore un peu.

— Je peux venir dans ton lit ?

— On va peut-être attendre un peu, ce serait quand même bête si c'était contagieux.

— Papa a dit pareil. »

Nora lui serra le bras.

« Qu'est-ce que tu vas faire aujourd'hui ? Aller chez Fabian ? »

Du bruit derrière Simon, Henrik apparut avec un plateau.

« Comment va la malade ? dit-il en entrant dans la chambre. Tu as le courage de prendre quelque chose ? »

Ça sentait bon le pain grillé et le thé chaud. Sur une assiette en porcelaine, un œuf miroir avec quelques tranches de tomate. À côté, un verre de jus de fruit.

« On laisse maman prendre son petit déjeuner ? dit Henrik à Simon. Comme ça, elle sera vite remise sur pied. »

Il se tourna vers Nora.

« Comment tu te sens ? »

Nora s'assit dans le lit, lissa ses cheveux d'une main. Elle ne portait qu'un T-shirt blanc et une culotte sous la couette. Son dos était mouillé de sueur.

« Mieux, merci. Mais je reste un peu lasse. Je ne sais pas bien ce qui s'est passé hier.

— Tu as eu un pic de fièvre. »

Dit avec la conviction évidente du médecin. Henrik se pencha vers elle, lui posa une main fraîche sur le front.

« La fièvre a dû retomber. Laisse-moi voir. »

Il plaça ses mains expertes sur le cou de Nora et pressa légèrement ses amygdales.

« Dis : Aaaa.

— Aaaa », répéta Nora avec obéissance, la bouche grande ouverte pour qu'il puisse lui inspecter la gorge.

C'était un peu ridicule, mais en même temps tellement bon de lâcher prise, de le laisser décider si elle était ou non malade.

« Tu n'as pas la gorge rouge. Ça devait être quelque chose de passager, probablement un virus de vingt-quatre heures. Ça arrive, tu seras rapidement sur pied. »

Il recula en lui donnant une petite tape sur la joue.

« C'est en tout cas l'avis de ton médecin privé. Tu sais quoi, Simon ? dit Henrik en prenant son fils par la main. Tu devrais aller t'habiller, et laisser maman prendre tranquillement son petit déjeuner. »

Il se dirigea vers la porte, en poussant Simon devant lui.

« Essaie de dormir encore un peu après avoir mangé, et tu iras bientôt beaucoup mieux. »

La porte se referma derrière eux. Nora attendit quelques minutes jusqu'à entendre des pas dans l'escalier, puis se glissa dans la salle de bains pour se brosser les dents.

Le pain grillé avait refroidi quand elle revint, mais ça n'avait pas d'importance, c'était bon quand même. Elle avait faim, engloutit tout le plateau.

Cette brusque poussée de fièvre était étrange, mais c'était peut-être la réaction spontanée de son corps à la journée de la veille.

À ce qui s'était passé dans le bureau d'Einar.

Un chagrin soudain l'envahit. Je peux démissionner, pensa-t-elle en se blottissant sous la couette. Je peux chercher un autre emploi.

Mais l'angoisse s'empara d'elle.

L'emprunt pour l'appartement de Saltsjöbaden lui avait été accordé par la banque à un taux privilégié, et les frais de la villa Brand grevaient ses finances. Entretenir une aussi grande maison n'était pas bon marché, même si elle louait toujours à Jonas son ancienne maison, héritée de sa grand-mère.

Impossible de quitter la banque sans avoir un autre poste en vue, il fallait qu'elle subvienne aux besoins de ses fils. Mère célibataire, elle ne pouvait compter que sur elle-même : depuis son divorce, cette réalité s'était douloureusement imposée.

Si, par-dessus le marché, la banque ne la notait pas bien, elle aurait du mal à retrouver du travail.

Papa et maman, pensa-t-elle, tout en sachant bien que ce n'était pas une solution. Ses parents étaient retraités, ils avaient de quoi, mais pas beaucoup plus. Lasse avait été auto-entrepreneur, Susanne comptable communale. Les parents de Nora l'avaient épaulée après son divorce, s'étaient occupés des garçons, de les emmener à leurs activités. Mais ils ne seraient pas en mesure de lui maintenir la tête hors de l'eau financièrement.

Je ne veux pas vendre la villa Brand, pensa Nora en serrant fort l'oreiller. Tante Signe lui en avait légué la propriété par testament. C'était une preuve de confiance, un héritage à préserver pour les générations futures. Un jour, la maison serait transmise à Adam et Simon.

Henrik et elle s'étaient violemment disputés au sujet de la décision de Nora de garder la maison. C'était une des causes de leur divorce, Nora ne pouvait pas envisager de la vendre, et la maison de sa grand-mère non plus.

Il faut que je parle à quelqu'un, pensa-t-elle, quelqu'un, à la banque, qui connaisse Einar et Jukka. Qui puisse me donner un conseil.

L'un après l'autre, elle passa en revue ses collègues du département. Ils étaient en tout dix juristes, quatre femmes et six hommes. Allan était l'employé le plus récent, Herbert le plus ancien avec ses soixante-deux ans. Les secrétaires s'appelaient Anna et Kerstin.

Nora travaillait principalement avec Anna, qui était là depuis aussi longtemps qu'elle, dix ans.

À qui pouvait-elle faire confiance, à qui parler du projet Phénix... et d'Einar ?

Elle ne fréquentait aucun collègue en privé, même ceux avec qui elle s'entendait bien. Allan, alors ? Ils avaient beaucoup travaillé ensemble cette dernière année, et elle l'appréciait. Mais si elle lui racontait ce qui lui était arrivé, il serait pris entre deux feux, entre Nora et leur chef commun.

Ce serait une position intenable. Elle ne pouvait pas faire ça à un camarade, ce n'était pas juste.

Mais je ne changerai pas d'avis au sujet du projet Phénix.

Je n'y retournerai pas, pensa-t-elle et, malgré ses yeux brillants, elle savait que sa décision était prise.

80

Thomas alla voir Margit pour discuter de Michael Thiels.

Son bureau était vide, la kitchenette aussi, et il continua jusqu'au bureau de Karin, dont la porte était entrouverte.

Elle était concentrée devant son ordinateur. Les images d'une plante verte aux fleurs mauves emplissaient l'écran. Le haricot paternoster, *Abrus precatorius*.

« Tu as croisé Margit ? demanda-t-il.

— Je crois qu'elle est allée demander à Nilsson si les résultats des analyses sont arrivés de Linköping. »

Ah oui, les analyses devaient être prêtes aujourd'hui, ça lui était sorti de l'esprit.

« Et Aram ? Il a donné des nouvelles ? »

Karin secoua la tête.

« Tu veux que je l'appelle chez lui ?

— Tu peux essayer, j'ai déjà appelé plusieurs fois son portable. »

Le laboratoire de la police scientifique était au même étage, derrière une porte fermée. Staffan Nilsson avait le bureau qui faisait l'angle, tout au fond. Il y trouva Margit, déjà installée dans le fauteuil des visiteurs.

« C'est bien que tu sois là, dit-elle dès l'entrée de Thomas. On a des nouvelles de Linköping. On a dû bénéficier de la double priorité, pour qu'ils soient aussi rapides. »

Une bonne nouvelle, pour changer, ça ne faisait pas de mal.

« Raconte, dit-il.

— Ils ont trouvé de l'abrine dans les échantillons que nous avons envoyés », dit Staffan Nilsson.

C'était ce dont il se doutait : le café de Jeanette avait été empoisonné d'une façon ou d'une autre.

« Il y en avait dans le chocolat, dit Margit.

— Quoi ?

— Tu te souviens des quelques truffes sur le plat, dans la cuisine de Jeanette ? dit Staffan Nilsson. Avec les restes de brioche au safran. »

Thomas fouilla dans ses souvenirs, essaya de visualiser la table de la cuisine de Jeanette, le plat et les mugs.

« Les chocolats étaient empoisonnés, continua Nilsson. Les graines avaient été moulues et mélangées à la pâte au chocolat, quelques bouchées ont probablement suffi à l'envoyer au tapis. »

Un raclement sec de la gorge.

« Même Agatha Christie n'aurait pas trouvé mieux. Des friandises mortelles offertes à Noël.

— Macabre, dit Thomas.

— Ça me rappelle le meurtre aux pralines de Malmö », dit Nilsson.

Thomas connaissait vaguement cette affaire. Dans les années 90, un gangster du sud de la Suède avait injecté du Rohypnol dans des pralines fourrées au punch, qu'il avait fait manger à un antiquaire pour le dévaliser.

« Le meurtrier n'avait probablement pas fait tourner son mixer assez longtemps, ajouta Margit. C'est pour ça qu'il restait le petit morceau de haricot que Sachsen a trouvé. Une chance. »

Thomas essaya de digérer l'information.

« C'était donc dans le chocolat », dit-il, encore étonné.

Martin Larsson avait dit que le mode opératoire était personnel, et exigeait un contact intime entre victime et meurtrier.

Seul un esprit malade offrait à une femme des chocolats maison empoisonnés.

Il devait être terriblement important pour le meurtrier de se débarrasser de Jeanette.

Qu'avait encore dit Nilsson, lors de la réunion ? Il pensait que c'était quelqu'un qu'elle connaissait bien.

Le ton des messages retrouvés dans le téléphone de Jeanette allait dans ce sens.

Il y avait une seule personne de ce genre dans cette enquête. La seule qui avait en outre un intérêt clair à voir Jeanette morte.

Michael Thiels.

81

Michael Thiels reposa lentement le téléphone sur la table de la cuisine, fixant l'appareil noir encore marqué par ses empreintes digitales.

Il était convoqué pour un interrogatoire au commissariat de Nacka, à une heure. C'était dans à peine deux heures.

La femme qui l'avait contacté avait été laconique, n'avait pas perdu de temps en paroles superflues.

« Ai-je besoin d'un avocat ? avait-il demandé avant qu'elle ne raccroche.

— Il s'agit d'un interrogatoire informatif, il n'y a donc en principe pas besoin d'assistance juridique. Mais vous pouvez très bien vous faire accompagner de quelqu'un, si vous le voulez, rien ne l'empêche. »

À la fin de la conversation, il était resté devant le plan de travail, sans vraiment comprendre ce qui arrivait.

Il était à bout de forces, la sueur froide lui coulait dans le cou. Une grande lassitude l'envahit, et il se laissa tomber sur une chaise.

Il fallait qu'il se ressaisisse, qu'il réfléchisse.

Que vais-je leur dire ? La vérité ?

Il était depuis si longtemps en colère contre Jeanette qu'il ne se rappelait pas comment c'était avant. La colère avait tout dominé, tout excusé.

Petra avait fait exception, Alice aussi.

À présent, sa fureur fondait comme une glace fine au soleil printanier.

Michael appuya son front sur ses deux mains et resta immobile.

Comment en sommes-nous arrivés là ?

Au bout d'un moment, il regarda sa montre. Un quart d'heure s'était déjà écoulé depuis qu'on l'avait appelé. Il fallait qu'il parle à Alice, prenne une douche et se rase.

L'escalier grinça sous les pieds de Michael.

La porte de la chambre d'Alice était fermée, comme toujours ces derniers temps. Il frappa avant de l'ouvrir.

Autrefois, elle était toujours ouverte. Quand avait-elle grandi au point qu'il doive frapper pour entrer ?

Alice était étendue sur son lit, comme toujours écouteurs aux oreilles. Sushi était couchée en boule à côté d'elle. Des poils blancs avaient collé au pantalon de survêtement gris d'Alice.

« Il faut que je m'en aille un moment, dit-il dans l'expectative.

— OK. »

Elle leva à peine les yeux, comme s'il n'était pas dans la pièce.

« Alice ? Tu as entendu ce que je viens de dire ?
— Mmh. »

Un désespoir soudain s'empara de lui. Jeanette était morte, et Alice refusait de lui parler.

Tu es tout ce que j'ai, lui adressa-t-il intérieurement.

« Ma chérie, écoute-moi un instant. »

Son regard furibond n'avait rien pour le réconforter.

« Quoi ?
— La police veut me voir pour me parler.
— De maman ?
— Je suppose. »

Quel mélange d'enfant et d'adulte, se dit-il. Une fille de treize ans qui sait tout et ne sait rien, sur le seuil entre deux mondes.

« Pourquoi il faut que tu y ailles ?
— Je ne sais pas. »

Pour qu'elle ne s'inquiète pas, il ajouta :

« C'est sûrement juste la routine. C'est bien qu'ils soient méticuleux, comme ça on saura ce qui est arrivé à maman. »

Une ombre glissa sur le visage d'Alice, il crut d'abord qu'elle voulait dire quelque chose. Lui confier un secret.

Reviens à moi, Alice, la supplia-t-il silencieusement.

Mais elle se laissa retomber sur l'oreiller et pianota sur son iPod.

L'occasion était passée.

« Ça pourra mettre plusieurs heures, dit Michael. Le commissariat est à Nacka, il faut que je traverse tout Stockholm pour y arriver, et la route est assez glissante.

— OK. »

Il regarda son visage pâle, les cernes bleus sous ses yeux. Elle était si mince. Il en avait beaucoup parlé avec Petra, de la difficulté d'approcher Alice, combien elle avait maigri ces derniers temps.

Michael se promit de prendre la question à bras-le-corps dès que tout le reste se serait calmé.

« Qu'est-ce que tu dirais de sortir prendre l'air pendant que je ne suis pas là ? Tu n'as pas mis le nez dehors ces derniers jours. Tu pourrais descendre à l'épicerie t'acheter des bonbons, si tu veux. »

Il sortit son portefeuille et lui tendit un billet de cinquante.

Alice posa le billet sur sa table de chevet sans le regarder.

« On peut éventuellement dire merci, quand on reçoit de l'argent de son père, dit-il en se demandant ce qui lui prenait de chercher à l'éduquer, un jour comme celui-là.

— Merci. »

C'était presque pire d'entendre sa réponse mécanique.

Michael attendit encore un moment, espérant une forme de réponse, un signe de contact.

Alice avait refermé les yeux, son corps bougeait un peu au rythme de la musique.

Les aigus sortaient des écouteurs, c'était beaucoup trop fort, mais il ne dit rien sur le volume sonore.

Au bout d'un moment, il se pencha pour caresser le dos soyeux de Sushi.

Il n'y avait rien d'autre à dire.

« Bon, comme ça, tu sais que je file un moment, dit-il du ton le plus normal qui soit. À plus tard. »

Michael sortit en refermant derrière lui.

82

Karin appela Thomas sur son portable alors que la conversation avec Nilsson s'achevait.

« Où es-tu ?

— À trente mètres de toi, chez Staffan. Tu as eu mon SMS, pour convoquer Thiels à un interrogatoire ?

— Oui, c'est fait. Mais le Vieux veut vous voir immédiatement, Margit et toi, en salle de réunion. »

Thomas raccrocha.

« Pour quoi faire ? demanda-t-il à Margit.

— Aucune idée. »

Il ouvrit la porte et ils continuèrent jusqu'au bout du couloir, Karin les attendait déjà à la longue table quand ils franchirent le seuil de la salle de réunion.

« Tu as pu joindre Aram ? lui demanda Thomas.

— Non, personne ne répond. »

Kalle entra, une pomme à moitié mangée à la main.

« Tu n'as pas de nouvelles d'Aram ? » lui demanda Thomas. Il secoua la tête.

Margit regarda autour d'elle.

« Où est le Vieux ? demanda-t-elle à Karin. C'est lui qui voulait nous rassembler, non ?

— Il arrive tout de suite. »

Quelques minutes passèrent. Margit commençait à s'impatienter. Enfin, on entendit des pas dans le couloir, et le Vieux apparut dans l'encadrement de la porte. Il serrait son portable, les paupières plus tombantes qu'à l'ordinaire.

Une seconde, il resta immobile, la main sur la poignée. Puis il alla s'asseoir au bout de la table.

« C'est bien que ayons pu nous rassembler si rapidement. Hélas, j'ai de bien tristes nouvelles. »

Un silence total se fit dans la pièce. Tout le monde se tourna vers le Vieux.

Thomas avait une sensation désagréable, qui ne faisait qu'empirer de seconde en seconde.

« Il s'agit malheureusement d'Aram, dit le Vieux. Il est à l'hôpital Karolinska. En soins intensifs.

— Mon Dieu, haleta Karin. Mais pourquoi ?

— Il est gravement blessé. Il a la mâchoire cassée, des hémorragies internes et une fracture du fémur. »

Margit demanda tout bas :

« Qu'est-ce qui lui est arrivé ? »

Le Vieux lui adressa un regard reconnaissant, comme si la retenue de Margit l'aidait à garder contenance lui aussi. Mais son visage était dangereusement rouge, ses joues couperosées.

« Voici la situation, dit-il en s'essuyant le front avec un grand mouchoir blanc sorti de sa poche. Aram a été conduit à l'hôpital tard cette nuit. Il a été trouvé par un homme qui promenait son labrador. Comme je vous l'ai dit, il est méchamment amoché, ils ont dû le plonger en coma artificiel.

— Il a été renversé par une voiture ? » demanda Margit.

Le Vieux semblait avoir du mal à parler. Ses narines s'élargirent.

« Il a été violemment battu, démoli. »

La colère qui le submergea étonna Thomas. Il frappa du poing sur la table, se levant à moitié.

« C'est quoi, ce bordel ?

— Du calme, dit Margit en lui secouant le bras. Assieds-toi, Thomas, et laisse Göran terminer. »

Thomas serra les dents, chercha en lui un calme qu'il n'avait pas, mais se laissa pourtant retomber sur sa chaise.

Hier encore, il était à cette table en train de discuter avec Aram des listes d'appels du téléphone de Jeanette. Douze heures plus tard, le Vieux affirmait que son collègue était à l'hôpital, dans un état critique.

Le Vieux attendit que Thomas se soit rassis.

« Un ou plusieurs individus ont brutalement passé à tabac Aram, dit-il. Il s'agit d'une agression d'une rare violence, le docteur dit que ses proches auront du mal à le reconnaître.

— Mais il va s'en remettre ? demanda Kalle en tirant nerveusement sur ses cheveux courts.

— Impossible de le dire pour le moment. Il va falloir attendre plusieurs jours pour que les médecins se prononcent. »

Margit ferma les yeux.

« Où a-t-il été retrouvé ? À quelle heure ? »

Le Vieux s'essuya une nouvelle fois le visage.

« Il était tard, autour de minuit. On l'a trouvé à Vasastan, sur une aire de jeux, on se demande pourquoi. L'endroit s'appelle le Tournesol. C'est une pure chance que cet homme soit passé par là avec son chien, Aram n'aurait sûrement pas survécu à cette nuit par ce froid. »

Exactement comme Jeanette Thiels.

« Mais il a deux petites filles, dit Karin en essuyant une larme. Elles n'ont que deux et cinq ans. »

Le silence se fit dans la pièce.

Thomas songea à Elin, à qui il avait donné un biberon de bouillie tiède avant de partir. Il songea à Pernilla, encore endormie, qui l'avait prise dans ses bras avant que Thomas ne parte travailler.

Kalle avait l'air de celui qui voulait poser une question mais espérait que quelqu'un d'autre s'en chargerait.

« Est-ce que quelqu'un sait pourquoi il a été agressé ? finit-il par demander.

— On n'a pas de témoins, répondit le Vieux. Mais la police de Stockholm a commencé à analyser la scène de crime.

— Qu'a dit la patrouille, ceux qui sont arrivés sur place les premiers ? demanda Margit. Ils ont forcément trouvé quelque chose qui puisse expliquer ce qui lui est arrivé. »

Elle avait rempli son carnet de petits cercles pendant que le Vieux parlait, un rond après l'autre, sans interruption, toute la page était couverte d'encre bleue.

« Margit, dit le Vieux d'un air entendu. Tu sais sans doute aussi bien que moi de quoi il s'agit très probablement. »

Agression de rue, pensa Thomas avec lassitude. Avec des relents racistes.

Ce n'était pas la première fois qu'un homme d'origine étrangère était agressé et brutalisé en pleine nuit sans explication plausible. À part que c'était un immigré.

Margit s'affaissa un peu plus.

« Et sa famille ? dit-elle. Sa femme est prévenue ? »
Le Vieux secoua la tête.

« Je viens juste d'être mis au courant. Je vais la contacter tout de suite, mais je voulais d'abord vous informer.

— Elle est à Norrköping, dit Thomas d'une voix sourde. Chez ses parents. »

Il essayait d'assimiler les paroles du Vieux, de trouver une logique à quoi se raccrocher.

La veille au soir, il avait déposé Aram au métro Skanstull pour qu'il rentre chez lui à Hagsätra. Ils venaient de quitter l'appartement d'Anne-Marie à Södermalm.

Aram n'avait pas parlé d'autres projets. Au contraire, il avait semblé las, comme s'il comptait rentrer se coucher.

Comment avait-il atterri dans Vasastan ?

« Pourquoi l'avons-nous su si tard ? demanda Margit. On aurait dû nous mettre au courant bien avant ça, s'il a été admis à l'hôpital cette nuit. »

Le Vieux haussa les épaules.

« C'est les vacances, les remplaçants…, marmonna-t-il avant de reculer sa chaise et de se lever.

— On peut aller le voir ? demanda Karin avant que le Vieux ait le temps de s'en aller.

— Ce n'est sans doute pas une bonne idée, pas les prochains jours, en tout cas. Tant qu'il est en soins intensifs, je ne crois pas qu'il puisse recevoir de visites. »

Il s'arrêta sur le seuil.

« Pas facile de se concentrer, après une nouvelle pareille, dit-il. Mais nous ne pouvons pas laisser tomber tout le reste. »

Karin s'essuya les yeux avec une serviette en papier, tandis que Kalle avait l'air de vouloir gifler quelqu'un.

Thomas restait immobile, avec une étrange sensation d'anesthésie.

Plusieurs minutes passèrent, puis Margit prit le commandement.

« Beaucoup vont avoir du mal à dormir cette nuit, dit-elle. Rien d'étonnant. Dans des cas pareils, on se met à réfléchir à la vie et à la mort, à ce qui se passerait si une telle chose nous arrivait. Aux conséquences pour notre propre famille. »

Thomas comprit que Margit essayait d'expliquer les mécanismes psychologiques en train de s'activer. Elle voulait transmettre une forme de calme, mais il ne faisait qu'entendre chacun de ses mots. Son cerveau travaillait à plein régime, tandis que son corps paraissait épuisé.

« Il va falloir du temps pour accuser le coup, poursuivit Margit. C'est dur de savoir un collègue à l'hôpital, surtout dans de telles circonstances. Beaucoup de sentiments se mêlent quand un proche est brutalisé de cette façon, c'est parfaitement naturel. Mais nous devons aussi penser à l'enquête, nous avons du pain sur la planche, malgré ce qui est arrivé à Aram. »

Elle continua à dévisager ses collègues.

Ça va aller ? disait ce regard. Vous allez y arriver ?

Thomas réalisa qu'il respirait bien trop vite, il se força à garder l'air plus longtemps dans ses poumons.

« Nous venons d'apprendre que Jeanette a été assassinée par un chocolat empoisonné. » Malgré sa voix brisée, ses mots restaient distincts. « Il y avait des traces dans les restes de nourriture retrouvés dans sa cuisine. »

Son engourdissement commençait à s'estomper.

« L'idée de Larsson est que Jeanette connaissait probablement très bien son meurtrier, dit Margit. C'est la raison pour laquelle nous nous concentrons à présent sur l'ex-mari. Il est convoqué pour un interrogatoire à treize heures. »

83

Margit effleura le bras de Thomas quand ils quittèrent la salle de réunion.

« On peut causer un peu dans mon bureau ?

— Ça peut attendre une seconde ? Il faut que je passe un coup de fil, je te rejoins après. »

Thomas s'enferma dans son bureau et ferma les yeux quelques secondes. Puis il décrocha et composa sept chiffres. Le numéro de la maison.

S'il te plaît, réponds.

La voix de Pernilla après deux sonneries.

J'ai tellement besoin de toi, se dit-il, avec l'envie de tout lui raconter. Au lieu de quoi il parvint juste à lâcher :

« Salut, c'est moi. »

Mais Pernilla entendit aussitôt qu'il n'était pas lui-même.

« Il s'est passé quelque chose ? demanda-t-elle. Tu as l'air stressé. »

Merci, tu me connais si bien.

« Il est arrivé un truc. À Aram. On vient d'apprendre qu'il est à l'hôpital, il a été agressé, admis à Karolinska tard cette nuit.

— Quoi ?

— On n'est même pas sûrs qu'il s'en sorte. »

Thomas déglutit.

« Il semble qu'il ait été attaqué et à moitié démoli par des hooligans. Probablement une agression raciste.

— Le malheureux. »

Il entendit la respiration attristée de Pernilla à l'autre bout du fil, il la savait aussi choquée que lui.

Je suis tellement furieux, réalisa-t-il. Tellement en colère que je ne sais pas quoi faire.

Sa main se dirigea instinctivement vers son arme de service.

« C'est arrivé quand ? demanda Pernilla.

— Hier soir, après que je l'ai déposé au métro.

— Donc vous étiez ensemble hier ?

— Oui, nous sommes allés ensemble voir une voisine de Jeanette Thiels, c'est la dernière chose que j'ai faite avant de rentrer. Je l'ai conduit à Skanstull, il avait l'air de vouloir rentrer directement se coucher chez lui à Hagsätra. Et puis un homme qui promenait son chien l'a retrouvé dans la nuit, sur une aire de jeux, on se demande pourquoi. Le Tournesol.

— Le Tournesol, répéta Pernilla. Le nom me dit quelque chose, c'est où, déjà ? »

Thomas chercha à se souvenir de ce qu'avait dit le Vieux.

« Dans Vasastan, je crois.

— Mais oui. J'y suis allée avec Elin le printemps dernier, quand le groupe des mamans a fait une excursion. C'est au-dessus de Karlbergsvägen. »

Elle poussa un soupir attristé.

On entendit un gémissement à l'arrière-plan. Elin ? Elle était sans doute en train de se réveiller de sa sieste du matin. Thomas ne put s'empêcher de se demander si la fille de deux ans d'Aram était elle aussi en train de dormir.

« C'est terrible, dit tout bas Pernilla. Comment vont Sonja et les filles ? »

Thomas serra plus fort son téléphone. Tout allait au ralenti, pourquoi son cerveau était-il si mou ?

« Où tu as dit qu'il était, ce parc ?

— Au-dessus de Karlbergsvägen. »

Les mots d'Aram dans la voiture, en partant de chez Anne-Marie.

« Au fait, j'ai vérifié : Peter Moore habite Birkastan, sur Karlbergsvägen. »

84

« Mais regardez la carte ! » dit Thomas au Vieux et à Margit en montrant la rue où habitait Peter Moore.

Il haussait beaucoup trop la voix, mais n'y pouvait rien.

Ils étaient penchés sur le bureau du Vieux, une carte de Stockholm étalée devant eux. L'appartement de Moore n'était qu'à quelques minutes de l'aire de jeux où Aram avait été retrouvé tard dans la nuit.

Ça ne pouvait pas être un hasard. Il refusait de le croire.

Le scénario lui apparaissait clairement, à présent.

Aram avait fait des vérifications sur Peter Moore la veille, il en avait parlé à Thomas. Pour une raison X, Aram devait avoir décidé d'aller tâter le terrain dans la soirée, après l'avoir quitté. Là, il avait été surpris par Moore, avait eu le dessous et s'était fait passer à tabac.

La chose faite, le Tournesol était un endroit idéal pour se débarrasser de lui.

Cette seule idée lui faisait tambouriner les tempes.

Le Vieux restait silencieux. La fatigue formait comme une pellicule sur son visage.

« Tu n'as aucune preuve, finit-il par dire.

— Avec un mandat de perquisition, je trouverai ce qu'il faut, j'en suis sûr. C'est ce salaud de Moore qui a fait le coup, crois-moi. »

Margit laissa glisser son regard entre le Vieux et Thomas.

« Thomas, dit-elle. Nous sommes aussi choqués que toi. Mais il n'y a rien de concret sur quoi s'appuyer, tu es forcé de l'admettre.

— Pourquoi s'en prendrait-il à Aram de cette façon ? dit le Vieux. Qu'est-ce que tu peux répondre à ça ?

— Pourquoi les racistes s'en prennent-ils aux immigrés, en général ? » rétorqua Thomas.

Il sentait sa fureur croître en songeant à la surface policée de Peter Moore.

« Il est à Suède Nouvelle, ça ne suffit pas ?

— Aram est policier.

— Mais comment Moore aurait-il pu le savoir ? »

C'était là son atout, son meilleur argument. Moore n'avait probablement vu qu'un basané, le surprenant peut-être même dans son appartement. Un immigré qui correspondait à tous ses préjugés.

Thomas ne considérait pas comme impossible qu'Aram soit entré chez lui, d'une façon ou d'une autre. Il n'aurait pas été le premier policier à faire une chose pareille, loin de là.

Thomas en avait la conviction, Moore avait surpris Aram, et décidé de donner une leçon au sale immigré. Qui y ferait attention ? Une agression gratuite de plus dans les statistiques. Pas de mobile, pas de témoins, comme d'habitude dans ces affaires.

« Je sais que c'est Moore, répéta-t-il, comme s'il pouvait convaincre ses collègues en répétant ce nom.

— Mettons que nous faisons une perquisition chez Moore, dit Margit. Comment la motiverons-nous pour avoir l'aval du procureur ? Il n'y a pas de lien étayé entre Aram et Moore. »

Le Vieux paraissait gêné.

« Il faut y aller avec des pincettes, reprit-il. Même si ça nous coûte. Il s'agit malgré tout d'un mouvement politique, même s'il est situé à l'extrême droite. Nous ne voulons pas que les journaux nous tombent sur le dos pour harcèlement d'une faction politique.

— Göran a raison, dit Margit. Le mouvement Suède Nouvelle est beaucoup trop en vue pour être traité n'importe comment. Tu sais très bien que la presse du soir adorerait nous taxer d'antidémocratiques. »

Thomas se sentit bouillir.

« Et s'il meurt, qu'est-ce qu'on fait ? dit-il en frappant si fort du poing sur la table que la carte vola.

— Mais enfin, Thomas… » fit Margit.

Thomas l'ignora.

« Est-ce qu'on va attendre qu'Aram décède pour envoyer Moore au trou ? Est-ce qu'il faut qu'il meure pour qu'on se bouge ?

— Ça suffit, maintenant ! » éructa le Vieux.

Il se leva, alla à la fenêtre, qu'il ouvrit violemment. Malgré l'air froid qui affluait, il resta là, tournant le dos à Margit et Thomas.

Margit croisa les bras sur la poitrine, l'air de dire : voilà, tu es content ?

Quelques flocons se posèrent sur le rebord de la fenêtre, les rideaux s'agitèrent dans le courant d'air.

Le froid ramena Jeanette à l'esprit de Thomas, son corps couvert de neige, ses yeux sans vie sur la plage de Sandhamn.

C'est lié, ça ne peut pas être un hasard.

Margit se leva et s'approcha du Vieux pour essayer d'arrondir les angles.

« Ça n'arrangera rien qu'on se dispute entre nous, dit-elle. Nous n'en n'avons ni le temps ni les moyens. »

Elle attendit une minute, mais comme le Vieux continuait à se taire, elle se tourna vers Thomas :

« Il faut des priorités, c'est le plus important pour le moment. »

Une chose à la fois.

Thomas serra les dents, il savait qu'elle avait raison, mais Aram méritait mieux. Toute sa famille méritait mieux, Sonja et les filles.

Son téléphone sonna dans sa poche, il le sortit et vit que c'était Sachsen.

Le bruit fit se retourner le Vieux. Thomas montra l'écran pour qu'ils voient l'un et l'autre que c'était le légiste.

« Décroche », dit le Vieux.

Thomas mit le haut-parleur.

« Oui ?

— Tu avais raison. »

La voix de Sachsen, un peu métallique dans le haut-parleur du portable. Il était onze heures et demie, l'autopsie était donc terminée.

« Qu'est-ce que tu veux dire ?

— Bertil Ahlgren a lui aussi été assassiné. Probablement étouffé avec un oreiller de l'hôpital : j'ai retrouvé des fibres de coton dans sa bouche et sa gorge.

— Tu es sûr ?

— Il n'y a aucun doute. »

Margit serra si fort la bouche que ses lèvres disparurent.

Sachsen continua :

« Je déteste avoir à vous dire ça, mais j'ai bien peur que vous n'ayez un double meurtrier sur les bras.

— Je comprends. Merci », dit Thomas en posant son téléphone sur la table.

Le Vieux referma la fenêtre et regagna son fauteuil d'un air résolu.

« L'enquête pour meurtre doit passer en premier, dit-il à Thomas. Trouve-moi le meurtrier de Jeanette. Après, tu auras ta perquisition, dussé-je rédiger le mandat de ma propre main. »

« Ça va aller ? »

Margit dévisagea Thomas. Karin venait de les informer que Michael Thiels les attendait. Ils se dirigeaient vers la salle d'interrogatoire quand Margit s'était arrêtée en plein couloir.

« Qu'est-ce que tu veux dire ? dit Thomas.

— Tu sais très bien de quoi je parle. »

Margit était dos au mur gris. Quelques traces noires de caoutchouc indiquaient l'endroit où le chariot du ménage avait cogné.

« Je suis moi aussi éprouvée par ce qui est arrivé à Aram, nous le sommes tous. Mais nous devons faire notre boulot. »

Thomas ne pouvait pas lui donner tort. Il avait réagi beaucoup plus violemment qu'il ne l'aurait cru possible. Il aurait voulu l'expliquer, mais ne trouvait pas les mots justes.

« Tu savais qu'Aram s'est réfugié ici à dix ans ? finit-il par dire. Toute sa famille a fui l'Irak, son grand-père a été torturé à mort.

— Non, dit lentement Margit. Je ne savais pas.

— Si tu avais entendu ne serait-ce qu'un peu de ce qu'il m'a raconté… »

Thomas se secoua.

Margit ne posa pas d'autres questions et repartit en direction des portes vitrées.

« Il faut que tu puisses te concentrer sur l'interrogatoire, si tu veux y participer, dit-elle.

— Ça ira. »

85

Alice fixait son téléphone, comme pour faire apparaître du regard un nouveau message. Pourquoi ne recevait-elle pas de nouveau SMS ? C'était tellement bizarre que la personne qui l'avait contactée ne réessaie pas.

Elle avait tapé le numéro sur Internet, sans parvenir à obtenir de nom. Sans doute une carte prépayée.

Papa était parti en ville, elle était seule à la maison.

La lèvre inférieure d'Alice tremblait.

À présent, elle regrettait tout ce qu'elle avait dit aux policiers, aurait voulu s'être tue quand ils avaient posé leurs questions. Au lieu de quoi elle avait bavassé comme une gamine. C'était sa faute si papa devait aller au commissariat.

Parce qu'elle avait dit une bêtise.

Elle aurait voulu lui demander pardon quand il était venu la voir, mais les mots étaient restés bloqués. La mauvaise conscience l'accablait, elle était demeurée muette et s'était dérobée quand il avait voulu l'embrasser. À la place, elle s'était réfugiée dans la musique, en faisant comme s'il n'était pas là.

Quand il avait fini par partir, elle s'était sentie encore plus mal.

Et si la police ne le laissait pas revenir ? À cette pensée, Alice avait le souffle court. Il ne fallait pas que papa disparaisse, pas lui aussi.

Pourquoi faisait-elle des choses aussi débiles ?

Sushi s'était endormie sur la couverture, sa queue sous elle. Sa respiration silencieuse soulevait régulièrement son ventre.

Alice caressa son pelage blanc, ferma les yeux.

Au bout d'un moment, elle se redressa, essaya de se décider. Puis elle se leva et gagna la caisse du chat, dans le coin de la salle de bains, devant le radiateur.

Elle glissa la main dessous et chercha à tâtons l'enveloppe blanche qu'elle y avait scotchée.

En la lui donnant, maman avait dit exactement :

« Un jour, tu verras… »

Et elle s'était interrompue, une expression tourmentée dans les yeux.

« C'est juste une sécurité. Mais il ne faut pas montrer ça à papa, à aucune condition. »

Alice leva l'enveloppe dans la lumière, devina la forme d'une clé USB.

Le téléphone sonna.

Elle aurait voulu ne pas répondre, mais savait que papa n'aimait pas ça. Et si c'était lui, qui rentrait déjà ? Elle se promit de lui demander alors pardon, de tout arranger.

L'enveloppe à la main, elle gagna la grande chambre, où papa avait un téléphone sur sa table de nuit.

« Allô, c'est Alice.

— Salut, Alice, c'est Petra. »

Elle regretta aussitôt d'avoir décroché.

« Est-ce que ton papa est là ? » dit Petra d'un ton guilleret, comme si elle avait attendu toute la journée le moment d'entendre la voix d'Alice, alors qu'Alice savait qu'elle faisait semblant.

« Il est chez la police. »

Une inspiration rapide.

« Qu'est-ce que tu dis ?

— Il est chez la police, répéta Alice. Il a filé il y a plus d'une heure.

— Oh, ma grande… »

Je ne suis pas ta grande, lui rétorqua-t-elle pour elle-même.

« Et quand revient-il ?

— Sais pas. »

Petra ne trouva plus ses mots, le silence se fit.

Alice attendit, espérant qu'elle allait raccrocher. Mais Petra reprit son élan :

« Tu voudrais que je vienne te tenir compagnie, pour que tu n'aies pas à rester seule en attendant le retour de Micke ? C'est peut-être un peu dur qu'il ne soit pas là. Ça n'a pas été facile pour toi ces derniers temps.

— Pas la peine. »

Mais Petra n'abandonna pas.

« C'est sûr ? Ça ne me dérange pas, je viens volontiers.

— Ça va. »

T'es débile ou quoi ? aurait voulu dire Alice, mais elle parvint à se taire.

Nouveau silence prolongé. Alice se mit à se mordiller une peau d'ongle.

« Bon, reprit la voix de Petra. Alors tu pourras dire à ton papa de m'appeler dès son retour ? »

À présent, elle semblait vaincue. Tant mieux.

« D'accord. »

Alice raccrocha, regarda l'enveloppe blanche.

Maman lui avait interdit d'y toucher, à aucune condition. C'était exactement les mots qu'elle avait employés.

Mais elle était morte, maintenant. Cette pensée lui arracha un sanglot.

Elle décacheta alors l'enveloppe. Une clé USB bleue tomba sur le lit de papa, sur le dessus-de-lit brun. Papa y tenait, il rabâchait toujours de bien mettre le dessus-de-lit.

Alice examina la petite clé. Rien d'extraordinaire, un bout de métal enveloppé de plastique, une petite prise rectangulaire avec une fente au milieu.

Ça devait être très important, si maman la lui avait confiée.

La personne qui avait envoyé le SMS voulait aussi l'avoir. Même le grand policier avait demandé si maman lui avait remis quelque chose.

Alice n'avait alors pas osé répondre, au cas où l'expéditeur des messages reviendrait à la charge. Elle se demandait à présent si elle n'avait pas pris la mauvaise décision. Si la police avait eu l'enveloppe, peut-être aurait-elle laissé papa tranquille ?

Elle ramassa la clé USB et regagna sa chambre. Sushi s'était lassée de ne pas la voir revenir et était partie de son côté, la pièce était vide.

Son ordinateur portable était sur le lit. En l'ouvrant, Alice vit qu'il s'était déchargé. Elle ramassa le câble sous le lit et le brancha. L'écran s'alluma.

D'un geste décidé, elle inséra la clé USB.

Le téléphone sonna de nouveau.

Cette fois, elle ne répondit pas, elle n'avait plus la force de parler à quelqu'un. C'était aussi bien que personne ne sache qu'elle était à la maison.

86

Michael Thiels semblait tourmenté par de sombres pensées, depuis des jours. Le manque de sommeil transparaissait dans ses mouvements saccadés : il s'était renversé du café sur la chemise.

Il était arrivé seul, sans assistance juridique.

Il aurait peut-être mieux valu avoir un avocat, pensa Thomas. Ça aurait montré qu'il comprenait la gravité de la situation.

Margit lut les mentions légales pour l'enregistrement, puis observa attentivement Thiels.

« Vous êtes ici pour répondre à un certain nombre de questions concernant le meurtre de votre ex-épouse Jeanette Thiels.

— Je comprends.

— Pour commencer, nous voudrions savoir si vous avez vu Jeanette le 22 décembre, puis si vous lui avez téléphoné et envoyé des SMS le 23 ?

— Non. »

Allait-il dire autre chose ?

Thomas observa le visage de Michael en attendant une suite.

« Alice et elle décidaient entre elles de leurs rendez-vous, finit-il par dire.

— Connaissez-vous ce numéro de téléphone ? demanda Thomas en lui montrant un papier où il avait noté le numéro que Jeanette avait classé au nom de M dans son carnet d'adresses.

« Non, ça ne me dit rien. »

Margit se pencha en avant.

« Nous pensons que vous avez un nouveau téléphone, impossible à repérer, que vous avez utilisé pour communiquer avec Jeanette. Nous pensons en outre que vous avez envoyé des SMS depuis ce téléphone lui demandant de la voir le 24, ce que vous avez fait.

— Je n'ai pas de téléphone caché, protesta Michael. Je n'ai que celui-ci. »

Il sortit de sa poche un portable Ericsson noir et le posa sur la table.

« Vous n'avez qu'à vérifier vous-mêmes le numéro. »

Il défia Margit du regard.

« Vous n'avez pas répondu à la question : êtes-vous allé voir votre ex-épouse Jeanette Thiels dans la matinée du 24 décembre de cette année », dit Thomas.

Le visage de Michael s'assombrit.

« Inutile de le nier, non ? Puisque vous avez fait dire à Alice que je n'étais pas à la maison à ce moment-là. »

Il jeta à Margit et Thomas un regard plein de mépris.

« Vous, dans la police, vous ne reculez devant rien. Vous profitez que je ne sois pas à la maison pour venir surprendre une enfant. Putain, je devrais porter plainte.

— Vous admettez donc avoir été chez Jeanette le 24, répéta Margit.

— Mais oui, je viens de le dire.

— Pourquoi y être allé ? interrogea Thomas.

— J'avais mes raisons.

— Lesquelles ?

— Aucune importance.

— Je ne crois pas que vous mesurez la gravité de tout cela, dit Margit en martelant chaque syllabe.

— Soyez certains que je la mesure parfaitement.

— Il s'agit d'une enquête pour meurtre, continua Margit. Vous devez répondre à nos questions. Si ça ne vous va pas, vous pouvez rester ici jusqu'à ce que vous ayez changé d'avis.

— J'entends bien », dit Michael en serrant les dents.

Mais tu ne comprends pas, pensa Thomas. Sinon, tu réaliserais ta mauvaise posture.

« Qui s'occupe d'Alice, si vous devez rester ici ? dit-il. Vous savez qu'il peut y en avoir au moins pour trois jours. »

Cela sembla faire son effet.

« Comment ça ? s'étonna Thiels.

— Vous comprenez bien que vous pouvez être retenu ici, si nous le jugeons nécessaire. On est alors d'abord privé de liberté jusqu'à trois jours, avant d'être éventuellement écroué. »

Techniquement, il fallait une décision du procureur pour retenir quelqu'un, mais pas la peine de le préciser à Thiels. Ni qu'il fallait que les soupçons pesant sur lui soient consistants.

Tant pis pour lui, il n'avait qu'à prendre un avocat.

Michael Thiels se ratatina. Vraisemblablement, le risque d'être retenu en garde à vue avait produit son effet.

Peut-être craignait-il la réaction d'Alice ?

« Avez-vous l'intention de répondre à nos questions ? dit Margit.

— Oui, lâcha-t-il à contrecœur.

— À quelle heure êtes-vous arrivé chez Jeanette le 24 ? interrogea Thomas.

— Vers dix heures du matin.

— Et quand êtes-vous reparti ?

— J'y suis resté tout au plus une demi-heure. »

Margit regarda Thomas. Comme par hasard, juste avant l'heure du rendez-vous convenu par SMS.

« Pourquoi être allé chez votre ex-épouse justement le 24 ?

— Je voulais la raisonner.

— À quel sujet ?

— Notre conflit sur la garde d'Alice, bien sûr.

— Et vous avez choisi précisément ce jour-là ? dit Margit. Le moment est intéressant. Pourriez-vous nous expliquer pourquoi c'était si pressé ? »

Michael serra la mâchoire. Il finit par répondre :

« Jeanette avait dit quelque chose à Alice quand elles s'étaient vues à son appartement le 23. Que bientôt elles allaient passer beaucoup plus de temps ensemble. Alice m'a demandé ce que cela voulait dire. J'ai tout de suite compris, je savais bien que Jeanette comptait m'attaquer pour avoir la garde. J'ai eu peur qu'elle envoie déjà les papiers entre Noël et le Nouvel An.

— Donc vous êtes allé la voir le 24 pour l'en empêcher ? dit Thomas.

— Je ne voulais pas prendre le risque d'attendre. »

Il se passa la main sur le front. Un geste de découragement inattendu.

« Je n'ai pas dormi de la nuit, je me demandais quoi faire. Les mots d'Alice me tournaient dans la tête.

— Là, je ne vous comprends pas, dit Margit d'un ton objectif. Pourquoi était-ce si grave qu'elle envoie tous ces papiers ? De toute façon, vous n'étiez pas d'accord, vous alliez évidemment vous disputer au tribunal. Mais vous avez eu la garde pendant des années, il n'était pas sûr du tout que le tribunal irait dans son sens.

— Vous ne comprenez rien.

— Peut-être pouvez-vous alors m'expliquer ? » Michael toussa.

« Je peux avoir un peu d'eau ?

— Bien sûr. »

Thomas se leva pour attraper la carafe posée sur la table voisine. Il remplit un verre et le passa à Thiels, qui en but lentement la moitié.

« Jeanette voulait m'enlever la garde. Elle était prête à tout pour obtenir gain de cause. Vous ne la connaissez pas aussi bien que moi. »

La colère lui blanchissait les lèvres, mais sa voix était ferme. Michael avait-il décidé de jouer cartes sur table ?

« Elle comptait déclarer au tribunal qu'Alice n'était pas ma fille. »

Ces mots comme des lames acérées.

Il y avait des choses impardonnables.

« J'étais forcé de la faire changer d'avis. Si Jeanette avait envoyé ces papiers, tout serait devenu public. Jeanette était une personne publique, ça aurait pu faire des titres dans la presse. Alice en aurait eu vent, je ne pouvais pas laisser faire ça.

— C'était vrai ? » demanda Thomas.

Michael Thiels se prit le front dans les mains, sans répondre.

« C'était vrai ? » répéta Thomas.

Thiels leva les yeux.

« Vraiment, je ne sais pas. »

On voyait qu'avoir à le dire lui répugnait.

« Jeanette a mis longtemps à tomber enceinte, il faut dire que nous n'étions plus tout jeunes quand nous avons commencé à essayer. Alice ne me ressemble pas, mais j'ai toujours cru qu'elle était de moi, je l'aime comme ma fille. »

Il ferma les yeux comme pour ne pas voir la vérité.

« Jeanette m'a dit qu'elle était allée avec un autre homme pour tomber enceinte, comme ça ne marchait pas, nous deux. Elle a dit que c'était pour nous qu'elle l'avait fait. »

Il devait l'avoir haïe pour ces paroles.

« Donc vous êtes allé chez elle ? » Margit marqua volontairement une pause. « Pour l'arrêter ? »

Michael Thiels hocha la tête.

« Ce que je ne comprends pas, c'est pourquoi vous l'avez empoisonnée, dit Margit. Pourquoi vous donner ce mal ? Il devait y avoir des façons plus simples d'agir. »

Michael dévisagea Margit.

« De quoi parlez-vous ?

— Pourquoi l'avez-vous empoisonnée ?

— Je n'ai pas empoisonné Jeanette.

— Vous venez d'admettre être allé chez elle le 24 pour l'empêcher de révéler la vérité sur Alice.

— Mais ça ne veut pas dire que je l'ai tuée.

— Qu'est-ce que vous voulez ? dit Margit sans cacher son sarcasme. Qu'on gobe qu'il y avait quelqu'un d'autre, encore plus en colère contre votre ex-femme, au point de la tuer après votre visite ? »

Quelle était la probabilité ? songea Thomas. Deux visiteurs dans la même matinée, tous deux avec un mobile pour la tuer. Aucune chance que cela passe au tribunal.

« Vous avez dû être furieux en entendant l'affirmation de Jeanette ? dit-il.

— Oui. » Michael croisa le regard de Thomas. « Je n'ai pas l'intention de le nier. Mais ça ne veut pas dire que je l'ai tuée. »

Thomas tenta de déchiffrer son visage. De comprendre s'il était face à un parfait psychopathe, capable d'administrer à son ex-femme un chocolat contenant un poison mortel avant d'aller fêter Noël avec leur fille.

Thiels n'avait pas l'air d'un fou furieux. Martin Larsson l'avait bien souligné : le meurtrier était intégré à la société, mais considérait Jeanette comme un problème. Quelque chose dont il fallait s'occuper, ni plus ni moins.

Rationnel. C'était le mot-clé.

« Je jure que ce n'est pas moi qui ai tué Jeanette », dit Michael Thiels en se passant la main sur le menton.

Sans prévenir, il recula sa chaise, dont le bois craqua quand il se leva.

« Maintenant, ça suffit, dit-il d'une voix rauque. Je veux un avocat avant de dire quoi que ce soit d'autre. »

Tu vas en avoir besoin, pensa Thomas. En même temps, il réalisa qu'ils allaient y passer la soirée.

« C'est votre décision, dit Margit. Mais j'espère que vous comprenez que faire venir quelqu'un peut prendre plusieurs heures. »

Michael Thiels leur tourna le dos.

87

Il allait être quatorze heures trente. Le soleil s'était couché, les fenêtres étaient des rectangles noirs devant l'obscurité hivernale compacte du dehors.

Thomas et Margit avaient laissé Michael Thiels dans la salle d'interrogatoire pour s'installer dans le bureau de Thomas. Un avocat allait arriver d'ici à quelques heures, au mieux vers dix-huit heures.

À cette heure-ci, il aurait dû être en route pour l'archipel avec Pernilla et Elin. Demain, ils étaient invités pour fêter le Nouvel An à Sandhamn, chez Nora.

On verrait bien. Il espérait que Pernilla se montre compréhensive. Nora aussi, d'ailleurs.

Pour essayer de reprendre des forces, il fouilla et sortit d'un tiroir une tablette de chocolat, qu'il proposa à Margit.

« On aurait peut-être dû offrir des truffes au chocolat à Michael Thiels, dit-elle en en cassant un morceau. Ça aurait été intéressant de voir sa réaction.

— Limite, du point de vue éthique », dit Thomas, pas vraiment d'humeur à plaisanter.

Margit se fourra un carré de chocolat dans la bouche.

« On n'obtiendra jamais sa garde à vue avec ce qu'on a, dit-elle quand elle eut fini de mâcher.

— Probablement pas, dit Thomas. Mais on va s'y remettre dès l'arrivée de l'avocat. Je suis loin d'en avoir fini avec Thiels.

— On n'a même pas eu le temps de parler de Bertil Ahlgren, dit Margit, l'air soudain sombre. Ni de lui mettre la pression sur cette carte prépayée. S'il y a bien quelque part où il faudrait perquisitionner, c'est à Vaxholm. J'aimerais bien que la police scientifique aille fourrer le nez dans cette cuisine. »

Elle prit un autre carré de chocolat.

« Qu'est-ce que tu en penses ? continua Margit. Est-ce qu'on essaie au moins d'obtenir une perquisition chez Thiels ? Histoire de saisir quelques appareils électroménagers, le mixer, par exemple. »

On voyait qu'elle aussi était éprouvée, ses yeux semblaient plus enfoncés encore qu'à l'ordinaire, son cou trop relâché. Ça avait été une longue journée. Une journée difficile.

Karin avait appelé l'hôpital pour savoir s'il y avait du changement dans l'état d'Aram, mais il était toujours en coma artificiel. Sonja était arrivée et le veillait, les filles étaient restées chez ses parents à Norrköping.

« Si nous perquisitionnons avant que Thiels ne sorte d'ici, on a une chance de trouver l'autre téléphone chez lui », dit Margit.

Thomas semblait réfléchir à quelque chose. Un détail qui l'inquiétait.

« Il y a une autre possibilité, dit-il. M n'est pas forcément Michael. Ça peut aussi être un nom. Comme Moore. »

Margit soupira.

« Tu ne trouves pas que tu es en train de te raccrocher à une brindille, là ? Laisse tomber, Thomas. Tu as entendu le Vieux. Je sais ce que tu penses, mais il n'y a aucune preuve. Je comprends que tu veuilles l'envoyer au trou pour ce qui est arrivé à Aram, mais sérieusement... »

Margit se leva et gagna la porte.

« Il faut que j'aille m'acheter quelque chose à manger, si on doit rester là toute la soirée. Tu veux quelque chose ?

— Prends-moi un sandwich. »

Margit disparut dans le couloir. Thomas resta à regarder fixement par la fenêtre, sans rien voir.

Peter Moore pouvait-il être une source secrète qui aurait fourni à Jeanette des informations en vue d'une série d'articles ? Cela expliquerait le besoin d'anonymat. Moore voulait peut-être se rétracter, mais Jeanette refusait d'abandonner son scoop. Moore était aux abois, il ne fallait pas qu'on sache qu'il avait fuité auprès d'une journaliste.

Alors il avait trouvé une solution.

Une sonnerie brisa le silence : le téléphone fixe de Thomas. Il vit que ça venait du standard.

« Thomas Andreasson, allô ?

— Holger Malmborg, de la police d'Uppsala.

— Oui ?

— Je crois qu'un de tes collègues veut me joindre, un type avec un nom étranger. Au standard, ils m'ont dit qu'il était malade, et m'ont adressé à toi. »

Thomas se redressa sur son siège.

« Tu parles d'Aram Goris ?

— Ça doit être ça, c'était difficile à bien entendre. Il m'a cherché hier, a laissé un message avec une question au sujet d'un certain Peter Moore. »

Ça ne pouvait pas être encore un hasard.

« Aram n'est pas là aujourd'hui, dit Thomas. Mais tu peux en parler avec moi. De quoi s'agit-il ? Sais-tu pourquoi il te cherchait ?

— Il voulait savoir pourquoi les poursuites contre Peter Moore avaient été abandonnées.

— Les poursuites ? répéta Thomas.

— Bon, reprenons au début », dit Holger Malmborg.

Il avait la voix d'un homme d'un certain âge, proche de la retraite. Un de ces inspecteurs de police qui avaient à peu près tout vu.

« Une seconde, dit Thomas, je vais chercher une collègue qui doit aussi entendre ça. »

Il rattrapa Margit devant l'ascenseur.

« Viens. J'ai la police d'Uppsala au bout du fil. Au sujet de Moore.

— Je mets le haut-parleur, dit-il de retour dans son bureau. J'ai ma collègue Margit Grankvist avec moi. »

Thomas appuya sur le bouton, Margit avança son fauteuil et se débarrassa de son blouson.

« Voilà, dit-il. Nous sommes là tous les deux. »

Malmborg se racla la gorge.

« Moore figure dans une enquête concernant une bagarre, il y a quatre ans. En marge d'une manifestation nationaliste le 30 novembre. »

Pour être sûr, il précisa :

« Vous savez, le jour de la mort de Charles XII. »

Le roi-héros, pensa Thomas, adulé aujourd'hui par les néo-nazis suédois pour son esprit belliqueux.

« Plusieurs centaines d'activistes s'étaient déplacés, continua Malmborg. Drapeaux suédois, retraite aux flambeaux, pouvoir blanc, tout ça. Une provocation en bonne et due forme.

— Et que s'est-il passé ? demanda Margit.

— Il y a eu une contre-manifestation. Ça a dégénéré en bagarre générale. Plusieurs jeunes immigrés ont été gravement blessés à coups de barre de fer. L'un d'eux a failli y passer.

— Et Moore a participé à ces violences ? demanda Thomas.

— Deux des victimes l'ont prétendu.

— Prétendu ? On n'a pas pu le prouver ?

— Tu sais ce que c'est, parfois : plusieurs témoins ont affirmé que Moore y était et a participé à la bagarre, mais il avait un alibi.

— Comment ça ?

— Une personne avait déclaré sur l'honneur que Moore avait passé toute la soirée à Stockholm. À dire vrai, les témoins n'étaient pas tous absolument fiables. C'était un soir sombre, une cohue générale, pas mal d'alcool. Beaucoup de gens surexcités qui déclaraient tout et n'importe quoi.

— Parole contre parole, donc ?

— Comme si souvent. En tout cas, le procureur a fini par abandonner les poursuites. Moore n'avait plus de soucis à se faire.

— Tu te souviens du nom du témoin qui a donné un alibi à Moore ? demanda Thomas.

— Attends voir, qu'est-ce que c'était, déjà. Ma mémoire n'est plus ce qu'elle était. Quelque chose comme l'ancien Premier ministre, Palme.

— Palmér ? proposa Thomas.

— Possible, je vais vérifier. »

Ça devait être Pauline Palmér. Elle avait donné un alibi à Moore, et lui avait évité une mise en examen. La loyauté peut s'acheter de bien des façons.

« Voilà, dit Malmborg. Lars Palmér.

— Mince alors », lâcha Margit.

Le mari de Pauline. Malin, comme ça, son nom à elle n'apparaissait pas dans l'enquête de police.

« On peut savoir pourquoi ce type vous intéresse ? » s'enquit Malmborg.

Thomas tarda à répondre : fallait-il détailler ce qui était arrivé à Aram ? Il choisit un entre-deux :

« Nous sommes sur une enquête en marge de laquelle le nom de Moore apparaît. Nous avons aussi l'affaire d'un collègue passé à tabac, et nous avons des raisons de penser que Moore pourrait y être mêlé.

— On ne devrait sans doute pas demander ça, mais je le fais quand même. Votre collègue ne serait-il pas par hasard issu de l'immigration ?

— Oui, dit lentement Margit. C'est le cas. »

Thomas sentit son pouls accélérer.

La réaction de Malmborg le confortait dans la certitude que Moore était mêlé à l'agression d'Aram.

Et peut-être aussi à la mort de Jeanette.

« Je m'en doutais, dit Malmborg. Il faut que je vous dise une chose. Le type dont nous causons n'est pas un enfant de chœur. Il est pétri d'opinions fort détestables, et ne déparerait pas dans n'importe quelle réunion du Ku Klux Klan.

— Pourquois dis-tu ça ? glissa Margit.

— J'ai fait quelques vérifications complémentaires. J'ai un vieux pote qui travaillait au FBI, disons qu'il me devait un service. »

Margit lança un coup d'œil à Thomas.

« Moore a été condamné pour agression au Mississippi, continua Malmborg. Il s'en est pris à deux jeunes Arabes, des étudiants, à l'époque où il était à l'université. C'est pour ça qu'il est venu en Suède, il n'était plus le bienvenu dans son *college*.

— Je croyais qu'il avait étudié au Minnesota, dit Thomas. Son État natal.

— Mouais, ce n'est pas exactement la vérité. Moore a étudié un an dans le Minnesota, puis il a préféré le Jackson State College, dans le Mississippi. Le bon vieux Sud, ai-je besoin d'en dire plus ?

— Tu as l'air d'avoir passé beaucoup de temps à creuser le passé de Moore », dit Margit.

La réponse de Malmborg l'étonna :

« Ma femme vient d'Afrique centrale, nous avons deux enfants qui viennent de devenir adultes. Ça n'a pas toujours été drôle de les savoir dehors le soir. Si j'avais pu, j'aurais envoyé ce type au trou, bien profond. Mais il n'y avait plus grand-chose à faire, une fois que le procureur a eu décidé de tout laisser tomber.

— Merci beaucoup pour ces informations, dit Thomas. Elles nous sont très utiles.

— Moore est une ordure », conclut Holger Malmborg.

Au moment où Thomas raccrochait, Kalle glissa la tête dans le bureau. C'était visiblement important, il en balbutiait presque.

« J'ai parlé du téléphone d'Aram avec son opérateur, je voulais savoir s'il était possible de repérer où il était passé hier soir.

— Tu as trouvé quelque chose ? » demanda Margit.

Kalle hocha la tête.

« Aram a envoyé un SMS à sa femme, vers neuf heures moins le quart.

— Et ?

— L'antenne-relais montre qu'il se trouvait juste au sud de l'endroit où on l'a retrouvé. »

Thomas regarda la carte de la ville étalée devant lui.

Le 62 Karlbergsvägen était au sud du Tournesol.

Il regarda Margit.

« Ça devrait suffire pour aller cueillir ce salopard, dit-il. Je n'ai pas l'intention de le laisser faire le ménage.

— Que fait-on de Thiels ?

— Il peut attendre », dit aussitôt Thomas.

Margit se leva.

« Je vais appeler le procureur. Tu t'occupes du Vieux ? »

88

Dehors, la nuit était tombée, la chambre d'Alice était plongée dans la pénombre. Mais son écran brillait, elle n'avait pas besoin de plus de lumière.

Le téléphone avait encore sonné une demi-heure plus tôt, mais elle n'était pas allée répondre, elle avait laissé les sonneries mourir.

Si papa voulait lui parler, il l'appellerait sur son portable, elle le savait. Elle n'avait pas le courage de parler encore à Petra.

Alice était étendue sur son lit, dos au mur, captivée par son écran.

La clé USB de maman était cryptée. Mais elle n'avait pas eu beaucoup de mal à trouver le code.

Elle avait d'abord essayé ALICE. Ça ne marchait pas. Elle avait alors inversé les lettres, mais rien non plus. Après avoir un peu réfléchi, elle avait tapé SUSHI, et ça avait aussitôt bipé.

Maman avait utilisé le nom de sa chatte, cette idée lui avait presque fendu le cœur.

Il n'y avait qu'un seul fichier sur la petite clé bleue.

Un document Word. Mais lourd, un bon mégabit. Alice avait longtemps fixé son titre sibyllin : MEMDEC2008.

Alice avait presque ressenti la désapprobation de sa mère quand elle avait fini par cliquer à gauche sur le fichier. Elle avait tellement envie d'ouvrir le document, mais ne pouvait se défaire de l'impression d'enfreindre un interdit.

La première page s'afficha. En bas de l'écran, le compteur se mit à défiler à toute vitesse, pour s'arrêter sur 376 pages et 89 294 mots.

Un livre. Maman avait écrit un nouveau livre.

Dès que le titre apparut, Alice comprit de quoi il s'agissait :

Une vie en guerre et en paix
Par Jeanette Thiels

Maman avait rédigé ses mémoires. Pourquoi ? Elle n'avait que cinquante-trois ans. Normalement, on attendait d'être vraiment vieux pour faire ça.

Sa gorge se serra.

Maman sentait-elle qu'elle allait mourir, pour écrire ses mémoires ? Était-ce pour ça qu'elle avait confié l'enveloppe à Alice ?

Alice ne voulait pas le penser.

La première partie parlait de l'enfance de maman à Tierp, à une heure et demie au nord de Stockholm. Alice se souvenait y être allée petite, quand grand-père était encore en vie et que grand-mère avait toute sa tête.

Mais c'était si loin, elle n'avait que de vagues souvenirs de ces visites. Maman préférait passer rapidement à la maison de Sandhamn.

Maman écrivait ensuite sur sa jeunesse dans les années 60 et 70. Pour Alice, c'était comme un autre pays, un autre monde.

Cette lecture la rendait triste, mais elle ne pouvait pas s'en détacher. C'était comme avoir maman à côté d'elle, comme si, d'une certaine façon, elle lui parlait au creux de l'oreille.

Ces derniers jours, Alice n'avait pas arrêté d'appeler le répondeur de sa mère, rien que pour entendre sa voix.

Elle ressentait un léger vertige, elle n'avait rien mangé depuis un bon moment. Son petit déjeuner avait consisté en du thé, sans sucre ni lait, avec une banane.

Quelle heure était-il ? Il faisait déjà nuit : autour de quatre heures ? Papa ne devrait pas tarder à rentrer.

Le téléphone sonna encore.

Elle ne répondit pas cette fois non plus.

89

Thomas enleva ses gants et pressa la sonnette.
La sonnerie résonna dans l'appartement de Moore.
Est-ce qu'il est là-dedans ?
Derrière lui attendaient le serrurier et deux collègues en uniforme. Margit était à côté, la main sur son arme de service.
Thomas fit un signe de tête au serrurier, une jeune fille avec une grosse queue de cheval brune dans le dos et une casquette rabattue sur le front. Elle se mit au travail, ce fut plus long que d'habitude, mais la porte finit par s'ouvrir.
Thomas sentit l'adrénaline monter. Il sortit son pistolet et avança de quelques pas, franchit le seuil.
Il faisait sombre, on n'y voyait rien, malgré la lumière du palier.
« Je ne crois pas qu'il soit là », dit-il tout bas à Margit, tout en tendant l'oreille vers l'intérieur de l'appartement, tous les sens en éveil.

« Il n'avait pas le moyen d'être au courant de notre arrivée », chuchota-t-elle.

Il leur aurait fallu un plan de l'appartement, réalisa-t-il, mais il était trop tard.

Thomas fit encore quelques pas et chercha à tâtons un interrupteur.

Le plafonnier s'alluma, éclairant un hall carré. Chambre à coucher en face, séjour et salle à manger à gauche. Plus près de l'entrée, deux portes closes.

Margit était dans son dos. Elle se déplaça vers la porte de droite. Tu prends l'autre ? mima-t-elle.

« À trois », chuchota-t-il, la main sur la poignée.

Il ouvrit la porte à la volée, en même temps que Margit. Sous ses yeux, une cuisine vide. En se retournant, il trouva Margit devant une salle de bains tout aussi vide.

C'était palpable : il n'y avait personne.

« Il n'est pas là », dit Thomas, même si c'était superflu.

Il s'avança de quelques pas dans l'appartement, regarda autour de lui, examina l'ameublement moderne du séjour. Canapé en cuir noir, tapis sombre, table basse en verre fumé. Dans un coin, un flipper.

Margit rangea son arme et se dirigea vers le petit bureau. Par la porte, on apercevait une table disparaissant sous des piles de papiers, et une bibliothèque qui couvrait tout un mur.

« Thomas, regarde ça », dit Margit en sortant un livre.

La couverture était rouge, avec le dessin d'un homme et d'une femme visant quelque chose, arme à la main.

Les Carnets de Turner.

« Tu sais ce que c'est ? » demanda-t-elle.

Thomas secoua la tête.

« C'est la bible des types comme Moore. Ça a été écrit à la fin des années 70, sous un pseudonyme. Le livre parle des États-Unis aux mains des Noirs et des Juifs. Le héros s'appelle Turner et se bat pour sauver la race blanche. »

Elle fit une grimace de dégoût et reposa le livre.

« C'est vraiment de la merde.

— Comment tu connais ça ?

— J'ai lu un article dans *Expo*. »

Expo. L'original ayant servi de modèle au *Millénium* de Stieg Larsson. La revue fondée par ce dernier pour dénoncer le racisme et l'extrême droite.

Des éclats de voix indignés retentirent du côté de l'entrée.

« Qu'est-ce qui se passe, ici ? »

Thomas regagna la porte. Un homme d'un certain âge, cheveux blancs, costume et cravate, leva un index furibond vers Thomas.

« Qu'est-ce que vous faites ici ?

— Nous cherchons Peter Moore. Sauriez-vous par hasard où il se trouve ?

— Pourquoi êtes-vous entrés chez Peter ? demanda l'homme sans se soucier de la question de Thomas.

— Nous sommes de la police, dit Thomas. Nous procédons à une perquisition.

— Avez-vous un papier qui le prouve ? »

Thomas s'arma de patience. Ce n'était que dans les séries américaines qu'il fallait un document écrit pour une perquisition. Mais beaucoup croyaient pourtant qu'il fallait montrer la décision du procureur.

« Ce n'est pas nécessaire, répondit-il en mettant cependant bien en évidence sa carte de police. Qui êtes-vous, d'ailleurs ? »

L'homme aux cheveux blancs examina la carte. Puis dit, moins agressif :

« Je suis Carl-Gustaf Gorton, syndic de la copropriété. Maintenant je vais appeler Peter.

— Attendez, dit Thomas. J'apprécierais que vous vous en absteniez un moment. »

Il sortit son carnet de sa poche.

« Vous connaissez bien Peter Moore ?

— Comment ça ? »

Thomas sentit l'irritation le gagner.

« Est-ce que c'est en rapport avec le cambriolage dans les combles, hier ? continua le syndic.

— Pardon ? fit Thomas.

— Nous avons eu un cambriolage là-haut hier soir. Le deuxième en un an. »

L'homme respirait par la bouche, semblait avoir le nez pris.

« Vous avez porté plainte ? demanda Thomas.

— Le secrétaire de la copropriété devait s'en charger. »

Carl-Gustaf Gorton rajusta son nœud de cravate. Une fine épingle en or rouge y brilla dans la lumière du palier.

« Hier, la porte était ouverte. Plusieurs greniers étaient fracturés. C'était triste à voir.

— Qu'a-t-on volé ? demanda Thomas.

— Rien, si j'ai bien compris, mais tous les habitants n'ont pas encore eu le temps de faire leur inventaire.

— C'est ouvert ? demanda Thomas. Je peux jeter un œil ? »

Le syndic fit un geste vers les étages.

« Vous n'avez qu'à monter, je ne crois pas qu'on ait eu le temps de remplacer le verrou. »

Thomas tourna les talons, mais se ravisa.

« Au fait, quel grenier appartient à Peter Moore ? »

Carl-Gustaf Gorton le regarda avec méfiance, mais lui répondit pourtant :

« Je crois que c'est le numéro 9. »

90

Thomas monta jusqu'aux combles. La porte était entrebâillée, l'anneau n'avait plus son cadenas.

Il s'avança, alluma, regarda alentour dans la lumière froide de l'ampoule qui pendait du plafond.

L'air immobile sentait la poussière. Les murs étaient lambrissés de planches de bois brut à la surface brune et rugueuse.

Le grenier le plus proche de l'entrée était plein de cartons de déménagement. Ils étaient empilés, on aurait très bien pu se cacher derrière.

Thomas continua à examiner l'endroit. Deux portes étaient clairement fracturées, on voyait bien la marque d'un pied-de-biche sur les chambranles.

Mais rien ne paraissait avoir été fouillé, tout était bien rangé derrière les portes grillagées. On ne voyait aucun grenier dont le contenu aurait été mis sens dessus dessous.

C'était tellement pratique, ce cambrioleur inconnu.

Thomas ne pouvait s'empêcher de penser que c'était lié à Aram.

Rien n'était un hasard en ce monde.

Tout au fond se trouvait le numéro 9, celui de Peter Moore. Thomas y alla voir.

De loin, aucune différence, à part qu'il était plus grand que la plupart des autres. Mais de plus près, Thomas vit que Moore avait pris des mesures pour s'assurer que personne ne puisse s'y introduire par effraction.

La porte était renforcée, en haut et en bas. Une plaque couvrait le grillage, empêchant de voir ce qui était stocké à l'intérieur.

Le mandat de perquisition couvrait aussi le grenier, se dit-il.

Thomas tourna le coude du couloir au moment où la lampe s'éteignit. Il dut regagner la sortie à tâtons, trouver l'interrupteur et rallumer. Puis il s'engagea dans le second couloir.

Il était plus étroit que l'autre, il n'y avait des greniers que d'un côté.

Thomas s'arrêta pour observer attentivement les lieux.

Là. Au milieu du couloir, on apercevait au sol une tache sombre irrégulière, grande comme la paume de la main. Autour, des taches plus petites. En forme de gouttes, dispersées.

Comme si on avait passé la surface au spray.

Thomas s'agenouilla, sortit sa lampe de poche et éclaira les taches sombres. Elles prirent des reflets rouges dans le cône de lumière.

L'ombre lui parlait.
Thomas avait déjà vu ça, savait à quoi ressemblait du sang séché. Il n'y avait pas encore de poussière sur les taches, elles devaient être fraîches.
Aram, songea-t-il.
Sa colère lui revint de plein fouet.

91

La voix de Margit résonna dans la cage d'escalier.
« Thomas, tu es là ? »
Thomas se releva, réapparut en haut de l'escalier. La certitude lui laissait un goût amer. Il ne s'était pas trompé sur le compte de Moore.
« Nous avons trouvé quelque chose », dit Margit.
Thomas redescendit.
« Regarde sur la lampe », dit Margit.
Au-dessus du chambranle de la porte de l'appartement de Moore était fixée une applique, vieux modèle, dans le style de l'immeuble.
Une lampe avec un abat-jour en toile, à l'ancienne, sur un montant en fonte.
Margit lui montra :
« Regarde bien là-haut. »
Thomas suivit son regard, vit quelque chose briller. Une lentille ?

Une mini-caméra cachée dans l'abat-jour, invisible pour l'observateur non prévenu. Technologie moderne, facilement accessible sur Internet. Pour celui qui veut avoir le contrôle.

L'œil de Margit brilla.

« Pourquoi a-t-il ça, à ton avis ?

— Il doit y avoir un film », dit Thomas espérant une vidéo d'Aram devant l'appartement.

Une preuve par l'image le liant à Peter Moore à un horaire donné.

« Exact. Il faut faire venir du monde pour passer l'appartement au peigne fin.

— Il faut aussi ratisser les combles comme une scène de crime. »

Thomas lui expliqua.

« Tu avais raison pour Moore », dit Margit.

Ses mots ne le réconfortèrent pas.

Thomas regarda l'heure, presque quatre heures et demie, il faudrait un certain temps aux techniciens de la police scientifique pour arriver.

« J'aimerais aller voir cette aire de jeux où Aram a été trouvé, dit-il. En attendant. Tu peux accueillir les techniciens ?

— Pourquoi ?

— Juste pour vérifier un truc, de toute façon c'est tout près. »

Impossible d'expliquer ce besoin de voir l'endroit. Mais Margit vit que Thomas était ébranlé.

« Je t'appelle dès qu'ils sont là », se contenta-t-elle de dire.

Le Tournesol était à deux pas du 62 Karlbergsvägen. À peine cent mètres de côte jusqu'au cœur de ce qu'on appelait la Montagne-Rouge, une cité-jardin luxuriante construite dans les années 20.

Vikingagatan, qui conduisait à l'aire de jeux, était bordée de maisons anciennes. La neige formait des congères des deux côtés de la rue. Le chasse-neige était passé, mais l'espace était si étroit que deux voitures pouvaient à peine s'y croiser.

La rue était déserte, à part une jeune fille en doudoune qui pressa le pas au moment de le croiser. Elle jeta à Thomas un regard timide, il vit qu'elle s'efforçait d'évaluer la situation.

Je ne suis pas dangereux, aurait-il voulu lui dire, mais il savait qu'elle n'était pas la seule à réagir ainsi. Beaucoup de jeunes femmes ressentaient une pointe de crainte en croisant un inconnu dans une rue déserte.

Ça n'aurait pas dû être le cas.

L'aire de jeux était au sommet d'une petite butte, que la rue contournait. Un petit sentier y montait.

À peine sur place, Thomas vit l'endroit où Aram avait été trouvé : sous deux buissons bas ressemblant à des thuyas, dont les branchages couvraient une surface de dix mètres carrés.

D'après le Vieux, Aram avait été poussé sous le buisson le plus proche du sentier. Ce devait donc être au pied de la clôture en bois.

La rubalise bleu et blanc montrait le chemin.

Thomas se plaça sur la rue, juste en dessous du buisson. La végétation cachait la vue. De la rue, impossible de voir qu'il y avait un blessé sous les branchages.

Moore avait jeté Aram comme un sac de patates, sans se soucier des conséquences. Il faisait moins quinze cette nuit-là.

Le froid aurait très vraisemblablement tué Aram en quelques heures. Exactement comme cela avait été le cas pour Jeanette sur la plage de Sandhamn.

Au loin retentit une sirène d'ambulance. Ce n'était pas loin de l'hôpital Karolinska, où Thomas avait été transporté en hélicoptère quand il avait fait son arrêt cardiaque. Karlbergsvägen finissait au pont qui conduisait à l'hôpital en enjambant l'autoroute et les voies de chemin de fer.

Thomas sentit un élancement dans son pied amputé, dans ses orteils qui n'existaient plus. Son angoisse s'était estompée, mais ne passerait sans doute jamais vraiment.

Étrangement, il ne se rappelait aucune douleur. Juste une lassitude paralysante qui prenait le dessus sur tout le reste. Ce jour-là, il ne voulait rien d'autre que se laisser aller et sombrer dans l'inconscience. Mais il n'avait pas eu peur, il s'en souvenait très clairement.

Thomas inspira à fond, piétina pour chasser l'impression fantôme et continua à monter l'étroit sentier. Les ombres étaient longues et profondes, elles s'entremêlaient.

Ce n'était que grâce à un chien pressé de pisser que le corps démoli d'Aram avait été découvert. Les gémissements obstinés du chien avaient poussé son propriétaire à s'approcher pour voir.

Thomas se baissa pour passer sous la rubalise. Les techniciens étaient déjà intervenus, il n'y avait rien à découvrir qu'ils n'aient déjà documenté. Mais il voulait voir les détails de ses propres yeux.

Thomas tomba à genoux devant le creux dans la neige. Des taches sombres sur fond blanc. Le sang d'Aram ? Il n'avait pas neigé depuis.

Aram devait être inconscient, ou en tout cas fortement choqué. Les taches de sang au grenier indiquaient que le passage à tabac avait déjà commencé là-bas.

Comment Moore l'avait-il amené là ?

Thomas se releva et baissa les yeux vers Karlbergsvägen : ce n'était pas loin, mais quand même une distance importante sur laquelle traîner un homme brutalisé et peut-être inconscient.

Il fallait qu'ils soient deux, ce n'était pas possible autrement. Deux hommes en soutenant un troisième entre eux.

Si quelqu'un les avait vus, il aurait pu croire qu'il s'agissait d'un camarade ayant trop bu. Le risque d'être démasqué était sans doute minime.

Le propriétaire du chien avait donné l'alarme après minuit, minuit dix-neuf selon le central. L'endroit devait alors être tout à fait désert.

Thomas regarda de nouveau la neige : piétinée par les policiers et les ambulanciers, impossible de savoir à qui appartenaient les traces.

Mais ils devaient s'y être mis à deux pour se débarrasser de leur fardeau humain.

Il inspira l'air froid par les narines, sentant la rage monter de plus belle.

92

Alice ne pouvait pas s'arrêter de lire.

Maman racontait l'époque de ses études à l'université d'Uppsala. Avant de rencontrer papa, avant d'avoir Alice.

Une autre maman, qu'Alice n'avait jamais connue.

C'était comme dans un rêve : maman âgée de vingt-trois ans, sans enfant ni mari, dans un monde qui n'existait plus.

Maman était engagée dans la vie étudiante, écrivait dans le journal de la corporation, s'amusait aux fêtes.

Mais ce qui coupait le souffle à Alice était le récit de sa vie amoureuse. Elle décrivait en détail sa liaison avec une autre femme. Plusieurs années durant, maman avait eu une relation secrète avec une certaine Minna.

Alice ne se souvenait pas que maman l'ait jamais mentionnée. Papa était-il au courant ?

Cette liaison avait été tenue secrète : au début des années 80, être homosexuel était controversé. Maman essayait d'expliquer, sans s'excuser : elles avaient toutes les deux de l'ambition, Minna visait une carrière universitaire. Si leur liaison lesbienne avait été connue, beaucoup de portes se seraient fermées.

Alice lisait et pleurait, elle n'avait pas du tout connu maman.

Peut-être était-ce la raison pour laquelle elle ne voulait pas qu'Alice lise ce livre ?

Alice savait qu'elle aurait dû s'arrêter, mais elle continua à lire, page après page, tandis que le temps s'écoulait. Il était à présent cinq heures passées, il fallait vraiment qu'elle aille faire pipi.

Cela faisait un moment qu'elle n'avait pas vu Sushi, mais la chatte devait être allée se coucher au rez-de-chaussée, elle adorait se mettre sur le canapé, au milieu des coussins. Ou elle était sortie par la chatière. Mais Alice en doutait, Sushi n'aimait pas le froid.

Alice finit par poser son ordinateur pour aller aux toilettes. Elle n'alluma pas, elle connaissait le chemin.

Le téléphone se fit entendre pendant qu'elle était aux toilettes. Elle le laissa sonner.

Pourquoi Petra n'arrêtait pas ? Si elle voulait joindre papa, elle n'avait qu'à l'appeler sur son portable. Alice n'avait aucune envie de parler avec elle : elle ne pouvait pas comprendre ça ?

Alice ignora les sonneries, s'essuya et se lava soigneusement les mains. Le savon sentait la lavande, cela fit revenir maman dans ses pensées.

Maman aimait la lavande, elle avait un bain moussant parfumé aux fleurs violettes. Il y en avait toujours une bouteille dans sa salle de bains.

Maman.

Soudain, son cœur se brisa. Alice se laissa tomber sur le sol de la salle de bains, cala son front contre le bord de la baignoire et fondit en larmes, les deux mains sur le visage.

« Maman », chuchota-t-elle.

Elle aurait tout fait pour pouvoir de nouveau la serrer dans ses bras. Ne serait-ce qu'une seule fois.

Elle se blottit contre le mur, hoqueta et gémit jusqu'à ce que sa voix s'épuise. Une plainte qui venait du plus profond d'elle-même, lui serrait la gorge et n'apportait aucun soulagement.

Maman ne reviendra jamais.

Ses pleurs finirent par se transformer en sanglots secs. Ses yeux la brûlaient, elle avait un goût de sel sur les lèvres. Elle garda la joue contre la baignoire, son émail était frais contre sa peau.

Alice entendait sa propre respiration dans le noir. Les sanglots qui semblaient râper à chaque respiration, sans plus lui arracher de larmes.

« Je t'aime, maman », chuchota-t-elle tout bas.

Au bout d'un long moment, elle prit appui sur le bord de la baignoire et se leva. Elle eut le vertige, de petites étincelles lui dansaient devant les yeux.

On sonna à la porte.

Allait-elle descendre ouvrir ?

Elle ne voulait parler à personne, en était incapable.

La sonnette, de nouveau.

Alice l'ignora et se rinça le visage à l'eau froide. Elle tamponna la serviette contre ses yeux pour arrêter les nouvelles larmes qui menaçaient.

Elle finit par actionner la poignée, faire quelques pas dans le couloir. Elle aurait presque préféré ne pas avoir commencé à lire le livre de maman.

Un bruit dans le vestibule la fit s'arrêter.

Comme si quelqu'un enfonçait doucement la poignée de la porte d'entrée. Sans aucun bruit, pour entrer sans se faire remarquer.

Papa ne ferait jamais ça, il claquait toujours la porte en appelant « Alice » dès son arrivée.

C'était ouvert, elle n'avait pas fermé à clé en revenant des courses.

Maintenant, c'était trop tard, elle le savait instinctivement. Ça craqua, c'était la porte qui s'ouvrait, puis un autre bruit : quelqu'un posait lourdement le pied sur le sol et s'arrêtait pour tendre l'oreille.

Alice demeurait absolument immobile.

Ses oreilles sifflaient.

« Papa », murmura-t-elle en se plaquant contre la porte de la salle de bains.

Ses jambes tremblaient tellement qu'elle avait peur de tomber à la renverse. Son cœur tambourinait si fort, étrange que l'homme en bas ne l'entende pas.

Elle l'imagina en train d'essayer d'avancer silencieusement sur le parquet, avec de grosses chaussures qui laissaient des traces humides de neige.

Qui es-tu ? Que fais-tu là ?

Avec un sanglot, elle se mordit la lèvre jusqu'au sang pour retenir un cri. Un goût métallique sur sa langue.

Alice se pencha le plus possible au-dessus de la rambarde et vit une ombre disparaître vite dans la cuisine.

Il lui sembla voir quelque chose briller dans le noir. Avait-il un couteau à la main ?

Mon Dieu, aidez-moi.

93

Le téléphone de Thomas vibra dans la poche de son blouson. Un SMS de Margit.

Tu viens ? Ils sont arrivés.

Après un dernier regard sur l'épais buisson, il quitta l'aire de jeux et redescendit vers Karlbergsvägen.

Ignorant le trottoir, il marchait au milieu de la rue. La neige était bien tassée sous ses semelles, elle crissait à chaque pas. L'esprit tout à ses réflexions sur Peter Moore. La balle était à présent dans le camp des techniciens de la police scientifique : pourraient-ils trouver assez d'éléments pour l'envoyer au trou ?

Thomas avait froid aux mains, malgré ses gants : il les fourra dans ses poches.

Devant lui, un homme en blouson sombre sortit du métro Sankt Eriksplan. Il traversa Vikingagatan alors qu'il restait une dizaine de mètres à Thomas jusqu'au passage piéton, remonta vers la voiture de police garée devant le domicile de Moore.

Thomas vit l'homme tourner comme distraitement la tête vers les deux policiers en faction devant la porte avant de continuer.

Thomas arriva au coin de la rue, s'engagea dans les quelques marches qui menaient à l'allée déneigée devant le porche du numéro 62.

Quelque chose le fit se retourner, suivre des yeux l'homme vêtu de sombre qui s'éloignait à grands pas.

Il reconnut quelque chose dans son allure.

« Peter Moore, cria Thomas. Moore, stop, je veux te parler. »

L'homme ne put s'empêcher de regarder par-dessus son épaule, croisant les yeux de Thomas.

Puis il se mit à courir vers l'ouest, vers l'hôpital Karolinska.

Thomas s'élança dans la même direction en criant à ses collègues en uniforme de le suivre.

« Dépêchez-vous ! »

Devant lui, la lueur des réverbères formait des motifs en clair-obscur parmi lesquels courait Peter Moore. Une silhouette sombre qui se déplaçait à une vitesse époustouflante dans la rue déserte.

Thomas suivait aussi vite qu'il pouvait. La rue était légèrement en descente, Thomas glissa sur une plaque de verglas et se heurta la main contre une voiture en stationnement en essayant de retrouver l'équilibre. Son poignet l'élança, mais il ignora la douleur et continua à poursuivre le fugitif.

Peter courait à présent au milieu de la chaussée. Si une voiture était arrivée en face, elle l'aurait heurté.

Karlbergsvägen rétrécissait, il ne restait qu'une centaine de mètres avant le pont qui donnait sur l'hôpital. Il enjambait les voies de chemin de fer et l'entrée de l'autoroute E4. Plus loin, un énorme chantier était en cours pour connecter les nouvelles voies de contournement de Stockholm.

« Stop ! » cria Thomas, même s'il savait que c'était en vain.

La rue finissait par un feu, Thomas y vit une voiture attendant le vert. Il semblait y avoir un enfant sur le siège passager, Thomas devina par la vitre arrière des bras qui s'agitaient, oreilles d'un lapin en peluche qui dépassait.

Moore s'approcha de la Toyota, changea par surprise de direction et courut jusqu'à la portière du conducteur. Tendit une main vers la porte.

Il veut débarquer le conducteur, eut le temps de penser Thomas, il va voler la voiture.

94

Alice entendit une chaise racler par terre dans la cuisine, puis les bruits de pas inconnus continuèrent.

Ils entrèrent dans le séjour, passèrent devant le sapin et le fauteuil favori de papa.

Papa ! Où es-tu ?

Alice n'arrivait pas à respirer, mais n'osait pas céder aux larmes. Elles gonflaient jusqu'à son nez, menaçant de déborder.

Les poings écrasés contre les joues pour ne pas faire de bruit, elle inspirait par la bouche, le souffle court et haletant.

Soudain, plus aucun bruit au rez-de-chaussée.

Alice ferma les yeux, retint son souffle.

Puis des sons différents. Alice essayait de comprendre ce qui se passait, réalisa que le cambrioleur devait être dans la salle à manger, il semblait ouvrir tous les tiroirs du buffet, l'un après l'autre.

Alice se laissa glisser contre le mur et se balança, les bras autour des genoux, en essayant de réfléchir. Elle savait ce qu'il cherchait, elle en était sûre.

Le livre de maman.

Puis : Il va bientôt monter ici pour chercher à l'étage.

Je dois me cacher.

Précautionneusement, elle commença à ramper vers sa chambre. Elle poussa la porte en espérant que son ordinateur se soit mis en veille, que la lumière de l'écran ne la trahisse pas. Pleura presque de soulagement quand elle constata qu'il faisait noir.

Alice chercha à tâtons l'ordinateur sur le lit, le trouva, arracha la clé USB et la fourra dans la poche de son pantalon.

Nouveau raffut dans le séjour.

Quoi, à présent ?

Des chocs sourds montaient du rez-de-chaussée. Alors elle comprit. Il fouillait la bibliothèque. C'était des livres qui tombaient par terre. Il avait l'air de plus en plus furieux.

95

« Moore ! » hurla Thomas.

À ce moment précis, le feu passa au vert et la voiture démarra, alors que Moore n'était qu'à quelques mètres de la portière. Il effleura la carrosserie au moment où la voiture prit de la vitesse et disparut.

Moore s'arrêta en pleine course, se retourna, vit Thomas arriver vers lui. Il s'élança à travers la rue jusqu'à la clôture, là où commençait le pont. C'était une solide grille qui séparait le pont des voies en contrebas.

Moore regarda une nouvelle fois par-dessus son épaule, comme s'il essayait de deviner ce que Thomas comptait faire. Puis il sauta par-dessus la rambarde et disparut en un éclair.

Quelques secondes plus tard, Thomas fut sur place.

Sans réfléchir, il saisit le rebord métallique et se balança par-dessus, pour atterrir sans doute sur le même rebord que Moore, dans la neige.

C'était glissant, il chercha à tâtons à quoi se tenir, réalisa que la bretelle d'autoroute passait juste sous lui.

S'il tombait, il atterrirait au milieu de la chaussée.

Une grosse poutre en bois dépassait, il s'y accrocha et parvint à retrouver son équilibre.

Essoufflé, il regarda alentour. Où Moore était-il passé ?

Une ombre se déplaçait sur les rails rouillés de la voie ferrée, celle qui partait vers le nord, parallèle à l'autoroute d'Arlanda.

En dessous de Thomas, le talus finissait en haut d'un gros mur gris en béton. À la lumière des phares, il vit qu'il y avait au moins cinq mètres jusqu'à l'asphalte. Trop haut pour sauter : Moore avait continué à courir, à la recherche d'un endroit par où descendre sur l'autoroute et s'échapper.

Du coin de l'œil, Thomas vit qu'un policier l'avait rejoint et se penchait par-dessus la rambarde.

« Coupe-lui la route ! » cria-t-il avant de s'élancer le long des rails, derrière Moore.

Il espérait que le policier l'aurait entendu, malgré le vacarme des voitures filant en contrebas.

Thomas vit alors que Moore quittait la voie ferrée en se laissant glisser vers la clôture qui couronnait le gros mur de béton gris, dernier obstacle avant de descendre sur l'autoroute.

En contrebas, les voitures roulaient à grande vitesse sur l'E4. Cette portion était limitée à 70, mais la plupart roulaient à 80 ou 90.

Thomas essaya de couper par le talus pour gagner du temps, mais resta bloqué dans la neige. Quitter les rails avait été une erreur : à chaque pas, il ne faisait que s'enfoncer davantage.

Un bruit de moteur augmenta derrière Thomas : un poids lourd approchait, dans un vrombissement assourdissant.

Il restait moins de vingt mètres jusqu'à Moore, qui enjambait déjà la clôture.

Là, le mur en béton n'était plus aussi haut, car l'autoroute montait.

Le poids lourd était à présent à la hauteur de Thomas.

Sans pouvoir l'arrêter, Thomas vit Moore se préparer à sauter.

96

Alice cherchait son portable dans le noir, il devait être sur le lit, mais où ?

Les doigts tremblants, elle chercha, de plus en plus désespérée, sur la couette, sous l'ordinateur.

Par pitié.

Un vacarme en bas faillit lui arracher un cri. Elle parvint in extremis à le retenir, ne lâchant qu'un couinement au fond de la gorge.

Le bruit d'une lampe renversée, des éclats de verre répandus sur le sol du séjour.

Le bruit venait à présent de la cuisine, tiroirs et placards ouverts.

Alice tâtonnait hystériquement à la recherche de son téléphone. Trouver mon portable, téléphoner à papa, appeler à l'aide.

Il était sous l'oreiller. Elle faillit crier en sentant le métal froid sous sa paume. Elle se dépêcha de l'attraper et le cacha dans sa main.

Les pas sortaient à présent de la cuisine et se dirigeaient vers l'escalier.

Alice se recroquevilla, tendit l'oreille.

Je dois me cacher.

Ses pensées s'emballèrent, elle regarda autour d'elle dans la chambre, affolée.

Sous le lit ? Elle serait visible dès la lampe allumée, le couvre-lit ne descendait pas jusqu'au sol.

Dans le placard ? Il y avait des étagères tout en bas, elle n'arriverait pas à s'y blottir, pas la place.

Elle entrouvit la porte, tendit l'oreille pour entendre si quelqu'un était déjà en train de monter.

La panique l'empêchait de réfléchir, elle se frappait le front de son poing fermé.

Où me cacher ?

Elle entendit alors l'escalier craquer.

Il monte !

97

Le bruit du moteur augmentait. Thomas comprit qu'il ne rejoindrait pas Moore avant le poids lourd.

Moore avait déjà enjambé la clôture, il se tenait d'une main au rebord et se ramassa sur lui-même, comme pour prendre son élan.

Les voitures n'arrêtaient pas d'arriver en sens contraire, éblouissant Thomas de leurs phares chaque fois qu'il essayait de fixer Moore.

Thomas faisait de son mieux pour accélérer et rejoindre Moore avant qu'il ne lâche prise, mais impossible d'avancer dans la neige, c'était comme courir dans l'eau ou la boue.

Les muscles de ses cuisses protestaient et il avait beau faire, il s'enfonçait à chaque pas dans l'épaisse couche de neige.

La cabine du poids lourd était à présent presque à la hauteur de Moore, suivie d'une longue remorque double, marquée TNT en lettres orange sur fond blanc strié de traces de saleté.

Thomas voyait que le barbu au volant n'avait aucune idée de ce qui se passait à seulement quelques mètres au-dessus de sa tête.

« Stop ! » cria Thomas, malgré le vrombissement qui couvrait sa voix.

Mais Moore se jeta vers le poids lourd.

Il tomba les deux bras étendus devant lui, telle une chauve-souris dans la nuit. Il semblait lutter pour atteindre le toit de tôle de la première remorque, les doigts écartés, les pieds pédalant en l'air.

Il atterrit avec un choc sourd, le poids lourd fit une embardée, le corps sembla rebondir, puis se mit à glisser le long du revêtement lisse.

Thomas vit Moore chercher à tâtons une prise, n'importe quoi où s'accrocher.

Le conducteur devait avoir entendu sa lourde chute, sans comprendre ce qui se passait. Impossible de s'arrêter sur l'autoroute, d'autres voitures le suivaient.

Le poids lourd disparut. Moore était-il toujours dessus ?

Thomas se débattait de son mieux dans la neige, il parvint au sommet du talus où on pouvait avancer plus vite.

Puis il se mit à courir vers le virage, d'où parvenait encore le vrombissement du camion.

98

Le dressing de papa était spacieux, presque une petite pièce, mansardée, avec une lucarne en hauteur.

On ne pouvait pas verrouiller la porte de l'intérieur, mais Alice l'avait fermée et s'était glissée tout au fond, derrière les vestes de papa. Elle s'y était enfouie sous les vêtements fripés qui jonchaient le sol en attendant le pressing.

Les genoux repliés jusqu'au menton, elle tendait l'oreille pour repérer l'intrus.

Quelqu'un se déplaçait dans sa chambre, elle l'entendait à travers la cloison, des mains inconnues fouillant dans ses affaires.

L'ordinateur était resté sur la couette. Pourvu qu'il ne comprenne pas que c'était elle qui venait à l'instant d'y lire le livre de maman. Car alors il serait évident qu'elle était toujours dans la maison.

Les pas s'éloignaient à présent, Alice perçut le bruit de la porte de la salle de bains ouverte puis refermée.

Les pas continuèrent vers la chambre d'amis, quelque chose y dégringola, elle n'essaya même pas de deviner quoi.

Puis un silence complet.

Alice retint son souffle. Ce silence l'effrayait plus que les bruits qui montaient tout à l'heure du rez-de-chaussée.

La porte de la chambre de papa s'ouvrit, un rayon de lumière entra par une fente du chambranle. Comme un projecteur balayant une ville pendant une attaque aérienne.

Il va me trouver.

Alice essaya de rester calme, de ne pas céder à la panique, mais sentit qu'elle ne pourrait se taire très longtemps. Elle était submergée par une irrésistible envie de tout lâcher, de crier, crier quoi qu'il arrive.

Il cherchait à présent dans la table de nuit de papa, fouillait les tiroirs dans un froissement de papiers.

Alice appuya sa tête contre ses genoux et ferma les yeux pour ne plus voir le cône lumineux qui allait et venait dans la chambre. Mais elle sentait la lumière à travers ses paupières, qui ne la laissait pas tranquille.

Elle s'attendait à ce que la porte s'ouvre à la volée d'un moment à l'autre, à se retrouver une lampe dans les yeux, découverte.

Soudain, le noir se fit.

Alice retint son souffle. Était-il sorti ?

Mon Dieu, faites que ce soit ça.

Lentement, elle glissa la main dans sa poche et en sortit son téléphone.

Dès que le cambrioleur aurait quitté l'étage, elle pourrait envoyer un SMS à papa. Pour qu'il vienne le plus vite possible. Et tout irait bien.

D'épuisement, elle faillit se remettre à pleurer, mais caressa le dessus de son portable pour se calmer. Le seul fait de le tenir dans sa main la rassurait, elle allait bientôt appeler papa.

Un éclair, l'écran du portable qui s'allumait.

Puis le silence fut brisé par sa sonnerie stridente.

99

Quand Thomas parvint au virage, le poids lourd avait déjà disparu.

Pour la deuxième fois, il se laissa glisser des rails jusqu'à la clôture en bas du talus, se pencha par-dessus et scruta l'obscurité.

Moore avait-il dégringolé, gisait-il quelque part en contrebas ? Avait-il réussi à s'agripper et ainsi à s'échapper ?

Impossible de rien voir.

Une voiture passa sur la voie de gauche, Thomas se pencha dangereusement, essaya de distinguer quelque chose dans la lumière de ses phares. Il plissa les yeux dans la nuit.

Y avait-il quoi que ce soit par terre ?

Difficile de déterminer la distance jusqu'à la chaussée, mais il était à plusieurs mètres au moins au-dessus de l'asphalte. S'il se pendait à deux mains à la clôture puis se laissait tomber, il devait pouvoir se réceptionner sans se faire mal.

Thomas savait qu'il aurait fallu prévenir Margit, mais ne voulait pas perdre du temps à téléphoner. Si Peter Moore était encore là par terre, il pouvait d'une seconde à l'autre être écrasé. Des voitures passaient sans arrêt, ce n'était qu'une question de temps avant qu'une d'entre elles ne le heurte.

Pour autant qu'il soit toujours en vie.

La dernière image que gardait Thomas était celle des doigts de Moore agrippant le vide sur le toit en tôle du camion.

Le plus probable était qu'il avait glissé entre les deux remorques. Il y avait alors un gros risque qu'il ait été écrasé par les roues de la deuxième.

Mais s'il vivait encore ?

Une nouvelle voiture arriva, cette fois sur la file de droite. Elle fit une embardée, l'affaire était entendue : Peter Moore n'avait pas réussi à s'accrocher, il avait dégringolé.

Thomas mesurait bien qu'il se mettait en danger de mort si une voiture arrivait au moment où il sautait, mais il n'avait pas le choix. Il ne pouvait pas laisser Moore comme ça, même s'il le méritait.

Silence : aucune voiture en vue. Il tendit l'oreille : toujours rien.

Thomas se lâcha. Il tomba dans un choc sourd sur l'asphalte recouvert de neige et aperçut aussitôt le corps, quelques mètres plus loin.

Peter Moore gisait les yeux clos sur le bas-côté, une de ses jambes dans une position bizarre.

Un bruit de moteur dans son dos, une voiture approchait.

Thomas attrapa un des bras de Moore, le tira vers lui de toutes ses forces.

Deux phares le capturèrent. Comme dans un rêve, il se vit lutter avec le corps inerte de Moore dans la lumière éblouissante.

Moore était terriblement lourd, l'ancien joueur de basket devait peser plus de quatre-vingt-dix kilos, c'était comme essayer de déplacer un sac de sable.

On klaxonnait à tue-tête derrière Thomas, il devina confusément une voiture qui essayait de braquer pour ne pas le heurter de plein fouet.

Thomas tira désespérément sur les bras lâches de Moore.

Un appel d'air, et du coin de l'œil la vision d'un rétroviseur bien trop proche, du métal argenté saillant sur le côté du véhicule.

Puis les pneus se mirent à patiner et la voiture dérapa.

100

Le téléphone sonnait, sonnait. Hystérique, Alice appuyait partout pour le faire taire.

Il refusait.

« Alice. »

Quelqu'un l'appelait.

« Je sais que tu es là-dedans. »

Une voix douce, pas si menaçante, mais ça ne changeait rien.

« Alice, sors de là, que je te parle. »

Alice tremblait, ses lèvres étaient si sèches qu'elle était incapable de produire le moindre son.

« Allez, sors, maintenant. »

La voix s'était faite tranchante. Impérieuse.

« Je n'ai pas l'intention d'attendre plus longtemps. »

La porte s'ouvrit à la volée, c'était soudain allumé au plafond. Alice cligna des yeux quand on déblaya le tas de vêtements et qu'elle eut la lumière en plein visage.

« Donne-moi maintenant le livre de ta mère, je sais que tu en as une copie.

— C'est pas à vous ! »

Alice ne savait pas où elle trouvait le courage de tenir tête à cette femme inconnue.

Elle avait de la sauvagerie dans les yeux, mais une apparence étrangement normale. Alice n'imaginait pas un cambrioleur comme ça.

La femme portait un jean noir, les cheveux en queue de cheval basse. Elle semblait du même âge que maman.

Alice était désemparée.

Puis elle vit le couteau de cuisine dans sa main gauche, celle qui ne tenait pas la lampe torche.

« Alice, dit la femme, d'un ton encore posé. Je crois que tu ne comprends pas bien. »

Alice se mordit la lèvre pour étouffer un sanglot.

« J'ai le droit de l'avoir.

— Et pourquoi ? murmura Alice.

— Ta mère a écrit des choses horribles sur moi. Des choses qui pourraient détruire ma vie.

— Comment le savez-vous ?

— Elle me l'a dit elle-même. »

Alice ne comprenait toujours pas.

« Quand ?

— Avant de mourir. »

Alice brandit son portable, comme un bouclier.

« C'est vous qui m'avez envoyé un SMS ? »

La femme hocha la tête.

« S'il vous plaît, pleura Alice. Vous deviez me dire comment elle est morte. »

La femme hésita, comme traversée par un souvenir, mais elle répondit :

« Elle a mangé quelque chose qui n'était pas bon pour elle.

— Mais pourquoi ? » lâcha Alice.

Le regard de la femme sembla se perdre au loin.

« Ça n'a pas d'importance. »

Alice comprit alors.

« C'est vous qui le lui avez fait manger. C'est vous qui… vous l'avez tuée.

— Peut-être bien. »

L'inconnue inclina la tête de côté, comme si elle cherchait vraiment les mots justes. Elle avait quelque chose de rouge et collant sur le dessus de la main. Distraitement, elle humecta de salive son index et frotta la tache.

« La vérité, c'est que ta mère s'est tuée elle-même, dit-elle en frottant encore un peu. En refusant de modifier son livre, malgré mes demandes. Mes demandes répétées. Je ne pouvais pas la laisser le publier. Ça aurait tout détruit. »

Elle regarda sa montre.

« Maintenant, il me faut cette copie. »

Alice recula.

« Je ne l'ai pas ici. »

La femme soupira.

« Alice, je crois que tu ne comprends pas combien c'est important pour moi. »

L'inconnue ramassa quelque chose au pied du lit de papa. Elle brandit alors une forme blanche qui pendait mollement. La queue blanche ne bougeait pas. Du sang tachait le doux pelage.

Alice pressa les mains sur sa bouche.

« Non, sanglota-t-elle.

— S'il te plaît, maintenant, fais ce que je te dis. »

Alice fouilla dans sa poche, sortit la clé USB et la posa sur le dessus-de-lit en déglutissant et déglutissant encore.

La femme lâcha Sushi. Le corps tomba par terre avec un choc sourd. Elle se pencha sur le lit, saisit la clé USB et la fourra dans la poche de son jean noir.

« C'est tout ce que tu as eu ? se méfia-t-elle. Pas de tirage papier ? »

Alice secoua fort la tête, en essayant de ne pas penser que c'était Sushi, là.

« Pourquoi est-ce si important ? pleura-t-elle.

— Comme je t'ai dit, ta mère comptait révéler ce qui aurait dû rester un secret, notre secret.

— Pourquoi haïssiez-vous maman ? murmura Alice en s'affaissant à terre.

— Je ne l'ai jamais haïe, dit la femme avec une expression sibylline dans les yeux. Au contraire, autrefois je l'ai aimée.

— Minna, c'est vous ? murmura Alice.

— Je n'utilise plus ce nom, ce n'était qu'un surnom puéril. Comment sais-tu tout ça, d'ailleurs ? demanda-t-elle, avant de comprendre : Tu as lu le livre. »

Elle tripota le couteau, comme si elle cherchait à prendre une décision.

« Désolée, il faut que j'y aille, maintenant », dit-elle tout à coup.

Son ton était désinvolte, comme si elle proposait à Alice de venir boire un café avec elle.

« Viens, dit-elle en tirant Alice par le bras. Suis-moi. »

Elle poussa Alice hors de la chambre, vers la salle de bains.

« Entre là.

— Pourquoi ?

— Allez, entre. Fais ce que je te dis, et tout ira bien. Je voulais juste la clé USB, c'est tout. Ta mère m'a dit que c'était la seule copie, j'ai déjà pris le reste dans l'appartement. »

Alice n'osa pas protester. Elle se retourna au moment où la porte se refermait sur elle.

Elle entendit un raclement de l'autre côté, puis des pas dans l'escalier.

Quand Alice essaya d'enfoncer la poignée, quelque chose la bloquait de l'extérieur.

Elle se laissa retomber à terre, pressa ses mains sur sa bouche en essayant de ne plus penser au pelage blanc ensanglanté.

L'inconnue lui avait arraché son téléphone avant de l'enfermer. Personne ne savait où elle était, elle ne pouvait appeler personne à l'aide.

Ses yeux commençaient à la piquer, une odeur bizarre atteignit ses narines.

Ça sentait le brûlé.

De la fumée filtrait sous le seuil.

Alice toussa et sentit les larmes lui monter aux yeux.

« Maman. »

101

Petra sortit de l'E18 vers Vaxholm. C'était peut-être idiot de faire tout ce chemin sans qu'on le lui demande, mais elle ne pouvait se défaire de l'inquiétude qui la rongeait.

Micke n'avait pas donné de nouvelles de la journée, c'était quand même un peu long pour un interrogatoire de police ? Elle avait plusieurs fois tenté de joindre Alice pour savoir si Micke l'avait appelée, mais celle-ci ne répondait pas non plus.

Alice n'aurait pas dû rester seule, s'était dit Petra. Elle était si fragile depuis la disparition de sa mère. Petra avait fini par mettre son blouson et prendre sa voiture.

Elle roulait assez vite, mais il n'y avait pas d'autres véhicules sur la route. Certes, la nuit était tombée depuis longtemps, mais elle avait des pneus neige tout neufs.

Au moment où elle allait tourner vers la maison de Micke, une voiture arriva en face à grande vitesse. Petra dut faire une embardée contre une congère pour éviter la collision.

« Quel cinglé ! » pesta-t-elle.

Dans son rétroviseur, elle vit la voiture blanche s'éloigner dans un nuage de neige. Désagréable sensation d'avoir été à deux doigts de l'accident.

Elle rétrograda avant la dernière côte. C'était raide, elle ne voulait pas risquer de patiner avec sa petite Toyota, si bons ses pneus soient-ils.

C'est en arrivant au sommet qu'elle vit les flammes sortir de la cuisine. De grosses flammes grasses qui s'enroulaient derrière la fenêtre, des langues jaune vif qui léchaient la façade.

« Alice ! »

Petra se jeta hors de la voiture et se précipita vers la porte. Dieu soit loué, elle n'était pas fermée à clé. Hors d'elle, elle l'ouvrit à la volée et hurla :

« Alice ! Alice, où es-tu ? »

Ça crépitait dans la cuisine, mais la porte était à demi fermée, le feu ne s'était pas encore propagé au reste du rez-de-chaussée.

Petra regarda fixement l'escalier : Alice était-elle là-haut ?

La fumée lui piquait les poumons, elle se mit à tousser.

« Alice ! » appela-t-elle encore.

Là. Un bruit, quelqu'un à l'étage.

Petra releva son écharpe sur sa bouche et courut vers l'escalier, monta quelques marches et s'époumona :

« Alice, où es-tu ? »

La chaleur lui piquait la peau. Ça grondait et crépitait tout ensemble, elle n'avait jamais rien entendu de semblable.

Une voix désespérée l'appela :

« Je suis dans la salle de bains ! »

Petra vola en haut des dernières marches. Quelqu'un avait coincé la poignée de la porte avec une chaise.

D'un coup sec, Petra l'ôta et ouvrit la porte. Alice lui tomba presque dans les bras.

« Ça brûle, cria Petra. Il faut sortir tout de suite. »

Alice ouvrit grand les yeux dans la fumée qui les cernait.

« Je ne peux pas. »

Désespérée, Petra tira Alice par le bras, la fillette semblait sur le point de s'évanouir.

« Alice, tu dois venir avec moi. Tu vas y arriver, je te promets. »

Petra commença à la bousculer vers l'escalier, mais Alice s'arrêta en la regardant, l'œil hagard.

« Il faut sortir ! » cria Petra.

Elle poussa Alice devant elle, elles descendirent l'escalier en trébuchant. Il y avait tant de fumée qu'on y voyait à peine, le feu grondait dans la cuisine, il se propageait au séjour. Au travers de la fumée, elle vit que le sapin de Noël flambait.

Chaque respiration faisait mal.

Alice eut un regain de panique quand il fallut passer devant la porte de la cuisine.

« Je ne peux pas, sanglota-t-elle, mais Petra la contraignit sans écouter.

— Ferme les yeux et tiens-toi à moi. Fais exactement comme je te dis. »

102

Les sirènes annoncèrent à Thomas que l'ambulance arrivait enfin.

Il était assis sur l'asphalte glacé couvert de neige, la tête de Peter Moore sur les genoux. Moore respirait encore, mais était si pâle qu'il semblait plus mort que vif.

Un affreux enfoncement à la tempe trempait de sang sa bouche et son menton.

Les collègues en uniforme étaient accourus au moment où la voiture, partie dans un tête-à-queue, commençait à glisser dans l'autre sens. Elle s'était mise en travers mais, par chance, le conducteur était parvenu à l'immobiliser.

Les policiers avaient réussi à couper la circulation avant que ne se produise un sérieux carambolage. Thomas essayait de ne pas penser à ce qui aurait pu se passer.

L'ambulance arriva, stoppa à quelques mètres de lui seulement, les secouristes se précipitèrent vers les deux hommes. D'une main experte, ils placèrent Peter Moore sur un brancard, la tête immobilisée et les jambes tant bien que mal dans le bon sens.

« Et vous, ça va ? demanda un des infirmiers à Thomas qui essayait de se lever.

— Je n'ai rien », mentit-il.

Il avait très mal là où il s'était cogné le genou en sautant, mais il n'était pas question pour lui de passer la soirée à l'hôpital.

Une voix affolée dans son dos :

« Thomas ? »

Margit arrivait en courant, son blouson au vent.

« Qu'est-ce qui se passe ? »

Un mélange de colère et de peur, perçut Thomas.

Il montra l'ambulance où les infirmiers hissaient Peter Moore, inconscient.

« Il a tenté de fuir. »

Pris d'un soudain vertige, Thomas dut s'appuyer au mur de béton. Il ferma les yeux.

« Ça va ? s'inquiéta Margit.

— Oui, je crois. »

L'ambulance emmena Peter Moore.

« Je n'ai pas eu le temps d'appeler. Il fallait que je le poursuive.

— Quel con, bordel ! »

Mais Thomas entendit le soulagement dans sa voix.

« Tu as trouvé quelque chose dans la caméra de surveillance ? demanda-t-il.

— Oui, un film où on voit Aram devant sa porte. Et on a trouvé des vêtements tachés de sang dans le panier à linge sale. On peut l'inculper pour l'agression. »

Je le savais, pensa Thomas. J'aurais dû le laisser crever.

« Tu ne devineras pas ce qu'il y avait dans son grenier. Plein d'armes automatiques. »

Le téléphone de Margit sonna. Elle écouta, pâlit.

« On a mis le feu à la maison de Michael Thiels ! »

103

« Il va falloir se garer là, dit Margit. Impossible de se rapprocher davantage. »

Thomas vit les véhicules des pompiers devant la maison de la famille Thiels. La rue était déjà pleine. Une ambulance jaune était garée devant l'entrée.

Il sentit l'odeur caractéristique avant même d'ouvrir la portière.

Mais la maison était toujours debout, en tout cas sa façade.

Un collègue en uniforme apparut.

« Là-bas, vous avez la femme qui a sorti la gamine. Elles doivent aller à l'hôpital, elles ont toutes les deux respiré beaucoup de fumée. »

Thomas tourna la tête et aperçut Petra Lundvall. Elle était d'une pâleur frappante et on lui avait mis une couverture sur les épaules. Une de ses joues était noire de suie.

Il s'approcha d'elle.

« Comment allez-vous ? »

Petra produisit ce qui était censé être un sourire.

« Dieu merci, je suis venue. Sinon, Alice... »

Elle se tut, le regard tourné vers l'ambulance.

« Vous avez le courage de nous dire ce qui s'est passé ? » demanda prudemment Margit.

Petra resserra la couverture autour d'elle.

« J'ai appelé Alice pour lui proposer de lui tenir compagnie, pendant l'interrogatoire de Michael. Elle a refusé, mais comme je n'ai pas eu de nouvelles de Micke de tout l'après-midi, j'ai rappelé Alice plusieurs fois. J'ai fini par m'inquiéter qu'elle ne réponde pas, alors j'ai pris ma voiture et je suis venue ici. »

Petra s'interrompit, un sanglot dans la voix. Elle se passa la main sous l'œil, étalant un peu la suie de sa joue.

« Quand je suis arrivée, ça brûlait déjà au rez-de-chaussée. Je me suis précipitée, et j'ai trouvé Alice enfermée dans la salle de bains.

— Vous êtes certaine qu'elle était enfermée ? » demanda Margit.

Petra hocha la tête.

« Quelqu'un avait coincé la porte avec une chaise. Comment peut-on faire ça, à un enfant ? »

Elle pressa la main sur sa bouche et se détourna.

À ce moment, un pompier s'approcha.

« Pardon ? »

Il tendait à Thomas un portable.

« On a trouvé ça dans l'entrée. »

Thomas le prit. Il avait une coque aux couleurs vives, rose avec des têtes de mort argentées. C'était le dernier cri, le modèle le plus cher d'Ericsson, Thomas avait vu la publicité.

« C'est le vôtre ? demanda-t-il à Petra.

— Non. Ça doit être celui d'Alice. Micke a l'habitude de lui procurer les modèles les plus récents.

— Où est-elle ? demanda Margit.

— Elle doit se reposer dans l'ambulance. »

Petra battait la semelle, comme impatiente de partir de là.

Thomas soupesa le téléphone, regarda vers l'ambulance, devant la clôture. Il finit par s'approcher du fourgon jaune et glissa la tête par la portière.

Alice était étendue sur une civière, les yeux clos.

« Alice », dit-il tout bas en grimpant à bord.

Il effleura son bras. Une puissante odeur de fumée monta vers lui.

« Comment ça va ? »

Alice ne bougea d'abord pas, puis ouvrit les yeux. Son visage était strié de suie.

« Où est papa ? murmura-t-elle.

— Il est en route pour l'hôpital, dit Margit derrière eux. Il te retrouvera là-bas. »

Thomas montra le téléphone à Alice.

« C'est le tien ?

— Oui », chuchota-t-elle.

Les traits de son visage étaient si tendus qu'on devinait son squelette sous la peau.

« Regardez la vidéo. Je l'ai filmée. »

104

Margit tourna si vite dans Kungsgatan, à Uppsala, que la voiture faillit déraper.

« Mollo », marmonna Thomas.

Il tenait toujours le portable d'Alice, il avait visionné la vidéo en boucle pendant tout le trajet de Vaxholm au domicile de Pauline Palmér.

Il se demandait si c'était le mal à l'état pur qu'il venait de voir, sous la forme d'une femme blonde à collier de perles. Elle avait essayé de faire brûler vive une fillette. Après avoir tué sa mère.

Les mots de Martin Larsson résonnaient en lui : le meurtrier était rationnel. Pour lui, il s'agissait de résoudre un problème.

Larsson s'était trompé.

« Elle est mauvaise, dit-il tout bas.
— Qu'est-ce que tu dis ?
— Rien. »

Margit pila devant l'entrée de l'immeuble des Palmér.

« La force d'intervention devrait déjà être là », pesta-t-elle.

Thomas regarda alentour.

« Ils ne vont sûrement pas tarder. »

Il descendit de voiture et leva les yeux vers l'appartement des époux Palmér. Plusieurs fenêtres y étaient éclairées.

« Il y a quelqu'un », dit-il tout bas.

Margit avait déjà ouvert la porte et commencé à monter les escaliers. Thomas la suivit, en essayant de ne pas trop s'appuyer sur son genou douloureux.

En arrivant au dernier étage, ils trouvèrent la porte entrouverte. Thomas échangea un coup d'œil avec Margit, tout en sortant son arme de service.

Il poussa la porte du coude, et se retrouva nez à nez avec Lars Palmér, en manteau. Le mari de Pauline tenait une laisse, et derrière lui piétinait impatiemment le berger allemand noir.

« Que faites-vous ici ? s'étonna Palmér.

— Nous cherchons votre femme, dit Margit.

— Pauline est dans son bureau, j'allais sortir avec Hannibal. »

Le souffle coupé, il découvrit alors le pistolet dans la main de Thomas.

« Il s'est passé quelque chose ? » dit-il, beaucoup trop fort.

Thomas espéra que Pauline n'aurait pas entendu.

« S'il vous plaît, allez nous attendre dans la rue, dit-il. Pour votre propre sécurité. Pouvez-vous aussi attacher le chien ? »

Lars Palmér les regarda, les yeux écarquillés. Mais il se retira comme on le lui demandait, et disparut dans l'escalier avec le chien.

Thomas pénétra dans l'appartement, suivi de près par Margit.

Le bureau était fermé.

Margit fit un signe à Thomas, se plaça sur le côté, le pistolet prêt.

Thomas ouvrit d'un coup.

Pauline Palmér était devant la fenêtre grande ouverte. Elle regarda les deux policiers sur le seuil, penchée au-dehors.

« Si vous approchez, je saute », dit-elle d'une voix étonnamment calme.

Un air glacial s'engouffrait dans la pièce.

« Pauline, dit Margit. Ne faites pas de bêtise.

— Je sais ce que je fais. »

Sa voix était autoritaire, et plus du tout aussi conciliante que lorsqu'ils s'étaient parlé, dans sa cuisine, au milieu des brioches et des bougies allumées.

« Vous tuer n'arrangera rien. »

Les lèvres de Pauline formèrent une grimace amère.

« Ce n'est pas vrai », constata-t-elle.

Margit fit un pas, et aussitôt Pauline pivota de sorte que le haut de son corps pencha encore plus dans le vide.

« Je suis sérieuse, dit tout bas Pauline. Restez où vous êtes. »

Margit recula.

« Pauline, tenta Thomas. On peut arranger ça, si vous commencez par vous éloigner de cette fenêtre.

— Il n'y a rien à arranger. Je l'ai compris en entendant à la radio que les pompiers étaient arrivés à temps pour Alice. »

La voix était d'une froideur surprenante.

« J'ai échoué, je dois maintenant assumer les conséquences. »

Thomas sentit son ventre se nouer, tandis qu'il s'efforçait de se rappeler les explications du profileur, de trouver la clé de Pauline.

Il serrait la crosse de son pistolet, tandis que son cerveau rejetait une question après l'autre.

Margit fit un pas, tout en montrant ostensiblement qu'elle rangeait son arme.

« Pourquoi avez-vous tué Jeanette ? » demanda-t-elle.

Le visage de Pauline changea, il se fit plus jeune, plus doux. Les années s'effaçaient, comme si un souvenir remontait à la surface.

Puis son expression dure réapparut.

« Nous avons eu une liaison. Il y a longtemps. Jeanette avait l'intention d'écrire à ce sujet. Je ne pouvais pas le permettre.

— Et donc vous l'avez empoisonnée. »

La voix de Margit était étonnamment bienveillante, elle semblait sincèrement intéressée.

Il faut gagner du temps, pensa Thomas. Jusqu'à l'arrivée de la force d'intervention.

« J'étais obligée.

— Mais pourquoi ? » demanda Thomas, dubitatif.

Il regretta aussitôt le ton tranchant de sa voix. Il s'agissait de gagner la confiance de Pauline, pas de la juger.

Margit essaya à son tour.

« Ne pourriez-vous pas nous dire pourquoi vous en êtes arrivée là ? Nous sommes prêts à vous écouter. »

Pauline changea légèrement de position. Elle regarda les deux policiers avec méfiance.

« Jeanette aurait pu renoncer, finit-elle par dire. Je le lui ai demandé, je l'ai presque suppliée. »

Pauline détourna les yeux, comme si elle avait honte de cet aveu de faiblesse.

« Les chocolats, c'était le dernier recours. Je les avais apportés pour ça, au cas où.

— Comment en êtes-vous arrivée à cette méthode ? Il n'y a pas grand monde qui en aurait eu l'idée. »

Margit semblait presque admirative.

« On m'avait offert un bracelet de graines de couleur, dit Pauline. J'ai lu dans une revue qu'elles étaient toxiques. Un pur hasard. C'est en préparant les pâtisseries de Noël que j'ai eu l'idée. Jeanette m'avait alors appelée pour me tenir au courant. Je savais qu'il fallait que je réussisse à lui faire changer ses projets. »

Pauline agrippa le cadre de la fenêtre de l'autre main : elle était à présent grimpée sur le rebord en zinc.

Il faisait très froid dans la pièce, mais Pauline ne semblait pas remarquer la température. Quelques flocons fondaient dans ses cheveux.

« Mais quand même, dit Margit, toujours du même ton conciliant. Peu auraient eu cette idée.

— Ce n'était pas si difficile. »

Souriait-elle ?

« Dites-nous comment vous vous y êtes prise, lui enjoignit Margit.

— J'ai pris le moulin à amandes, et j'ai pulvérisé les graines avec cinquante grammes d'amandes non pelées. Puis j'ai tout mélangé dans le chocolat fondu, ajouté un peu de cognac pour le goût, et roulé des truffes, comme je fais toujours. »

Cette description détaillée donna froid dans le dos à Thomas.

Les yeux de Pauline avaient pris une expression mystérieuse.

« Ce n'était ni difficile ni horrible. Vraiment, juste comme d'habitude.

— Et vous avez apporté le chocolat chez Jeanette ?

— Oui. » Pauline soupira. « En dernier recours. Quand Jeanette a refusé de supprimer le chapitre sur nous deux, je n'ai plus eu le choix. C'est alors que j'ai sorti les truffes et les lui ai offertes.

— Et ensuite ?

— Bah, fit Pauline avec un haussement d'épaules. Nous avons continué à nous disputer, cela ne faisait que me conforter dans ma décision. »

Thomas ne put se retenir.

« C'est vous qui avez étouffé le voisin de Jeanette ?
— Pas moi, dit brièvement Pauline.
— Peter vous a aidée ? » proposa Margit.

Pauline détourna les yeux puis hocha la tête.

« Peter est très loyal. Il l'a toujours été. »

Tandis qu'ils parlaient, elle penchait dangereusement, menaçant de basculer du rebord en zinc.

Des éclats de voix montèrent de la rue. Un chien aboya rageusement, par saccades, comme s'il essayait de s'arracher à quelqu'un qui le retenait.

« Lâchez-moi ! cria un homme d'une voix stridente. Je veux lui parler. Lâchez-moi ! »

En entendant la voix de son mari, Pauline vacilla.

Pour la première fois depuis qu'ils étaient entrés dans la pièce, quelque chose comme de la tristesse apparut sur son visage.

« Lars n'a rien à voir avec tout ça », dit Pauline à voix basse.

Elle ferma les yeux. Thomas réagit instinctivement. Il se jeta à travers la pièce, lui attrapa une jambe, et tira pour la faire descendre de la fenêtre.

« Lâchez-moi ! » hurla Pauline en frappant les mains de Thomas pour libérer sa jambe.

Elle lui griffait le dos de la main, mais Margit vint à la rescousse et la tira par le pull. Ensemble, ils parvinrent à plaquer Pauline à terre.

« Vous ne pouviez pas juste me laisser mourir ? » chuchota Pauline Palmér.

105

Michael Thiels tenait la main de sa fille. Elle était si pâle sur la couverture de l'hôpital, dont le jaune était beaucoup trop criard à côté de ses doigts blancs.

Il était à son chevet depuis quelques heures, après son arrivée en ambulance. Elle dormait, à présent, mais sanglotait de temps en temps dans son sommeil.

Les médecins avaient dit qu'elle devrait rester quelques jours en observation, même si elle ne présentait pas de lésions pulmonaires graves. Petra elle aussi devait passer la nuit à l'hôpital.

Michael avait demandé un lit dans la même chambre, pour pouvoir dormir à côté d'elle. Il ne voulait pas perdre Alice de vue.

Les larmes lui montèrent aux yeux en songeant à ce qui aurait pu arriver si Petra ne s'était pas inquiétée.

Il devait à Petra la vie de sa fille.

Alice gémit dans son sommeil.

Michael devinait sa peur. Il lui faudrait longtemps pour surmonter cette terreur, pas besoin d'un médecin pour le lui expliquer. Quand Michael était arrivé, elle délirait, sous le choc, épuisée.

Le policier, Thomas Andreasson, lui avait expliqué la situation. Que Pauline Palmér était à l'origine de la mort de Jeanette. Comment elle s'y était prise pour la tuer.

Michael était blanchi de tout soupçon.

Cette folle avait reconnu tout ce qu'elle avait commis avec son assistant. Ces gens-là ne reculaient devant rien, ils détruisaient tout sur leur passage. Apparemment, un policier avait été aussi violemment agressé.

Pourrait-il jamais expliquer à Alice comment sa mère avait été tuée ?

Michael frémit à cette idée, tandis qu'une profonde honte s'emparait de lui.

Il s'était comporté de manière impardonnable avec Jeanette.

Si seulement il avait compris la situation.

Dans son lit, Alice bougea, ouvrit les yeux. Il lui caressa la joue.

« Papa ?

— Je suis là, ma chérie. »

Tu seras toujours ma fille.

106

Thomas ouvrit la portière de sa Volvo et s'assit au volant. Mais il resta là sans s'attacher ni démarrer.

Tout son corps était las, un geste aussi simple que tourner la clé de contact lui demandait un effort. Quand il leva la main, ses doigts tremblaient.

Quelle heure était-il ? Neuf heures passées, il aurait dû appeler Pernilla pour lui dire qu'il rentrait enfin. Elle se demandait sûrement où il était passé, et s'ils pourraient partir le lendemain dans l'archipel comme prévu.

Mais il avait besoin de quelques minutes pour lui. Pour souffler. D'une certaine façon se poser après ces dernières heures. Tenter de se figurer comment on pouvait commettre des crimes comme ceux de Pauline Palmér.

Non, il n'y arrivait pas.

Il fallait qu'il mette tout ça de côté jusqu'à trouver le courage d'y repenser. Certaines choses étaient impossibles à comprendre, et encore plus à accepter.

Il garderait longtemps l'image du visage terrorisé et couvert de suie d'Alice dans l'ambulance.

Thomas pencha la tête en arrière et ferma les yeux. Il était désespérément fatigué.

Je ne devrais pas prendre la voiture, pensa-t-il, je vais laisser la voiture et rentrer plutôt en taxi.

Son téléphone bipa, un SMS. Il songea d'abord à l'ignorer, puis le sortit malgré tout. Par acquit de conscience.

C'était Karin.

Aram s'est réveillé, il doit encore prendre beaucoup d'antidouleur, mais pourra recevoir des visites d'ici quelques jours.

Le soulagement fut tel que Thomas soupira derrière le volant. Demain, il appellerait Sonja pour savoir comment elles allaient, elle et ses filles. Il voulait aussi prendre des nouvelles d'Erik, mais avait besoin d'abord de se remettre.

Quelques minutes plus tard, il composa le numéro de la maison.

« Salut, c'est moi.

— Je commençais à m'inquiéter, dit aussitôt Pernilla. Tu vas bien ? »

Maintenant oui, maintenant qu'il entendait sa voix.

Ne me quitte plus jamais.

« Je suis dans la voiture, dit-il en s'efforçant de cacher son épuisement. L'affaire est résolue. Je t'en dirai davantage à la maison. »

Demain, ils iraient à Sandhamn fêter le Nouvel An avec Jonas, Nora et ses garçons. Il avait hâte de pouvoir se détendre avec ses chers amis, d'être quelque part où tout le monde se voulait du bien.

Là, il s'interdirait de penser boulot : ne pas ruminer ni céder au doute. C'était sa résolution pour la nouvelle année.

Puis ils passeraient quelques jours avec Elin sur Harö, comme ils l'avaient prévu avant que le téléphone ne sonne, le lendemain de Noël.

Cette perspective le réconforta. Elle lui donna la force de tendre la main pour démarrer la voiture.

« Je rentre », finit-il par dire à Pernilla.

107

Mercredi

Nora enfila son gros blouson et ses bottes. Le bateau de Jonas devait arriver à dix heures et quart. Soudain, elle fut prise d'un violent désir d'être avec lui, n'en pouvant plus d'attendre, alors qu'ils allaient se voir dans peu de temps.

Il restait jusqu'à dimanche, ils auraient cinq jours ensemble.

Du temps pour se parler, pour lui raconter tout ce qui s'était passé à la banque. Curieusement, elle n'était plus aussi déchirée.

Une sérénité nouvelle l'habitait depuis qu'elle avait pris sa décision. Ça allait s'arranger. D'une façon ou d'une autre, elle allait s'en sortir, trouver un autre travail, subvenir à ses besoins et à ceux des garçons.

« Tu vas au port chercher Jonas ? »

Simon arrivait de la cuisine. Il semblait maussade, elle savait qu'il était déçu qu'Henrik soit retourné en ville le soir précédent.

« Oui, mon chéri. Tu veux venir avec moi ? »

Simon baissa les yeux, sa frange se rabattit.

« Tu aurais préféré qu'on fête le Nouvel An avec papa ? »

Il hocha la tête.

« Comme Noël. C'était chouette. »

Nora s'accroupit devant Simon.

« J'aime beaucoup papa, mais j'aime beaucoup beaucoup aussi Jonas. »

Comment expliquer la situation à un garçon de neuf ans ? Son vœu le plus cher était qu'Henrik et elle se remettent ensemble.

Mais on ne pouvait pas faire apparaître par magie de nouveaux sentiments. Leur amour était mort.

La veille, Henrik avait demandé s'il pouvait rester pour le Nouvel An. Ils étaient à la cuisine autour d'une tasse de café. Elle n'avait plus du tout de fièvre.

« Je tiens toujours à toi, lui avait-elle calmement répondu. Nous avons deux merveilleux garçons. Nous avons passé de belles années ensemble. »

Il le lisait dans ses yeux, inutile de continuer.

« Tu es amoureuse de Jonas. »

Nora avait penché la tête.

« Oui. Désolée. »

Elle était si contente qu'Henrik et elle puissent à nouveau se voir, fêter Noël ensemble, comme des amis. Être avec leurs enfants en bonne intelligence.

Mais elle ne l'aimait plus.

C'était Jonas qu'elle désirait.

Quelques secondes de silence, puis Henrik avait levé la main pour caresser la joue de Nora.

« Je n'ai à m'en prendre qu'à moi-même. Ne crois pas que je ne comprenne pas ça. Je me suis comporté bien trop longtemps comme un salaud. »

Elle n'avait jamais vu Henrik aussi abattu.

« C'est Marie qui m'a quitté. Comme ça, tu sais. »

Dire cela lui avait coûté, Nora le savait.

« C'était peut-être ça qu'il me fallait, avait repris Henrik, après un long moment. Pour que je commence à réfléchir. À y voir clair. »

Ils s'étaient quittés en amis, elle en avait en tout cas l'impression.

Nora posa le bras sur l'épaule de Simon.

« Mon chéri, papa et moi, on s'aime toujours bien, mais ça ne suffit pas pour vivre ensemble. Tu le comprendras quand tu seras grand, je te le promets. »

Il lui répondit d'une moue butée.

« Tu sais quoi ? Ce soir ton parrain et ta marraine viennent nous voir. Avec aussi la petite Elin, chouette, non ?

— Ils vont dormir ici ?

— Bien sûr. Ils ne peuvent quand même pas retourner sur Harö en pleine nuit. »

Elle se releva et remonta la fermeture Éclair de son blouson.

« Maintenant, il faut que j'aille au ponton chercher Jonas. Ça ne m'étonnerait pas qu'il ait un cadeau de Noël en retard pour toi. »

Ça faisait du bien de sortir, même par un froid pareil. Elle s'était sentie un peu patraque au réveil, sans doute un reste de son pic de fièvre. Mais l'air vif était revigorant. Pour la première fois depuis plusieurs jours brillait un clair soleil d'hiver. Ce serait sûrement une belle soirée pour les feux d'artifice. L'hôtel des Navigateurs avait l'habitude de faire les choses en grand le dernier jour de l'année.

En arrivant sur le port, elle vit que le ferry Waxholm était déjà engagé dans la passe. Nora se dépêcha de rejoindre le ponton.

Quand elle arriva, il n'était plus qu'à quelques mètres. Nora tendit le cou en cherchant à apercevoir Jonas dans l'ouverture de la porte.

Il était tout à l'avant, cherchant lui aussi quelqu'un des yeux. Elle.

Quand il l'aperçut, il agita si fort les bras que le marin à côté de lui sourit.

Nora sentit la joie se répandre dans tout son corps.

Quelle bonne fin d'année ce serait !

REMERCIEMENTS DE L'AUTEUR

C'est le sixième livre de cette série, et l'idée me donne le tournis. C'est allé si vite, et dire qu'il est toujours aussi agréable de raconter une nouvelle histoire !

Cette histoire est une pure fiction, mais je ne saurais cacher que l'augmentation des courants xénophobes depuis les élections de 2010 m'affecte profondément.

Comme d'habitude, tous les personnages sont totalement inventés, et toute ressemblance avec des personnes réelles serait une pure coïncidence.

L'histoire des graines toxiques est cependant réelle, même si j'en ai avancé la date d'un an : le scandale a eu lieu en 2009 en Cornouailles, quand on a découvert qu'un bracelet fait de graines toxiques de haricot paternoster avait été vendu à des milliers d'exemplaires. De même, une affaire de meurtre par le biais de pralines empoisonnées a bien eu lieu à Malmö au début des années 90.

Une correction : j'ai ouvert l'hôtel des Navigateurs pour Noël, alors qu'il ne l'est normalement que pour le Nouvel An. En tant qu'auteur, j'assume la pleine responsabilité de toutes les autres erreurs ou inexactitudes éventuelles.

Ce livre a été rendu possible grâce à l'aide amicale de nombreuses personnes au cours de mon travail.

J'adresse un merci tout particulier à mon ami Enlil Odisho, qui a si généreusement partagé avec moi son expérience de réfugié assyrien arrivé d'Irak en Suède.

Le commissaire Rolf Hansson, de la police de Nacka, m'a été d'une grande aide s'agissant du travail policier. Grand merci !

Je veux remercier la médecin-chef Petra Råsten Almqvist, experte médico-légale, la juriste Helena Nelson, le directeur financier Göran Casserlöv, le criminologue Mikael Rying, la magistrate Cecilia Klerbro et Anders Eliasson, de l'hôtel des Navigateurs : tous m'ont aidée dans mon travail de recherches.

Je veux aussi remercier famille et amis qui m'ont relue et conseillée au cours du voyage : Lisbeth Bergstedt, Anette Brifalk Björklund, Helen Duphorn, Gunilla Pettersson, sans oublier mon cher mari Lennart.

Encore une fois, j'adresse un merci chaleureux à mon éditrice Karin Linge Nordh et à mon correcteur John Häggblom. Grâce à vous, je progresse. J'espère que vous comprenez à quel point je l'apprécie ! C'est un privilège de travailler avec vous.

Grand merci également à Sara Lindegren et ses collègues de chez Forum, ainsi qu'à la Nordin Agency : Joakim Hansson, Anna Frankl et Anna Österholm, entre autres, qui travaillez tous à la diffusion de mes livres en Suède et dans le monde entier. Quelle équipe vous formez !

Merci à Lili et à Assefa Communication, qui m'aident pour mes relations publiques.

Mes merveilleux enfants Camilla, Alexander et Leo : merci de supporter une maman qui parfois disparaît complètement dans un autre monde.

Lennart, tu es mon roc, comme toujours.

Et enfin : ce livre est dédié à ma grand-mère maternelle, venue en Suède de Vilnius pendant la Première Guerre mondiale. Grand-mère, tu me manques tant !

Sandhamn, le 2 avril 2013
Viveca Sten

Du même auteur
aux éditions Albin Michel :

La Reine de la Baltique, 2013.
Du sang sur la Baltique, 2014.
Les Nuits de la Saint-Jean, 2015.
Les Secrets de l'île, 2016.
Au cœur de l'été, 2017.
Dans l'ombre du paradis, 2019.

Le Livre de Poche s'engage pour l'environnement en réduisant l'empreinte carbone de ses livres. Celle de cet exemplaire est de : 550 g éq. CO₂
Rendez-vous sur www.livredepoche-durable.fr

Composition réalisée par PCA

Imprimé en Italie par Grafica Veneta
en mars 2021
Dépôt légal 1ʳᵉ publication : mai 2019
Édition 08 - mars 2021
LIBRAIRIE GÉNÉRALE FRANÇAISE
21, rue du Montparnasse – 75298 Paris Cedex 06

41/4745/2